LIESELOTTE ROSITZKA
Getriebener Geist

Buch

Seit Professor Ernest Leitner als sechzähnjähriger Junge sein Elternhaus in Marburg verlassen musste, quälen ihn schmerzhafte Alpträume. So fiebert er jeden Tag herbei andem er in sein Zuhause zurückkehren kann. In dem düsteren, unter Denkmal stehenden Elternhaus findet er Bücher und seltsame Pläne die von seinem Urahnen Theodor Bender stammen. Der Geist dieses Vorfahren nimmt immer mehr von ihm in Besitz.
Er zwingt ihn dazu Menschen zu entführen und bestialische Versuche an ihnen auszuüben. Der Reporter Lothar Meissner, der ein paar vermisste Frauen sucht, setzt sich auf die Spur des Entführers, kommt aber bei der Suche nicht so recht voran. Als er den Arzt Sebastian Schneider, der Ernest Leitner verdächtigt, eine seiner Patientinnen als Versuchsperson missbraucht zu haben, kennen lernt, beschließt er mit ihm gemeinsam den Fall zu lösen.
Aber werden die beiden wirklich das dunkle Geheimnis, das das Haus von Ernest Leitner und ihm selbst umgibt zu enträtseln?

Dieser mysteriöse psychologische Krimi bringt auch abgehärtete Leser zum Gruseln.

LIESELOTTE ROSITZKA
Getriebener Geist

Roman

Bibliografische Information der Deutschen Nationalbibliothek:
Die Deutsche Nationalbibliothek verzeichnet diese Publikation in der Deutschen Nationalbibliografie; detaillierte bibliografische Daten sind im Internet über http://dnb.dnb.de abrufbar.

©2016 Lieselotte Rositzka
Herstellung und Verlag:
BoD – Books on Demand, Norderstedt

Umschlaggestaltung: Eva Körmer unter Verwendung des Originalumschlags von Books on Deman, Norderstedt

ISBN: 978-3-7412-0853-9

Vorwort

Ich bin zu unruhig, kann mich der großen Welle noch nicht anpassen. Ich wehre mich gegen diese Einheit.
Das alte Leben auf der Erde ist noch ein Teil von mir. Die große Welle versucht mir meine Erinnerung zu rauben. Ich will dies aber nicht zulassen. Sie spürt meine noch überschüssige irdische Energie. Die große Welle fließt ruhig dahin. Sie mag mich, den Störenfried, nicht. Also treibt sie mich vorwärts und spuckt mich aus. Ich lande zwischen vielen gleich unruhigen kleinen Wellen wie ich eine bin. Ich reihe mich bei ihnen ein. Fühle mich wieder nicht am richtigen Ort. Je länger ich dahintreibe je mächtiger wird die Strömung. Eine kleine Welle nach der anderen verschwindet vor mir. Wohin? Dann bin ich an der Reihe. Eine unsägliche Kraft saugt mich auf. Nun bin ich wieder in der irdischen Atmosphäre. Noch gleite ich dahin, fliege über eine gepflasterte Straße, schwebe über eine steinerne Treppe, sehe
Menschen aufgeregt in einem älteren Fachwerkhaus wirr herumlaufen. Ich weiß nicht warum, aber ich fühle dass ich an meinem Ziel angekommen bin. Die Schreie eines Babys dringen durch den Raum. Es zieht mich in dieses kleine Wesen. Ich will mich nicht aufgeben. Will mein Wissen nicht vergessen. Aber die Schatten kommen. Sie pressen mich in den neugeborenen Körper. Diese Enge tut weh. Ich kann nichts dagegen tun. Noch ehe drei Jahre der menschlichen Zeitrechnung vergangen sind, werde ich mein früheres Leben vergessen haben. Es darf aber nicht geschehen. Ich muss mein Wissen in das Unterbewusstsein von diesem noch unbeschriebenen Gehirn verankern.

Der Regen prasselte wild auf die Ziegel, floss in die Dachrinne und sandte die gurgelnd plätschernden Geräusche in die Mansarde der Schlafenden.
Ernest erwachte aus einem seltsam wirren Traum.
Er tastete um sich und seine Hand blieb in Ilonas langen weichen Haaren hängen. Nur langsam fand er in die Realität zurück. Er schob die irrealen Bilder und Stimmen die ihn noch vor einer Minute bedrängten, den klatschenden Tropfen und dem fauchendem Wind der um das Haus zog, zu. Wer sollte auch bei so einem Wetter schlafen können?
Ilona tat es. Zusammengerollt wie ein Baby lag sie neben ihm. Er betrachtete im Halbdunkel ihr entspanntes
Gesicht und wartete einen Moment darauf, dass sich ihre dunkelbraunen, fast schwarz wirkenden Augen, in denen so viel Lebensfreude und Temperament lagen, öffneten.
Fast mühsam löste er sich von ihr, stand gähnend auf Und ging ins Bad. Sein Spiegelbild zeigte einen unrasierten, fahlen blassen Mann. Einen Moment war ihm, als lägen seine Augen in tiefen Höhlen.
Er stieg in die Dusche, drehte schläfrig den Hahn auf und schon platschte ein eiskalter Strahl über seinen Körper.
„Verdammt", das war hart aber effektiv. Während er den richtigen Wärmegrad des Wassers einstellte, fiel ihm das Datum des heutigen Tages ein.
Wie konnte er das nur vergessen. Heute war Freitag, der 1. September. Der Tag des Abschiedes von München, seiner Verlobten Ilona, seiner Tante Thea und ihren Lebensgefährten Max.

Die Sonne prallte auf die Autobahn, ließ den Asphalt glänzen und trieb Ernest Leitner den Schweiß auf die Stirne. Mitten in der Hitze dieses Tages geriet er in einen Verkehrsstau und mitten in dieser Wagenkolonne gab seine Klimaanlage den Geist auf. Verärgert kurbelte er das Fenster herunter. Doch der Gestank vom Abgas drang ihm in die Kehle und reizte ihn zum Husten.
Verdammt! Warum musste es heute Mittag so heiß werden? Dieses ständige Anfahren, stoppen und wieder ein paar Meter weiter fahren ödete ihn an und bescherte ihm viel zu viel Zeit zum Nachdenken.
Das scheußliche Gewitter in der Nacht hatte sich am Morgen verzogen und beim Frühstück hatte die Sonne die letzten Regentropfen vertrieben. Die Luft war erfrischend kühl gewesen. „Das richtige Reisewetter", hatte er gedacht.
Doch dann schien das Abschied nehmen von seiner Verlobten Ilona, seiner Tante Thea und deren Lebensgefährten Max kein Ende zu nehmen. Er hatte zwar die guten Ratschläge von ihnen allen stoisch über sich ergehen lassen. Aber er hasste diese wehmütigen Stimmungen.
Endlich rollte der Verkehr wieder an. Der Stau löste sich auf. Laut Navi hätte er sein Ziel schon vor einer Stunde erreichen müssen. Doch das gelang ihm erst nach einer weiteren Stunde der berechneten Zeit. Genervt parkte er seinen Wagen in der Einfahrt des Hauses seines Onkels.

Am Morgen war ein leichter Dunst über den Auen der Lahn gelegen. Doch jetzt am Mittag hatte ihn die Sonne vertrieben. Sie ließ ihre heißen Strahlen über den

Dächern der Stadt Marburg tanzen und brachte die Menschen ins Schwitzen.
Irma Seiler lief ins Bad um sich zu erfrischen. Sie hatte das ganze Haus auf Vordermann gebracht, einen Kuchen gebacken, den Tisch liebevoll gedeckt. Doch der Gast, den sie erwartete ließ auf sich warten.
Als der langerwartete Klingelton endlich durch das Haus dröhnte, eilte Irma aufgeregt zur Tür und öffnete sie.
Im nächsten Moment starrte sie ungläubig auf den jungen Mann der ihr so fremdwirkend gegenüberstand.
Damals, vor zehn Jahren, als sie sich so plötzlich von ihm verabschieden musste, war er ein langer schlaksiger unsicherer junger Bursche gewesen und jetzt?
„Ernest?"
Sein Blick leuchtete kurz auf: „Ja Irma, ich bin es. Du hast dich gar nicht verändert."
„Du schon" lächelte sie geschmeichelt. „Schön, dich endlich wieder zu sehen. Aber warum stehen wir hier im Flur? Im Wohnzimmer wartet der Kaffee schon auf dich."
Ernest schüttelte ablehnend den Kopf: „Danke Irma, aber ich möchte nur den Schlüssel für mein Haus abholen."
Irma nickte erschrocken über die Kälte mit der er sie ansah und drehte sich gekränkt um.
„Hatte er denn alles Gute was er in diesem Haus erlebt hatte vergessen?"
Enttäuscht schlürfte sie ins Wohnzimmer, holte den Schlüssel aus der Schublade einer antiken Kommode und ging zurück zu ihm in den Flur. Dort reichte sie ihm mit einer kühlen Geste den Schlüssel und einen Brief von seinem Onkel, Professor Wegner.

Ernest spürte ihr so plötzliches abweisendes Verhalten und entschuldigte sich bei ihr: „Verzeih mir bitte die Eile."
Irma lächelte verhalten, „schon gut."
„Danke Irma. Morgen besuche ich dich ganz bestimmt und bringe auch genügend Zeit für dich mit."
Irma wurde rot: „das wäre schön, komm doch bitte zum Mittagessen. Aber ehe du zu deinem Haus gehst, möchte ich dir noch etwas sagen."
„Ist etwas mit dem Haus nicht in Ordnung?"
„Nein, eigentlich nicht, aber Richard hat mich gebeten dir zu sagen, dass er das Haus nur von außen restaurieren ließ. Innen hat er sich nicht heran gewagt. Das wollte er dir selbst überlassen. Außerdem stehe es auch unter Denkmalschutz und darf sicher bautechnisch nicht verändert werden. Doch es ist vieles reparaturbedürftig.
Unsere Zugehfrau und ich haben die Schonbezüge von den Möbeln im unteren Stockwerk genommen und alles abgestaubt..."
„Schon gut Irma", winkte Ernest genervt ab und wandte sich der Haustür zu.
„Da ist noch etwas", rief ihn Irma nach. „Dein Onkel bedauert sehr, dass er seine Studienreise nicht verschieben und dich bei deiner Ankunft nicht begrüßen kann. Er lässt dir ausrichten, dass du, während eventueller Umbauarbeiten hier bei uns wohnen kannst..."
„Ja danke", unterbrach er sie hastig, „also bis Morgen."
Ernest fuhr los und stoppte sein Auto schon nach wenigen Metern, denn sein Elternhaus lag nur drei Häuser vom Haus seines Onkels entfernt.

Onkel Richard hatte das alte Fachwerkhaus nach seinem eigenen Geschmack restaurieren lassen. Jetzt leuchtete das Weiß des Verputzes freundlich zwischen den braunen Balken und vor den kleinen Fenstern hingen Blumenkästen mit üppig bunten Geranien.
Ernest blieb einen Moment still vor dem Haus stehen und betrachtete jede Einzelheit der Vorderfront. Das neue Weiß irritierte ihn. Onkel Richard hatte es sicher gut gemeint, aber der alte Verputz hatte ihm eher zugesagt. Er hätte ihm das Gefühl gegeben ein zweites Mal heimgekehrt zu sein. „Ein zweites mal?" Er wischte sich nervös den Schweiß von der Stirn. Seit seiner Abreise vor vielen Jahren befand er sich doch das erste Mal wieder hier.
Die weiße Farbe bröselte vor seinem inneren Auge ab, gab die grauen Mauern von damals frei und löste eine schmerzende Erinnerung in ihm aus. Langsam, wie im Trance stieg er die steinernen, steilen Treppen hinauf und schloß die Haustür auf.
Der Flur lag im Halbdunkel und das Wohnzimmer begrüßte ihn mit einer angenehmen Kühle. Genau wie früher, als Mutter bei sommerlicher Hitze die dichten Brokatvorhänge vor die kleinen Fenster gezogen hatte. Einen von ihnen schob er zurück und sah sich gespannt um. Die Tapeten hingen verblasst an den Wänden. Doch sonst hatte sich nichts verändert. Die dunklen, antiken Möbel standen alle noch am gleichen Platz wie früher. Nur die Luft störte ihn. Irma und die Zugehfrau hatten nicht nur die Möbel von den Schonern befreit, sondern sie kräftig mit Politur bearbeitet, deren Chemischer Duft wie eine Wolke im Zimmer hing. Er öffnete ein Fenster und ging anschließend in die Bibliothek. Auch hier strömte ihm

eine angenehme Kühle entgegen und auch hier schob er die Vorhänge zurück.
Der helle Strahl der Sonne fiel über die vielen Bücher, das alte Klavier, die wertvollen Ölgemälde an den Wänden, den antiken Schreibsekretär, dem gemütlichen Lesesofa und den Lieblingssessel seiner Mutter. Einen Moment schloss er die Augen und es war ihm, als säße sie, in ein Buch vertieft, die Füße auf einen kleinen Schemel gestützt noch dort.
In den Momenten, in dem sie las, schien sie steht's in anderen Welten zu verweilen und man durfte sie dabei nicht stören.
Jetzt wollte er, wie er es damals tat, auf leisen Sohlen die Bibliothek verlassen.
Langsam öffnete er die Augen und sah sich im Hier und Heute wieder. Seine Mutter würde nie mehr hier in
diesem Sessel sitzen. Der Schmerz über ihren Verlust lähmte ihn fast. Er setzte sich auf das Sofa und weinte die Tränen, die er jahrelang zurückgehalten hatte.
Als er seine Gefühle wieder im Griff hatte, stand er auf um in das nächste Zimmer zugehen. Das Parkett knarrte unter seinen Füssen, durchbrach damit die Stille im Raum und erinnerte ihn an Stunden in seiner Kindheit, in denen ihm die seltsam knarrenden Geräusche Angst eingeflößt hatten.
Jetzt hielt er schon den Türgriff in der Hand, ließ seinen Blick aber noch einmal über den Raum schweifen, sah in alle Ecken und ärgerte sich über selbst. Wer sollte ihn hier beobachten?
Als er die Tür hinter sich geschlossen hatte, betrat er das Gästezimmer, stellte sogleich fest, dass sich hier auch

nichts verändert hatte und sah kurz darauf ins Elternschlafzimmer, das früher so gut wie tabu für ihn gewesen war. Wie ertappt schloss er schnell die Tür.
Das Bad und die Küche ließ er bei seinem Erinnerungsgang erst mal aus. Er drückte auf den Schalter für das Flurlicht, das nur gedämpft den Gang und die Treppe nach oben beleuchtete. Es tauchte die Bilder seiner Ahnen, die von unten bis oben an der Wand prangten, in seltsame Schatten.
Die Stufen der Treppe nach Oben ächzten unter seinem Gewicht wie auf einem schwankenden Schiff. Ihm fiel Onkel Richards Warnung ein und hier hatte er Recht. Die Treppe musste schnellstens erneuert werden.
Im oberen Stockwerk schlug ihm dicke, schwüle Luft entgegen, die ihm fast den Atem nahm. So ging er von Zimmer zu Zimmer und öffnete die Fenster. Doch als er zum Eckzimmer kam, blieb er stehen und drückte, so wie er es früher des Öfteren getan hatte, das Ohr neugierig an die Tür. Es gab damals Zeiten, in denen er glaubte aus diesem Raum ein Schluchzen zu hören. Jetzt blieb es still.
Er drückte auf die Klinke, aber die Tür war verschlossen. So war es eigentlich immer gewesen.
Langsam drehte er sich um und ging zu seinem ehemaligen Zimmer. Die Poster von früher hingen noch an der Wand und auf seinem Schreibtisch lag noch alles genauso angeordnet da, als wäre er nur mal kurz weggewesen.
Als er sich auf sein Bett setzte, knarrte es wie in alten Zeiten und jetzt vernahm er auch wieder das Ächzen der

Balken, das alte Häuser so von sich geben. Er war endlich zuhause.

Einen Augenblick blieb er still sitzen, schloss die Augen und versank in Gedanken an seine Kindheit. Aber sie endeten jäh bei dem Tag an dem er seine Eltern durch einen Verkehrsunfall für immer verlor und sein Zuhause für lange Zeit verlassen musste. Damals war es ihm so gewesen als habe man ihn abgeschoben. Ja, er hatte sich sogar so gefühlt als sei ihm seine Identität geraubt worden. Er wischte sich den kalten Schweiß von der Stirn und versuchte sich wieder zu beruhigen.

Zehn lange Jahre waren indes vergangen. Zehn Jahre in denen es keinen Tag gab an dem er sich nicht hier her in dieses Haus zurückgesehnt hatte. Seine Wurzeln lagen hier und von hier würde er sich nie mehr vertreiben lassen. Entschlossen straffte er seine Schultern und verließ sein Zimmer. Dann schloss er alle Fenster die er zuvor hier im Obergeschoss geöffnet hatte und schritt wieder nach Unten.

Es war an der Zeit, sein Gepäck ins Haus zu holen.

Als Ernest den Kofferraum öffnete, sah er Ilonas Geschenk und musste an ihre traurigen Augen beim Abschied denken. Warum hatte er sie nicht gebeten, ihn hierher zu begleiten? Und warum war er nur in den letzten Tagen so gefühlskalt gegen sie gewesen?

Während er die Koffer herauswuchtete und ins Haus brachte, sah er seinen Onkel vor sich. Lange Zeit hatte er ihm die Schuld für seine Übersiedlung nach München zugeschoben. Ja, am Anfang hatte er ihn regelrecht dafür gehasst. Doch seit seinem letzten langen Telefonge-

spräch mit ihm, war ihm klar geworden, dass auch er unter der Trennung gelitten hatte. Ein Grund mehr wieder hierher zurückzukommen.
Selbst Ilona und Tante Thea konnten ihn nicht aufhalten in seine Heimat zurückzukehren. Im Gegenteil, ihre Bitten, er solle in München bleiben, war ihm auf die Nerven gegangen.
Doch jetzt war er über diesen Ärger hinweg.
Es war ihm, als zerspringe ein dicker Panzer über seiner Brust der den Schmerz über den Verlust seiner Eltern endlich löslöste.
Ein neues Leben konnte beginnen.

Eine Stunde später ging er ins Wohnzimmer, setzte sich in einen gemütlichen Sessel, zog sein Handy hervor und rief Ilona an.
„Hallo Ilona", begrüßte er sie. „Ich habe mich durch einige Staus gekämpft und bin jetzt zwar mit einiger Verspätung aber heil in Marburg angekommen."
„Prima", freute sich Ilona, „bist du schon in deinem Elternhaus?"
„Ja, das bin ich. Es ist noch alles so wie ich es verlassen habe."
„O je", stöhnte Ilona, „da gibt es wohl viel zu richten. Thea sagt, dass es ein uralter, unheimlicher Kasten ist.
„Echt Thea", knurrte er, „sie übertreibt wieder einmal maßlos. Das, was zu renovieren ist, werde ich bis du bei mir ein ziehst schon alles gerichtet haben."
„Ist schon gut", lachte Ilona jetzt. Jedes Haus kann man gemütlich einrichten. Die Hauptsache ist doch, dass wir dann wieder zusammen sind."

„Gut, dass du es so siehst. Du fehlst mir."
„Du fehlst mir auch. Ich liebe dich."
„Ich dich auch. Ich rufe dich Morgen wieder an. Grüße Thea von mir. Bis bald!"
Ernest legte das Handy zur Seite, streckte seine Beine aus und schloss die Augen. Die lange Fahrt und die Hitze des Tages trug zu dieser Trägheit bei. Wäre diese innere Unruhe, die ihn schon wieder überfiel, nicht gewesen, wäre er sicher eingeschlafen. Aber warum legte sich dieses rastlose Gefühl nicht? Gerade eben hatte er sich doch noch so wohl gefühlt.
Sicher war es nur der Hunger und Durst der ihn so melancholisch werden ließ. Langsam schob er sich aus dem Sessel und machte sich auf dem Weg in die Küche. Dort bot sich ihm das gewohnte chaotische Bild von früher. Auf der einen Seite uralte Schränke und ein antiker Tisch mit den passenden Stühlen. Auf der anderen Seite eine Küchenzeile die vor fünfzehn Jahren hier eingebaut worden war in der alle Geräte aus der Neuzeit vorhanden waren. Der danebenstehende alte Holz-Kohlenherd wirkte in dieser Reihe fast schon abstrakt und die bemalte, wuchtige, fast zwei Meter lange Truhe gab dem Ganzen ein bedrückendes Gefühl.
Sein Mund fühlte sich trocken an, aber er hatte in seiner Eile vergessen Lebensmittel und Getränke einzukaufen. Ob Irma eine Kleinigkeit besorgt hatte? Hoffnungsvoll öffnete er den Kühlschrank und staunte nicht schlecht. Irma hatte reichlich vorgesorgt. Zufrieden griff er nach einem Sandwich, nahm eine Flasche Selters und stellte alles auf den Küchentisch. Als er einen Stuhl hervorzog

gab es ein kratzendes Geräusch aber es war das Einzige das diese Stille unterbrach, an die er sich wohl erst wieder gewöhnen musste.
Während er jetzt so da saß und einen Bissen nach dem anderen hinunter schlang, stellte er sich vor, Ilona sei hier bei ihm in der Küche. Aber er konnte dieses Bild vor sich nicht lange festhalten. Ilona in der Küche? Unvorstellbar.

Nach dem Anruf von Ernest lief Ilona gutgelaunt nach unten zu Thea und setzte sich zu ihr auf die Couch.
„Ernest hat mich gerade angerufen. Er ist in Marburg gut angekommen", sagte sie heiter. „ Anscheinend hat er es sich gerade in seinem Haus gemütlich gemacht."
Thea sah sie ungläubig an: „Gemütlich? Ich kann mir nicht vorstellen wie man sich in einem solch alten Kasten wohl fühlen kann."
„Ernest kann das anscheinend", lachte Ilona. „Er klang richtig froh, als er mir sagte, dass alles im Haus noch so aussieht wie früher. Sag mal, ist das Haus wirklich so alt wie du es mir immer schilderst?"
Thea nickte heftig: „Glaube mir, es ist so. Als mein Bruder noch gelebt hat, habe ich ihn und seine Familie ein paarmal besucht. Aber ich blieb nie lange in diesem Haus. Zum Glück konnte ich bei Richard und seiner Frau übernachten."
Ilona schüttelte den Kopf: „Jetzt übertreibst du aber…"
„Nein, ich sage dir, falls du wirklich zu ihm ziehen willst, musst du zuvor erst einiges in diesem unheimlichen Gemäuer verändern, sonst geht es dir wie meinem Bruder."

Ilona wurde blass: „Was geschah denn mit deinem Bruder?"
„Man kann es nicht so genau beschreiben", wand sich Thea heraus. „Er ist wie ich, hier in München aufgewachsen und war ein humorvoller, lebensfroher Mann. Aber nachdem er ein paar Jahre in diesem Haus gelebt hatte, habe ich ihn fast nicht wiedererkannt. Er wirkte wie ein alter Mann und hielt sich, wie mir meine Schwägerin Anja erzählte in seiner Freizeit fast nur noch in einem Anbau des Hauses, den er sich als Labor eingerichtet hatte auf."
Ilona nickte: „Ernest hat mir von diesem Labor erzählt. Er freut sich schon darin arbeiten zu dürfen. Aber sobald ich bei ihm wohnen werde, achte ich sicher darauf, dass er sich dort nicht allzu lange abschottet. Außerdem bringe ich bestimmt Leben in dieses Haus."
Thea seufzte: „Ich hoffe, es gelingt dir."

Der Abend war noch früh, aber Ernest fühlte sich schon jetzt müde und zerschlagen. Er schleppte sich die Treppen hinauf zu seinem Zimmer und zog sich aus.
Das Knistern in seiner Jackentasche erinnerte ihn an den Brief seines Onkels. Er nahm ihn heraus, legte sich damit auf sein Bett und begann ihn zu lesen. Aber bald verschwammen die Zeilen vor ihm und er schlief ein.
Doch es wurde eine unruhige Nacht für ihn. Er warf sich von einer Seite zur anderen und fühlte heftige Schmerzen in seiner Brust. Schließlich war ihm so, als löse er sich auf. Doch dann war er plötzlich ein Baby und japste nach Luft. Der Druck verstärkte sich, presste sich in seine

Brust. Dann dröhnte eine Stimme in seinem Kopf: „Ich Theodor Bender bin in dir."
Er wehrte sich gegen diesen Eindringling in seinem Körper und wachte schweißgebadet auf. Verstört ging er ins Bad und erfrischte sich. Doch das half nicht viel. Benommen legte er sich zurück ins Bett und schlief wieder ein. Jetzt plagten ihn andere Alpträume die er mit dem ersten Traum vermischte.
Als er am Morgen erwachte, hatte er die Träume der Nacht vergessen. Doch ausgeruht sah anders aus.
Er benötigte frische Wäsche. Also packte er seinen Koffer aus und verstaute alles im Schrank.
Dann ging er mürrisch ins Bad und anschließend hinunter in die Küche. Er setzte Kaffeewasser auf, deckte den Tisch, holte alles was er für ein gutes Frühstück benötigte aus dem Kühlschrank und begann zu essen. Dabei kreiste sein Blick herum und blieb an der alten Truhe hängen. Sie war ihm schon als Kind hässlich und unpassend an der Stelle, an der sie stand, vorgekommen. Damals hatte er einmal versucht das wuchtige Ding zur Seite zu schieben. Aber seine Mutter hatte ihn dabei ertappt und gewarnt: „Lass das lieber, an der stabilen Truhe hebt man sich eher einen Bruch als dass sie sich einen Millimeter verschieben lässt."
Das Bild seiner Mutter blieb in ihm. Sie stand am Herd, brutzelte Spiegeleier, sah ihn lächelnd an und in dem Moment mischte sich ihr Gesicht in das Bild seines nächtlichen Traumes. Ein paar Szenen daraus hingen fetzenhaft in seinem Hirn. Der Mief in der Küche drückte sich schwer auf seine Brust. Schwitzend stand er auf, lief

hinaus in den Garten und atmete die frische Morgenluft ein. Sie beruhigte seine angespannten Nerven ein wenig Während er ein paar Schritte hin und her ging sah er Ilona vor sich...Immer wieder hatte sie ihn vor seiner übertriebenen Hektik gewarnt. Jetzt sah er ein, dass sie Recht gehabt hatte. In München hatte er die meiste Zeit über seinen Büchern gesessen, hatte studiert bis ihn der Kopf rauchte und dabei die Menschen um sich herum fast vergessen. Ilona und Tante Thea waren die einzigen gewesen die ihn ab und zu aus der selbstauferlegten Isolation holen konnten. Und jetzt hatte Ilona wieder Recht. Er musste sich von einigen alten Sachen im Haus trennen, besonders von dieser klobigen Truhe und dem überflüssigen Holz-Herd in der Küche. Dazu ein heller, frischer Anstrich auf den Wänden und schon würde er sich wohler fühlen.

Für Irma begann dieser Tag voller zwiespältiger Gefühle. Gestern hatte sie sich noch auf den Besuch von Ernest gefreut. Aber als er schließlich vor ihr gestanden war, hatte er so fremd und kalt wie ein Eisblock auf sie gewirkt. Nichts an ihn hatte sie an den jungen wissbegierigen Jungen von Früher erinnert. Ihr Schwager, Professor Wegner hatte sie darum gebeten sich um ihn zu kümmern. Sie hatte freudig zugestimmt, doch jetzt war sie sich nicht mehr so ganz sicher wie sie sich ihm gegenüber verhalten sollte.
Die Sonne schien ebenso heiß wie am Vortag. Deshalb rollte sie schon früh die Markise über der Terrasse aus, denn zu Mittag wollte sie den Tisch dort draußen decken. Früher war Ernest fast jeden Tag hier gewesen.

Sie erinnerte sich an sein damaliges Lieblingsessen und begann es zu kochen.

Als Ernest pünktlich zur Mittagszeit bei ihr klingelte, lief Irma mit hochrotem Kopf in den Flur und öffnete ihm die Tür. „Schön, dass du gekommen bist", sagte sie aufgeregt.
„Danke für die Einladung", lächelte Ernest verhalten. „Jetzt weiß ich was ich in den letzten Jahren vermisst habe. Es war deine liebevolle Bewirtung, deine hervorragende Kochkunst und die guten Gespräche mit Mutter, Tante Regina, Onkel Richard und ganz besonders mit dir."
Der Bann war gebrochen. Um Irmas Augen bildeten sich lustige Fältchen: „Danke für die Komplimente…Ach, ich bin so froh, dass du jetzt wieder hier in Marburg bist.
Gerade jetzt, da meine Schwester Regina vor kurzem gestorben und Richard auf Reisen ist, würde ich mich hier ziemlich einsam fühlen."
Ernest lehnte sich zurück und sah Irma mitfühlend an: „Das verstehe ich. Onkel Richard bleibt wohl längere Zeit weg?"
„Ja, seine Reise wird ihn quer durch Afrika führen. Das braucht seine Zeit."
„Und die sei ihm gegönnt. Onkel Richard hat sein halbes Leben von solchen Reisen geträumt."
„Ja, schon. Er hat zwar immer behauptet dieser Garten sei sein Paradies. Aber das sagte er nur Regina zuliebe. Zugegeben, er liebte seine Rosen als wären es seine Kinder aber ich habe in seinen Augen oft die Sehnsucht nach der Ferne bemerkt."

„Ich weiß, trotzdem finde ich es schade nicht mit ihm über meine Kindheit hier sprechen zu können. Es gibt so vieles was ich über meine Eltern und euch wissen möchte."
„Gut, ich gebe zu, Richard wäre der bessere Gesprächspartner für dich. So von Mann zu Mann. Aber ich bin gerne für dich da und beantworte dir deine Fragen so gut wie ich sie beantworten kann. Ich verstehe dich sehr gut. Jeder Mensch möchte gerne wissen wie seine Kindheit verlief."
Ernst atmete erleichtert auf: „Danke."
„Warte einen Moment. Ich räume den Tisch schnell ab, dann wird es hier gemütlicher."
Sie räumte das Geschirr auf den Servierwagen und schob ihn in die Küche. Schon ein paar Minuten danach saß sie Ernest wieder gegenüber. Ihre Augen leuchteten gespannt: „Also, an was aus deiner Kindheit erinnerst du dich noch am Besten?"
„Es ist nicht so sehr das, an was ich mich noch erinnere, es ist viel mehr das was mich früher manchmal bedrückt hat."
„Bedrückt?", fragte Irma erstaunt. „Du warst zwar ein ruhiges Kind aber ich hatte eigentlich nicht den Eindruck, dass du traurig bist. Jedes Mal wenn du mit deiner Mutter hierher zu Regina und mir gekommen bist haben wir uns liebevoll um dich gekümmert. Du hast dich gefreut, gespielt und gelacht wie jedes Kind, aber die meiste Zeit hast du gemalt. Wir haben uns oft über deine abstrakten Zeichnungen amüsiert. Später, als du schon im Gymnasium warst hast du deine Schularbeiten mitgebracht und die meiste Zeit gelernt oder du bist in Richards Bibliothek gegangen und hast gelesen. So oft es ging habe ich

versucht dich abzulenken in dem ich dir deine Lieblingsdesserts zubereitet habe und dich damit überrascht habe. Dann hast du dich gefreut und mit mir gesprochen. Du hast dich für die Astronomie interessiert, hast mir spannende Geschichten aus längst vergangenen Zeiten erzählt die du wahrscheinlich aus den vielen Büchern hier kanntest. Ich war immer wieder erstaunt über dein großes Wissen".
Irma holte kurz Luft und sah ihn schmunzelnd an: „Regina glaubte gar ein Genie in dir zu sehen."
Ernest nickte sinnend: „Ich weiß, Tante Regina liebte mich sehr. Manchmal war es schon ein bisschen zu viel des Guten. Obwohl sie sich in unserem Haus stets unwohl, ja sogar bedroht fühlte, kam sie doch immer wieder zu uns. Sie liebte alte Klassiker genauso wie ich. Sie gab mir Unterricht am Klavier und manchmal spielten wir vierhändig".
„Das gefiel deiner Mutter auch", sagte Irma. Sie war auch froh über unsere Fürsorge für dich, aber sie glaubte dass du zum Ausgleich auch ein paar gleichaltrige Freunde haben solltest. Für sie benahmst du dich schon viel zu erwachsen".
„Das stimmt. Sie hat mich oft nach meinen Schulkameraden ausgefragt und mich gebeten den einen oder den anderen zu uns einzuladen. Ab und zu tat ich das auch. Doch das ging nicht gut. Keiner von ihnen wollte ein zweites Mal zu uns kommen. Doch ehrlich gesagt war ich darüber nicht sehr enttäuscht. Was mich traurig machte war eher das Fremde, das sich zwischen mir, Vater und Onkel Richard aufbaute. Manchmal lobten sie mich für mein ernsthaftes Lernen.

Aber sie hatten beide sehr selten Zeit für mich."
„Ja, leider war es so", stimmte ihn Irma zu. "Richard hat das später sehr bedauert. Über deinen Vater möchtest du wahrscheinlich am meisten wissen. Er hat sich in den ersten drei Jahren nach deiner Geburt sehr liebevoll und intensiv um dich gekümmert. Du warst seine ganze Freude. Doch dann richtete er sich im Anbau des Hauses ein Labor ein und verbrachte immer mehr Zeit darin."
„Ja, leider. Deshalb ärgerte ich mich auch manchmal über meine Mutter, denn sie hinderte mich daran rüber zu Vater ins Labor zu gehen."
Irma kräuselte die Stirn: „Anscheinend kränkt dich das Verhalten von ihr noch immer, aber du solltest es ihr nachsehen. Sie erfüllte nur den Wunsch deines Vaters."
„Gut", nickte Ernest, „das muss ich wohl so akzeptieren. Doch es gab mehrere Dinge die mir bei uns zu Hause seltsam vorkamen."
„Welche?"
„Als ich etwa vierzehn Jahre alt war, hörte ich wie mein Vater meiner Mutter von irgendwelchen jahrhundertalten Schriften erzählte, die er in der Bibliothek gefunden hatte. Damals begann die große Suche im Haus. Zuerst half ihm meine Mutter dabei aber eines Tages bat sie ihn die Schriften zu vergessen und die Suche einzustellen. Vater lehnte das verärgert ab."
Irma unterbrach Ernest erstaunt: „Deine Mutter hat mir nie etwas darüber erzählt. Mir fiel nur auf, dass sie immer verschlossener wurde. Sie bat Regina nicht mehr so häufig zu euch zu kommen."

„Ja, Regina besuchte uns nicht mehr. Das tat mir sehr leid, aber ich traute mich nicht sie zu fragen warum sie das tat.
Wenn ich bei euch hier war, ließ sie sich nichts anmerken. Sie war so lieb wie immer. Aber du weißt ja wie krank sie wurde und oft tagelang nicht aus ihrem Zimmer kam. Doch ungefähr eine Woche vor dem Tod meiner Eltern besuchte sie uns ganz unerwartet. Sie grüßte meine
Mutter und mich nur kurz, fragte nach meinem Vater und ging anschließend zu ihm ins Labor. Kurz danach sah ich sie mit einer großen Tasche herauskommen.
Diese Tasche drückte sie fast zu Boden. Bis sich meine Verwunderung über ihre Aktion gelegt hatte und ihr schließlich nacheilte um ihr beim Tragen zu helfen, hatte sie das schwere Stück schon fast bis zu eurem Haus geschleppt. Das war das letzte Mal dass ich sie sah, denn in der folgenden Nacht erlitt sie einen Herzanfall und musste in die Klinik gebracht werden. Weißt du, was
Vater ihr damals übergeben hat?"
Irma erblasste. Ihre Hände begannen zu zittern. „Ja, stieß sie hervor: „Ich erinnere mich an diesen Tag. Zum Glück konnten die Ärzte Regina noch retten. Doch ganz gesund wurde sie leider nie mehr. Aber das weißt du ja. Vielleicht wäre es besser gewesen du hättest nichts über den
Besuch von Regina bei deinem Vater gewusst".
Irma hielt nervös inne.
Doch Ernest, der diese ratlose Stille nicht lange aushielt, bat sie eindringlich: „Bitte Irma sage mir alles was du über meinen Vater weißt. Ich habe ein Recht darauf."
„Vielleicht schadet es dir nur... Gut, ich habe dich gewarnt, aber viel weiß ich sowieso nicht."

„Egal, erzähl."
Irma hob zögernd ihre Schultern." Regina besuchte deinen Vater öfter in seinem Labor. Sie interessierte sich sehr für seine Forschungen. Besonders als er seine Vorliebe zur Astronomie entdeckt hatte. Dieses Fach war schon lange ihr Steckenpferd. Doch eines Tages kam sie irgendwie verstört zurück. Sie sagte mir, dass dein Vater schon seit einigen Tagen im ganzen Haus nach einer Geheimtür suche. Irgendetwas Bedeutendes sollte dahinter versteckt sein. Du weißt ja von den alten Schriften. Regina half ihn zusammen mit deiner Mutter nach dieser Tür zu suchen aber als sie bemerkte wie sehr sich dein Vater hineinsteigerte, bat sie ihn die Suche abzubrechen. Schließlich bewohnten schon mehrere Generationen das Haus und sollte es diese Tür geben, hätte sie bestimmt schon Jemand entdeckt. Doch dein Vater ließ sich nicht davon abhalten und suchte immer fanatischer. Daraufhin beschloss Regina ihn nicht mehr zu besuchen. Doch sie verschwieg mir den Grund dafür.
 Eines Tages rief dein Vater Regina an und bat sie nur noch ein einziges Mal zu ihm zu kommen. Er müsse ihr dringend etwas übergeben das sie dir, wenn du volljährig würdest aushändigen sollte. Regina weigerte sich zuerst."
Irma stockte.
Doch Ernest ließ nicht nach: „ Sie ging dann schließlich doch zu meinem Vater und…?"
Irma nickte: „Regina ließen die eindringlichen Worte deines Vaters keine Ruhe mehr. Sie trieben sie praktisch hinüber zu ihm."
„Wusstest du davon?"

Irma überwältigte die Erinnerung an diesem Tag und an die nachfolgenden bitteren Jahre. Regina musste nach ihrem Krankenhausaufenthalt in die Reha. Trotzdem blieb sie ein Pflegefall.
Der ungeduldige, durchdringende Blick von Ernest brachte sie in die Gegenwart zurück. Sie schluckte hart: „Ja. Ich wusste, dass sie mit deinem Vater sprechen wollte. Als sie damals zurückkam, wirkte sie völlig verwirrt auf mich. Sie lief an mir vorbei und versteckte die Tasche. Ein paar Stunden darauf mussten Richard und ich sie ins Krankenhaus bringen. So habe ich nie erfahren was damals bei deinem Vater vorgefallen war. Erst kurz vor ihrem Tod hat sie mir gesagt wo sich die Tasche befindet. Sie bat mich dir die Kiste, die sich darin befindet, sobald du wieder hierher ziehst zu übergeben.
Irma stockte kurz, dann warnte sie Ernest: „Aber bedenke, diese Kiste hat deinen Vater ins Unglück gebracht und Regina hatte seit sie dieses Ding bei sich aufbewahrte keinen einzigen guten Tag mehr. "
Ernest schüttelte lächelnd seinen Kopf: „Und du glaubst, mir geht es dann ebenso. Du solltest nicht so abergläubisch sein. Hast du mal in diese Kiste reingesehen?"
„Gott bewahre!", entrüstete sich Irma. Regina hat mich gebeten das nie zu machen. Aber ich hätte es sowieso nie getan."
Irma erhob sich schwerfällig und ging ins Haus, kam aber schon nach wenigen Minuten mit der Kiste auf die Terrasse zurück und überreichte sie Ernest stillschweigend.

Ernest wuchtete die Kiste hoch, verabschiedete sich von Irma und marschierte so schnell es ging hinüber zu seinem Haus. Vor der steilen Treppe, die hinauf zu seiner Haustür führte blieb er einen Moment stehen. Beobachtete ihn Jemand? Quatsch - es waren seine durchgedrehten Gefühle. Außerdem trieb ihn die Schwüle, die ein Gewitter ankündigte den Schweiß in den Nacken.

„Es gibt für alles eine Ausrede", hörte er seine Mutter sagen. Ja, ja, sie hatte ihm keine Lüge durchgehen lassen. Die Kiste kam ihn plötzlich noch schwerer und klobiger vor. So trieb es ihn die Kiste so schnell wie möglich loszuwerden. Endlich hatte er die steile Treppe überwunden. Schwitzend sperrte er die Haustür auf und ging zur Bibliothek. Dort stellte er die Kiste auf den Tisch, dann ließ er sich in den Sessel fallen.

Wusste Onkel Richard von dieser Kiste und ihren Inhalt? Gestern Abend war er zu müde gewesen um den Brief seines Onkels zu lesen. Er bestand aus mehreren Seiten und … Ehe er die Kiste öffnete musste er diesen Brief lesen. Nachdenklich ging er hinauf in sein Zimmer und sammelte die Blätter, die verstreut am Boden lagen auf.

Die Blätter waren ordentlich nummeriert. Genauso ordentlich wie Onkel Richard alles handhabte. Er sah ihn vor sich, streng aber gerecht und wahrheitsgetreu.

Ernest setzte sich auf sein Bett und begann den Brief zu lesen aber er fand tatsächlich kein einziges Wort über die Kiste. Nur die allgemeinen Ratschläge und sein Bedauern ihn nicht bei seiner Ankunft begrüßen zu können.

Ernest ließ die Blätter sinken und legte sich auf das Bett. Nur einen Moment ausruhen…aber als er wieder erwachte war es schon später Nachmittag.

Die Luft lag schwül und abgestanden in seinem Zimmer. Schweratmend stand er auf, ging zum Fenster, öffnete es

und ließ dass laue Lüftchen, das durch die Blätter der Bäume im Garten zu ihm herüberwehte, in seine Lungen. Dabei sah er hinunter auf das saftige Grün des Rasens, die duftenden Rosenstöcke und die vielfältige Blumenpracht.
Das alles zeigte die Hand eines guten Gärtners und lud ihn ein hinunter in den Garten zu gehen.
Nach der freundlichen Helligkeit in seinem Zimmer ließ ihn die düstere Atmosphäre im Treppengang frösteln. Seine frohe Stimmung wich und so schnell wie es die marode Treppe erlaubte, eilte er an seinen Ahnen vorbei. Nach Unten. Vor der Tür zur Bibliothek blieb er stehen und zögerte einen Moment. Doch dann drückte er doch auf die Klinke.
Die Kiste thronte auf dem Tisch als warte sie gerade darauf ihr Geheimnis preiszugeben. Noch stand er unschlüssig vor ihr. Sollte er sie öffnen? Enthielt sie unliebsame Wahrheiten über seinen Vater die er besser nicht wissen sollte? Er hörte die warnenden Worte von Irma. Würde ihm der Inhalt wirklich Unglück bringen? Aber sie hatte sie ihm übergeben und wenn er sich nicht vergewisserte was in ihr lag würde er auch keine Ruhe mehr finden.
Die Kiste wog allerhand Kilo. Sicher enthielt sie nur wissenschaftliche Bücher und alte Schriften. Oder Tagebücher seines Vaters? Auf der einen Seite wurde er immer neugieriger, auf der anderen Seite verspürte er eine gewisse Scheu davor die Kiste zu öffnen. Vielleicht enthielt sie wichtige Dokumente? Aber nein! Die hatte Onkel Richard für ihn aufgehoben und ihm zusammen mit dem Brief von Irma aushändigen lassen. Lagen wichtige Auf-

zeichnungen seines Vaters darin? Oder hingen gar seine Alpträume mit dem Inhalt dieser Kiste zusammen? Je länger er auf sie starrte, je bekannter kam sie ihm vor und doch wusste er, dass er sie noch nie in diesem Haus gesehen hatte. Woher sollte er sie also kennen? Sie musste schon einige Jahrhunderte überdauert haben, denn sie bestand aus festen, massiven Eichenholz und war mit starken Eisenbeschlägen umfangen. Zum öffnen des Deckels war ein langer, handgefertigter, schwerer Riegel angebracht worden.
Die Dämmerung senkte sich über die Stadt, lies die Bibliothek und alles was drinnen stand so düster wie die Ahnengalerie im Flur erscheinen.
Ernest spürte die Trockenheit seines Mundes und löste sich aus seiner starren Haltung. Er ging zum Schalter, lies den Raum vom hellen Licht des großen Leuchters
erstrahlen. Anschließend holte er sich ein Glas Wasser aus der Küche und trank es auf einem Zug leer. Jetzt stand sein Entschluss fest. Er ging zurück zur Kiste, griff an den Riegel und schob ihn energisch zurück.
Obenauf lag ein Brief mit Tante Reginas Handschrift und wie erwartet lagen mehrere wissenschaftliche Bücher darunter. Als er sie hochnahm um die Titel zu lesen,
kamen auch die Tagebücher und Aufzeichnungen seines Vaters zum Vorschein und ein paar alte handgeschriebene Schriften. Klar war dies alles wertvoll für ihn, aber
irgendwie war er doch enttäuscht. Es musste sich doch noch etwas außergewöhnliches finden lassen. Zuunterst lag ein Buch, das ihm schon sehr antik vorkam. Vorsichtig hob er es heraus und sah, dass es nach einer Technik gebunden war, die man heute nicht mehr verwandte.

Als er es aufschlug und durchblätterte, bemerkte er, dass es in mittelaltriger Handschrift verfasst und auf verschiedenen Seiten mit Formeln die ihm bekannt vorkamen, versehen war. Zwischen der letzten Seite und dem Einband lag ein zusammengefaltetes Papier aus der Neuzeit. Sicher stammte es von seinem Vater. Er schlug es auf und staunte. Das Papier war mit ungelenkigen aber erkennbaren Formeln, die mit denen im Buch übereinstimmten, bekritzelt und auf das obere Ende des Blattes hatte sein Vater geschrieben. Diese und ähnliche Zeichnungen hat mein Sohn Ernest zwischen dem zweiten und dritten Lebensjahr gemalt.
Ernest merkte, dass das Blatt in seiner Hand zitterte. Er kannte diese Formeln aus seinen Träumen. Trotzdem – oder vielleicht gerade deshalb verstaute er das Buch wieder ganz unten in der Kiste. Er wäre im Moment nicht fähig dazu gewesen, sich darin zu vertiefen. Unter den Büchern entdeckte er eine Schachtel mit einem technischen Gerät. Da er aber nicht wusste für was es geeignet sein sollte, legte er es wieder zur Seite und suchte nach Tante Reginas Brief. Sicher würde sie ihm darin einiges erklären. Zögernd nahm er den Brief aus dem Umschlag und begann ihn zu lesen.

Lieber Ernest,
Du bist also in dein Elternhaus zurückgekehrt. Dieser Tag musste kommen, denn es ist Deine Bestimmung, die Forschungen Deines Vaters, dessen irdische Zeit seines Wirkens leider sehr begrenzt war, weiter zuführen. Ich sehe Dich im Labor sitzen und Du glaubst alles perfekt hergerichtet zu haben. Es stimmt, aber es gibt noch eine

Ergänzung, die Dir helfen wird das menschliche Gehirn und die Stärke seines Geistes zu erforschen. Denke nicht länger nach, mit welchen Experimenten Du beginnen sollst. Lese zu allererst die Tagebücher deines Vaters. Dann versuche die antiken Schriften zu entziffern. Dabei wird dir das Buch eines Vorfahren gute Dienste leisten. Im Boden der Kiste ist eine Schachtel mit einem seltsamen Mechanismus. Finde heraus ob er dir hilft die Geheimtür zu finden die dein Vater vergeblich im Haus gesucht hat. Dein Vater hat mir die Kiste übergeben weil er seinen und den Tod deiner Mutter vorausgeahnt hat. Er fühlte sich ständig verfolgt. Zwar sollte ich dir die Kiste schon zu deinem achtzehnten Geburtstag aushändigen. Doch ich wollte dir zuvor ein ungestörtes Studium in München ermöglichen. Über all die Jahre, die ich krank in meinem Bett lag, war ich mit dem Geist deines Vaters verbunden. Führe sein Werk fort
Regina

Ernest lehnte mit dem Brief in der Hand an der Wand und sah hinüber zur Kiste. Das flaue Gefühl der ständigen Bevormundung erregte ihn. Seine Eltern, die ganze Verwandtschaft und sogar Ilona hatten ihn bisher versucht zu beeinflussen. Jeder von ihnen glaubte zu wissen, was für ihn das Beste war. Und was hieß hier Vaters Werk fortsetzen? Er wusste doch über das sogenannte Werk von ihm nicht das Geringste. Sollte er sich jetzt an Hand dieser Dinge in der Kiste selbst ein Bild davon machen? Es konnte monatelang dauern die alten Schriften und Bücher zu entziffern. Und wie lange würde es dauern bis er alle Tagebücher seines Vaters gelesen hatte? Und würde es überhaupt etwas nützen seine eigenen Wünsche und

Ziele zurück zu stellen? Vielleicht hatte sich Vater in etwas versteigert das es nicht gab? Tante Regina hatte ihm anscheinend alles geglaubt.
Doch zu welchem Zweck benutzte man dieses technische Gerät? Er nahm es aus der Schachtel und betrachtete es von allen Seiten. Dann legte er es genervt zurück. Wie sollte er mit diesem kleinen Ding eine Geheimtür im Haus finden? Je mehr er darüber nachdachte, je mehr schien ihm das ganze Unternehmen fraglich. Keiner seiner Vorfahren hatte die Tür entdeckt. Warum sollte gerade er es tun? Wahrscheinlich würde er mit der Zeit genauso getrieben wie sein Vater nach diesem Phantom suchen.
Genervt schloss er den Deckel der Kiste und verließ die Bibliothek. „Morgen werde ich die Kiste irgendwo verstauen und sie über meiner wirklichen Arbeit vergessen", dachte er müde und verließ die Bibliothek.

Ilona starrte verärgert auf das Telefon. Immer wieder klingelte es, aber es waren ständig die falschen Leute dran. Thea konnte Ilonas Unruhe nicht mehr mit ansehen. „Warum rufst du Ernest nicht per Handy an?"
„Das habe ich schon versucht. Keine Verbindung. Obwohl er versprochen hat mich heute Abend anzurufen."
„Ernest wird im Stress sein. Vielleicht hat er schon mit der Renovierung des Hauses begonnen."
„Das ist keine Entschuldigung."
„Vielleicht ist sein Akku leer. Du kennst doch seine Vergesslichkeit."
Ilona fauchte ärgerlich: „Ja, nimm ihn nur in Schutz. Aber so geht das nicht! Kaum sind wir getrennt soll ich mir Ge-

danken machen ob dies oder jenes daran schuld ist, dass er nicht mal Zeit hat mich anzurufen. Nein danke!
Ilona lief gekränkt zur Tür: „Ich treffe mich noch mit ein paar Freunden. Also gute Nacht. Es kann spät werden.

Ernest erwachte heiter und ausgeglichen wie schon lange nicht mehr. Lag es an der Sonne, die den Tag so strahlend begrüßte? Oder lag es daran, dass er sich am Abend zuvor entschlossen hatte sein Leben so zu gestalten wie er es für richtig empfand. Munter schlug er die Bettdecke zurück und lief ins Bad.
Beim Zähneputzen fiel ihm Ilona ein. Er hatte gestern Abend doch tatsächlich vergessen sie anzurufen. Gleich nach der morgendlichen Toilette holte er dies nach.
Ilona reagierte verschnupft. Doch ihr Ärger verrauchte sofort nach seiner Entschuldigung.
Als Ernest auf der Terrasse frühstückte, sah er versonnen hinüber zum Labor und beschloss es an diesem Vormittag neu herzurichten.
Während er dann die Laborgeräte auspackte und sie nacheinander auf den Tischen verteilte, dachte er an Reginas Brief. In einer Sache hatte sie Recht. Er hatte sich schon als Student vorgestellt wie man das Gehirn des Menschen besser erforschen könnte. Doch das würde er auf seine eigene Art herausfinden. Was half ihn bei dieser Forschung das Wissen aus vergangenen Jahrhunderten. In der modernen Medizin gab es inzwischen Erkenntnisse von denen seine Vorfahren nur träumen konnten.
Er fühlte sich frei und stark und betrachtete sein Werk. Gut so, jetzt konnte er endlich ungestört arbeiten.

Zum Mittagessen ging er rüber zu Irma und berichtete ihr begeistert von seiner Arbeit und seinem Entschluss die Truhe in der Kammer, in der schon andere alte Gegenstände aufbewahrt wurden, zu lagern.
„Weißt du Irma", sagte er ihr zu ihr, „ich möchte meine eigenen Erfahrungen machen. Außerdem möchte ich mich auf meine Aufgabe in der Universität vorbereiten. Dann kommt ja auch noch hinzu, dass ich Ilona versprochen habe einige Renovierungen im Hause vorzunehmen. Wozu also die Zeit mit der Suche nach einem Phantom zu vergeuden?"

Irma atmete erleichtert auf. „Gott sei Dank, wenigsten ein realistischer Mensch in der Familie. Du wirst deinen Entschluss sicher nicht bereuen und wenn du Hilfe in deinem Haus brauchst, kannst du dich gerne an mich wenden."

Nach dem vorzüglichen Mittagessen bei Irma fühlte sich Ernest noch zuversichtlicher und stärker. So holte er sich gleich nach der Ankunft in seinem Haus den großen dicken Schlüsselbund der in der Diele hing und ging damit in die Bibliothek. Dort hob er kurzentschlossen die Kiste hoch und schleppte sie in das obere Stockwerk. Vor einer Kammer setzte er sie ab und wischte sich schweratmend den Schweiß von der Stirn.
Die Suche nach dem richtigen Schlüssel an diesem dicken Eisenreifen steigerte seinen Unmut. Die Schlüssel klimperten am Bund. Doch erst der letzte passte endlich in das Türschloss. Er ließ sich schwer umdrehen und das Schloss quietschte erbärmlich.

Als er die Tür aufschob, schwollen ihm dichte, stinkende Luftschwaden entgegen. Er kämpfte sich an verstaubten Möbelstücken vorbei, vernichtete einige Spinnweben und gelangte schließlich zum Fenster. Dann hatte er einen morschen Griff in der Hand, der ihn befürchten ließ abzubrechen ehe er hier für Frischluft sorgen konnte.
Als es ihm dann doch mit viel Geduld gelungen war das Fenster zu öffnen, atmete er die frische Luft tief ein. Doch der ekelige Geschmack blieb in seiner Kehle hängen.
Nach ein paar Minuten drehte er sich um und sah sich nach einem Platz für die Kiste um. Die vielen Spinnweben regten ihn auf aber zum Glück fand er einen zerfledderten Besen mit dem er einige davon entfernen konnte. Als er die Kiste hereinholte fiel die Tür hinter ihm zu. Der Knall den sie dabei verursachte fuhr ihm schreckhaft in die Glieder und er musste an die jammervollen Klänge denken, die er als Kind manchmal aus diesem Raum vernommen hatte. Er sah um sich und bemerkte einen Schreibsekretär vor dem er meinte eine Frau sitzen zu sehen die bitterlich weinte und ihr Schluchzen klang flehentlich in seinen Ohren.
Einen Moment blieb er starr stehen, dann riss er sich zusammen. Er war doch kein kleiner Junge mehr, der die alten Schauergeschichten die ihm seine Tanten über dieses Haus erzählten, glaubte. Die Gestalt vor dem Sekretär löste sich in Staub auf. Jetzt sah er sich nach einem Lappen um. Er fand ihn in der Ecke aus der er zuerst den Besen hergeholt hatte. Nun wischte er vorsichtig den Staub vom Sekretär und erkannte dessen Schönheit. Wer hatte wohl dieses wertvolle antike Stück hier in diesem Gerümpel untergebracht? Bewundernd fuhr er mit seinen

Fingern über die eingelegten Intarsien. Dann klappte er die Schreibplatte herunter. Hinter ihr befanden sich ein paar verzierte Schubladen. Er öffnete eine davon und entdeckte ein Buch das er herausnahm und darin blätterte. Es enthielt viele Notizen. Doch die Tinte, die einst dazu verwendet wurde, war schon leicht vergilbt und die altdeutsche Schrift in der es verfasst war, machte es auch nicht leichter die Worte zu entziffern. Er schob das Buch in seine Tasche und zog die nächste Lade heraus. Hier fand er ein Blatt Papier auf dem der Sekretär von außen und von innen abgezeichnet war. Im inneren Teil wies ein Pfeil auf eine Stelle die man anscheinend verschieben konnte. Aber als er das Innere des Sekretärs betrachtete sah er an der eingezeichneten Stelle nur eine Schublade und merkte schnell, dass man sie nicht herausziehen konnte. Aber beim Drücken auf den kleinen Knopf in der Mitte der Lade klappte ihr Vorderteil herunter. Doch dahinter schien nur eine Holzplatte zu sein. Sie ließ sich weder nach rechts noch nach links verschieben.
Ernest wurde schon leicht nervös. Der vollgestopfte Raum, der Mief der immer noch darin hing und das Durchsuchen des Sekretärs erschöpften ihn. Eigentlich wollte er doch nur die Kiste hier abstellen. Jetzt brauchte er nur das Fenster wieder zu schließen und die Rumpelkammer verlassen. Trotzdem sah er noch einmal auf die Zeichnung. Dabei bemerkte er, dass der Pfeil nach unten ging. Er betastete die kleine Holzwand und spürte am oberen Ende eine winzige Einkerbung. Er drückte seinen Fingernagel hinein und schob das Teil nach unten. Hinter der Öffnung sah es aus als ob ein Teil darin eingesetzt

werden müsste. Enttäuscht griff er in die Leere und ertastete wieder ein Stück Papier.
Gleich darauf stieß er einen überraschten Pfiff aus. Wenn er sich nicht irrte handelte es sich auf dieser Zeichnung um das mechanische Teil, das in der Kiste seines Vaters lag. Jedenfalls musste er es ausprobieren. Egal ob miese Luft oder nicht, das Teil musste her. Schon war er bei der Kiste und öffnete sie. Er nahm es heraus, schob es in die Öffnung des Sekretärs und gleich darauf hörte er einen knackenden Ton. Das Ding war eingerastet und der kleine Hebel daran ließ sich auf die Seite drücken. In dem Moment öffnete sich die Tür zu einem Geheimfach. Doch es enthielt wieder nur ein Bündel Papiere. Er nahm es heraus, verstaute es in die zweite Tasche seiner Jacke. Seine Kehle wurde immer trockener. Er begann zu husten und kämpfte sich zur Tür. Dann verschloss er sie wieder, nahm den Reif mit den vielen alten Schlüsseln und lief hastig den Flur entlang. Dann eilte er hinunter zur Küche und trank ein Glas Eistee. Es erfrischte ihn zwar ein wenig doch er spürte eine erschreckende Unruhe in sich. Irgendetwas hatte ihn dazu getrieben in den Sekretär zu sehen und jetzt drängte es ihn die Papiere, die er dort gefunden hatte zu ordnen. So lief er zur Bibliothek, leerte seine Taschen aus und legte alles auf den Tisch. Da lagen nun das Buch und das Bündel Papiere. Noch zögerte er die Schriften zu entziffern. Sollte er nicht lieber zuvor die Tagebücher seines Vaters lesen?
Seine Gedanken schwankten unschlüssig hin und her. Noch konnte er sich an das Versprechen, das er Irma gegeben hatte halten. Er musste nur einfach diese Sachen hier wieder dahin tun wo er sie gefunden hatte.

Doch seine Unruhe wuchs. Sie sagte ihm, dass er diese Dinge nie mehr vergessen würde. Nervös griff er zu dem Buch und schlug es auf. Langsam wie ein Schüler, der gerade das Lesen lernte, las er die ersten Worte. Aber in seiner gebückten Haltung war es ihm zu unbequem. Also nahm er das Buch, setzte sich in seinen Sessel und schlug es auf. In dem Moment fiel ein zusammengefaltetes Blatt heraus. Er hob es hoch, faltete es auseinander und las laut:
„Ich Theodor Bender, Astronom in Gottes Namen, habe heute im Jahre 1673 das Licht eines neuen Sternes entdeckt. Ich werde seine Laufbahn berechnen und eine neue Sternenkarte erstellen. Diese Karte werde ich im Geheimfach meines Sekretärs verwahren."
Ernest ließ das Blatt sinken und dachte einen kurzen Moment an den mittelalterlich gekleideten alten Mann den er schon mehrmals in seinen Träumen gesehen hatte. Genervt legte er das Blatt wieder in das Buch und suchte darin nach der angedeuteten Sternenkarte. Als er sie nicht fand, stand er auf, ging zum Tisch, band das Bündel Papiere auseinander und legte die einzelnen Blätter neben einander hin. Auf einem dieser Blätter war eine Truhe gezeichnet die der Truhe in der Küche verblüffend ähnelte. Erstaunt drehte er das Blatt um und betrachtete die Rückseite. Jetzt blieb ihm fast der Atem weg. Hier fand er das Innere der Truhe gezeichnet. Am Boden von ihr war deutlich eine Tür zu erkennen. War das etwa…?
Ernest stürmte mit dem Blatt in der Hand in die Küche. Dort wuchtete er den schweren Deckel der Truhe hoch.
Sie war prallgefüllt mit uralten eisernen Pfannen und Töpfe. Zuerst starrte er ungläubig darauf, doch dann verstand

er den Sinn dieser Gegenstände. Sie gehörten in eine Küche, deshalb passten sie als Tarnung perfekt hier her. Wie besessen holte er sie nacheinander heraus und türmte sie auf den Küchenboden hoch.

Die Truhe war innen an allen vier Ecken am Boden festverankert. Doch an der Vorderseite waren in der Höhe von zehn Zentimetern klobig feste Scharniere angebracht, die es erlaubten diese Seite nach vorne zu legen. Trotzdem brauchte man viel Kraft dazu. Ernest mühte sich schwitzend ab. Als das Teil endlich am Boden lag, sah er die wuchtige Falltür. Einen Moment starrte er sie gebannt an. Doch dann stemmte er sie schweratmend hoch und schrak vor dem großen schwarzen Loch und dem Modergeruch der zu ihm hochströmte, zurück.

Angewidert rappelte er sich hoch, ging hinaus zur Garage und holte eine Taschenlampe aus seinem Auto. Kurz darauf leuchtete er in das Loch und entdeckte den Abstieg, der über eine schmale Treppe nach unten in einen gewölbten Keller führte. Fröstelnd leuchtete er mit der Lampe an den Wänden entlang und entdeckte dort mehrere wuchtige eiserne Leuchter mit dicken Kerzen. Jetzt richtete er den Strahl der Taschenlampe auf den Boden und in alle Ecken. Doch außer zwei große Kisten und ein paar morsche Tische gab es hier nichts zu sehen.

Ernest blieb enttäuscht stehen. Was hatte er denn erwartet? Einen alten Schatz? Naja, das nicht gerade. Aber nachdem ein früherer Besitzer dieses Hauses dieses ungemütliche Loch so verbarrikadiert hatte…?

Seine Schritte hallten dumpf auf dem unebenen Steinboden. Vor den Kisten blieb er stehen und betrachtete sie von allen Seiten. Dann betastete er sie unbehaglich und

stellte fest, dass sie aus dicken Eichenbohlen gefertigt waren. An ihren schweren Deckeln prangten jeweils zwei geschmiedete Schlösser. Ob er sie mit dem Meißel aufstemmen könnte? Doch dann fiel ihm der Reif mit den vielen Schlüsseln ein. Erregt stieg er hinauf, zwängte sich durch den Einstieg und verließ die Truhe. Dann holte er die Schlüssel, suchte eine Schachtel Streichhölzer und ging zurück in den Keller. Dort zündete er die Kerzen an. Anschließend probierte er die Schlüssel aus und tatsächlich passte einer von ihnen in die Schlösser.
Als er mit aller Kraft den Deckel der ersten Kiste hochgewuchtet hatte, betrachtete er staunend die schimmernden Metallteile, die wie neu funkelten. Daneben lag eine Art Glashaube. Das flackernde Kerzenlicht reichte nicht aus die Bestandteile der Materialen aus denen diese Teile bestanden richtig zu erkennen. Aber die schweren Kisten würde er nie nach oben schleppen können. So packte er ein Teil nach den anderen heraus und trug alles hinauf. Runter, rauf, runter rauf. Endlich waren beide Kisten geleert. Doch jetzt entdeckte er noch eine kleinere Kiste, die er aber so wie sie war noch oben tragen konnte. Anschließend ging er ein letztes Mal nach Unten, schaltete seine Taschenlampe ein, löschte die Kerzen und stieg wieder hoch. Dann nahm er den Griff der Geheimtür und zog sie wieder herunter. Als sie fest eingerastet war, füllte er die Truhe mit den Pfannen und Töpfe, die er ihr zuvor entnommen hatte und verschloss sie wieder.
Anschließend schleppte er sich zu einem Stuhl und setzte sich völlig erschöpft darauf. Einen Moment schloss er die Augen und wünschte sich nur noch sein Bett herbei.

Doch dann sprangen die Gedanken in seinem Kopf wirr herum.
Er wusste nicht welchen Zweck diese Teile dienten, aber er wusste, dass er sie Niemandem zeigen durfte. Erst musste er sie selbst erforschen. Das Labor war dafür am besten geeignet. Gleich morgen Früh würde er sie hinüber bringen.
Bei diesem Gedanken wurde er wieder munter. Der Weg zwischen Küche und Labor war nur kurz. Trotzdem konnte Jemand sein Tun beobachten. Deshalb musste er es jetzt in der Nacht tun. Also schleppte er Stück für Stück ins Labor. Anschließend verschloss er sorgfältig dessen Tür und späte in alle Richtungen des Gartens. Erst als er sich sicher war, dass ihn Niemand beobachtet hatte ging er zurück in die Küche.
Dort trank er ein Glas Wasser, ging ins Wohnzimmer und legte sich total erschöpft auf das Sofa. Eigentlich wollte er sich hier nur einen Moment ausruhen und über das ganze Geschehen nachdenken. Doch schon nach einer Minute schlief er tief und fest.

Als Ernest am Morgen erwachte, fühlte er sich wie zerschlagen. Er wischte den Schlaf aus seinen Augen und richtete sich auf. Wieso hatte er eigentlich auf dem Sofa geschlafen? Jetzt spürte er den Muskelkater in seinen Armen und Beinen. Und jetzt fiel ihm das, was er gestern Abend getan hatte ein.
So wie er war, ungekämmt und ungewaschen lief er in die Küche, dann zum Labor, schloss die Tür auf, schob sie mit einem Ruck zur Seite…

Ja, die Teile lagen da. Die Sonne stach durch die Fensterscheiben und verstärkte ihr Funkeln. Mitten in diesem blitzenden Funkeln von Metallstücken die ihn unheimlich faszinierten, hatte er die beiden kristallenen Glashauben gelegt. Erregt ging er um die Teile herum und betrachtete jedes davon genau. Dabei spannten sich seine Sinne fast bis zur Hysterie. Aber er fand keine Antworten auf die Fragen die er sich selbst über dieses außergewöhnliche Material stellte. In diesen Wirrwarr der Gefühle drängte sich das Bild des alten Mannes, aus seinen alten Träumen. Nervös schüttelte er den Kopf: „Drehte er jetzt ganz durch?" Das Bild verschwand wieder. Doch er fühlte sich beobachtet. Wenn Jemand im Garten herumstreichen würde...? Besorgt ging er zum Fenster, sah hinaus, entdeckte jedoch Niemand. Aufatmend ließ er die Rollos herunter. Gleich darauf staunte er über das reflektierende Licht das vom Material ausging.
Es schien ihm, als hätten diese Teile gestern Abend zwar schon stark geschimmert aber noch nicht so intensiv gestrahlt wie heute. Er bügte sich hinunter und betastete vorsichtig eines der Metallstücke. Es fühlte sich ähnlich hart wie Titan an und an seiner Innenseite haftete ein ihm unbekanntes Dämmungsmaterial.
Ratlos richtete er sich wieder hoch und langsam wurde ihm bewusst, dass er doch die alten Schriften, oder das vergilbte Buch durchlesen musste. Dort lag sicher die Erklärung wie er mit seinem außergewöhnlichen Fund umgehen sollte.
Langsam wandte er sich zur Tür, ging hinaus, schloss sie ab und lief mit schneller werdenden Schritten ins Haus.

In der Küche lag noch das Blatt mit der Zeichnung der Truhe. Er nahm es an sich und lief damit zur Bibliothek. Als er es an seine vorherige Stelle gelegt hatte, besah er sich die übrigen Blätter und bemerkte, dass sie nummeriert waren. Aufgeregt ordne er sie in der richtigen Reihe an. Auf der ersten Seite waren sämtliche Metallteile abgezeichnet. Das zweite Bild zeigte eine Art Greifarm und auf dem dritten Blatt erkannte er deutlich die Glaskuppeln. Aber alles zusammen gab ihm noch immer Rätsel auf. Und jetzt trieb es ihn dazu diese Rätsel zu lösen. Er nahm das Buch von Theodor Bender und setzte sich in den Sessel.
Am Anfang tat er sich noch schwer die alte Handschrift zu entziffern. Doch dann war es ihm, als ob er mit anderen Augen lesen würde und fühlte sich in ein längst vergangenes Jahrhundert versetzt. Nach den Aufzeichnungen seines Urahnen war dieser zu seiner Zeit ein großer Gelehrter gewesen. Aber anscheinend konnte er nicht alle Erfindungen die er gemacht hatte preisgeben. Damals wurde man noch leicht als Ketzer verschrien. Alles, was er da las interessierte ihn sehr, doch es ermüdete ihn auch. Er sah auf die Uhr und erschrak. Es war schon kurz vor zwölf Uhr Mittag und bis jetzt hatte er weder etwas gegessen noch hatte er sich frisch gemacht. Eilig lief er ins Bad und stellte sich unter die Dusche.

Irma blickte Ernest erfreut entgegen: „Ich dachte schon du kommst heute nicht. Naja, jetzt bist du ja da. Ich habe draußen auf der Terrasse gedeckt. Geh doch schon mal vor. Ich bringe das Essen gleich. "

Das war Irma, im vollen Eifer ihn zu bemuttern. Sie setzte einfach alles so fort wie früher.
Seine nervösen Gedanken beruhigten sich und er brachte sogar ein Lächeln zu Stande.
Die Sonne brannte um diese Zeit gleißend herunter. Doch Irma hatte rechtzeitig die schattenspendenden Markisen heruntergelassen. Er setzte sich auf seinen Lieblingsplatz, sog den Duft der Rosen ein, ließ das saftige Grün des Gartens auf sich wirken, genoss die angenehme
Ruhe hier und fühlte sich in diesem Augenblick froh und zufrieden.
Irma tischte das Essen auf und setzte sich zu ihm:
„Richard hat angerufen", sagte sie glücklich. „Er genießt diese Reise sehr und lässt dich vielmals grüßen."
Ernest sah in ihr strahlendes Gesicht und lächelte ihr zu: „Hast du ihm auch einen Gruß von mir ausgerichtet?"
„Natürlich", ereiferte sich Irma. „Aber jetzt lassen wir es uns erst mal schmecken. Einen guten Appetit."

Später, als Ernest wieder zu Hause war, fühlte er sich als lebe er in verschiedenen Welten. Bei der gradlinigen, unkomplizierten Irma schien ihm alles so heiter, einfach zu sein. Doch hier in seinem Elternhaus in dem er sich als Kind so wohl gefühlt hatte, spürte er neuerdings eine
Bedrohung die ihn frösteln ließ. Er hätte diese Kiste nie öffnen dürfen. In dem Moment, als er das tat entstand eine unruhige Spannung in ihm, die ihn trieb in mittelalterliche Zeiten zu tauchen. Aber wie passten die alten Schriften und alles Antike hier im Haus zu dem Inhalt der Kisten aus dem Keller? Das Material dieser Stücke zeigte keinerlei Alterserscheinungen. Im Gegenteil, es kam ihm völlig

neu und unerforscht vor. Er musste zurück in die Bibliothek, musste weiter lesen, musste das Geheimnis dieser Teile entdecken.
Warum fühlte er sich nur immer so beobachtet? Alles lag so geordnet da wie er die Bibliothek verlassen hatte und nichts wies daraufhin, dass Jemand hier gewesen war.
Er nahm das alte Buch in die Hand. Aber als er die Seite aufschlug in der er zuletzt gelesen hatte, verlor er die Geduld und blätterte ein paar Seiten weiter. Hier schrieb dieser Gelehrte. „Sie haben sich mit mir in Verbindung gesetzt. Ich werde der erste Mensch sein der das Experiment wagen darf. Ich habe nach ihren Anweisungen in dem Anbau unseres Hauses ein Labor eingerichtet. Ein Teil davon habe ich abgetrennt und schalldicht gemacht. Außer mir wird Niemand erkennen, dass hinter der vermeintlichen Rückwand jener Raum ist. Nur ich kann die Wand öffnen. Dieses Buch in dem ich alle Resultate die sich ergeben, festhalte, werde ich zusammen mit meinen Zeichnungen und Notizen jeden Abend im Geheimfach meines Sekretärs verstecken. Das Gerät mit dem ich das Fach öffnen kann werde ich in der Bibliothek separat lagern.
Ernst ließ das Buch sinken. Wahrscheinlich hatte sein Vater damals dieses Gerät gefunden. Vielleicht war es sogar das, was ihn dazu trieb eine Geheimtür zu suchen. Doch es war ihm nie gelungen diese Tür zu finden. Trotzdem hatte er das für ihn fremdartige Gerät in die Kiste zu seinen Tagebüchern gelegt. Warum Vater das getan hatte, würde vielleicht in einem seiner Tagebücher stehen. Doch diese konnte er ja später einmal lesen. Erst musste

er herausfinden was es mit dem Inhalt der Kisten auf sich hatte. Alles was er darüber wissen wollte, musste in diesen Schriften zu finden sein.
Gespannt legte er das Buch zur Seite und sah die Blätter durch, die er noch nicht gelesen hatte. Bei der zehnten Seite wurde er fündig. Gebannt starrte er auf die gezeichneten Metallteile und die daneben abgebildete Scheibe. Befand sich diese Scheibe etwa in der kleinen Kiste, die er noch nicht geöffnet hatte?
Gespannt verließ er die Bibliothek. Aber dieses Mal schloss er die Tür ab.
Als er im Labor ankam, lief er sofort zu der kleinen Kiste und öffnete sie. Er entdeckte eine zusammengerollte Folie und eine etwa 30 mal 30 Zentimeter große Scheibe mit halbrunden Leisten. Neugierig nahm er sie heraus und betrachtete sie von allen Seiten. Dann strich er sachte über die rechte Leiste. Im gleichen Moment erklang eine menschenähnliche Stimme mit einer für ihn unverständlichen Aussprache. Erschrocken strich er wieder über die Leiste. Die Stimme verschwand. Doch die Stille legte sich jetzt belastend auf ihn. Langsam ging er zur Rückwand und tastete sie ab. Aber er fand nichts mit dem man sie verschieben konnte. War es die falsche Wand? Er drehte sich um und spähte im ganzen Labor umher. Jetzt glaubte er eine flüsternde Stimme zu hören. Außerdem begann die Scheibe in seiner Hand zu vibrieren und bewog ihn wieder zur Rückwand zu gehen. Dort drückte er wie ferngesteuert auf den roten Knopf in der Mitte und sah wie die Wand langsam und tonlos runter in den Boden versank. Der freigelegte Raum starrte ihm kahl entgegen und

irgendein Gefühl bewog ihn die Metallteile und die Glashauben dort hinein zu schleppen. Anschließend nahm er die Scheibe wieder in die Hand und strich über die obere Leiste.
Daraufhin flog die Folie aus der Kiste zur Rückwand und blieb wie festgeklebt an ihr hängen. Und während Ernest überrascht auf die Wand starrte, wurde das Vibrieren der Scheibe stärker. Automatisch drückte er auf die untere Leiste und sofort begannen sich einige Teile zu bewegen. Sie schwebten in die Höhe und setzten sich selbst zusammen. Kurz darauf stand wie von Geisterhand gemacht ein großer metallener Stuhl vor der Folie. Das gleiche passierte noch einmal so. Der zweite Stuhl stand daneben. Dann erhoben sich die Glashauben, die auf einer Art Greifarm befestigt waren und setzten sich mit knirschenden Geräuschen in die richtige Position über den Stühlen. Die darauffolgende Stille nervte ihn, aber eine gewisse Scheu hinderte ihn daran die Stühle zu betasten. So stand er reglos da und betrachtete die Schalen mit der hohen Rückenlehne und den, mit dicken Noppen gepolsterten Sitzen, die an Saugnäpfe von Polypen erinnerten. Mitten in sein fassungsloses Staunen hinein hörte er ein leichtes Raunen, das von der Rückwand her kam. Anschließend wanden sich auf der Folie kleine wellenartige Gebilde nach oben, die aber immer wieder zurück nach Unten sanken.
 Ernest legte die Scheibe, die er noch immer starr in den Händen hielt auf den Boden. Nichts von dem was hier geschah konnte er verstehen. Trotzdem versuchte er nun die Funktion der Stühle zu ergründen. Als er zum ersten Stuhl ging und ihn von allen Seiten betrachtete, entdeckte

er an seiner Hinterseite eine Reihe von Knöpfen. Zitternd drückte er auf den ersten Knopf und sofort drängte sich ein unangenehm, schleifendes Geräusch in seine Ohren. Die Schalen begannen sich auszudehnen, bildeten dabei eine Röhre und ohne weiter zu überlegen drückte er auf den zweiten Knopf. In dem Moment bewegte sich der Schwenkarm und schob die Glashaube direkt über die Röhre. Die kristallenen Hauben begannen stärker zu funkeln und sandten farbige Strahlen aus, die sich ständig wechselten.

Ernest beobachtete dieses Spiel fasziniert und drückte wie im Rausch auf den nächsten Knopf. Jetzt sah er wie die Wand hinter den Stühlen die Farben an sich zogen. Die Hauben wurden wesentlich trüber und die Schalen matter. Die Folie reflektierte die Farben unheimlich grell und ließ seine Augen tränen.

Das Schlängeln der Wellen wurde wilder und aus dem Raunen wurden schrille, den Ohren wehtuende Töne. Seine Adern begannen anzuschwellen und ein heftiger, stechender Schmerz durchdrang seinen Kopf. Anschließend fühlte er wie seine Füße eiskalt und steif wurden und die Kälte immer höher stieg. Langsam kam es ihm vor, als sprängen hin und wieder ein paar Schatten aus der Folie und umkreisten ihn. Wie sollte er nur diesem schaurigen Spiel ein Ende bereiten? „Der letzte Knopf- Ich muss den letzten Knopf drücken", dachte er verzweifelt. Mit verzerrtem Gesicht suchte er nach ihm und schaffte es gerade noch, ihn zu drücken.

Jetzt verschwanden die kleinen Wellen auf der Folie. Das grelle Licht wich zurück. Die Farben kehrten in die Schalen die sich wieder auseinander dehnten zurück und der

Schwenkarm brachte die Glashaube und sich selbst wieder in die alte Position. Die Kälte wich. Der Alptraum war zu Ende.
Ernest blickte benommen um sich. Hatte er das alles wirklich erlebt? Seine Gedanken wurden klarer. Sie trieben ihn regelrecht dazu diesen Raum zu verlassen. Er hob die Scheibe auf, ging ins Labor und drückte auf den Knopf in ihrer Mitte. Die Wand fuhr hoch und alles war im Labor wie zuvor.
 Als sich Ernest wieder in der Bibliothek vor den alten Schriften befand, arbeitete sein Verstand, so wie er meinte wieder klar und realistisch.
Theodor Bender, der Verfasser dieser Schriften, hatte in dieser geheimen Kammer Stühle mit einem unbekannten Material hergestellt dessen Zusammensetzung er erforschen musste. Zudem gab es den Sinn und Zweck herauszufinden für die man diese effektvollen Teile verwenden konnte. Dazu musste er noch mehr seiner Schriften studieren. Aber im Moment fühlte er sich nicht mehr im Stande weiter in seinen Werken zu lesen. Jetzt benötigte er eher ein wenig frische Luft.
Der Abend nahte und vertrieb langsam die Hitze des Tages. Ernest schlenderte gedankenverloren die Straße entlang. Doch das, was er im Labor erlebt hatte, hing ihm noch immer in den Gliedern. Nach nur wenigen Minuten drehte er sich wieder um und wanderte zu seinem Haus zurück. Dort sah er an der Fassade hoch. Sie wirkte von außen wie ein ruhiger Pol und doch wusste er, dass er sich im Inneren des Hauses nie mehr ohne belastende Gedanken bewegen konnte.

Als er durch den dämmrigen Flur auf das Wohnzimmer zuging verstand er mit einem Mal Ilonas Wunsch mehr Helle und Frische in dieses Haus zu bringen. Er sehnte sich nach ihrer tatkräftigen, fröhlichen Art. Wenn sie jetzt hier an seiner Seite sein würde, brächte sie es sicher fertig hier im Haus und auch in seine chaotischen Gedanken Ordnung zu bringen.
Jetzt zog es ihn wie magisch zum Telefon. Der bekannte Klingelton wiederholte sich immer wieder und als er schon resigniert auflegen wollte, hörte er ein schweres Atmen und gleich darauf Ilonas Stimme. „Ich war im Garten, habe das Klingeln des Telefons gehört und bin so schnell als möglich ins Haus gerannt", sagte sie unbekümmert. Doch dann stockte sie: „Fehlt dir was?"
„Ja", gab er zu. „Du fehlst mir sehr. Es ist so ruhig. So öde ohne dich. Könntest du mal übers Wochenende kommen?"
Einen kurzen Moment zögerte Ilona. Doch dann lachte sie froh: „Ja, ich komme und zwar schon an diesem Freitagabend."
„Super, ich liebe dich."
„Ich dich auch!"
Ernest legte den Hörer frohgelaunt zurück. Ilonas munteres Lachen und ihr Versprechen ihn bald zu besuchen ließ ihn lockerer werden.
Doch schon nach wenigen Minuten verließ ihn das heitere Gefühl wieder. Sein Mund fühlte sich trocken an. So ging er in die Küche und holte sich eine Flasche Wasser aus dem Kühlschrank. Er trank einen Schluck und beschloss die Flasche mit in sein Zimmer zu nehmen. Leise, wie ein Dieb schlich er an der Bibliothek vorbei. Nur nicht da hin-

ein gehen. Nur nicht noch mehr lesen. Für heute war es genug. Er sehnte sich nur noch nach Ruhe.

Am nächsten Morgen fühlte sich Ernest einigermaßen erfrischt. Das hatte er sicher Ilona zu verdanken. Er war mit den Gedanken an sie eingeschlafen und jetzt dachte er wieder an sie. Besser konnte es nicht kommen. Schon morgen Abend würde sie bei ihm sein. Sie würde seine düsteren Gedanken vertreiben und ihm keine Zeit geben um im Labor herum zu forschen.
Schon stritten seine Gefühle miteinander. Auf der einen Seite drängte es ihm wieder in den hinteren Teil des Labors zu gehen um die seltsamen Stühle zu testen. Doch auf der anderen Seite warnte es ihn vor zu vieler Neugier. Er musste sich erst mit den Aufzeichnungen seines Vaters beschäftigen. Doch dann bangte es ihm vor der Wahrheit. Hatte sein Vater in diesem Haus einen Teil seines wahren Ichs verloren? Hatte er sich in Thesen verrannt, die nicht nur ihm schadeten? Es waren zu viele Fragen die auf ihn einstürzten. Er musste diese erst ordnen, Abstand gewinnen und dabei konnte ihm nur die frische, ungezwungene Ilona helfen. Doch bevor sie kam, blieb ihm noch genügend Zeit die Tagebücher nach Beginn und Ende der Eintragungen zu sortieren. Schon dieser Gedanke genügte um sich einen inneren Fahrplan aufzustellen. Er zwang sich langsam zur Kammer zu gehen, die Tagebücher aus der Kiste zu holen und sich nicht mehr treiben zu lassen von den hetzerischen Einflüssen seines forschenden Ichs.
Er ging mit den Büchern hinunter zur Bibliothek. Aber schon, als er vor dem Schreibtisch stand und die Tage-

bücher nach Daten vor sich hinlegte, reizte es ihn wieder, zuerst nach den Mappen mit den Aufzeichnungen über die Geräte seines Urahnen zu greifen. Doch er widerstand diesem inneren Drängen. Nichts durfte ihn dazu zwingen, erst die Gedanken und Charakterzüge seines Vaters kennen zu lernen und dabei konnten ihm nur die Tagebücher helfen. Er nahm das Buch mit den ersten Eintragungen, die in der Studienzeit seines Vaters begannen in die Hand und verließ die Bibliothek.
Ilona hatte Recht, man sollte jeden Sonnenstrahl ausnutzen. So ging er auf die Terrasse, kurbelte die Markise herunter und setzte sich in einen der gemütlichen Korbsessel. Ohne jede Hast öffnete er das Tagebuch und begann zu lesen. Aber schon die ersten Seiten zeigten ihm, dass es nur Jugenderinnerungen seines Vaters enthielt. Sie zu lesen konnte er sich auf später aufheben. Jetzt interessierte es ihm mehr wann die Veränderung seines Vaters begann. Er nahm das Buch und ging zurück in die Bibliothek. Diesmal nahm er gleich zwei aufeinander folgende Bände mit sich. Dann holte er sich noch ein Glas Eistee aus der Küche und schritt wieder hinaus auf die Terrasse. Erst im dritten Buch wurde es interessant für ihn. Darin beschrieb sein Vater wie er das ihm unbekannte Gerät, zusammen mit einer Notiz von einer Geheimtür im unteren Fach eines Regals hinter alten Büchern gefunden und seither keine ruhige Minute gefunden hatte.
 Ernest schlug das Buch irgendwie enttäuscht zu und bemerkte wie schnell die Zeit verstrichen war. Trotz der Schatten spendenden Markise wurde es ihm zu heiß auf der Terrasse. Zudem sehnte er sich nach einer Tasse

Kaffee. Somit beendete er fürs erste, sein Leseprogramm und ging in die Küche.

Ilona bereitete es große Mühe, Tante Thea davon abzuhalten mit ihr nach Marburg zu fahren. Thea glaubte der Anruf von Ernest sei eine Art Hilfeschrei aus seiner Einsamkeit. Sicher wäre er gerne wieder in München, aber sein Pflichtbewusstsein gegenüber Onkel Richard hindere ihn daran hierher zurück zu kehren. Er würde dies nie eingestehen und nur ihre hilfreiche Hand würde ihn wieder den richtigen Weg weisen. Zum Glück war Max gekommen, hatte die Situation schnell erfasst und Tante Thea zum Essen in ihrem Lieblingsrestaurant eingeladen.
 Ilona hatte nun endlich Gelegenheit ihre Reisetasche zu packen und als sie damit fertig war, kam ihr eine neue Idee. Warum sollte sie nicht schon jetzt am Abend fahren? Tante Thea würde sicher wenigstens zwei Stunden mit Max verbringen. Wenn sie kurz zuvor los führe ginge sie jeder weiteren Diskussion aus dem Weg. Bis nach Marburg waren es schließlich einige Hundert Kilometer. Mit ein paar Pausen an den Raststätten käme sie vielleicht bei Ernest gerade recht zum Frühstück an. Dann bliebe ihr auch mehr Zeit für ihn. Ilona war nicht der Typ für langes Hin und her Überlegen. Die Idee war geboren und so würde sie diese auch ausführen.

 Die Sonne erhob sich schon am frühen Morgen über die Stadt, lies auch heute einen warmen Tag voraussagen. Ernest hatte es gestern tatsächlich fertig gebracht nicht ins Labor zu gehen. Mittags hatte er Irma besucht, war

länger als sonst bei ihr geblieben. Dann hatte er in der Stadt Einkäufe gemacht und war sogar am Abend noch einmal zu Irma rübergegangen. Sie hatten ein Gläschen Wein getrunken und entspannt den lauen Sommerabend auf der Terrasse genossen. Nach dem Besuch bei ihr hatte er vergessen die Rollläden in seinem Schlafzimmer zu schließen. So weckten ihn schon die ersten Sonnenstrahlen. Er reckte und dehnte sich und sprang gut gelaunt aus dem Bett. Er konnte mit sich zufrieden sein. Er hatte es geschafft, einen Abend ohne depressive oder drängende Gedanken verbracht zu haben und er würde es auch schaffen dies bis zur Ankunft Ilonas durchzuhalten. Und Ilona? Sie würde ihn sowieso wieder zum Lachen bringen. Nachdem er sich im Bad erfrischt hatte, nahm der Gedanke an Ilona so stark überhand, dass er gegen besseres Wissen, (er wusste doch dass sie erst am Abend kam) zum Fenster startete und sich hinaus beugte.
Staunend sah er auf das Auto vor seinem Haus. War es tatsächlich Ilona, die da stand oder war es ein Trugbild? Er wischte sich über die Augen, doch als er hinunter blickte stand Ilonas Flitzer noch immer da. Lachend lief er zur Tür, den langen Gang entlang, die steile Treppe hinunter, hinaus in den Garten und zur Straße.

Ilona war früher, als sie sich ausgerechnet hatte, bei Ernest angekommen, wollte ihn aber nicht wecken und war im Auto eingeschlafen. Nur undeutlich vernahm sie ein Klopfen an der Scheibe und sah verschlafen hin. Das Gesicht von Ernest lachte ihr entgegen und sie war mit einem Schlag munter. Eilig öffnete sie die Tür. „Ernest!"

Sie weinte und lachte zur gleichen Zeit und er nahm sie in die Arme, als lägen unsägliche Zeiten zwischen ihrem Wiedersehen.
Mit Ilonas Besuch schien das Glück in das alte Haus wieder eingekehrt zu sein und Ernest schwor sich, es nie wieder los zu lassen.
An diesem Tag kamen ihm nur gelegentlich die Tagebücher und Aufzeichnungen in den Sinn und er überließ es ihnen auch nicht, sich in sein Denken einzunisten.
Ilona war gleich nachdem sie im Haus war im Bad verschwunden und er hatte inzwischen das Frühstück vorbereitet, das aber dann, als er sie im Morgenrock erblickte, noch eine ganze Weile auf den Verzehr warten musste.
Später hatten sie einen ausgiebigen Bummel in verschiedenen Baumärkten gemacht und sich Farben und Material zum Verschönern der Wohnung gekauft. Danach fuhren sie zu Irma, die ihnen im Nu ein reichhaltiges Essen auftischte und ihnen auch gleich ihre weitere Hilfe anbot. Doch dies lehnten sie erst einmal ab. Sie wollten mit der Renovierung warten, bis sie alles gut geplant hatten. Am Nachmittag überredete Ilona Ernest zu einem ausgiebigen Spaziergang im Park, am Abend aßen sie auswärts und schon war die erste Nacht, der erste Morgen nach ihrem Kommen vorüber.

Der nächste Morgen war bedeckt und von der frühen Sonne des gestrigen Tages war noch nichts zu sehen. Lag es daran, dass Ernest noch schlief? Oder war es Ilona, die ihn so auf Trab gehalten hatte, dass er ungewöhnlich spät zur Ruhe gekommen war?

Ilona hingegen, die sonst eine Langschläferin war, hielt es an diesem Tag nicht mehr im Bett. Sie versuchte Ernest nicht zu stören und schlich sich leise aus dem Schlafzimmer. Sie wollte ins Bad gehen, glaubte aber, als sie an der Tür zur Bibliothek vorüber ging, ein leises Kratzen zu hören. Es kam ihr so vor, als versuche eine Katze mit ihren Krallen die Tür zu öffnen. Wollte Ernest sie überraschen? Er wusste ja, wie sehr sie Katzen mochte. Vorsichtig öffnete sie die Tür. Doch es kam ihr keine Katze entgegen und es war auch nirgends eine zu sehen. Sie hatte sich dieses Geräusch eingebildet. Schade. Leicht enttäuscht wandte sie sich wieder zum Gehen. Doch dann sah sie die Bücher im Regal und dies stimmte sie wieder heiter. Immerhin hatte Ernest schon begonnen, Ordnung in dieses Zimmer zu bringen. Auf dem Schreibtisch allerdings, herrschte noch ein gelindes Chaos von Mappen, Büchern und Papieren. Sie ging näher heran und blätterte durch eine der Mappen. Aber die Formeln und Zeichen sagten ihr gar nichts. Bei den Büchern hielt sie sich zurück, denn sie erkannte dass es sich um Tagebücher handelte und da wollte sie erst Ernest fragen ob sie diese lesen dürfte. Es gab immer interessantes aus einer Zeit zu erfahren, in der man selbst noch nicht gelebt hatte. Sie dachte wieder an dieses Kratzen und fasste es nicht, dass sie sich so getäuscht hatte. Noch einmal sah sie in alle Ecken, nichts! Als sie vor dem Regal stand bemerkte sie ein uraltes Buch dessen Blätter schon fast verfielen. Schade, man müsste es so bald als möglich einem Restorator übergeben. Als sie versuchte den Titel zu identifizieren trat Ernest ins Zimmer. Sein Gesichtsausdruck wirkte verärgert. „Was machst du hier?" fragte er barsch.

„Ich konnte nicht mehr schlafen, wollte ins Bad gehen und glaubte als ich hier vorbei kam ein Geräusch zu hören. Doch ich muss mich getäuscht haben, " versuchte Ilona sich zu rechtfertigen.

Seine Miene wurde wieder zugänglicher. „Das Haus ist alt und das Holz arbeitet, manchmal gibt es seltsame Geräusche von sich. Hast du schon etwas gelesen?"

„Nein", erwiderte Ilona, „ich dachte nur, dass man dieses Buch einem Restorator anvertrauen sollte."

„Das habe ich mir auch schon gedacht", sagte er, „aber im Moment wäre ein gutes Frühstück angebrachter."

„Ja natürlich", lachte sie und atmete auf. Sie hatte sich getäuscht. Er war nicht böse auf sie. Nachdem Frühstück hätte Ilona am liebsten die Ärmel hochgekrempelt und hätte mit dem streichen der Wände begonnen, doch Ernest winkte ab: „Die paar Stunden, die uns bleiben, sollten wir besser nutzen.

„ Sie zuckte mit den Schultern: „Wie du meinst." Wenn sie dieses schmollende Gesicht aufsetzte, musste er jedes Mal lachen, auch jetzt. „Ich sehe schon, du willst unbedingt arbeiten, " stichelte er, „dabei hatte ich nur angenehmes mit dir im Sinn.

„Das heben wir lieber für die Nacht auf", lachte sie.
Ernest lugte zum Küchenfenster hinaus und bemerkte wie sich die Sonne langsam durch die düsteren Wolken drängte. „Ich glaube", schlug er vor, „wir sollten die Skizzen der Wohnung draußen zeichnen."
Ilona war einverstanden und kurz darauf gingen sie mit Papier, Bleistift, Lineal und Radiergummi bewaffnet auf

die Terrasse. So verging der Vormittag wie im Flug. Das Mittagessen nahmen sie wieder bei Irma ein und am Nachmittag fuhren sie zur Universität und Ernest zeigte ihr von außen seinen neuen Wirkungskreis. Danach spazierten sie die langen Wanderwege an der Lahn entlang und wieder kam der Abend heran ohne dass sie weltbewegende Gespräche geführt hatten.
Ilona schien es, als verdränge Ernest etwas, als gäbe es etwas was er ihr sagen wollte, dies aber mit leichten Redewendungen übertönte. Sie hätte zu gerne über seine Eltern gesprochen, etwas von seiner Kindheit gewusst, aber er blockte jede diesbezügliche Frage ab. Zudem hatte sie erwartet, dass er von seinem Labor schwärmte, es ihr zeigte aber auch dies lehnte er, als sie ihn darauf ansprach, ab. Er sagte, alles sei nur halbfertig und vertröstete sie mit der Besichtigung auf einen späteren Zeitpunkt.
Ilona war nicht der Mensch, der sich ständig hinhalten lies. Sie verfolgte gradlinig ihre Ziele, stand auch dazu und verlangte es von ihren Mitmenschen ebenso. Dass gerade der Mann, den sie liebte, ihr persönliche Dinge vorenthielt, kränkte sie und das sagte sie ihm auch.
„Ich versteh nicht warum du die ganze Zeit in meiner Vergangenheit herumstocherst" erwiderte Ernest verärgert. „Du verdirbst mir damit die Freude von deinem Besuch bei mir."
Ilona flippte fast aus: „Wenn du das so siehst, kann ich ja wieder gehen." Wütend schmiss sie die Tür des Wohnzimmers hinter sich zu und lief in ihr Zimmer.
Ernest starrte ihr einen Moment verständnislos nach. Dann ging er nachdenklich zur Bibliothek. Alles lag noch

so da, wie sie es am Morgen verlassen hatten. Aber was hatte Ilona am Morgen wirklich hier gesucht? Sollte er ihr die Story von dem Geräusch das sie angeblich gehört hatte glauben? An ihren Zeichnungen hatte er erkannt, dass sie hier alles verändern wollte. Alles was ihn an seine Vorfahren erinnerte hinweg schaffen.
Ihm wurde es Heiß. Hatte sein Vater Tante Thea etwas von dem Geheimnis in diesem Haus erzählt? Es könnte doch möglich sein dass sie Ilona damit beauftragt hatte…?
Möglich wäre es doch. Schließlich hatte Ilona sich schon den ganzen Tag über so komisch verhalten. Seine Zweifel an ihrer Liebe zu ihm verstärkten sich. Sollte er sie direkt zur Rede stellen? Plötzlich war ihm so, als stünde Jemand neben ihm. Er drehte sich im Kreis, sah Niemanden, aber glaubte doch eine Stimme zu vernehmen.
„Du könntest sie auf den Stuhl setzen. Wage dieses Experiment. Eine bessere Möglichkeit wird sich dir nicht so schnell bieten."
„Das kann ich nicht", stieß er erschrocken aus. Doch zugleich sah er die Stühle vor sich. Würden sie die Wahrheit aus ihr herausholen? Nein, wie konnte er nur so gemeine Gedanken haben?
„Glaubst du sie würde solche Skrupel haben?"
Die Stimme ließ ihn nicht mehr los. Er musste raus aus der Bibliothek. Völlig verwirrt lief er in die Küche, nahm einen Orangensaft aus dem Kühlschrank und trank einen kräftigen Schluck. Was sollte er nur tun? Er war viel zu aufgeregt um schlafen zu können. Für solche Momente hatte er sich ein Schlafpulver im Küchenkasten zu Recht gelegt. Es würde ihm die nötige Ruhe geben. Doch als er

es in der Hand hielt, war wieder diese Stimme in ihm: „Warum willst du es einnehmen? Betäube doch lieber Ilona damit."
Wie im Trance schüttete er den Orangensaft in ein Glas, fügte das Pulver hinzu, rührte es um und brachte Ilona das Getränk.
Ilona hatte sich inzwischen gefragt ob sie ihn nicht zu sehr bedrängt hatte und nahm sich vor Ernest mehr Zeit zu lassen.
Jetzt, da er mit diesem undefinierbaren Lächeln vor ihr stand und ihr den Orangensaft reichte, sah sie dies als Entschuldigung an. Sie nickte dankend und trank das Glas mit einem Zug leer.
Ernest setzte sich neben sie und wartete bis sie eingeschlafen war. Dann nahm er sie hoch und brachte sie zum Labor. Als er sie dort auf eine Liege legte meldete sich noch einmal sein Gewissen.
„Sie ist doch die Frau die du heiraten willst. Sie könnte krank werden. Dann würdest du diese Tat dein Leben lang bereuen."
Doch dann dröhnte die Stimme in seinem Gehirn: „Du Schwächling! Traust du dir nichts zu? Musst du erst deinen Vater fragen? Ich sage dir probier's. Finde heraus was mit den Menschen auf den Stühlen passiert, wie sie reagieren".
Jetzt nahm er ein Tuch, band Ilona vorsichtshalber die Augen zu und öffnete mit der Scheibe die Wand vor den Stühlen. Anschließend trug er Ilona zu einem der Stühle und setzte sie hinein. Im nächsten Moment drückte er auf den obersten Schalter und Ilona war darin gefangen. Das eiskalte Metall, die saugenden Noppen und die engen

Schalen, die sie hart einzwängten, drängten sich in ihren bleiernen Schlaf und lies sie schließlich erwachen. Erschrocken rief sie um Hilfe.
Ernest hörte ihre Schreie aber er ignorierte sie. Er stand jetzt völlig unter dem Bann seiner Neugierde. Erregt betätigte er den zweiten Knopf. Daraufhin senkte sich der Schwenkarm mit der Glashaube über Ilonas Kopf. Fasziniert sah er dem Ganzen zu und drückte auf den dritten Knopf. Die Rückwand dieser Kammer begann wie beim ersten Mal als er diese Schauspiel erlebte, zu reflektieren. Nur sah es jetzt, da eine Person im Stuhl saß, so aus, als saugten magnetische Strahlen, die aus der Haube in den Kopf drangen, Zeichen daraus auf und leiteten diese an die Wand.
Ilonas Schreie klangen jetzt fast unmenschlich und die kleinen schwarzen Wellen schlängelten sich behänd nach Oben, versuchten die Zeichen zu erreichen.
Ernest begann zu zittern und seine Augen begannen zu flimmern. Er fühlte jetzt, dass er viel zu weit mit seinem Versuch gegangen war. Seine Finger berührten den ersten Knopf und der Spuk ging vorüber. Die Schalen des Stuhles öffneten sich wieder. Ilona saß nun bewusstlos darinnen. Er starrte fassungslos über sein eigenes Tun auf sie. „Was hatte er nur angestellt?
Vorsichtig hob er sie aus dem Stuhl, trug sie ins Haus und legte sie in ihr Bett. Anschließend legte er sich neben sie und hörte auf ihren unregelmäßigen Atem. Eine Weile lag er mit zwiespältigen Gefühlen neben ihr und wartete auf ihre erste Reaktion nach ihren Erwachen. Doch dann fielen ihm die Augenlider zu.

Am Morgen beobachtete er Ilona genau und stellte fest, dass sie immer wieder nervös zusammen zuckte. Sie wirkte, als sie aufwachte verwirrt und krank und aus der selbstbewussten jungen Frau schien ein verängstigtes Häufchen Elend geworden zu sein. Würde sich das wieder ändern?

Ilona wankte schlaftrunken ins Bad. Sie fühlte sich Hundeelend. Was war nur in dieser Nacht mit ihr geschehen? Sie erinnerte sich noch vage daran dass Ernest ihr ein Glas Orangensaft gebracht hatte. Gleich nach dem sie es ausgetrunken hatte, musste sie eingeschlafen sein. Doch was dann auf sie zugekommen war, war unheimlich schmerzhaft gewesen. Konnte man derartig schlimme Träume haben?

Ihr wurde schwindelig und sie setzte sich auf den Badehocker. In ihren Träumen war sie im Labor gesessen, hatte bemerkt wie eine Wand verschwand und ihr Jemand die Augen verband. Dann hatte sie dieser Unbekannte auf einen Stuhl, von dem sie regelrecht umklammert wurde gesetzt. Sie hatte geschrien, doch Niemand hatte sie gehört Als Nächstes erinnerte sie sich an ein zischendes Geräusch über ihren Kopf und es war ihr so gewesen, als rissen heiße Strahlen ihre Nerven aus den Kopf. Die Schmerzen hatten ihr fast den Verstand geraubt, aber sie hatte keinen einzigen Ton mehr aus ihrer ausgetrockneten Kehle gebracht. Dann war sie in sich zusammengesunken. Die Umklammerung hatte sich gelöst, doch da waren auch noch diese schrecklichen Saugkörper die sie am Sitz festhielten, gewesen. Doch hier ging der Traum endlich zu Ende. Jedenfalls war es ihr so erschienen als ob alles um sie herum in Nebel zu versinken begann.

Jetzt wischte sie sich über ihre Augen. Das Tuch war auch verschwunden. Sie schleppte sich zurück zu ihrem Bett aber sie traute sich nicht mehr hinzulegen, denn sie wollte nicht mehr einschlafen. So einen schrecklichen Traum wollte und durfte sie nicht mehr haben. Ihr Herz raste als sei alles Wirklichkeit gewesen. Ängstlich betastete sie das Bett neben ihr. Ernest schien noch tief und fest zu schlafen. Zum Glück war er bei ihr. Aber sie war doch froh, an diesem Tage zurück nach München fahren zu können. Was hatte nur diesen Traum ausgelöst? In den beiden Nächten zuvor, so war sie sich sicher, hatte sie gut und fest ohne derartige Träume geschlafen. Sie war auch nicht der Typ, der sich mit solchen Bösartigkeiten auseinander setzte. Ihr Leben verlief doch in ruhigen Bahnen. Es musste an diesem Haus liegen. Sie fuhr sich durch die Haare und spürte wie sie elektrisch geladen knisterten. Ihre Angst verstärkte sich. Ihr Gesicht glühte. Sie wollte aufstehen, ein heißes Bad nehmen aber dazu fühlte sie sich zu kraftlos. So zitterte sie dem Morgen entgegen und als Ernest endlich erwachte, legte sie sich in seine Arme und weinte bitterlich.

Ernest fragte sie was los sei, streichelte sie sanft und als sie ihr Schluchzen wieder kontrollieren konnte, stotterte sie nur: „Ich will weg von hier, nur weg."

Ernest versuchte sie zu trösten, bat sie mit ihm zu frühstücken, dann sähe die Welt gleich ganz anders aus. Aber sie war noch immer zu schwach aufzustehen.

Ernest bereitete ihr einen Tee und als sie diesen getrunken hatte, schlief sie ohne dass sie sich dagegen sträuben konnte ein. Dieses Mal schlief sie tief und fest und erwachte erst zu Mittag. Sie fühlte sich wieder ein bisschen gestärkt und konnte mit hinüber zu Irma gehen.

Irma erschrak vor Ilonas krankem Aussehen. Sie bemutterte sie liebevoll und bot ihr an, ein paar Tage bei ihr zu bleiben. „So krank wie sie sind, " sagte sie, „kann ich sie auf keinen Fall weglassen.
Ilona lächelte gezwungen und lehnte dankend ab: „Ich fühle mich schon besser und möchte unbedingt zurück nach München."
Sie verabschiedete sich von der besorgt blickenden Irma und ließ sich von Ernest zu seinem Haus begleiten.
Dort bat sie ihn mit rauer Stimme: „Hole mir bitte meine Sachen. Ich möchte jetzt sofort nach Hause fahren."

Ohne Gegenrede lief Ernest ins Haus und holte Ilonas Tasche. Es war das kläglichste Adieu, das er je von ihr gehört hatte.
Nur wenige Minuten, nachdem sie weggefahren war, lief Ernest wie ein gehetztes Tier durchs Haus.
Was hatte ihn nur getrieben, Ilona als Versuchsperson zu benutzen? Würde sie sich von dem Erlebnis in der Nacht je erholen? „Sicher", versuchte er sich zu beruhigen.
„Eine Frau wie Ilona wird diesen Alptraum wieder vergessen." Doch jetzt erinnerte er sich, dass, als sie ihn verlassen hatte, ein trostloser, trauriger Schein in ihren sonst so glänzenden, schelmischen Augen gehangen hatte, der ihn frösteln lies.

Ilona saß starr in ihrem Wagen. Bis zur Auffahrt zur Autobahn hatte sie sich ein paarmal verfahren. Zum Glück hatte sie ihr Navi eingestellt, das ihr immer wieder den richtigen Weg zeigte. In ihrem Kopf herrschte ein von ihr nicht zu beherrschendes Chaos. Auf jedem Parkplatz, dem sie sich näherte, machte sie Rast. Wenn nur endlich dieses Dröhnen, dieses schleifende, zischende Geräusch in ihrem Kopf nachlassen würde. Vielleicht lag es an ihren Ohren? Vielleicht hatte sie in der Nacht einen Hörsturz gehabt? Doch was sollte ihn ausgelöst haben? Sie war doch ein ausgeglichener Mensch mit wenig Sorgen. Sollten die kleinen Differenzen, die sie am Abend mit Ernest gehabt hatte, schuld sein? Blödsinn, als sie einschlief hatte sie ihm die Art und Weise, wie er sich benommen hatte, schon wieder verziehen. Sie wusste doch dass er manchmal eigenartige Vorstellungen hatte und ein äußerst misstrauischer Mann war. Ihr war, als müsse sie sich übergeben. „Nur schnell weiter, nur schnell nach Hause", dachte sie, aber es war ihr unmöglich eine rasantere Gangart einzulegen. Die ganze Zeit tuckerte sie auf der rechten Fahrbahn gemächlich dahin. Bei einer Raststätte hielt sie kurz an, ging in das Lokal und bestellte sich einen Tee. Es fiel ihr unheimlich schwer sich zu konzentrieren. Wie weit war es noch nach Hause? Wie viele Stunden war sie schon unterwegs? Langsam öffnete sie ihre Handtasche und wühlte darin herum. Was suchte sie eigentlich? Es war zum Verzweifeln. Wieder spürte sie einen reißenden Schmerz in ihrem Hinterkopf. Jetzt fiel es ihr wieder ein. Eine Tablette, sie benötigte unbedingt eine Tablette. Zum Glück hatte sie, wenn sie mit Ernest unterwegs war, immer eine Notration im Seitenfach ihrer Handtasche. Ernest? Wo war Ernest? Sie nahm die Tablette heraus und schluckte sie hinunter. Ernest war doch gar nicht mit ihr weggefahren. Er war doch in Marburg. Schattenbilder zogen an ihr vorüber und sie glaubte ihn zu spüren, seinen Atem an ihren Wangen streifen. War dies in der Nacht als sie endlich von dem sich festsaugenden Sitz gehoben wurde, nicht ähnlich gewesen? hatte er sie aus dieser misslichen Lage befreit? Aber warum hatte er dann nicht mit ihr darüber gesprochen? Es war doch nur ein schrecklicher Traum gewesen. Wie hätte er davon wissen sollen? Sie hatte ihm doch nichts von diesem nächtlichen Erlebnis erzählt. Wieder kramte sie in ihrer Tasche herum und fand die kleine Flasche mit dem China Öl. Sie rieb sich die Stirn, die Schläfen und den Nacken damit ein und nach ein paar Minuten empfand sie endlich eine Erleichterung. Als die Kellnerin an ihrem Tisch vorbei kam, bezahlte sie ihren Tee und ging danach wieder hinaus zu ihren Wagen. Auch in den nächsten Stunden, als sie langsam, wie ferngelenkt, ihrem Ziel entgegen fuhr, begleiteten sie ständig wechselnde Schattenbilder und es kam ihr vor, als fehlten ihr Erinnerungen aus ihrem Leben. Warum fuhr sie nach München und nicht zu ihren Eltern? Quatsch, sie studierte doch in München und wohnte bei Thea. Sicher wartete sie auch schon auf sie. Außerdem hatte sie durch den Besuch bei Ernest ihr Lernpensum nicht eingehalten. Welche Themen bearbeitete sie gerade? Sie konnte sich das Gehirn zermartern, sie kam nicht darauf. Völlig erschöpft landete sie vor Theas Haus. Doch sie war nicht mehr fähig auszusteigen. Ihre Hände umklammerten das Lenkrad und ihr Kopf fiel nach vorne, löste die Hupe aus.

Thea saß mit ihrem Freund Max im Speisezimmer. Sie hatte ihn zum Essen eingeladen. Beide waren in heiterer Stimmung und Thea gewöhnte sich so langsam daran ihr Leben mit ihm zu verbringen. Sie nippte am Weinglas und lächelte ihm zu, stellte es aber, als der langgezogene Hupton erscholl, sofort auf den Tisch zurück. „Welcher Idiot macht denn so einen Lärm da unten?".
Verärgert stand sie auf und lief zum Fenster.
„Max", rief sie gleich darauf erschrocken, „ich glaube es ist Ilona, die da unten mit ihrem Auto steht. Irgendetwas muss passiert sein."
Ohne lange zu überlegen, liefen Beide aus dem Zimmer, hinaus ins Freie.
Ilona saß ohnmächtig im Auto. Max zog sie sofort hinter dem Lenkrad hervor, nahm sie auf den Arm, trug sie ins Wohnzimmer und legte sie auf das Sofa. Besorgt knipste Thea die Autolichter aus, verschloss das Auto und hetzte ins Haus zurück. Max stand mit ernster Miene neben Ilona.
„Wir sollten den Arzt verständigen", rief er Thea nach, die sofort bei Ilonas Anblick ins Bad gelaufen war um einen nassen Waschlappen und ein Handtuch zu holen. „Sie ist total verschwitzt, sagte sie und wischte Ilona, den kalten Schweiß vom Gesicht und trocknete sie ab.
Danach öffnete Ilona die Augen. Im ersten Moment sah sie sich verstört um, doch dann flüsterte sie: „Thea, danke, dass du da bist. Ich bin so müde, habe mich ständig verfahren, ich muss schlafen." Schon schloss sie wieder die Augen und schlief ein.

„Sie ist total erschöpft", stellte Thea fest. „anscheinend ist sie den weiten Weg von Marburg bis hierher in einem Stück gefahren."
„Mag sein, " erwiderte Max, „doch ich vermute dass da mehr dahinter steckt, denn vor ihrer Reise nach Marburg befand sich Ilona noch in einer ausgezeichneten Verfassung. Mit ihrer Kondition hätte es sie mit einer Olympiadin aufnehmen können."
Thea nickte bedrückt. Es gab nur selten Momente, in denen sie so hilflos dastand wie jetzt. „Vielleicht sollte ich Doktor Kallmann anrufen?"
„Ja, das wäre wohl das vernünftigste", sagte Max ernst.
„Erledigst du das für mich?" fragte Thea und wies auf Ilona, die stark zu frieren schien. Ich hole nur rasch eine warme Decke für sie."
Trotz der späten Abendstunde erreichte Max noch den Arzt, der sofort versprach zu ihnen zu kommen.
Thea kam mit einer Wolldecke zurück und packte Ilona damit ein.
Ilona warf im Schlaf ihren Kopf hin und her und stöhnte.
„Ich glaube Ilona träumt, " sagte Thea leise, „sieh nur, wie ihre Augen unter den Lidern rollen."
„Vielleicht hat sie einen schlimmeren Unfall miterlebt", vermutete Max. „Jedenfalls kommt mir ihr Zustand so vor, als habe sie vor kurzem einen schweren Schock erlitten."
„Ja, mir scheint es auch so", stimmte Thea ihm zu. „Ich setze mich eine Weile zu ihr. Vielleicht beruhigt sie sich ein wenig, wenn sie meine Nähe spürt."
„Das ist gut so", versicherte ihr Max. „Ich schätze unser Essen ist inzwischen kalt und ich nehme an, dass es dir

recht ist, wenn ich hinüber gehe und den Tisch abräume."
„Danke Max".
Thea war der Hunger sowieso vergangen. Sie gab sich eine Mitschuld an Ilonas Zustand. Nie und nimmer hätte sie es zulassen dürfen, dass sie alleine nach Marburg führe. Sie vergaß, dass sie dies nicht verhindern hätte können. Sie blickte besorgt auf die Uhr. Wo blieb Doktor Kallmann?
Als die Türglocke endlich durchs Haus schrillte, zuckte Thea nervös zusammen, eilte zur Tür und geleitete den Arzt ins Wohnzimmer.
Auf Ilonas Stirn hatten sich wieder kalte Schweißperlen gebildet und sie begann ihren Kopf hin und der zu drehen. Ihr Mund war zum Schreien geöffnet, doch es drang nur ein verzweifeltes Röcheln aus ihm hervor.
Doktor Kallmann fühlte ihren Puls, untersuchte ihren Blutdruck und blickte von Thea zu Max. Wie lange ist sie schon in diesem Zustand?" fragte er.
„Sie kam erst kurz bevor wir sie verständigten aus Marburg zurück", erklärte ihm Thea. „Wahrscheinlich schaffte sie diese Fahrt zu uns nur mit äußerster Kraftanstrengung. Wir hörten die Hupe, liefen nach unten, und fanden sie ohnmächtig über ihrem Lenkrad. Mehr wissen wir leider auch nicht."
Doktor Kallmann sah Thea und Max ernst an und sagte: „Alles deutet auf einen Nervenzusammenbruch hin. Doch es könnte sich auch ein Blutgerinnsel im Gehirn gelöst haben. Ich würde ihnen raten, sie sofort in die Klinik bringen zu lassen".

Thea konnte sich mit diesem Gedanken noch nicht so recht anfreunden. „Vielleicht braucht sie nur Ruhe;" versuchte sie einzuwenden.

„Könnte sein", sagte der Arzt skeptisch. „Doch meiner Meinung nach muss sofort ein EEG und EKG von ihr gemacht werden. Außerdem sollte sie die ganze Nacht beobachtet werden. Dies kann und will ich ihnen nicht zumuten und auch nicht raten. Wenn sie es wünschen, verständige ich die Ambulanz und das Krankenhaus."

„Ihr Befund ist natürlich ausschlaggebend Herr Doktor Kallmann", sagte Thea und mit einem fragend, ernsten Blick auf Max, fuhr sie fort: „Wir wären ihnen dankbar, wenn sie alles nötige veranlassen würden."

„Gut, das werde ich tun."

Als Doktor Kallman alles in Gang gesetzt hatte, schrieb er die Überweisung für Ilona aus, wartete noch bis die Sanitäter mit dem Krankenwagen kamen und Ilona mitnahmen, dann verabschiedete er sich.

Als der Arzt gegangen war, herrschte eine unheimliche Stille in den Räumen. Thea musste diese ernste Situation erst mal auf die Reihe bringen. Max begleitete sie zum Sofa und ließ sie in Ruhe die Lage überdenken.

Nach ein paar Minuten sah Thea Max in die Augen und sagte: „Ich verstehe das nicht. Von Ilona hätte ich nie so einen Zusammenbruch erwartet. Ich nahm immer an, sie strotze vor Gesundheit."

Plötzlich sprang sie auf. „O Gott, ich muss Ernest verständigen. Sie lief zum Telefon und wählte die Nummer ihres Neffen.

Als sich Ernest mit verschlafener Stimme meldete, erzählte sie ihm was geschehen war und wollte natürlich von ihm wissen, was in Marburg vorgefallen war.
Ernest tat erstaunt: „Ich habe mich schon gewundert warum Ilona nicht anruft und dachte sie wäre in einen Stau geraten. „Aber du musst doch gemerkt haben in welch schlechter Verfassung Ilona gewesen ist. Wie konntest du sie so alleine eine derartig lange Fahrt machen lassen?" rügte ihn Thea. „Gestern", versuchte sich Ernest zu rechtfertigen war sie noch bei bester Gesundheit und bester Laune und heute Morgen hat sie über Kopfschmerzen und eine leichte Übelkeit geklagt. Sagte aber, es sei nichts Besonderes. Wir sind dann zu Irma zum Mittagessen gegangen und Irma hat ihr Tabletten und China Öl gegeben. Sie schlug ihr vor, ein paar Tage bei ihr zu bleiben, denn sie nahm an, Ilona sei erkältet. Doch du kennst doch Ilonas sturen Kopf. Sie hörte weder auf Irma, noch auf mich und bestand darauf sofort nach München fahren zu wollen."

„Aber es muss doch etwas geschehen sein", steigerte sich Thea hinein. „Ilona stand, als sie bei uns ankam, unter einem schweren Schockzustand."

„Du darfst mir glauben, Tante Thea, dass mich diese Nachricht sehr bestürzt, " drehte Ernest die Sache um.

„Hat sie denn nichts gesagt, als sie bei dir ankam. Ob sie vielleicht in einem Unfall verwickelt war oder etwas Schreckliches gesehen hat?"

„Nichts dergleichen," erwiderte Thea. „Entschuldige bitte. Ich mache dir Vorwürfe und stürze dich in Sorgen. Ich hätte wissen müssen, dass du unmöglich an ihrem Zustand schuld sein kannst."

„Ist schon in Ordnung Tante Thea", versuchte nun Ernest seinerseits Thea zu beruhigen. „Im Moment können wir sowieso nichts tun. Wir müssen jetzt abwarten was die Ärzte im Klinikum feststellen. Danke, dass du mich verständigt hast." „Du hast recht Ernest", seufzte Thea, „wir können nun wirklich nur abwarten. Ich werde morgen früh gleich in die Klinik fahren und Ilona besuchen. Falls ihr Gesundheitszustand dann noch immer besorgniserregend ist, werde ich ihre Eltern und dich benachrichtigen."
„Du solltest mich in jedem Fall anrufen Tante Thea. Ich muss unbedingt wissen wie es Ilona geht. Sage ihr liebe Grüße und ich werde natürlich, sollte sie in der Klinik bleiben müssen, sie so schnell als möglich besuchen."
Thea legte den Hörer beiseite und wandte sich zu Max: „Jetzt habe ich den Jungen auch noch in Sorge gestürzt."

Max setzte sich zu Thea, legte den Arm um ihre Schultern und versuchte sie zu trösten: „Erstens ist der Junge von dem du sprichst ein ausgewachsener Mann, der sicher gelernt hat, mit solchen Nachrichten zurecht zu kommen und zweitens scheint es mir immer noch so, als sei in Marburg etwas vorgefallen, über das Ernest nicht sprechen will. Oder glaubst du tatsächlich dass es Ilona ohne jeden Grund so eilig hatte, von Ernest, den sie doch liebt, weg zu kommen. Mir scheint es fast wie eine Flucht."
Thea löste sich aus den Armen von Max und stand auf. Sie ging verärgert vor ihm auf und ab: „Ich weiß ja," betonte sie, „dass du Ernest gegenüber voreingenommen bist, du warst ja schon immer eifersüchtig auf ihn, aber

dass du ihm auch noch zutraust, er könne Ilona ernstlich seelisch verletzen, das geht nun wirklich zu weit."
Max blieb sitzen. Er wusste dass nun eine längere Ansprache die auf die Tugenden von Ernest hin wies, die seine hohe, fast geniale Intelligenz lobte und die behauptete, er habe nie etwas für ihren Neffen übrig gehabt, folgte. Sein Blick war auf den Fußboden gerichtet, auf dem er ihre Füße hin und her trippeln sah. Wie konnte er nur dieser Frau, der er so nahe stand wie keinem anderen Menschen, erklären, weshalb er so abneigende Gefühle gegen Ernest besaß. Es war keineswegs Eifersucht, wie sie annahm, sondern die Kälte, die er an ihm festgestellt hatte. Er kannte Ernest schon seit vielen Jahren, in denen er reichlich Gelegenheit gehabt hatte dessen Charakter zu studieren. Zuerst war es nur so ein warnendes Gefühl gewesen, sich von Ernest zurück zu ziehen. Doch er wollte Thea nicht verlieren und wollte da sein, wenn Ernest ihr mit seiner unsagbaren Härte wehtun würde. Wie konnte eine Frau, wie Thea, die eine Beobachtungsgabe wie selten Jemand besaß, nur so blind sein?
Die Füße wurden langsamer, hielten vor ihm an und er sah hoch, in ihr erhitztes Gesicht. „Du schweigst also", erregte sie sich: „Wie immer schweigst du, wenn ich deinen wunden Punkt treffe. Gut, wie sollst du dich mit deiner Abneigung gegen Ernest auch anders verhalten. Es ist wohl besser, wenn du jetzt gehst. Ich rufe dich an, sobald ich mit Ilona gesprochen habe. Danach wirst du sicher erkennen, wie falsch deine Prognose war."
Max, der wusste, dass jetzt jedes weitere Wort bei Thea auf fruchtlosen Boden fallen würde, verabschiedete sich von ihr. Für Thea begann eine unruhige Nacht.

Nach dem Telefongespräch mit Tante Thea, saß Ernest nachdenklich vor seinem Schreibtisch. Ilona befand sich also in der Klinik. Könnte es möglich sein, dass sie ihr Erlebnis im Labor als real empfand und sie mit ihrem behandelnden Arzt darüber sprach? Sicher nicht, man würde diese Aussage ihren überreizten Nerven zuschieben. Vor Ernest lag das Blatt, auf dem er nach dem Experiment mit Ilona in der Schale, jede Regung von ihr registriert hatte. Er hatte zwar angenommen, dass sie müde und abgespannt nach Hause kommen würde. Doch diese Wirkung faszinierte ihn mehr, als sie ihn erschrak. Wahrscheinlich hatte Ilona ihre anfängliche Übelkeit überwunden aber die Strahlen hatten ihre Nerven angegriffen. Und so war sie gerade noch nach Hause gekommen. Hatte dieser Versuch Einfluss auf ihre Gehirntätigkeit? Schade, er hätte ihre Heimfahrt verhindern müssen. Nun blieben ihm die Erkenntnisse über die Nachfolgen verloren. Er gaukelte sich vor, dass Ilona in ein paar Tagen wieder ihre alte Vitalität erreichen würde. Doch er glaubte, dass Ilona ihren nächsten Besuch bei ihm, lange hinauszögern würde. Außerdem wäre es nicht ratsam Ilona für einen weiteren Versuch zu verwenden. Sie besaß zu viele Verwandte und Bekannte, denen es seltsam vorkommen würde, wenn Ilona noch einmal so verstört aus Marburg zurückkehren würde. Zudem wollte er doch in nächster Zukunft mit ihr eine Familie gründen. Aber war dies überhaupt noch möglich? Vielleicht sollte er lieber ein Junggeselle bleiben? Als seine Frau würde Ilona ihm ständig Fragen über sein Tun im Labor stellen. Vielleicht würde sie ihm sogar nachspionieren? Langsam wurde ihm klar,

dass er diese Beziehung beenden musste. Doch dann dachte er an ihre dunklen Augen, ihre seidigen langen Haare, in denen er so gerne wühlte. Er fühlte fast körperlich ihre weiche Formen, ihre stürmischen Umarmungen. Ein paar Minuten befand er sich in der Phase der Sehnsucht nach ihr. Danach fühlte er, wie der Schmerz in ihm hoch stieg über das was er Ilona angetan hatte. Doch diese Reue verfloss so schnell wie sie ihn übermannt hatte. Er stellte sich noch einmal die Szenerie in dem Nebenraum des Labors vor, als Ilona im Stuhl saß.
Irgendetwas war anders gewesen wie damals, als er den Raum zum ersten Mal betrat. Nachdenklich schloss er die Augen und so gelang es ihm besser sich zu konzentrieren. Die Kälte, kam es ihm in den Sinn. Es war die Kälte. Als er genau wie beim ersten Mal hinter dem Stuhl stand und die Knöpfe bediente, war diese Eiseskälte, die ihm damals von den Füssen bis in seine Taille hoch gekrochen war, ausgeblieben. Das konnte nur bedeuten, dass diese kalte Energie in den Körper der sich in dem Stuhl befindenden Personen zog. Um zu verhindern dass die Energie nach außen entwich durfte er die Knöpfe nie ohne die sich darin befindende Versuchsperson bedienen. Er wusste einfach zu wenig von der Bedienungsweise der Stühle. Deshalb blieb ihm nichts anderes übrig, als endlich die Aufzeichnungen seines Vorfahren zu studieren. Erst wenn ihm alles geläufig war, konnte er weiter experimentieren. Vielleicht würden ihm dann die Formeln die schon lange in seinem Kopf herumspukten zu Gute kommen und es gelänge ihm das Werk dieses Gelehrten fortzusetzen, es noch mehr auszuarbeiten, noch mehr zu verbessern. Er öffnete seine Augen wieder und blickte auf

seine Uhr. Es war schon weit über Mitternacht. Jetzt wunderte er sich nicht mehr, warum er sich mit einem Mal so müde fühlte. Er stand auf, nahm sich die letzten zwei Tagebücher seines Vaters, die er noch nicht gelesen hatte als Bettlektüre mit und ging in sein Schlafzimmer.

Ilona öffnete die Augen und erschrak. Befand sie sich immer noch in einem abstrakten Traum oder lag sie tatsächlich in einem Krankenzimmer? Die Bettdecke leuchtete ihr ebenso weiß wie die Wand entgegen. Sie richtete sich hoch, schloss noch einmal die Augen, öffnete sie wieder. Es gab keinen Zweifel, das Bett, die karge Einrichtung, alles war echt. Doch wie war sie hierhergekommen? Sie erinnerte sich an den Abschied von Ernest. Weshalb überstürzte sie Ihre Abreise so, obwohl sie sich krank und matt fühlte? Ernest und Irma bemühten sich liebevoll um sie, rieten ihr in Marburg zu bleiben. Doch das Gefühl, keine Minute länger in dieser Stadt bleiben zu dürfen hatte sie so stark gedrängt, als hänge ihr Leben davon ab. Immer wieder zwang sie ihre Gedanken zu der letzten Nacht in der sie bei Ernest weilte und hoffte sich zu erinnern was dort geschah, was ihr Unwohlsein herbeigeführt hatte. Doch sie blickte dabei in ein schwarzes Loch und hatte Angst darin zu versinken. Sie musste die Frage nach dieser Nacht zurückstellen und versuchen das was sie auf der Fahrt nach München getan hatte, zu rekonstruieren. War sie überhaupt bei Tante Thea angekommen oder war sie in einem Unfall verwickelt gewesen? Ihr war vor lauter Kopfschmerzen übel gewesen. Deshalb hatte sie öfter mal angehalten und jetzt fiel es ihr wieder ein. Bis zu Tante Theas Haus hatte sie es gerade noch geschafft.

Ein Knäuel Stimmengewirr rollte auf Ilona zu und noch ehe sie definieren konnte, ob ein bekannter Ton darunter sei, wurde ihre Zimmertür geöffnet. „Die morgendliche Visite", dachte sie und sah den Ärzten und Schwestern neugierig entgegen.

„Ich bin Professor Frank", stellte sich einer der Ärzte vor und gab ihr beruhigend lächelnd die Hand.

„Sie befinden sich hier auf der neurologischen Station."

Ilona forschte ängstlich in den Zügen des Arztes. Würde er ihr wehtun, würde er sie für irgendwelche Experimente missbrauchen? Wie kam sie nur auf solche abwegigen Gedanken? Einen Bruchteil einer Sekunde schloss sie die Augen und versuchte sich so sein Gesicht vorzustellen. Nichts – absolut nichts. Nur schwarze Punkte und plötzlich ein greller gleißender Strahl der sich durch ihr rechtes Auge zu bohren schien. Erschrocken hob sie ihre Lider.

„Weshalb bin ich hier?" fragte sie und fuhr sich mit der Zunge über die trockenen Lippen.

„Sie wurden heute Nacht bei uns im Komma liegend eingeliefert. Ihr EKG erwies sich als normal aber ihr EEG gibt uns Rätsel auf. Wir haben versucht ihre physische Labilität zu stützen. Heute werden wir ihre Blut – und Harnteste auswerten."

Die dunkle Stimme des Arztes glitt an Ilona vorüber. EKG – EEG- Laboruntersuchung. Sie konnte sich vorstellen, was in dieser Nacht alles an ihr getestet wurde, doch dies war ihr alles egal. Ihr einziger Wunsch war aufzustehen und nach Hause zu gehen. Sie setzte an, um diese Bitte auszusprechen aber der nächste Satz des Arztes hielt sie davon ab.

„Nach ein paar Tagen der Beobachtung bei uns, " sagte er zuversichtlich, „wissen wir sicher, wodurch ihre physische Erschöpfung entstand."

Alle weiteren Worte empfand sie nur noch als Gemurmel und als die weißen Kittel aus ihrem Zimmer verschwanden, versank sie wieder in einem heilvollen Schlaf.

Als Ernest am nächsten Tag erwachte, lag das letzte der geschriebenen Tagebücher seines Vaters neben seinem Bett. Er musste während des Lesens eingeschlafen sein. Dabei schienen gerade die Eintragungen in diesem Buch die interessantesten von allen vorhergehenden zu werden.

Es begann an dem Tag, als Regina in einem Geheimfach der Bibliothek das alte, zerfledderte Buch mit den verschnörkelten Buchstaben und den seltsamen Formeln fand. Sein Vater schrieb darüber. Regina entdeckte heute ein Fach in einer unserer Kommoden von dem selbst Anja, die dieses Möbelstück schon seit ihrer Kindheit kennt, nichts ahnte. In diesem Fach befand sich ein Buch, das schwer zu entziffern ist. Regina wies mich darauf hin, dass es neben den geschriebenen Sätzen auch Formeln enthält. Über diese wäre sie, da ihr an Mathematik nicht das Geringste liegt, sicher hinweggegangen, wären diese Formeln nicht die aller gleichen gewesen wie sie unser Sohn Ernest immer wieder malt. Jedenfalls nahmen wir bisher an, dass es eine Art Malerei von ihm ist. Diese Entdeckung beschäftigt uns alle sehr, denn Ernest ist zweieinhalb Jahre alt. Wie kommt ein Kind in diesem jungen Alter dazu, Formeln aufzuzeichnen die denen in diesem Buch gleichen? Man kann nicht annehmen dass er sie jemals zuvor gesehen hat. Diese Passage war die letzte Zeile gewesen, die Ernest am Abend zuvor gelesen hatte. Er beugte sich hinunter, hob das Buch auf und legte es auf den Nachttisch. Obwohl es ihn brennend interessierte wie die ganze Sache weiterging, schob er es auf, das Buch zu Ende zu lesen. Er hasste es, so lange im Bett zu bleiben. Doch schon während er sich wusch und anzog gingen ihm Vaters Worte nicht aus dem Sinn und er fragte sich selbst woher er als Kind sein Wissen genommen hatte. Sicher hing dies mit seinen immer wiederkehrenden Träumen zusammen. Hatte er schon einmal gelebt? Oder war ihm dieses Wissen von seinen Ahnen in den Genen überliefert worden. Warum aber fehlte ihm im realen Leben jede Erinnerung an das Wissen aus seiner Kindheit? Zudem schien in seinem Träumen die Zeit im Mittelalter zu liegen. Hatte man ihn damals als Ketzer verurteilt? Aber auch wenn dies der Fall gewesen sein sollte, fand er es unwahrscheinlich, dass er damals gelehrter war als heute. Er drehte sich mit seinen Gedanken im Kreis.

Als er wenige Minuten später in der Küche stand und Eier fürs Frühstück kochte, sah er im Geiste seine Mutter vor sich, wie sie hier herum hantierte. Sie hatte oft seltsame Träume. Waren es wirklich nur Träume – oder waren es Visionen? Es ließ ihm keine Ruhe mehr. Hastig schlang er ein paar Bissen hinunter. Danach lief er in sein Schlafzimmer, holte das Tagebuch, eilte damit in die Bibliothek und setzte sich in seinem bequemen Sessel. Erregt las er da weiter wo er am Abend zuvor geendet hatte. Sein

Vater schrieb, dass er seit der Entdeckung des Buches keine Ruhe mehr im Haus fand. Er brachte das Buch mit den Träumen seiner Frau in Verbindung. Gab es unter dem Grundstück auf dem ihr Haus stand tatsächlich einen gewölbten Keller? Er beschrieb wie er im Keller seines Wohnhauses alle Wände abgeklopft und auf eine hohle Stelle gehofft hatte. Nichts dergleichen war geschehen. Es folgten die Eintragungen über den enttäuschten Abbruch der Suche. Er schien nun schon selbst an sich zu zweifeln. Betitelte die Suche als eine sinnlose Sucht von der er sich befreien müsse. Danach war er mit seiner Familie zu seiner Schwester Thea nach München gefahren. Hier war er wieder frei von den zwingenden Gedanken an das Gewölbe und was sich darin verbergen würde. Es folgten ein paar Berichte über das Treffen seines Vaters mit ehemaligen Studienkollegen und das was er in der Zeit, die er nun in München verbrachte, erlebt hatte. Ernest überschlug diese Seiten und vertiefte sich in die Zeilen die mit der Rückkehr seiner Familie in ihr Heim begannen.

„Nach den heiteren, fröhlichen Tagen in München und meinem hellen, gemütlichen Elternhaus, finde ich es hier erdrückender als je zuvor. Sogar Ernest ist wie ausgewechselt. Zum Ärger von Anja rennt er, obwohl der Boden noch feucht vom gestrigen Regen ist, in jedem unbeaufsichtigten Moment in den Garten zu den Kräuterbeeten. Die uralten Steine der Rabatten sind glitschig. Trotzdem hopst er darauf herum und ist schon ein paar Mal ausgerutscht. Der Dreck scheint ihm nicht zu stören. Er bleibt so lange draußen bis ihn Anja sucht und mit nasser klebriger Kleidung findet.

Ernest grinste. Er besaß eben schon als kleiner Junge einen ausgeprägten Willen. Aber dass er sich im Dreck wühlte, erschien ihm abwegig. So lange er zurückdenken konnte, verabscheute er nasse breiige Erde. Schon die nächste Seite brachte sein damaliges Treiben an den Tag. Er las – gestern schien der Tag obwohl es nicht mehr regnete im Grau zu versinken aber heute schenkte uns die Sonne wieder ihr warmes Licht. Sie trocknete den Boden aus und Anja bat mich mit Ernest in den Garten zu gehen. Er rannte wieder direkt auf die Beete zu und übte freihändig auf den Steinen zu gehen. Ich lockte ihn mit einem Ball und so gab er endlich das herumklettern auf den Steinen auf. Anja kam um sich Petersilie zu holen. „Bist du auch schon als Kind auf diesen Steinen herumgehüpft?" fragte ich sie und sie lachte: „Natürlich, diese Steine gibt es so lange ich denken kann."

Früher hatte ich, da mir die Gartenarbeit überhaupt nicht liegt, den Gemüsebeeten keine Beachtung geschenkt aber nun kam mir eine Idee. Es wäre doch möglich, dass hier tief unter der Erde der verborgene Keller lag. An diesem Tag habe ich so geschwitzt wie lange nicht mehr, denn ich holte den Spaten und grub eines der Beete um. Als Anja mein Treiben im Garten bemerkte, reagierte sie fassungslos. Ich hatte ihre mühselig gepflanzten Salate ausgegraben. Doch sie ahnte was ich vorhatte und nahm Ernest mit ins Haus. Am Nachmittag als Ernest schlief half sie mir sogar beim Graben. Wir hatten Glück. Schon beim ersten Beet stießen wir in etwa zwei Meter Tiefe auf die Steindecke. Meine praktisch veranlagte Anja hatte zuvor die Aluminiumleiter aus dem Schuppen geholt und sie in den Graben heruntergelassen. Sie musste sich

wieder um das Kind kümmern und ich grub weiter. Als ich den Eingang entdeckte, dämmerte es schon. Ich musste wieder nach oben steigen. Am Abend half mir Anja eine Plane über das freigeschaufelte Beet zu legen. Für heute haben wir unsere Arbeit beendet. Ich werde den Wecker stellen und wir werden sofort am Morgen, wenn die Sonne aufgeht, wieder hinunter in die Grube steigen. Was wird in dem Gewölbe verborgen sein?
Ernest blätterte um zum nächsten Tag. Er überflog die Zeilen in dem sein Vater die nächste Arbeit beschrieb bis zu dem Punkt als er berichtete dass er und seine Frau einen zwei auf zwei Meter großen mit Ziegeln ausgelegten Boden und Wänden die etwa Eins siebzig hoch waren, entdeckt hatten. Die Decke darüber zeigte eine leichte Wölbung die auch aus Ziegeln bestand. Der kleine Raum war schnell erkundet. Doch zu ihrer Enttäuschung standen nur ein nach Moder riechendes Regal mit ein paar kaputten Weinflaschen darin und ein geöffnetes Weinfass. Vor dem Regal lagen die Scherben mehrerer Flaschen. Irgendwer schien sie in jähem Zorn zerschlagen zu haben. Hatte er erwartet hier etwas anderes zu finden? Oder hatte er es gefunden und mitgenommen? Das schien die große Frage zu sein, die wohl Niemand seinen Eltern beantworten konnte. Die anstrengende Arbeit war umsonst gewesen. Irgendwie ernüchtert hatten seine Eltern den Raum verlassen und ihn wieder mit der Erde bedeckt. Dann hatten sie eine weitere Suche aufgegeben.
Ernest legte das Buch behutsam zur Seite. Er bemerkte erst jetzt wie steif er beim Lesen des Tagebuches im

Sessel gesessen hatte. Nur langsam löste sich diese Starre. Vor seinen Augen lief noch einmal das ganze Geschehen das sein Vater beschrieben hatte, ab. Nach dieser erfolglosen Aktion hatten seine Eltern lange Jahre den Gedanken an diese Geheimtür zurückgedrängt.
Erst nach seinem vierzehnten Geburtstag begann die Suche erneut. Was geschah damals?
Ernest nahm das Tagebuch wieder zur Hand und stellte fest, dass ein paar Seiten fehlten. Erstaunt blätterte er weiter und las das letzte beschriebene Blatt. Seine Hände begannen zu zittern.
Sein Vater hatte geschrieben." Seit zwei Jahren ist Anja hinter einem Phantom her. Damals sah sie im Traum unseren Sohn Ernest im Labor. Er öffnete eine Wand und verwandelte sich in einen alten bärtigen Mann. Er begann viele unbeschreiblich schlimme Dinge zu tun. Er kannte die Geheimtür die wir schon so lange suchen." Anja ist davon überzeugt dass wir das Haus so schnell als möglich verlassen müssen. Ich werde alle meine Aufzeichnungen in eine Kiste tun und Regina bitten sie für Ernest aufzubewahren. Anja würde dagegen sein. Sie glaubt unseren Sohn vor den Dämonen in diesem Haus beschützen zu müssen. Sie hat in München einen Makler beauftragt, der dort ein passendes Haus für uns finden soll.
Ernest schüttelte erschrocken den Kopf. War seine Mutter seelisch krank gewesen?
 Es fiel ihm schwer weiter zu lesen. Doch es gab sowieso nur noch einen letzten Absatz.
Morgen fahren Anja und ich zu meiner Schwester Thea nach München.

Ernest erhob sich wie zerschlagen aus dem Sessel. Auf seiner Stirn bildeten sich Schweißperlen und das Atmen fiel ihm schwer. Die Luft im Raum erschien ihm dicht wie starke Nebelschwaden. Langsam kämpfte er sich zum Fenster hin und öffnete es mit einem Ruck.
Mutter wollte ihn retten und kam dabei selbst ums Leben. Ahnte oder wusste sie mehr als das, was sie Vater erzählte hatte?
Genervt stürzte er aus der Bibliothek und lief in den Garten. Er spürte die weiche Wiese unter seinen Füßen, atmete den Duft der Rosen ein und setzte sich auf eine Bank unter dem schattenspendenden Kastanienbaum. Hier entspannten sich seine wirren Gedanken ein wenig.
Doch die Ruhe hielt nicht lange her, denn jetzt kam ihm Ilona in den Sinn. Hatte er an ihr nicht schon mit seinen schrecklichen Taten begonnen?
Ilona! Er musste schnellstens Tante Thea anrufen und sie fragen wie es Ilona ging.
Er lief zurück ins Haus und ging zum Telefon.
Tante Thea ließ sich jede Menge Zeit ans Telefon zu gehen. Oder befand sie sich gerade bei Ilona im Krankenhaus? Gab es größere Komplikationen? Wieso konnte er auch ohne Anleitung, Ilona in den Stuhl setzen?
Endlich klang Tante Theas energische Stimme aus dem Hörer und als sie bemerkte wer da in der Leitung ist, begann sie ihn sofort zu tadeln: „Du hättest dich schon am Morgen nach Ilonas Befinden erkundigen sollen!"
„Natürlich! Du hast ja recht Tante Thea," sagte er zerknirscht, „aber ich dachte die Untersuchungen finden meistens am Morgen statt und du könntest mir somit am

Mittag schon genaueres über Ilonas Gesundheitszustand berichten."

Thea beruhigte sich wieder: „Allerdings muss ich dir da recht geben", erwiderte sie. Ich bin erst vor einer halben Stunde aus der Klinik nach Hause gekommen. Zuvor habe ich mit Professor Frank gesprochen und ich muss dir sagen, dass ich mir, auch nach dieser Aussprache, Ilonas Zusammenbruch nicht wirklich erklären kann.

Professor Frank berichtete mir, dass die Laborwerte und das EKG von Ilona in Ordnung seien. Nur das EEG zeige geringfügige Ausfälle. Was ihren überreizten nervlichen Zustand nicht erklärt. Er möchte Ilona noch ein paar Tage in seiner Abteilung behalten und plädiert für eine Weiterbehandlung in der Psychiatrie. Ilona wehrt sich natürlich gegen diesen Vorschlag und möchte so schnell als möglich nach Hause. Ich kann ihr dies auch nachempfinden."

„Ich auch, " sagte Ernest. „Also hol sie bitte so schnell als möglich aus der Klinik. Bei dir ist sie sicher in den besten Händen. Hast du sie gefragt, ob ich sie besuchen solle? Ein paar Tage hätte ich noch Zeit."

„Tut mir leid", bedauerte Thea. „Ilona möchte im Moment weder dich noch ihre Eltern sehen. Sie braucht ihre absolute Ruhe. Ich hätte dich natürlich gerne bei mir gesehen aber ich glaube, wir sollten ihren Wunsch respektieren. Du solltest tatsächlich das innere deines Hauses total neu gestalten. Insbesondere für mehr Helligkeit darin sorgen. Ilona scheint eine unheimliche Abneigung gegen dieses Haus zu haben. Hast du Papier und Stift zur Hand?"

„Ja", erwiderte Ernest, „es liegt alles griffbereit neben mir."

„Gut, dann gebe ich dir Ilonas Nummer in der Klinik durch. Sie wird sich sicher über einen Anruf von dir freuen."
Ernest notierte sich die Nummer, bedankte sich bei Thea für die Mühe die sie sich um Ilona mache, und legte auf. Danach atmete er erleichtert auf. Der erste Anruf war glimpflich abgelaufen. Wie würde Ilona auf ihn reagieren? Als er Ilona erreichte schien sie zwar froh darüber zu sein seine Stimme zu hören aber sie sprach mit ihm monoton, ohne jenen erotisch sprühenden Klang mit dem sie früher mit ihm scherzte. Sie lehnte seinen Besuch ab, sprach von abstrakten Träumen, die sie in seinem Haus gehabt habe und dass sie von allem erst einmal Abstand nehmen wolle. Zudem erwägte sie auch ihr Studium um ein Semester zu verlängern.
Ernest erschrak —Ilona hatte anscheinend in dieser Nacht im Labor einen großen Teil ihrer Antriebskraft verloren. Würde sie diese Energie wieder zurück erobern? Auf diese Antwort würde er wahrscheinlich noch längere Zeit warten müssen. Es war auch sinnlos darüber nachzubrüten. Er musste sich seinen eigenen Aufgaben widmen. Sein Magen begann zu knurren und so beschloss er, Irma zu besuchen.

Irma kochte, als kenne sie alle Lieblingsspeisen von Ernest auswendig. Er genoss ihre Fürsorge, schätzte zudem die unkomplizierten Gespräche, die er mit ihr führen konnte und fühlte sich, als er sich am frühen Nachmittag von ihr verabschiedete und nach Hause schlenderte, wieder freier und zufriedener. Der Himmel war behangen und es sah nach Regen aus. Doch dies tat seiner guten Laune

keinen Abbruch. Es war das richtige Wetter für die Arbeit am Schreibtisch und da gab es genug zu tun.
Als er zur Bibliothek ging, nahm er sich vor, die alten Schriften die er im Sekretär gefunden hatte, wieder zusammen zu bündeln und zurück zu legen. Doch als er an seinem Schreibtisch stand, sah er als erstes das Buch von Theodor Bender, mit dem er Ilona ertappt hatte. Er nahm es hoch, setzte sich damit in seinen Sessel und schlug es auf. Doch es fiel ihm nach wie vor schwer die Schrift zu entziffern. Also konnte Ilona in der kurzen Zeit, in der sie darin gelesen hatte, sehr wenig von dem Text verstanden haben. Warum hatte er sich nur so über sie erzürnt?
Er lehnte sich nachdenklich zurück und wollte das Buch wieder schließen. Aber dann las er doch weiter.
Theodor Bender beschrieb seine Arbeit als Astronom, die viele Menschen seiner Zeit nicht so recht verstanden, über die zu reden es bei manchen Mitbürgern sogar gefährlich werden konnte. Als er das Buch wieder zur Seite legen wollte, fand er einen Absatz über ein kleines seltsames Gerät, das ihm Wesen einer fremden Art gegeben hatten.
War es das Gerät gewesen, das seine Eltern in der Bibliothek gefunden hatten und deshalb auf die Idee mit der Geheimtür gekommen waren? Jetzt fiel ihm die alte Kammer ein. Wahrscheinlich hatten seine Eltern in ihr nie nach dieser Tür gesucht und wenn doch, hatten sie den antiken Sekretär nicht beachtet.
Was wäre gewesen, wenn sie die Schriften die darin waren entdeckt hätten? Vielleicht hätten sie genau wie er die

Stühle nach Oben geschafft, zusammen gebaut und Experimente mit ihnen gemacht? Aber mit wem?
In seinem Kopf begann es zu Hämmern und wieder war diese krächzende Stimme in ihm: „Ich hätte sie daran gehindert diese Stühle zu finden. Das ist nur dein Recht. Du bist da um mein angefangenes Werk fortzusetzen. Dein erster Versuch war zwar kläglich aber du wirst es lernen meine Befehle auszuführen."
Ernest nahm seinen Kopf in seine Hände. Doch das Klopfen in seinen Schläfen blieb konstant.
„Mir befiehlt niemand etwas und ich werde keine Experimente mehr mit den Stühlen machen", schrie er kreischend.
„ Du wirst es tun" Die Stimme verhallte, die Schmerzen endeten abrupt. Ernst sah sich verwirrt um. Jetzt hörte er schon Stimmen. So durfte es nicht weiter gehen. Er raffte die Schriften und die Tagebücher zusammen, legte das Buch von Theodor Bender obenauf und warf alles in einen Karton.
Erregt nahm er diesen Karton und eilte hinüber zum Labor. Er würde ihn verbrennen und die Stühle vernichten.
Doch im Labor wurde er wieder ruhiger. Bevor er diesen Schritt tat, wäre es doch vielleicht gut herauszufinden woher all diese Geräte, deren Material mit keinem der heutigen bekannten Werkstoffe vergleichbar war, kamen.
Im diesem Moment stand er mit einem völlig neuartigem Gefühl im Labor. Er öffnete den Karton, nahm die Blätter mit den Zeichnungen der Stühle und der Scheibe, ging damit zu seinem Computertisch und legte die Blätter ab. Dann zog er seinen Drehstuhl zurück und setzte sich darauf. Anschließend übertrug er alle Zeichnungen und

Daten auf seinem Rechner und speicherte sie zudem noch auf einen USB-Stick ab. Dann suchte er nach einem Versteck für den Stick und die Scheibe.
Er wusste wie irrwitzig sein Handeln war. Eine Stimme riet ihn sich nicht mehr weiter mit den Stühlen zu beschäftigen. Doch die zweite Stimme drängte ihn weiter zu forschen und es zog ihn dazu dieser Eingebung zu folgen. Schließlich reizte es ihn doch herauszufinden aus welchem Material die Stühle hergestellt waren und für welche Zwecke sie dienten. Doch würde ihm in diesem Leben genügend Zeit zur Verfügung stehen, diese Geräte bis ins kleinste Detail zu erforschen? Oder würde er nur mit einem Bruchteil des zu erstrebenden Wissens in eine andere Dimension überwechseln? Er musste trotz aller Zweifel die ihn befielen, jede weitere Erfahrung aufzeichnen.
Ernest fühlte, wie sich seine Gedanken wieder verwirrten und wusste dass er sich eine Pause gönnen musste.
Als er aufstand sah er zur Wand hinter der die Stühle versteckt waren und ging zu ihr hin. Wer hatte sich diese Konstruktion ausgedacht? Er ging von einem Ende zum Anderen, sah nach Unten und nach Oben. Aber er konnte auch jetzt keinen einzigen Hinweis dafür finden wie man diese Rückwand öffnen konnte. Plötzlich glaubte er das Raunen vieler Stimmen zu hören. Doch dieses Raunen ordnete er einem Trugbild seiner Fantasie zu. Rasch wandte er sich von der Wand ab und beendete für heute seine Arbeit im Labor.
Als Ernest sein Labor verließ und zum Haus ging, wehte ihm ein kalter Wind um die Ohren. Es wurde Herbst und die Universität öffnete bald ihre Pforten für ein neues

Semester. Warum verdrießte ihn diese Tatsache? War
er nicht hocherfreut über die erste Anstellung in seinem
Leben gewesen? Die dunklen Gedanken begleiteten ihn
ins Haus und ließen ihm auch hier keine Ruhe. Bald
würde er nur noch wenig Zeit für die Arbeit in seinem
Labor haben.
Schon wieder klebte dieser bittere, trockene Geschmack
in seinem Mund. Er ging in die Küche, holte sich einen
Saft aus dem Kühlschrank, goss einen Teil davon in ein
Glas und trank es auf einem Satz leer. Danach füllte er
es ein zweites Mal und setzte sich auf einem Stuhl am
Küchentisch. Hier bedrängten ihn wieder die seltsamen
Geschichten. Sie drehten sich um ihn und seine Mutter.
Dabei stellte sich ihm die Frage weshalb er in seiner
Erinnerung nur seine Mutter in der Küche arbeiten sah.
Besaßen sie damals nicht eine Haushaltshilfe? Aber wie
hieß diese Frau? Wie sah sie aus? Er grübelte lange nach
und dann fiel ihm wieder ein, dass er sie nur die Schatten-
frau genannt hatte, deshalb war ihm ihr Name entfallen.
Sie war ihm tatsächlich wie ein Schatten vorgekommen,
der von einem Zimmer zum anderen huschte. Kaum war
sie hier, war sie auch schon wieder verschwunden. Mutter
hatte ihm einmal erklärt das Elli, (ach ja, Elli hieß sie),
einen leichten geistigen Schaden habe. Mutter hatte ihm
außerdem erzählt, dass Elli sich alle Anweisungen von ihr
notierte. Damit ging sie in das Zimmer in dem sie aufräu-
men oder sonst etwas erledigen sollte, machte ein paar
Handgriffe und hatte gleich darauf vergessen, was sie
sonst noch tun sollte. Nur ihren Spickzettel, den vergaß
sie nie. Doch wenn sich jemand in dem Zimmer aufhielt,
in dem sie zu tun hatte, lief sie schnell hinaus und las vor

der Tür die nächsten Anweisungen. Sie schämte sich wegen ihrer Vergesslichkeit.
Ernest versuchte sich an diese Frau zu erinnern, doch er konnte nur ein vages Bild von ihr herbeizaubern. Er hatte sie nie richtig beachtet, war als Junge in der Hauptsache mit sich und seinen Büchern beschäftigt gewesen. Aber was war aus Elli, nach dem seine Eltern gestorben waren, geworden? Onkel Richard könnte ihm zu dieser Frage sicher nähere Angaben machen. Doch dieser weilte ja zurzeit irgendwo in Afrika und es war nicht abzusehen, wann er wieder zurückkam. Vielleicht konnte ihn Irma etwas über dem Verbleib von Elli sagen? Er grübelte nicht lange darüber nach, weshalb er den Aufenthaltsort von dieser Frau herausbringen wollte. Es trieb ihn regelrecht dazu seine Jacke anzuziehen und zu Irma hinüber zu gehen.

Irma saß gerade gemütlich vorm Fernseher und vertiefte sich in das Geschehen in der Serie, die sie jeden Tag zur gleichen Zeit ansah. Das Klingeln an der Haustür riss sie aus der für sie spannenden Handlung und der Ärger darüber lag noch in ihren Zügen als sie Ernest herein ließ.
„Ich dachte du besitzt einen Schlüssel fürs Haus", mäkelte sie und lief sofort zurück ins Wohnzimmer.
Ernest schritt hinter ihr her und als Irma sich gleich wieder in den Sessel setzte und gebannt zum Fernseher sah, lächelte er verständnisvoll. Er ging zur Garderobe und legte seine Jacke ab.
Inzwischen lief die Werbung und Irma fragte ihn ob er Hunger habe.

„Nein, danke!" wehrte er ab, „gegessen habe ich schon. Ich möchte mich nur gerne mit dir unterhalten. Du weißt ja, dass es für mich noch viele offene Fragen über meine Familie gibt. Ich hoffte, du könntest mir einiges davon beantworten. Doch ich sehe, ich störe dich gerade."
„Nein, nein", lachte Irma schon wieder versöhnt. „Wenn du zehn Minuten still sitzen kannst, störst du mich nicht mehr. Die Serie ist gleich zu Ende."
So war es dann auch. Irma schaltete den Fernseher aus und sagte neugierig: „Seit du hier bist hast du mich noch nie am Abend besucht. Deshalb denke ich, dass dir etwas sehr wichtiges auf dem Herzen liegen muss. Geht es Ilona schlechter?"
„Nein!" wehrte er ab. „Sie befindet sich schon auf dem Weg zur Besserung. Der Arzt glaubt an eine nervöse Störung die durch den Stress ihres übermäßigen Lernens entstanden ist. Da hilft nur Ruhe und Entspannung."
„Diese Diagnose hätte ich auch stellen können", lächelte Irma. „Also was führt dich wirklich zu mir?"
Ernest blickte nachdenklich, als wisse er nicht mit welcher Frage er beginnen sollte, umher und blieb nach einer Weile an Irmas wachen, erwartenden Augen hängen.
„Seit ich wieder in meinem Elternhaus wohne", begann er schließlich, „versuche ich das Leben in meiner Kindheit zu rekonstruieren. Mir kommt es vor, als hätte ich damals außer meinen Büchern nichts wirklich wahrgenommen. Jetzt denke ich ständig über meine Eltern, Onkel Richard, Tante Regina und natürlich auch über dich nach. Für mich glitt die Kinderzeit so ruhig und sorglos dahin, dass ich gar nicht auf die Idee kam, meine Eltern zu fragen wie sie sich fühlten, was sie als Sinn des Lebens

sahen. Ich nahm es als selbstverständlich hin, dass sich in Mutters Leben fast alles um mich drehte und in Vaters Dasein die Arbeit im Labor in erster Linie vorherrschte. Zudem war es mir fast egal, wer sonst noch bei uns im Haus lebte. Aber in meiner Erinnerung spukt eine junge Frau herum, die ich nicht richtig einstufen kann. Sie war stets zugegen und sprach doch nur selten ein paar Worte mit mir. Wer war sie?"
Diese Frage kam für Irma so plötzlich, dass sie Ernest einen Moment perplex anstarrte. „Du erinnerst dich nicht an Elli?" fragte sie dann irritiert und fuhr gleich fort: „Das arme Mädchen, sie lebte in ständiger Angst und vergesslich war sie auch noch."
Ernest fühlte, dass Irma dieses Thema unangenehm berührte. Sie strich sich nervös über ihr dauergewelltes, weißes Haar und hätte sich am liebsten vor den nächsten Fragen gedrückt. Aber in Ernest wuchs die Neugierde.
„War sie mit uns verwandt? Und wo lebt sie heute?"
„Alles schön der Reihe nach", entgegnete Irma. „Elli war, obwohl deine Mutter sie stets so behandelte, kein Mitglied deiner Familie. Sie wuchs in einem Waisenhaus auf. Als du geboren wurdest, suchte deine Mutter eine Haushaltshilfe. Leider muss ich gestehen, dass ich ihr Elli vermittelt habe. Sie war damals gerade siebzehn, lebte noch im Waisenhaus. Dort, bei den Schwestern hatte sie alles gelernt, was man in einem Haushalt können muss. Also, genau die Perle, die deine Mutter benötigte. Ich muss vorausschicken, dass dein Onkel Richard sich sehr für das Waisenhaus engagierte und mich mit der Liebe zu diesen Kindern angesteckt hat. Jede freie Minute verbrachte ich dort. Elli war freundlich und fleißig. Nichts

deutete auf ihre spätere Krankheit hin. Sie begann sich erst, als sie schon vier Jahre bei deinen Eltern im Dienst stand zu entwickeln. Seltsam, wenn ich mir so recht überlege, ging es mit einem Nervenzusammenbruch los. Er kam wie aus heiteren Himmel. Fast so wie bei deiner Freundin Ilona. Deine Mutter hat sich damals liebevoll um sie gekümmert und hat sich auch, nachdem ihr Zustand sich immer mehr verschlechterte, nie von ihr getrennt."
Ernest schlug das Herz bis zum Hals: „Und wo lebt diese Frau jetzt?"
„Die Schwestern haben sie nach dem Tod deiner Eltern wieder aufgenommen", erwiderte Irma. „Sie hilft ihnen in der Küche."
Ernest bohrte weiter: „Hat sie sich seither verändert?"
Irma zögerte mit der Antwort. Sie rieb unruhig die Hände aneinander: „Ich muss gestehen, dass ich nur noch selten einen Besuch im Waisenhaus mache. Vor einiger Zeit habe ich aber eine der Schwestern getroffen. Sie erzählte mir, dass Elli jetzt nicht mehr so nervös sei, aber ihre Vergesslichkeit sei noch die gleiche wie vor Jahren. Allerdings verkrieche sie sich, wenn sie hohe quietschende Geräusche höre, sofort in einer Ecke. Mehr kann ich über Elli nicht sagen."
Ernest sah Irma prüfend an: „Ich glaube, ich habe dich jetzt sehr erregt, verzeih mir bitte. Ich hatte keine Ahnung..." „Natürlich nicht, " winkte Irma ab, „aber Ellis Schicksal und dass ihre Mutter davon betroffen wurde, hat mich schon die ganzen Jahre über belastet. Vielleicht war es gut, mal mit Jemandem darüber zu sprechen."
„Schade", bedauerte Ernest. „Tante Thea hat mir empfohlen eine Haushaltshilfe einzustellen. Aber ich kann mich-

schlecht an fremdes Personal gewöhnen. Deshalb dachte ich an diese Frau. Sie kennt sich bei uns aus wie keine andere und ihre Vergesslichkeit würde mich nicht weiter stören. Aber wenn du meinst, dass sie bei den Schwestern gut aufgehoben ist, ist es auch sicher besser sie bei ihnen zu lassen. Außerdem weiß man ja nicht ob sie überhaupt für mich arbeiten möchte."
Irma runzelte nachdenklich die Stirn. „Na ja, ich könnte sie mal besuchen und sie fragen…"
„Danke, das ist nett von dir. Bei so einem persönlichen Gespräch erkennst du ja auch gleich ob es das Richtige für sie ist, das Heim wieder zu verlassen."
„Natürlich, und ich muss sagen, ich wäre froh sie wieder in meiner Nähe zu wissen, denn sie liegt mir doch sehr am Herzen. Ich werde gleich Morgen mit den Schwestern und ihr sprechen."
Irma schwieg eine Weile nachdenklich. Dann fiel ihr ein warum Ernest eigentlich zu ihr gekommen war. „Gibt es sonst noch welche Fragen, die deine Kindheit betreffen?"
Ernest wiegte den Kopf: „Ich hätte gerne noch über Tante Regina mit dir gesprochen, aber ich denke für heute habe ich dich genug mit der Vergangenheit belastet."
Er stand auf und gab ihr die Hand. „Lasse es mich bitte wissen ob und wann du für ein weiteres Gespräch mit mir über meine Familie bereit bist."
Irma nickte und als er schon an der Haustür war, rief sie ihm zu: „Morgen nach dem Mittagessen."
Ernest schritt langsam und bedächtig seinem Haus entgegen. Für ihn lag es auf der Hand, wodurch Ellis Krankheit entstanden war. Vater hatte alle möglichen Versuche

im Labor für seine Gehirnforschung gemacht. Es war doch nicht auszuschließen dass er an Elli...?
An diesem Abend fühlte sich Ernest zum ersten Mal einsam in seinem Haus. Zudem bemerkte er, dass sein Ordnungssinn was den Haushalt anbetraf, sehr gestört war. In der Küche stapelte sich das ungewaschene Geschirr und in den Zimmern lagen überall noch halbvolle Kartons herum. Das verstärkte seinen Wunsch sich eine Putzhilfe einzustellen. Vielleicht hatte Irma Erfolg bei Elli und wenn nicht konnte sie ihm vielleicht eine andere Frau empfehlen. Er dachte an das Gespräch mit ihr und schlug diesen Gedanken an Elli in den Wind. Es war doch keine gute Idee sie einzustellen, denn er hatte daran gedacht sie als nächste auf den Stuhl zu setzen. Wenn sie wie Ilona reagieren würde, würde Irma sofort Verdacht schöpfen.
Als er zur Küche ging um sich eine kleine Brotzeit herzurichten, sah er den Gang entlang bis zur Treppe, die ins obere Stockwerk führte und glaubte einen Schatten zu sehen. „Jetzt beginnst du schon zu fantasieren", sagte er zu sich selber. Schließlich verdrängte die Neugierde den Drang nach dem Essen. Er lief an der Küche vorbei, den düsteren Flur entlang, war im Begriff die steile Treppe schnell hochzuspurten und stoppte schon bei der dritten Stufe. Er tat ja geradeso als verfolge er einen Einbrecher. Dabei lag das Haus in tiefer Stille. Nur sein Atem war zu hören und das Knarren, der alten Holztreppe, das jeden Schritt von ihm begleitete.
„So entstehen Spuckgeschichten", grinste er. „Ein altes, stilles Haus, ächzendes Holz, dunkle Zimmer und eine seltsame oder eine unheimliche Geschichte die man kurz

zuvor gehört hatte. Die Einbildung des Menschen kennt keine Grenzen."
Immer weiter stieg er die Stufen hinauf und fand an diesem Tag die Atmosphäre im oberen Stockwerk noch trostloser wie unten. Er lehnte sich ans Treppengeländer und überlegte wo das Zimmer von Elli gelegen hatte. Irgendeine kleine Szene erinnerte ihn daran, diese Frau einmal im Eckzimmer des linken Flügels gesehen zu haben. Aber es konnte auch Zufall gewesen sein. Wieder strich sein Blick von einer Seite zur anderen. Links – rechts? Es schien ihm egal, wo er mit der Suche begann. So öffnete er eine Zimmertür nach der anderen. Auch dieses Mal quoll ihm stickige, abgestandene Luft entgegen. Jetzt ärgerte er sich über sich selbst. Schon wieder hatte er vergessen regelmäßig hier Oben zu lüften.
So ging es wirklich nicht weiter. Er musste endlich die Handwerker bestellen, die den Zimmern einen frischen Anstrich geben würden. Doch vor allen Dingen musste er jeden Tag die Fenster öffnen. Das tat er jetzt schnell. Wie sollte er nun erkennen in welchem Zimmer Elli damals wohnte? Jedenfalls nicht in der Nähe seines Zimmers. Wie bei seiner ersten Stippvisite nach seiner Heimkehr begutachtete er jeden Raum. Im linken Eckzimmer setzte er sich auf einen Stuhl sah sich eine Weile um und schloss die Augen. Nun versuchte er sich Elli hier vorzustellen. Wieder glitt nur ein Schatten an ihm vorüber. Warum war es so wichtig für ihn sich an sie zu erinnern? Sie war die Haushaltshilfe seiner Eltern und sie war krank. Na und? Das besagte doch noch lange nicht, dass sie tatsächlich deren Versuchsperson war. So weltentrückt war er auch nicht gewesen, dass er, sollten sich derartige

Dinge um ihn herum abgespielt haben, nichts davon gemerkt hätte. Er vertiefte sich noch mehr in die Vergangenheit, sah seinen Vater vor sich und konnte sich noch weniger vorstellen, dass er diese junge Frau zu seinen Zwecken missbraucht hätte. Aber hatte er nicht das Gleiche mit Ilona getan? So konnte man dies nicht sehen, wiegelte er seine Gewissensbisse ab. Schließlich kannte er die Wirkung des Stuhles nicht. Deshalb konnte er die gesundheitlichen Folgen, die sich bei Ilona nach dem Experiment einstellten, auch nicht voraussehen. Noch immer hielt er seine Augen geschlossen und noch immer horchte er in sich hinein. Langsam kroch ein unangenehmes, abweisendes Gefühl in ihm hoch. Es wäre wohl besser für ihn, die Vergangenheit ruhen zu lassen. Doch nun hatte er schon zu weit in seiner Erinnerung geforscht. Er sah sich den Korridor entlang gehen, vernahm ein haltloses Schluchzen und sah sich eine Tür öffnen. Die junge Frau vor ihm, saß an ihrem Schreibtisch und weinte so haltlos, dass sie ihn nicht bemerkte. Vorsichtig zog er die Türe wieder zu. Ihm fiel nicht mehr ein, was er damals nach dem Anblick der Verzweifelten getan hatte. Oder gaukelte ihm sein Gehirn dieses Bild nur vor? Nein, er konnte sich genau an den antiken, klobigen Schreibtisch erinnern, der einen Großteil des kleinen Zimmers ausfüllte. Jetzt erinnerte er sich auch noch an einen Schrank aus Mahagoni der fast bis an die Decke reichte und in dessen Mitte ein funkelnd geschliffener Kristallspiegel prangte. Er konnte sich nicht erklären warum sich das Aussehen des Schrankes so in sein Gedächtnis geprägt hatte aber nun kam ihm dieser Zustand bei der Suche zu

Gute. Jetzt wurde ihm bewusst in welches Zimmer er gehen musste.
Der Schrank und der Schreibtisch standen noch an der gleichen Stelle. Nur glich die ganze Szenerie nicht der damaligen Situation. Elli fehlte und der Staub hatte sich auf die Möbel gelegt, hatte den wunderschönen Spiegel in eine trübe Scheibe verwandelt. Beklommen näherte er sich dem Bett, das an der hinteren Seite des Raumes stand, hob die Decke hoch und schon schwebte eine dicke Staubwolke empor. Er begann zu niesen, atmete angeekelt den Geruch ein und versuchte so schnell als möglich die Tür zu erreichen. Im Vorbeigehen berührte er den Schreibtisch mit den wuchtigen Schubläden. Automatisch versuchte er sie zu öffnen. Doch sie waren verschlossen. Erst jetzt stellte er fest, dass die Schlüssel dazu fehlten. Der Schrank war ebenso verschlossen. Aber wo befanden sich die Schlüssel? Ärger stieg in ihm hoch. Er hätte zu gerne gewusst ob es hier noch etwas gab, das an Elli erinnerte. Enttäuscht ließ er die Schultern hängen. Die Suche nach den Schlüsseln konnte Stunden dauern. Doch wer sagte ihm ob sich diese Suche überhaupt lohnen würde? Was glaubte er eigentlich hier zu finden? Konnte er wirklich annehmen, dass so ein einfaches Mädchen wie Elli Tagebuch geführt hatte? Warum nicht? Er schalt sich einen Narren, denn all diese Fragen mit denen er sich marterte führten ins Nichts. So gab er schließlich seine Suche auf und trottete wieder nach unten. Als er sich danach in der Küche ein paar Brote belegte und sich zum Essen an den schweren Eichentisch setzte, flatterte sein Blick unruhig umher. Er musste unbedingt wieder unter Menschen gehen, musste Gesprä-

che mit Gleichgesinnten führen. Er neigte sowieso dazu sich abzukapseln was in einem Lehrberuf nicht gerade vorteilhaft war; aber dass er sich schon in der kurzen Zeit des Alleinseins in diesem Haus zu einem Einsiedler entwickelte, belastete ihn. Es schien ihm, als hätte sich sein Gehörsinn verschärft. Als drängten sich Töne in sein Gehirn, die er als Junge in diesem Haus nie wahrgenommen hatte. In der Küche schienen ihm alle diese Geräusche verstärkt zu verfolgen. Zudem gab es keinen Raum im Haus, in dem ihn die Vergangenheit so einholte wie hier. Manchmal ertappte er sich dabei, dass er sie selbst fast mit Gewalt herbei zog. Aber heute lehnte er es ab, diese Erinnerungen an sich heran zu lassen und so verließ er die Küche. Er war überreizt und müde.
Im Wohnzimmer ging er an die Hausbar, nahm sich eine Flasche mit kanadischem Rotwein und ein Glas heraus, stellte beides auf den Tisch und schaltete den Fernseher ein. Er brauchte unbedingt eine Ablenkung. Als er einen Musiksender herangezappt hatte gelang es ihm sogar zum Teil. Er füllte sein Glas, setzte sich aufs Sofa und während er den Wein genüsslich trank, berieselte ihn die Musik. „Dunkelrot wie Blut", dachte er noch als er das Glas absetzte. Dann schlief er ein.

Ein neuer Tag, ein neuer Morgen, ein neues Glück, sagt man, ging es Ernest durch dem Sinn als er erwachte und die Helligkeit des Tages auf sich einwirken ließ. Ein neuer Tag war angebrochen, ob es ein neues Glück für ihn geben würde, würde sich erst herausstellen. Jedenfalls fühlte er sich erfrischt und erholt als hätte er in seinem gemütlichen Bett geschlafen, dabei war er hier auf dem

Sofa in voller Kleidung eingenickt. Er stand auf, reckte und streckte sich, ging ins Bad und fühlte sich danach wieder Energiegeladen. Nichts war mehr von der sentimentalen, niedergeschlagenen Stimmung des Vorabends übrig geblieben. Nach dem Frühstück fiel ihm ein, dass er schon tagelang seinen Briefkasten nicht geleert hatte. Dies holte er nun nach. Die Werbung überquoll schon den Kasten. Er packte den ganzen Kram und ging zurück ins Wohnzimmer. Außer einem Brief landete alles im Papierkorb. Der Brief kam von der Universität. Es wurde ihm darin mitgeteilt, dass sich das Lehrerkollegium vor Beginn des Semesteranfangs im Konferenzsaal der Universität traf. Das angegebene Datum zeigte ihm, dass das Treffen schon heute stattfand. Erschrocken ließ er das Blatt sinken. Fast hätte er diesen Termin verpasst. Es zeigte ihm, dass er in Zukunft nicht mehr so nachlässig mit den Belangen seiner Umwelt umgehen durfte. Zum Glück musste er erst am Nachmittag in der Uni sein.

Irma hatte sich heute auf ein längeres Gespräch mit Ernest vorbereitet. Endlich konnte sie einmal über ihre verstorbene Schwester Regina sprechen, die durch ihre Krankheit gezeichnet und im Laufe der Jahre immer seltsamer wurde.
Doch Ernest musste sie enttäuschen. Er erzählte ihr von seinem Termin in der Uni, den er um ein Haar versäumt hätte.
„Natürlich", sagte Irma deprimiert, „so ein Termin geht vor." Als Ernest ihre kümmerliche Miene bemerkte, tröstete er sie: „Morgen bleibe ich dafür den ganzen Nachmittag bei dir. Aber jetzt muss ich mich beeilen."

Als er schon an der Tür war, fielen ihm die fehlenden Schlüssel für verschiedene Möbel in seinem Haus ein.
Er wandte sich noch einmal zu Irma um. „Jetzt hätte ich doch fast etwas vergessen. Ich habe gestern festgestellt, dass die Schlüssel zu mehreren meiner Möbeln fehlen. Kannst du bitte nachsehen ob Onkel Richard sie in irgendeiner Kommode aufbewahrt hat? "
„Gut, warte einen Moment, ich sehe gleich nach."
Irma ging zur Kommode in der Richard den Haustürschlüssel von Ernst aufbewahrt hatte und fand die Schlüssel gleich. „Dein Onkel Richard", rief sie Ernest zu, „hat die Schlüssel in eine Holzschatulle gelegt und sie sorgfältig mit Hängeetiketten versehen, auf denen er vermerkt hat zu welchem Teil der Möbel sie gehören. Auf der Schatulle hat er einen Zettel mit dem Hinweis auf die Schlüssel geklebt. Genauer wie Richard kann kein Mensch sein. Aber ich weiß nicht mehr ob er mit mir darüber gesprochen hat. Vor seiner Abreise gab es so viel zu tun…"
„Ist schon gut", freute sich Ernest über den schnellen Fund, nahm die Holzschatulle dankend entgegen, warf Irma noch einen hastigen Gruß zu und eilte aus dem Haus. Dieser Tag schien ein guter Tag zu werden.

An diesem Tag war wirklich nichts auszusetzen. Es wehte zwar schon ein kühles Lüftchen über der Stadt aber die Sonne lies die Umwelt hell und klar erscheinen. Ernest fuhr aus der Stadt, der Philipps Universität entgegen.
Immer mehr spürte er, wie nahe er seiner Heimat verbunden war. Selten schienen moderne Architektur und altertümliche Bauten so gut zu harmonieren. Würde auch er

diese Harmonie der Stadt und seiner landschaftlichen Umgebung wieder in sich vereinigen können? Die Uni lag in einem Waldgebiet, das sich jetzt im herbstlich bunten optimistischen Kleid zeigte. Hier würde er nun die meiste Zeit verbringen und es war gut so. In der Uni würde er seine Einsamkeit überwinden.

Am Abend setzte Ernest sich mit einem Glas Wein ins Wohnzimmer und mümmelte sich gemütlich in den Sessel. Dort ließ er den Nachmittag noch einmal an sich vorüber ziehen. Die neuen Kollegen, die er heute kennengelernt hatte waren ihm bis auf zwei oder drei Personen sympathisch gewesen. Außer ihm gab es nur noch eine Kollegin, die in dem Kreis der Dozenten neu eingeführt wurde. Mit ihr zusammen hatte er anschließend die Uni besichtigt und zu Abend gegessen.
Eine Weile fühlte er sich entspannt und froh. Doch mitten in dieser Gelöstheit kamen ihm die Schlüssel der Möbel in den Sinn und raubten ihm die angenehme Ruhe. Er stand auf, nahm erregt die Schatulle mit dem Schlüssel und hastete hinauf in das obere Stockwerk. Dort lief er sofort zu Ellis ehemaligem Zimmer.
Dank Onkel Richards Vorarbeit fiel es ihm leicht den Schlüssel für die Schreibtischschubladen zu finden.
Wieder fühlte er die düstere Stimmung die hier oben herrschte aber dieses Mal versuchte er sich nicht von ihr einfangen zu lassen. Er öffnete die Schubladen, bemerkte aber dass sie leer waren und wandte sich nervös dem Schrank zu. Hinter dem Kristallspiegel in der Mitte der beiden Türen des Schrankes sah es ebenso leer aus aber als er auf eine Leiste in der Rückwand drückte, gab diese

ein zusätzliches Fach frei. Vorsichtig, als könnte er dabei etwas zerstören, griff er hinein und ertastete ein Heft. Langsam zog er es heraus und setzte sich an den Schreibtisch.

Als er das Heft aufschlug, erkannte er sofort dass Elli die Schreiberin dieser Zeilen war. Ihre Schrift zeigte den Charakter eines einfachen bodenständigen Menschen – fest, geradlinig und gesund. Sie begann ihre Eintragung mit den Worten: Ich war früher immer dagegen mir etwas aufzuschreiben, denn ich wünschte mir jedes Stück Vergangenheit sofort abzuhaken. Aber seit Doktor Leitner mich hypnotisiert hat bin ich so zerstreut dass ich Angst habe etwas Wichtiges zu vergessen. Vielleicht ist ihm, obwohl er mir vorher versichert hat, dass bei so einem Experiment nichts Schlimmes geschehen kann, doch etwas misslungen. Ich muss ihn bitten diese Sache wieder in Ordnung zu bringen. Die übrige Seite war unbeschrieben. Ernest legte das Heft hin und stellte sich Elli vor. Sie schien vor dieser Behandlung wirklich ein einigermaßen normales Mädchen gewesen zu sein. Wahrscheinlich hatte sie nur den Wunsch ihre traurige Kindheit zu vergessen. Er schlug das Heft wieder auf und blätterte auf die nächste Seite. Die Buchstaben dehnten sich nun weiter auseinander. So, als habe Elli alles mit größter Kraftanstrengung geschrieben. Ernst las: Heute habe ich der Frau Professor gesagt dass ich mich seit der Hypnose von ihrem Mann nicht mehr richtig konzentrieren kann. Sie hat mich ganz komisch angesehen und mich mit zum Labor vom Doktor geschleppt. Er hat sich alles angehört und gesagt, dass er meine Gehirnströme messen muss. Ich hatte große Angst, habe mich aber nicht getraut etwas

dagegen zu sagen. Beim Messen muss ich ohnmächtig geworden sein, denn ich bin hier in meinem Zimmer im Bett erwacht. Ich muss das Heft verstecken. Ich bin so müde...
Es gab noch ein drittes mit wenigen Worten beschriebenes Blatt. Ich bin krank, stand da. Der Doktor will mich wieder gesund machen, ich muss weinen, weinen, weiß nicht warum. Überall lege ich Zettel hin, damit ich weiß was ich tun muss. Vielleicht weiß ich morgen nicht mehr dass ich mir alles in dieses Heft schreiben wollte.
Ernest legte erschüttert das Heft in das Fach zurück und verschloss den Schrank. Diese paar Sätze, denen keine weiteren mehr folgten, sagten alles aus. Sein Vater hatte Forschungen an ihrer Haushaltshilfe betrieben. Wahrscheinlich war der Versuch missglückt. Aber ihr kurzer Eintrag sagte nichts darüber aus was er mit ihr erprobt hatte. Doch das was sein Vater dieser jungen Frau angetan, hatte, war nicht zu entschuldigen.
Ein Schauer erfasste ihn. Und er, was hatte er getan? Er hatte die Frau, die er liebte in diesen schmerzbringenden Stuhl gesetzt. Konnte er sich dies jemals verzeihen? Verzweifelt verließ er das Zimmer und eilte nach unten.
Dort eilte er zum Telefon und rief Thea an.
Schon nach dem zweiten Klingeln war Thea am Apparat.
„Ich wollte dich auch gerade anrufen", sagte sie froh.
„Ilona ist heute aus der Klinik entlassen worden."
„Wie geht es ihr?" fragte er mit schnellem Atem.
„Soweit ganz gut, " erwiderte Thea, „willst du mit ihr sprechen? Sie sitzt gerade bei mir im Wohnzimmer." „Natürlich", rief er mit klopfendem Herzen.

Ilonas Stimme klang noch nicht so schwungvoll wie einst, doch nicht mehr so schwach und hilflos wie nach jenem Tag als sie Marburg verlassen hatte. „Es geht mir gut", beantwortete sie seine Frage. Meine Vergesslichkeit hat sich wieder gelegt und das Lernen geht mir gut von der Hand. Ich hatte mir in den letzten Wochen doch zu viel aufgeladen und werde jetzt ein wenig kürzer treten."
„Sehr gut!", freute sich Ernest. „Ich werde Tante Thea darum bitten, darauf acht zu geben, dass du deine guten Vorsätze auch ausführst. Wann werden wir uns wiedersehen?"
„So schnell wohl nicht", zögerte Ilona. „Du musst dich jetzt auf dein Lehramt vorbereiten und ich auf meine Prüfungen." „Das stimmt wohl", gab er zu, „aber ich kann die Zeit kaum erwarten deinen warmen Atem neben mir zu spüren. Wann wird das sein?"
„An Weihnachten", schlug sie vor.
„Weihnachten?" fragte er entsetzt, „das ist ja fast ein Vierteljahr. Ich fühle mich jetzt schon total einsam."
„Treib es nicht auf die Spitze," lachte sie, in der Uni wimmelt es von schönen Studentinnen, außerdem ist ja Irma auch noch da, die dich verwöhnt und die Zeit geht schneller vorbei als du denkst."
„Das glaubst du?", ging er auf ihre leichte Tonart ein, „wo werden wir uns dann treffen, bei dir oder bei mir?"
„Bei meinen Eltern", erklärte sie. Ich bin ihnen schon lange einen Besuch schuldig und ich finde dass sie dich auch kennenlernen sollten."
„Das klingt hart", lachte er. Zuerst so lange auf ein Wiedersehen mit dir warten und dann noch dazu unter den streng taxierenden Blicken deiner Eltern. Kannst du dich

nicht doch zu einem vorhergehenden Kurzbesuch bei mir anfreunden?"

„Nein!", sagte sie schnell, wie ihm schien viel zu schnell.

„Ich habe jetzt gerade die Tortur meines letzten Besuches bei dir überwunden. Mir geht es zwar besser, aber ich verspüre eine unheimliche Abwehr, dein Haus zu betreten. Also lasse mir bitte Zeit dazu."

Er ging sofort auf ihre Bitte ein: „Geht klar und dieses Mal halte ich hundertprozentig mein Versprechen das Innere des Hauses hell und freundlich gestalten zu lassen."

„Gut, aber jetzt möchte ich unser Gespräch beenden. Ich fühle mich schon wieder so müde."

„Selbstverständlich. Ich melde mich dann wieder. Ich liebe dich."

„Ich dich auch, " hauchte Ilona, dann war die Leitung tot. Ernest hielt den Hörer noch eine Weile in der Hand als ob er noch ein paar Sätze von Ilona erwartete, dann legte er auch auf. Ein tiefer Seufzer entwich seiner Brust. Es war noch einmal gutgegangen. Ilona schien ihre Energie und Lebensfreude wieder zu erlangen. Er war noch nicht dahinter gekommen was wirklich in den Stühlen geschah. Was sollte dieser Energieentzug bewirken? Egal – so wie es aussah, war es ratsamer es nicht zu wissen. In diese Materie einzutauchen war zu gefährlich. Er lehnte es nun ab diese Versuche fortzusetzen, denn er wollte keinen weiteren Menschen mehr Schaden zufügen.

Die wenigen geschriebenen Sätze von Elli hatten ihn bis ins Mark erschüttert. Dazu hatte er selbst gesehen wie eine so starke, lebensbejahende Frau wie Ilona, in etwa einer Minute derartig abbaute. Es durfte keine Fortsetzung geben. Lieber würde er sich seiner zukünftigen

Arbeit widmen, das Haus renovieren und sich die nötigen chemischen Stoffe für seine eigenen Forschungen besorgen. Genauso wie er es sich früher vorgenommen hatte.
Anscheinend hatte die Arbeit im Labor aus seinem einst so, fröhlichen, liebenswerten Vater einen fanatischen Eiferer gemacht, der kein Mitleid mehr kannte. Wie wäre es ausgegangen, wenn er weitergelebt hätte? Gab es bei ihm schon Vorstellungen wo er sich weitere Versuchspersonen herholen konnte? Früher oder später wäre man ihm auf die Spur gekommen... Er durfte nicht weiter daran denken. Aus und vorbei. Er würde sich nicht in den Strudel seines Vaters ziehen lassen.
In dieser Nacht quälten ihn wieder seine alten Träume. Doch dieses Mal wusste er, was seine Formeln, die er immer wieder aufschrieb bedeuteten. Nur wusste er zugleich, dass er die Formeln in diesem Leben nie gebrauchen könnte, denn sie berechneten ein Material, das es auf diesem Planeten nicht gab.
Schweißgebadet saß er in seinem Bett. Seinem Traum nach war er nicht erst das zweite Mal geboren. Nein, sein Geist stammte aus einer anderen Dimension und er würde immer wieder geboren bis sein Soll erfüllt war. Er stand auf und lief ins Bad. Unter der Dusche schüttelte er diese wirren Gedanken ab. Es war absurd. Jetzt verfolgten in die Alpträume schon bis in den Wachzustand. Er hätte am vergangenen Abend nicht länger über seinen Vater nachgrübeln sollen. Dieses Wissen über ihn vergälte sein Leben. Hätte er nur nie die alte Kiste gesehen. Warum nur, war Tante Regina so versessen darauf gewesen, sie ihm zu übergeben?

Nach dem Frühstück fühlte Ernest sich wieder besser. Er holte das Branchenbuch aus dem Schrank, suchte die Handwerker heraus, die er für die Renovierung benötigte und rief sie gleich an. Im Herbst war die Arbeit für die Betriebe nicht so dicht gesät und so erhielt er schnellere Zusagen wie erwartet. Zufrieden legte er das Branchenbuch wieder zurück. Danach ging er in die Bibliothek, überprüfte ob es dort nach Unterlagen seines Vaters gab, fand jedoch nichts was mit der Kiste und den Stühlen zu tun hatte. Also lief er zum Labor. Kurz vor dem Eingang drosselte er seinen Schritt. Würde er das richtige tun? Schon senkten sich wieder die versuchenden Gedanken in sein Gehirn und er wischte sich über die Stirn als könne er sie damit vertreiben. Zögernd schloss er auf und als er über die Schwelle trat, sah er wieder die schmerzgepeinigte Ilona vor sich. Diese Erinnerung stieß alle erneuten Versuchungen von sich und er glaubte nun fest daran, dass er an diesem Vormittag die Tür zum Hinterraum des Labors zum letzten Mal öffnete. Die Stühle trotzen ihm entgegen. Er aber nahm die alten Aufzeichnungen Theodor Benders und die Tagebücher seines Vaters und schob sie in ihre Nähe. Als er alles abgelagert hatte, verschloss er die Tür. Danach hielt er den Schalter unschlüssig in der Hand und obwohl ihm eine warnende Stimme zuflüsterte, ihn weg zu werfen, legte er ihn in die unterste Schublade seines Schreibtisches.

Irma erwartete Ernest schon erfreut. Der Tisch war fertig gedeckt und als er Platz genommen hatte, kam sie mit der dampfenden Suppenschüssel, stellte sie ab und

schöpfte mit der Kelle die beiden Teller voll. „Schön heiß", sagte sie etwas verlegen.
„Und sehr gut", lobte Ernest sie, nachdem er den ersten Löffel voll gekostet hatte. „Überhaupt" fuhr er fort, kenne ich keine perfektere Köchin als dich. Alles was ich bisher bei dir gegessen habe, schmeckte super."
„Du bist ein Schmeichler", wehrte Irma ab. „Jetzt weiß ich auch warum deine Tanten sich darum gerissen haben, dich als ihren Sohn anzunehmen."
Ernest blickte über den Rand seines Tellers zu ihr auf und tat überrascht: „So – haben sie das?"
„Natürlich!", ereiferte sich Irma. „Du weißt ja gar nicht wie verärgert Regina reagierte als sie erfuhr dass Richard dich nicht hier behalten konnte. Nachdem er dich weggebracht hatte, sprach sie tagelang nicht mehr mit ihm und obwohl es mit ihrer Gesundheit immer mehr bergab ging, machte sie ihn manchmal Vorwürfe darüber. Und als sie später erfuhr dass du anstatt in Marburg in München
studieren willst, war es ganz aus. Regina war maßlos wütend auf deine Tante Thea. Sie glaubte sie beeinflusse dich."
Irma sah auf den leeren Teller von Ernest und sagte entschuldigend: „Ich rede wieder einmal viel zu viel, lasse dich am Tisch hungern und dabei den Braten auf dem Herd verschmoren."
Eilig stellte sie die Suppenteller und die Terrine auf ein Tablett und trug es in die Küche. Ernest gingen Irmas Worte nicht aus dem Kopf. Tante Regina sollte wütend und kämpferisch gewesen sein? Seine Erinnerung spiegelte ihm nur eine kranke blasse, stille Frau im Lehnstuhl oder im Bett vor. Lange ließ ihn Irma keine Zeit zum

Nachdenken. Diesmal schob sie den Servierwagen vor sich her ins Esszimmer um die nachfolgenden Speisen gleich nacheinander anrichten zu können.
Ernest lachte: „Bei der ausgiebigen Mahlzeit könnte ich ja fast den ganzen Nachmittag verbringen."
„Ja, ich hoffe doch, dass du es heute weniger eilig hast als sonst", lachte Irma zurück.
Ernest aß ein paar Bissen, dann fragte er: „Konnte Tante Regina tatsächlich laut werden?"
„Ich glaube dir", erwiderte Irma, dass du von Regina ein völlig anderes Bild in dir trägst, wie ich sie dir gerade geschildert habe, denn du kanntest nur ihre leisen Töne. Im Grunde genommen war sie ja auch eine sehr beherrschte, ruhige Frau. Doch wenn sie mit Richard eine Debatte über dich oder deinen Vater führte, glaubte man, in ihr brodele ein Vulkan, der kurz davor war, seine hitzige Glut auszuspeien."
„Nana, jetzt übertreibst du wohl Irma. Natürlich wusste ich, dass sie wünschte mich hier behalten zu können. Aber sie musste doch erkennen dass Onkel Richard besonnen und richtig handelte als er mich in ein Internat gab. Außerdem verstehe ich nicht wieso sie auch wegen meinem Vater diese Gefühlsausbrüche gehabt haben soll."
„Wenn du mich so fragst", überlegte Irma, „so muss ich gestehen, dass ich dies auch lange Zeit nicht verstanden habe. Aber schon als du noch ein kleiner Junge warst, verbrachte Regina fast mehr Zeit bei deinen Eltern als in ihrer Wohnung."
„Ich dachte Tante Regina fühlte sich nicht wohl in unserem Haus?" fragte Ernest erstaunt.

„Du vergisst ja vor lauter Fragen dein Essen", tadelte Irma. „Verzeih", erwiderte Ernest zerknirscht und widmete sich der vorzüglichen Speise.
Doch dann war es Irma selbst, die weiter sprach. „Regina fühlte sich nur in den ersten Ehejahren als sie mit Richard alleine in eurem Haus wohnte, so kläglich. Ihr ging es so wie Ilona. Sie fand die Räume düster, fast bedrohend. Manchmal bildete sie sich ein, dass Schatten an ihr vorbei huschten. Das war natürlich alles Unsinn. Deine Mutter war aus einem viel stabileren Holz. Ihr gefiel es hier.
Regina ließ sich auch eine Zeit lang von der Heiterkeit deiner Mutter anstecken. Doch dann brach die Krankheit von ihr durch."
Ernest legte sein Besteck auf den Teller und sah Irma gespannt an: „Und wie stand Tante Regina zu meinem Vater?"
Sie interessierte sich sehr für den Beruf deines Vaters und seine Experimente. Außerdem glaubte sie an die Heilkräfte seiner hypnotischen Anwendungen."
"Mein Vater hat Tante Regina hypnotisiert?" Ernest glaubte Irma missverstanden zu haben.
„Natürlich!", wusstest du das nicht?" Irma hob überrascht die Braue. „Dein Vater beherrschte es perfekt Menschen in Hypnose zu versetzen. Regina fühlte sich nach jeder Sitzung tagelang besser, das heißt, ohne Schmerzen. Doch jetzt erinnere ich mich an einen Vorgang..."
Irma hörte mitten im Satz zu sprechen auf und begann das Geschirr wegzuräumen.
Ernest tat so als bemerke er ihre plötzliche Veränderung nicht, doch ihre auftretende Blässe und ihre fahrigen Be-

wegungen entgingen ihm nicht. Erkannte sie, was Tante Regina und Elli verband? Er musste es wissen.
Irma ließ sich verhältnismäßig lange Zeit um das Geschirr in die Küche zu bringen und mit einem Kuchen zurückzukommen. Sie schien sich wieder gefasst zu haben und setzte ein gezwungenes Lächeln auf. „Möchtest du gleich einen Kaffee oder später?"
„Danke später" sagte Ernest freundlich: „ Als du von einem seltsamen Vorgang gesprochen hast, bin ich neugierig geworden. Also bitte, setze dich wieder zu mir und erzähle." „Vielleicht ist es gar nicht seltsam und vielleicht bilde ich es mir auch nur ein." winkte Irma ab. „Ich hab noch in der Küche zu tun" setzte sie nach kurzem Zögern hinzu und wollte sich abwenden.
Doch Ernest ließ nicht locker. „Die Arbeit in der Küche läuft dir nicht davon und der Kuchen sieht zwar verlockend aus, aber alleine möchte ich ihn nicht essen. Bitte leiste mir dabei Gesellschaft."
„Wie du wünschst" sagte Irma und zog die Schultern verlegen hoch.
„Was hindert dich eigentlich daran mit mir über dieses Erlebnis zu sprechen?" fragte Ernest.
Irma wandte sich wie ein Aal: „Es ist eigentlich kein echter Vorgang und auch kein echtes Erlebnis, eher ein unguter Gedanke und du weißt ja wie schnell man voreilige Schlüsse zieht."
Ernest ließ diesen Einwand nicht gelten: „Wir hatten vereinbart dass wir heute über Regina sprechen. Also können wir auch über Dinge diskutieren, die uns seltsam erscheinen. Vielleicht klärt sich dabei so manches auf."

„Du gibst wohl nie auf?", seufzte Irma und setzte sich wieder zu Ernest an den Tisch.

„In dem Moment", sagte sie dann, „als ich an Reginas damaligen Zusammenbruch dachte, fiel mir auf, dass er genauso verlief wie später bei Elli und nun auch bei Ilona. Wenn ich an deiner Stelle wäre, würde ich doch mal sehen ob in deinem Haus alles mit rechten Dingen zugeht. Bisher sind nur weibliche Personen von dieser Nervenkrankheit befallen worden. Aber da du nun so lange allein in diesem Haus wohnen musst, scheint mir, dass auch du gefährdet bist."

Die Miene von Ernest erheiterte sich zusehends. Irmas Ängste galten ihm.

„Aber Irma, " lachte er, „überlege doch. Die drei Frauen sind zwar krank geworden, aber es gab doch bei jeder der Frauen andere Symptome. Es gibt Tausende von Menschen die mit derselben Krankheit geschlagen sind wie Tante Regina. Deshalb wohnen sie nicht alle in düsteren Häusern und zeigen auch keine Anzeichen beginnenden Wahnsinns wie es bei Elli eintraf und Ilona ist wieder völlig gesund. Sie war nur überarbeitet und vielleicht auch ein wenig erkältet. Jetzt lernt sie wieder und freut sich auf Weihnachten, denn da will sie mich ihren Eltern als ihren zukünftigen Mann vorstellen." Irma gab einen hörbar erleichterten Aufseufzer von sich: „Gut, dass du alles so genau erklären kannst. Ich freue mich mit und Ilona, dass alles so glimpflich ausging. Grüße Ilona vielmals von mir."

„Das werde ich", lachte Ernest und jetzt darf ich dich bitten mir noch einiges über meinen Onkel, Tanten, Eltern und alle Verwandten die du von mir kennst, zu erzählen."

Jetzt kam Irma ins richtige Fahrwasser und berichtete ihm alle Begebenheiten die sich in seiner Familie abgespielt hatten und die ihr in besonderer Erinnerung geblieben waren. Vieles schien ihm unwichtig aber manches auch äußerst aufschlussreich.
Als sie dann Kaffee miteinander tranken fiel Irma ein: „Ernest, vor lauter Geschichten aus der Vergangenheit habe ich dir ganz vergessen zu erzählen wie mein
Besuch gestern Nachmittag im Waisenhaus abgelaufen ist."
„Du warst wirklich dort?"
„Natürlich! Wenn ich etwas verspreche, halte ich es auch."
„Und, wie geht es Elli?"
„Es geht ihr gut, sogar besser als ich gedacht habe. Ich habe ihr von dir und deinem Wunsch berichtet. Sie hat sich darüber gefreut und würde gerne bei dir arbeiten. Zumal sie dann wieder in meiner Nähe ist. Die Schwestern bestätigten, dass Elli eine gute Haushaltshilfe ist und sich geistig wieder gut erholt hätte. Allerdings würden die Schwestern sie nicht gerne gehen lassen. Wenn überhaupt wäre es erst am ersten des nächsten Monats."
„Oh, das freut mich aber, dass es Elli gut geht", tat Ernest scheinheilig. „Der Zeitpunkt ihres Arbeitsantrittes bei mir wäre auch genau richtig."
Inzwischen nahte schon der Abend und Ernest verabschiedete sich von Irma. Irgendwie fühlte er sich bei dem Gedanken dass Elli nun wirklich bei ihm arbeiten sollte, doch nicht wohl. Würde er nicht immer wieder in Versuchung geraten sie als Versuchsperson einzusetzen?

„Irmas Präsenz wird mich daran hindern", beruhigte er sich selbst.

An diesem Nachmittag an dem Ernest so ausgiebig mit Irma sprach, erhielt Ilona Besuch.
Sie saß gerade am Schreibtisch und lernte. Es war ihr noch zu früh an den Lesungen teil zu nehmen, denn sie hatte Angst ihre Nerven könnten ihr wieder einen Streich spielen. Hier in der Mansarde, die sie nun ganz alleine bewohnte, fühlte sie sich wohl und sicher. Thea war wieder einmal unterwegs und so genoss sie die Ruhe im Haus. Irgendwo in der Ferne schien es zu klingeln, aber sie ignorierte diesen Ton. Es war im unteren Stockwerk gewesen und war sicher nicht für sie bestimmt. Doch dann drang dieses aufdringliche Läuten auch in ihre Mansarde. Unruhig stand sie auf und tastete sich nachdenklich die Treppe hinunter. Sie erwartete doch keinen Besuch?
Der Mann, der so heftig geklingelt hatte, stand ratlos vor der Tür am Treppenabsatz und sah hinauf zu den oberen Fenstern des Hauses. Er hatte fest angenommen, Frau Fay an diesem Nachmittag hier anzutreffen. Und er hatte keine einzige Minute daran gezweifelt dass sie ihn empfangen würde. Warum eigentlich? Jetzt begann seine eigene These zu wanken. Sie war eine seiner vielen Patientinnen gewesen und sie hatte ihn kaum beachtet. Er hingegen interessierte sich sofort nach ihrer Einlieferung für ihren Fall, den der Oberarzt als Nervenzusammenbruch abgetan hatte. Für ihn steckte mehr hinter dieser Frau und ihrer Krankheit und er war bereit seine Freizeit zu nutzen um mehr über sie in Erfahrung zu

bringen. Ihre abstrakten Träume, die sie nicht einstufen konnte, ob sie Realität oder Fantasie waren. Auch noch nach der ersten Behandlung versuchte sie noch alles ins rechte Licht zu setzen. Doch es schien ein verzweifeltes sinnloses Bemühen zu sein, denn die zugleich auftretende Amnesie, in der sie die einfachsten Dinge vergaß hätten sie fast in die Psychiatrie gebracht. Jedenfalls plädierte der Oberarzt dafür. Zum Glück hatte Frau Winkler dies verhindern können. Nur lehnte auch sie seine Beurteilung von Frau Fays Gesundheitszustands ab. Seiner Meinung nach wirkte Frau Fay wie eine Patientin, die man nur unzureichend aus einer Hypnose zurückgeholt hatte. Diesbezüglich reichten seine Erfahrungen weit, denn er befasste sich schon seit Jahren mit diesem Metier. Doch nicht allein das ärztliche Interesse zog ihn hier her. Er hatte sich in Ilona Fay verliebt.
Noch immer blieb alles still im Haus. Enttäuscht wollte er sich abwenden, drückte aber noch einmal auf den obersten Klingelknopf. Er erinnerte sich an ein Gespräch mit ihrer Tante in dem sie geradezu begeistert von der Energie und Lebenslust ihrer Nichte geschwärmt hatte.
„Wenigstens", so hatte sie hinzugefügt, „war dies bis vor ihrer Abreise nach Marburg so." Seine Gedanken sponnen sich so sehr um die Frau in diesem Haus, dass er, als sich nun die Haustür langsam einen spaltbreit öffnete, fast erschrocken wäre.
Ilona musterte den fremden Mann vor ihr genau. Doch dann erkannte sie ihn. „Doktor Schneider?" fragte sie erstaunt.

„Ja Frau Fay", sagte er erleichtert. „Ich war gerade in der Nähe – darf ich eintreten?"

Ilona bemerkte, dass sie noch immer steif wie ein verängstigtes Kind zwischen der halb geöffneten Tür stand. „Verzeihen sie", lächelte sie und lies ihn eintreten. Sie führte ihn ins Wohnzimmer und bot ihm Platz an. Irgendwie erheiterte sie seine plötzliche Verlegenheit: „Also, sie waren in der Nähe und dann?"
„Oh ja, natürlich! Ich fragte mich wie es ihnen wohl geht?"
„So? Mir geht es gut!" Er musste ihren taxierenden Blick aushalten.
„Ich habe sie in ihrer zivilen Kluft fast nicht erkannt", blinzelte sie fröhlich „und muss gestehen, dass ich sie in der Klinik nur den Weißkitteln zugeordnet habe."
„Nicht gerade sehr respektvoll", lachte er herzlich, dabei habe ich so manchen Gedanken an sie verschwendet."
„Beruflich oder privat?"
„Beruflich", versicherte er ihr ernster werdend. Ihre Krankengeschichte hat mich sehr interessiert. Das heißt sie tut es auch heute noch."
Diese Worte lösten sofort Alarm in Ilona aus und sie änderte ihre Haltung ihm gegenüber. „Wieso eigentlich?" fragte sie ihn abweisend wie ein störrisches Kind und konnte nicht verhindern dass ihre Hände zu zittern begannen.
„Ihr Fall erscheint mir einzigartig." gab er zu.
Ilona wurde bitter: „So einzigartig", stieß sie hervor, dass sie mich in der Klappsmühle sehen möchten? Meine Behandlung ist abgeschlossen. außerdem, " fügte sie hinzu, " ist mir nicht bekannt dass Klinikärzte Patientenbesuche machen."
Doktor Schneider erkannte ihre Erregung und suchte nach den passenden Worten. „Sie missverstehen mich",

sagte er behutsam. „Ich sehe mich nicht mehr nur als ihr Arzt, sondern auch als ihr Freund. Und als Freund bin ich mir sicher, dass man sie von irgendeiner Seite übel behandelt hat. Sie sollten dieser Sache nachgehen."
„Nachgehen?" rief sie verzweifelt, „es gibt nichts nachzugehen. Ich hatte Alpträume, die durch die Überarbeitung auftraten und ich brauche nur Ruhe, Ruhe..." „Natürlich brauchen sie Ruhe", gab Doktor Schneider zu, „aber diese Ruhe finden sie erst wenn sich alles aufgeklärt hat und ich werde ihnen dabei helfen."
Ilona starrte ihn ungläubig an: „Und wie? Wie möchten sie mir helfen? Es gibt nichts wo ich ansetzen könnte."
"Oh doch, da gibt es jede Menge zu tun. Doch als erstes sollten sie meinen Beruf vergessen und mich mit dem Vornamen ansprechen, das würde alles erleichtern. Mein Name ist Sebastian."
Er reichte ihr die Hand und sie lächelte wieder. Eine Weile blieb es still zwischen ihnen.
Ilona wägte ab. Dieser Sebastian war ihr noch fremd aber vielleicht meinte er es wirklich ehrlich und er würde ihr aus diesem Jammer heraushelfen. Sie sollte ihren früheren Optimismus gebrauchen und sich sagen: „Schlimmer kann's nicht mehr kommen. „Also gut Sebastian, " sagte sie, „ich bin Ilona. Kann ich ihnen etwas zu trinken anbieten?"
„Danke", freute er sich, „ein Saft wäre jetzt eine gute Sache."
Sie bleibt noch beim Sie, ging es ihm durch den Kopf. So lässt sie sich noch eine Hintertür offen, schnell wieder aus der Freundschaft auszusteigen. Doch ihr Misstrauen ist gerecht. Sie muss mich erst näher kennenlernen.

Ilona holte den Saft und die Gläser aus der Küche und schenkte ihnen beide ein. Nach dem ersten Schluck fragte sie: „Und wie soll diese Hilfe aussehen?"
Er setzte nachdenklich sein Glas ab und erklärte: „Ich weiß dass es eine unpopuläre Sache ist, aber wir müssen mit der Reise nach Marburg beginnen. Jede Kleinigkeit ist wichtig." „Ich verstehe", sagte sie mit einiger Skeptik in der Stimme. „Wo soll ich beginnen?"
„Fangen wir hier in München an. Ihre Tante erzählte damals in der Klinik dass sie vor ihrer Reise nach Marburg gesund und vital gewesen seien."
„Stimmt, ich fühlte mich sehr wohl. Das Lernen fiel mir leicht. Ich habe viel Sport getrieben, hatte keine Sorgen aber viel Spaß am Leben. Übrigens, Thea ist nicht meine Tante, sondern die meines Verlobten. Allerdings kenne ich sie schon seit meiner Kindheit und wohne schon viele Jahre hier bei ihr. So dass die Anrede „Tante „schon eine Gewohnheit für mich ist. Sie ist eine Freundin meiner Mutter."
Beim Wort „Verlobten" war Sebastian zusammengezuckt. Es schmerzte ihn, dass diese Frau schon vergeben war. Doch er hatte sich vorgenommen objektiv an diesem Fall heranzugehen und dies würde er auch einhalten.
"Gut„ sagte er, „wenden wir uns wieder der Reise nach Marburg zu. Fühlten sie sich müde als sie dort ankamen?"
„Ja natürlich", gab Ilona zu: „Doch dies war eine normale Körperreaktion, denn ich saß ja fast die ganze Nacht hindurch hinterm Steuer."
„Und am nächsten Tag?"
„Der Tag? Ach der Tag war wunderschön. Ernest und ich haben eine Entdeckungsreise durch Marburg unternom-

men. Aber am Abend holte mich wieder dieses unheimliche Gefühl ein, das mich jedes Mal wenn ich in diesem Hause übernachte, überfällt."
„Wie äußert sich dieses Gefühl?"
„Schlecht zu beschreiben", versuchte sie zu erklären.
Es ist als stünde ich in einem Raum voller Menschen, die durch irgendein Geschehen in Panik geraten und nach mir greifen. Die Enge schnürt mich ein und ich höre Raunen und Geräusche die es gar nicht gibt."
„An jenem Abend war es auch so?"
„Ja aber ich war sehr müde und bin früh eingeschlafen. Am Morgen war ich eigentlich ganz gut ausgeruht. Doch ich hörte seltsam kratzende Geräusche aus der Bibliothek kommen. Als ich mich aber dort umsah, konnte ich nichts Ungewöhnliches entdecken. Auf dem Schreibtisch habe ich ein uraltes Buch entdeckt, das mich interessiert hat. Ich habe es mir näher angesehen. Irgendwie musste ich mit meinem Benehmen Ernest verärgert haben, denn er wirkte auf mich ganz schön grummelig. Später hatte er sich aber wieder beruhigt und es wurde wieder ein schöner Tag. Am Abend brachte mir Ernest ein Glas Saft.
Daraufhin konnte ich sofort einschlafen. Doch dann quälten mich diese Träume…
Bis zu diesem Moment ihres Erzählens war Ilona ruhig da gesessen. Nun aber, da sie von ihren Träumen sprach, begannen ihre Hände zu zittern und auf ihrer Stirn erschienen dicke Schweißperlen.
Sebastian beobachtete jede Regung von ihr und fragte sie nun, ob sie das Gespräch abbrechen möchte.
Doch sie verneinte. Sie musste endlich die ganze Geschichte loswerden. So schilderte sie ihm nicht nur ihre

entsetzlichen Träume, sondern auch ihren körperlichen Zusammenbruch nach dieser Nacht, ihrer Rückreise nach München in der sie Höllenqualen ausgestanden hatte und einer Art Amnesie an der sie seitdem leide. Sie habe zum Beispiel nicht mehr gewusst was sie in den letzten Wochen gelernt hatte und musste sich erst wieder alles hart erarbeiten. Ihre Schilderungen bestätigten ihm seinen Verdacht, dass es in jener Nacht im Haus in Marburg nicht mit rechten Dingen zugegangen war. Er ließ ihre letzten Worte ausklingen, dann fragte er unvermittelt:
„Sind sie schon mal hypnotisiert worden?"
Ihre Augenlider zuckten und sie wehrte sofort ab: „Nein, denn ich halte nichts davon."
Sebastian lächelte beruhigend: „Nun, in manchen Fällen kann eine Hypnose sehr heilsam sein. Allerdings sollte man sich nur einem erfahrenen Hypnotiseur anvertrauen, denn ich muss zugeben, dass ein Stümper großen Schaden am Patienten anrichten kann. Nur in wenigen Ausnahmen muss sich der Hypnosearzt geschlagen geben, denn es gibt Menschen die absolut nicht behandelbar sind."
Ilona lachte herzlich auf und Sebastian sah sie irritiert an. Sie lachte noch weiter. „Verzeihen sie mir bitte, " prustete sie dann hervor, „aber bei ihrer Schilderung über Hypnose ist mir eine groteske Szene eingefallen. Sie liegt allerdings schon einige Jahre zurück. Ernest hatte sich ein Buch über Hypnose erstanden und versuchte nachdem er es gründlich studiert hatte, seine Fähigkeiten an mir auszuprobieren. Er versuchte mich einzuschläfern, hielt mir ein Pendel vor die Augen, lies sich alle möglichen Tricks einfallen, aber je mehr er mich beeinflussen wollte, je

mehr musste ich lachen, denn er sah zu komisch dabei aus. Er verlor immer mehr die Fassung und schmetterte zum Schluss das Buch das er für unfehlbar hielt in die Ecke. Ernest hat daraufhin nie mehr versucht mich zu hypnotisieren und so blieb dies meine einzige Erfahrung in diesem Metier."
Obwohl Ilona diese Begebenheit so lustig einstufte, nahm Sebastian sie ernst. „Warum", so fragte er sich, sollte Ernest an jenem Abend nicht zum zweiten Mal versucht haben Ilona zu hypnotisieren? Oder hatte er mit einem Schlafpulver nachgeholfen? Er ließ sich ihr gegenüber aber diese Gedanken nicht anmerken sondern lächelte: „Dieses Erlebnis beweist doch dass sie eine außergewöhnlich starke Frau sind."
Sie zuckte mit den Schultern: „Vielleicht?"
Die nächste Frage von ihm traf sie wie ein Hammerschlag. „Glauben sie, dass dieser Stuhl existiert?" „Nein, nein!", wehrte sie erschrocken ab: Die Begebenheit im Labor ist nur ein Fantasiegebilde in mir."
„Gut", sagte er hart, „dann sind sie auch sicher dazu bereit nach Marburg zu fahren um sich davon zu überzeugen, dass es diesen Stuhl nicht gibt."
„Nein, das werde ich nicht tun", schrie sie fast und eine Sekunde danach kam sie ihm auch schon mit einer plausiblen Erklärung. „Ich habe Ernest gesagt dass ich ihn erst an Weihnachten wiedersehen werde aber auch dann noch nicht in Marburg. Wir treffen uns bei meinen Eltern. Erst im Frühling, wenn das ganze Haus renoviert ist werde ich wieder zu ihm fahren."
Sebastian stand auf, schritt ein paarmal hin und her und blieb schließlich abrupt vor ihr stehen: „Schade, " überleg-

te er laut, „ich hätte zu gerne mit ihnen einen Abstecher nach Marburg getan."
„Sie würden mit mir nach Marburg fahren? Aus welchem Grund?" Sebastian sah sie fest an:
"Ich habe ihnen schon einmal gesagt, dass es mich reizt der Wahrheit auf dem Sprung zu helfen aber vor allen Dingen wünschte ich mir dass sie ihre alte Energie wieder zurückerhalten."
„Und sie glauben das ist mit einer Fahrt nach Marburg abgetan? So einfach ist dies nicht, " schob sie sein Angebot zurück.
„Ja gut", gab er zu, „ich erwarte von so einer Fahrt auch keine Wunder aber ihr Innerstes weigert sich in dieses Haus zurück zu kehren. Je länger sie aber damit zögern je unwahrscheinlicher wird es dass sie es überhaupt wieder betreten. Man muss die Angst so früh als möglich bekämpfen."
Ilonas Zweifel legten sich langsam. Vielleicht hatte er Recht, vielleicht sollte sie doch noch einmal den Weg nach Marburg wagen. „Und sie würden mich tatsächlich auf dieser Reise begleiten?"
Er nickte ernsthaft. „Versprochen!"
Es folgte eine Minute in der jeder seinen Gedanken nachhing, dann unterbrach er diese Stille: „Heute ist Dienstag – am Samstag hätte ich Zeit. Ich habe ein freies Wochenende zur Verfügung. Wie wär's, wenn wir am Samstagmorgen starten?"
Ilona erschrak: „So früh schon?" „Ja, wie gesagt, je eher, desto besser."

„Ich weiß nicht", zögerte sie, „wie Ernest auf meinen Plan reagieren wird. Ich habe ihm erst vor kurzem eine Absage erteilt."

„Wenn er sie liebt, wird er sich freuen sie zu sehen", erklärte Sebastian, „außerdem wäre es ratsam ihn mit diesem Besuch zu überraschen. Wenn Sie ihn wieder anrufen können sie ihm ja schon einmal erklären, dass sie nun einen Therapeuten haben, der mit Hypnose und ähnlichen Mitteln heilt."

„Das wird mir Ernest nie abnehmen", zweifelte Ilona. „Er wird sich auch fragen warum ich mich von ihnen begleiten lasse und verärgert reagieren."

Sebastian wiegelte ab: „Darüber würde ich mir keine Gedanken machen. Ich werde ihren Freund erklären, dass ich ihr Therapeut bin und diese Reise zu einem Teil des Heilprozesses gehört. Ich führe sozusagen meine Patienten zu dem Ursprung des Geschehens zurück."

Ilona zögerte noch immer: „Sie glauben also, dass Ernest ihnen diese These abnimmt?"

„Es kommt auf dem Versuch an", riet er ihr. „Um wieder gesund zu werden müssen sie auch etwas wagen. Sei es auch nur um die Angst zu verlieren."

Ilona schwieg und wägte das Für und wider dieser Aktion ab. „Also gut, ich werde es tun", versprach sie schließlich. „Sie müssen sich jedoch auf meine wankelmütigen Gefühlsausbrüche einstellen. Manchmal flößt mir schon der Gedanke an das Haus panische Angst ein und manchmal verspüre ich den Drang aufzustehen und hin zu fahren um mich in das Labor zu begeben und mich auf diesen Marterstuhl zu setzen. Es ist, als zwänge mich eine Stimme dazu. Völlig irre!"

Sebastian fand dies nicht irre, es bestätigte nur seine These. Doch nun gab er dem Gespräch eine andere Wendung. Er erzählte ihr ein paar heitere Episoden aus seinem Berufsleben und als er sich dann später von ihr trennte, fühlte sie sich irgendwie froh.

Ernest ärgerte sich über sich selbst, dass er zu diesem ungünstigen Zeitpunkt die Handwerker bestellt hatte. Sie kamen genau an dem Morgen, an dem er seinen Dienst in der Universität antrat. Irma hatte ihm zwar versprochen ab und zu ins Haus zu kommen und auch ihre Putzhilfe zu schicken, die den Malern gleich hinter her wischte aber es ging ihm gegen den Strich zu wissen das fremde Menschen ohne sein Dabeisein in seinem Haus herumwerkelten. Hinzu kam noch, dass es ihm in der Universität weniger gefiel als er erwartet hatte. Schon nach den ersten drei Tagen hatte er erkannt, dass er hier fehl am Platz war. Seine Liebe gehörte der Forschung. Er hatte sich falsch eingeschätzt, denn es ödete ihn an vor den Studenten zu stehen, Lesungen abzuhalten, ihnen Rede und Antwort zu stehen und obendrein noch mit Kollegen zu diskutieren die ihm völlig gleichgültig waren. Immer mehr stellte sich heraus, dass er ein Einsiedlerleben führen wollte. So war die erste Woche seines Berufslebens recht und schlecht an ihm vorübergezogen und er wusste jetzt schon, dass er sein Wirken bald verlegen würde.
Heute, am Samstag herrschte wenigstens wieder Ruhe im Haus. Die Handwerker hatten die ersten Zimmer im unteren Stockwerk schon gestrichen, hatten aber überall ihre Malereimer herumstehen lassen. Sie glaubten am Montag ginge es weiter mit der Arbeit. Doch Ernest

meinte, es wäre erst mal genug des Guten getan. Zumal Ilona ihm unmissverständlich erklärt hatte, dass sie ihn in der nächsten Zeit nicht besuchen würde. So konnte er die Renovierung auf das Frühjahr verschieben. Er hatte den Vormittag verschlafen und erst zu Mittag seinen Kaffee getrunken. Deshalb verspürte er auch keine Lust zu Irma zum Essen zu gehen. Was bereitete ihm überhaupt noch Freude? In dieser Woche hatte er nicht ein einziges Mal den Fuß ins Labor gesetzt. Wahrscheinlich war dies auch der Grund für seine depressive Stimmung.
Mitten in diese trüben Gedanken hinein hörte er einen Wagen in die Hofeinfahrt rollen. Eine Autotür wurde zugeschlagen, dann die nächste. Konnte es sein dass die Handwerker ihre Malerutensilien abholen wollten? Er hatte vergessen das Hoftor zu schließen und vom Fenster aus sah er nur auf die Straße. Mürrisch ging er zur Haustür, öffnete sie und erschrak. Ilona stand in Begleitung eines ihm fremden Mannes vor ihm. Dieser Mann überragte Ilona um einen Kopf. Ernest sah über sie hinweg, direkt in dessen, wie ihm schien spöttisch blitzenden braunen Augen. Neidisch musste er erkennen, dass Ilonas Begleiter die sportlich durchtrainierte Figur besaß, die er bedingt durch seine Stubenhockerei wohl nie besessen würde. Sein Blick wanderte wieder von dem Fremden ab und blieb in Ilonas Gesicht hängen.
Ilona enthob ihn seiner Fragen: „Dürfen wir hereinkommen?" fragte sie ihn und er machte wortlos Platz. Im Haus brauchte er nicht lange auf eine Erklärung warten.
Ilona stellte ihm Doktor Schneider, den Therapeuten über den sie schon am Telefon mit ihm gesprochen hatte vor. Ernest führte die Beiden ins Wohnzimmer, bot ihnen Platz

und einen Drink an. Danach entschuldigte er sich: „Du musst meine überraschte Haltung verstehen", sagte er, „du hast mir deinen Besuch nicht angekündigt."
„Dies ist einzig und alleine meine Schuld, " bekannte Sebastian. Es sollte möglichst alles so genau verlaufen wie bei ihrem letzten Besuch bei ihnen. Dieser Weg nach Marburg ist Frau Fay sehr schwer gefallen aber er gehört zu meiner Therapie. Man muss das Übel bei der Wurzel packen."
„Sie halten mich also für ein Übel?"
Zornesröte stieg in das Gesicht von Ernest aber Sebastian renkte sofort ein: „Nicht sie sind das Übel sondern das was Frau Fay in diesem Haus erlebt hat."
„Was hast du denn so schlimmes bei mir erlebt?" ärgerte sich Ernest. „Du hast mir selbst bestätigt dass du völlig überarbeitet warst und von Alpträumen verfolgt wurdest."
„Ja, Ilona stotterte fast, das sehe ich ja noch immer so, aber Doktor Schneider meinte ich solle in dieses Haus zurückkehren und solle herausfinden ob ich die Atmosphäre hier nach wie vor so bedrückend finde."
„So und findest du sie bedrückend?"
„Das kann ich nicht so ohne weiteres sagen, ich..."
„Bitte", mischte sich Sebastian ein, Herr Leitner lassen sie Frau Fay erst mal zur Ruhe kommen, lassen sie ihr Zeit langsam durch die Räume zu gehen."
Ernest fühlte sich derart von Ilona und Doktor Schneider überrumpelt, dass er dies innerlich mit einem Überfall verglich, den er Ilona sehr übel nahm. Wie kam sie dazu diesen Unsymphaten hier bei ihm einzuschleusen?
Früher hätte sie ihn stets vorgewarnt. Sie wusste dass er solche Überraschungsattacken hasste. Doch jetzt kam

noch hinzu, dass sie ihn ausschnüffeln wollte, ihn an diesen Arzt verraten wollte. Am liebsten hätte er sie gebeten das Haus sofort wieder zu verlassen, aber er musste sein Gesicht wahren und er wollte nicht noch mehr Verdacht aufkommen lassen. außerdem war Ilona zu einem ihm günstigen Moment gekommen. Es gab absolut nichts zu entdecken. Weder im Haus noch im Labor. Also brauchte er sich auch nicht zu zieren die Beiden herumzuführen. Er stand auf und sagte etwas geziert: "Im Prinzip gibt es gegen einen Rundgang auch nichts einzuwenden. Aber in dieser Woche hatte ich die Handwerker im Haus. Sie haben schon mal mit der Renovierung angefangen und nun stehen in den Räumen in denen sie begonnen haben überall die Eimer herum und es herrscht ein wüstes Durcheinander."

Ilona zeigte sich freudig überrascht: „Du hast tatsächlich die Maler bestellt?"

Ihr tat es jetzt leid, dass sie ihm ihren Besuch nicht angekündigt hatte.

Ernest aber beachtete sie nicht mehr weiter. Er schritt zur Tür, öffnete sie und sagte: „Bitte, tut euch keinen Zwang an. Das Haus steht zur Besichtigung frei.

Dieser Besuch schien für Ilona und Sebastian zwecklos gewesen zu sein. Weder im Haus noch im Labor gab es etwas Verdächtiges zu sehen, was Ilona Angst eingeflößt, geschweige denn diese schrecklichen Träume ausgelöst haben konnte.

Ilona drang darauf, noch am selben Abend zurück nach München zu fahren. Sie fühlte dass sie ihre Beziehung zu Ernest auf eine harte Probe gestellt hatte. Aber seltsamerweise tat ihr dies nicht allzu leid. Obwohl er nichts zu verbergen hatte, war er ihr fahrig und nervös vorgekommen. An der Unordnung allein konnte es nicht liegen. Er hinterließ doch immer ein gewisses Chaos in seiner Umgebung und bisher hatte es ihm noch nie gestört was seine Mitmenschen davon hielten. Zum ersten Mal, seit sie Ernest kannte, schoben sich Zweifel in ihre Gedanken ob er wirklich der richtige Partner für sie sei.

In der ersten halben Stunde nach der Abfahrt herrschte Schweigen zwischen Ilona und Sebastian im Auto vor, so als hätten sie verabredet die Eindrücke die sie bei Ernest gewannen ohne gegenseitige Beeinflussung zu verarbeiten. Doch nach und nach löste sich die Spannung.
„Ihr Gefühl trügt nicht", sagte Sebastian unvermittelt. „In Herrn Leitners Haus liegt eine bedrückende Spannung. Eines Tages werde ich herausfinden woran das liegt."
Ilona sah ihn ungläubig von der Seite an: „Ich glaube kaum, dass Ernest sie noch ein weiteres Mal empfängt."
„Abwarten", lächelte Sebastian vielsagend, „ich habe da so meine Methoden. Ist ihnen die peinliche Ordnung in seinem Labor aufgefallen? Sie stand im krassen Gegenteil zu seiner Wohnung. So, als habe er dort noch nicht ein einziges Mal gearbeitet."
Ilona fand dies nicht so verwunderlich. „Ernest, " sagte sie, „hat diesen Raum erst neu ausgestattet und es könnte tatsächlich so sein, dass er noch keine Zeit besaß mit seinen Experimenten zu beginnen."
Sebastian ließ sie in den Glauben und lenkte sie mit Gesprächen, die überhaupt nichts mit Marburg und der ganzen Geschichte zu tun hatte, ab. Aber das uralte Buch,

das er neben dem Computer im Labor gesehen hatte ging ihm nicht mehr aus dem Sinn.

Ernest hatte nicht einmal versucht, Ilona zum Bleiben aufzufordern. Zu tief saß der Ärger, dass sie ihn nicht alleine aufgesucht hatte. Was sollte dieses Überraschungsmanöver? Er zermarterte sich das Hirn ob Ilona diesen Doktor Schneider ihm gegenüber schon einmal erwähnt hatte, konnte sich aber nicht darauf besinnen. Wie lange ging dieses Geplänkel zwischen den Beiden schon? Das sah doch ein Blinder, dass er nicht nur aus beruflichen Gründen an Ilona interessiert war. Sie hatte ihn nicht nur verraten, sie hatte ihn auch zum Narren gemacht. „Verdamm!"
Ihm war kalt, aber das musste an dem herbstlich kühlen verregneten Wetter liegen. Er ging zum Kamin und entfachte ein Feuer. Danach holte er sich ein Buch aus der Bibliothek, zog einen Sessel nahe an den Kamin und begann zu lesen. Doch er konnte sich nicht konzentrieren. Wie gebannt starrte er in die Flammen. „Früher", dachte er, „hätte er Ilona als Hexe verbrennen lassen können." Doch gleich darauf entsetzten ihn seine absurden Gedanken. Er sprang aus seinem Sessel hoch, lief wie ein gehetztes Tier hin und her, suchte den Schlüssel zum Labor und eilte hinüber. Er musste, wenn er auch niemals mehr Experimente an Menschen machen wollte, zumindest die Aufzeichnungen seines Vaters lesen. Vielleicht gab es eine andere Art die Forschungen fortzusetzen. Bis jetzt wusste er noch nicht einmal konkret, was sein Vater herausfinden wollte.

Im Labor holte er den Schalter hervor und öffnete die Rückwand. Er suchte die Aufzeichnungen heraus, die den Zeitraum des ersten Monats betrafen, in dem sein Vater Tag für Tag alles was er herausfand, eingetragen hatte. Danach schaltete er den Computer ein, um ihm die Daten zu übertragen. Das erste Blatt begann mit der Feststellung: Ich weiß dass der Geist meines Sohnes Ernest vor einigen Jahrhunderten schon einmal im Gehirn eines Gelehrten existiert hat. Alles, was ich von heute an tue, ist nur eine Vorbereitung für ihn. Bei gegebener Zeit wird er das, was er damals begonnen hat, fortsetzen. Ernest lies verblüfft das Blatt sinken. Wie kam sein Vater auf diese absurde Idee? Stützte er sich auf die Vokabeln die er als Kind gezeichnet und nie vergessen hatte? Nein, auf so geringe Details würde sein Vater diese Prognose nicht aufgestellt haben. Er las weiter. Die Existenz des früheren Wissenschaftlers im Gehirn meines Sohnes Ernest ist kein Hirngespinst meinerseits und auch keine bloße Theorie. Das alte Buch, das wir in der Bibliothek fanden, enthält Aufzeichnungen die diese Tatsache bestätigen. Danach wurde der Astronom Theodor Bender im Jahre Sechzehnhundertfünfundachzig eines Nachts von außerirdischen Wesen besucht. Sie erklärten ihm dass das, was die Menschen Gott nennen auf dem Planeten Artar, von dem sie ausgesandt wurden, Urkraft genannt würde. Diese Urkraft setzte um sich herum die Unendlichkeit der Sonnensysteme. Millionen erdähnlicher Planeten gleiten kreisförmig um die Urkraft herum. Jeder dieser Planeten ist mit Wesen besetzt, die einen winzigen Teil der Urkraft besitzen. Die Menschen nennen es Geist. Dieser Geist ist umhüllt von der Seele, die es möglich macht, nach dem

Tod des Menschen aus ihm herauszutreten und sich in den Sog der großen Welle einzuordnen. Manche Seelen werden ein zweites oder gar drittes Mal von der Welle ausgestoßen und wieder auf die Erde gesandt. Sie besitzen größere Teile der Urkraft und sind verpflichtet diese zu nützen. In dem Moment, in dem der menschliche Geist aus seinem Körper tritt und die Welle ihn mit sich zieht erlebt er die große Energie der Urkraft, kann sie aber nicht nutzen, denn er verliert nach kurzer Zeit alle Erinnerungen. Nur einen winzigen Moment sieht er, ob er das erste Mal oder schon öfter in dieser Welle aufgenommen wurde. Er sieht alle seine gelebten Leben vor sich und gleitet danach in das Vergessen. Er wird von der großen Welle bis zur Urkraft weitergeleitet und fließt in den Strom der von der Urkraft aufgesogen wird. Diese Wellen, die von allen Planeten rund um die Urkraft geleitet werden und schließlich von ihr aufgesogen werden, dienen der Urkraft als Nahrung. Die Wellen werden in der Urkraft als neue Energie umgewandelt und treten wieder in den Kreislauf des Weltalls. Unser Planet Artar ist der am höchsten entwickelte Planet der sich um die Urkraft dreht und ihr dient. Die Zeit ist reif. Wir werden uns unabhängig von der Urkraft machen. Nach langwierigen Forschungen entdeckten wir wie man die Energie der Welle nutzt und wie wir einen Teil der Welle auf unseren Planeten leiten können. Dies gelingt uns nur wenn wir die Urkraft überlisten. Du wirst uns dabei helfen.
Ernest lehnte sich erschöpft zurück. Er musste unbedingt eine Pause beim Lesen einlegen. Konnte es sein, dass sein Vater das was Theodor Bender aufgeschrieben hatte, glaubte? Er zweifelte stark an dessen Aussage. War

dieser Astronom schizophren? Hatte er sich den Besuch der Außerirdischen eingebildet? Er starrte auf die Wand hinter der die Stühle standen. Sie waren real und dieses Wissen brachte ihn zum Schwitzen. Es half nichts. Er musste den Bericht zu Ende lesen. Vielleicht erklärte er die Existenz der Stühle und aus welchem Material sie bestanden. So beugte er sich wieder auf das übersetzte Geschriebene seines Vaters. Er berichtete dass die Außerirdischen Theodor Bender aufgefordert hatten die von ihnen mitgebrachten Stühle in einem geheimen Raum aufzustellen. Danach hatten sie ihm erklärt, dass sie noch nicht im Stande seien das Prinzip der Urkraft, jede Seele der Wesen die auf der Erde oder einen anderen Planeten sterben in die große Welle zu ziehen, umzusetzen. Sie hätten eine Nebenwelle erschaffen, könnten aber nur an lebenden Menschen ihre Experimente ausführen. Sie glaubten aber fest daran, eines Tages das Geheimnis der Urkraft ergründen zu können. Doch nun benötigten sie für ihre Vorhaben drei Dinge auf der Erde. Die Stühle, die Folie und einen Menschen der in der Lage sei, diese Arbeiten für die Artaren auszuführen. Zu diesem Zweck hätten sie Theodor Bender ausgewählt. Er sollte einen Menschen nach dem anderen in den ersten Stuhl setzen. In diesem Stuhl würde einem jeden von ihnen Geist entzogen, der in der an der Rückwand befestigten Folie gespeichert würde. Dieser Entzug müsste, je nach dem der Geist des Menschen ausgeprägt sei, in fünf bis zehn Sitzungen geschehen. Sobald es erreicht ist, dass nur noch ein winziger Rest des Geistes im Gehirn des Menschen wurzelt, verändert der Stuhl seine Farbe. Nun ist es soweit den Menschen auf den zweiten Stuhl zu setzen.

Die Seele, die den Geist umhüllen muss ist nun schon so geschwächt, dass sie mühelos in die Folie gesaugt werden kann. Dort umschließt sie sofort den ihrem zugeteilten Geist, bleibt aber in der Folie gefangen. Wenn genügend Seelen in der Folie gefangen sind, saugt die Nebenwelle die Seelen auf und leitet sie nach Artar. Der Körper des nun toten, seelenlosen Menschen wird im zweiten Stuhl in winzige Atome zersetzt, die für das menschliche Auge nicht sichtbar sind. Die Artaren waren vollkommen davon überzeugt, dass ihnen dieses Experiment gelingen würde. Nach diesem ersten Stützpunkt bei Theodor Bender würden sie in allen Teilen der Erde Personen suchen bei denen sie gleichartige Stühle aufstellen könnten, sodass auch auf Artar die Kraft des Geistes genutzt werden könne.
Ernest legte die Aufzeichnungen seines Vaters zur Seite und stand auf. Er schritt unruhig im Zimmer herum. Diese Zeilen musste er erst einmal verdauen. Trotz des Vorhandenseins der Stühle zweifelte er an den Wahrheitsgehalt des Aufgeschriebenen. Sein Vater hatte alles was er gelesen hatte aufgeschrieben obwohl er das Verlies mit den Stühlen nie gefunden hatte. Wie konnte er dann an ihre Existenz glauben? Hatte sein Vater sich all diese Dinge ausgedacht? War er wahnsinnig? Oder gab es diesen Theodor Bender wirklich? Vielleicht hatte dieser Mann die Stühle erfunden und die Geschichte der Außerirdischen dazu. Doch jetzt fiel ihm ein, dass auch in diesem Bericht noch nichts über die Beschaffenheit des Materials der Stühle und der Folie stand. Wäre es möglich, dass ein Mensch zu der damaligen Zeit schon über ein größeres Wissen verfügte wie die heutigen Wissen-

schaftler? Alles grübeln half nichts. Er musste sich weiter durch die Aufzeichnungen wühlen. Als er wieder am Schreibtisch saß, war es ihm als fiebere er. Seine Stirn glühte, trotzdem fror er und das Gesicht eines bärtigen Mannes tanzte vor ihm, wurde zu einer Fratze. Theodor Bender! War er wirklich in ihm oder gruben sich die Geschichten seines Vaters zu sehr in seine Gedanken?
Die nächsten Aufzeichnungen sagten ihm, dass sich der Astronom zuerst weigerte die Anweisungen der Außerirdischen zu befolgen. Er beschrieb jedoch nicht welche Methode sie anwandten ihn doch noch zu überzeugen für sie zu arbeiten. Ernest überlegte ob sein Vater dies bei der Übersetzung vergessen hatte oder ob Theodor Bender mit Absicht nichts darüber schrieb. Bei Gelegenheit würde er das alte Buch selbst einmal ansehen und versuchen die altdeutsche Schrift zu entziffern. Sollte er den Aufzeichnungen glauben, so hätte Theodor Bender danach einen Handwerksburschen der gerade auf der Walz war, zu sich hereingebeten und diesen dann als erste Versuchsperson benutzt. Es folgten mehrere Personen die das Haus des Astronomen betraten, es aber nie mehr verließen. Ein Diener von ihm schöpfte Verdacht und entwand ihm eine Zeichnung auf der er das Weltall nach seiner Vorstellung gezeichnet und Erklärungen dazu geschrieben hatte. Der Diener übergab diese Zeichnung einem Priester, der daraufhin Theodor Bender als Ketzer bezichtigte. Ein guter Freund konnte ihn noch warnen und so gelang es ihm noch die Stühle im Verlies zu verstecken. Sich selbst konnte er nicht retten. Er wurde angeklagt und starb während der Folterung.

Ernest erschrak. Seine Hände wurden feucht und es wurde ihm übel. Seine Träume wurden lebendig. Er verkörperte zwar Ernest Leitner, doch ein Teil seines Geistes war der von Theodor Bender. Sein Wissen mischte sich also mit dem des Astronomen und mit dem was er sich in seinem jetzigen Leben erworben hatte. Immer wieder hatte der Geist von Theodor Bender versucht durch die Träume in sein Bewusstsein vorzudringen. Doch was half ihm dieses Wissen? Es stürzte ihn in große Zwiespälte. Als Ernest Leitner wollte er auf keinen Fall die Versuche weiterführen, doch er fühlte, jetzt da er wusste, dass der Geist von Theodor Bender in ihm steckte, wie dieser immer stärker in ihm wurde. Er war gewillt sein Werk fortzusetzen und warnte ihn vor den Außerirdischen. Wurde er jetzt wahnsinnig? Er musste mit dem Lesen aufhören. Nervös stieß er seinen Stuhl zurück und lief aus dem Labor. Fast hätte er vergessen die Tür zu schließen. Die kühle Luft tat ihm gut und er ging eine Weile im Garten hin und her. Langsam sah er wieder klar und er besann sich auf sein jetziges Leben. Er war Ernest Leitner und kein anderer. Als er wieder im Haus war, dachte er an Ilona. Sollte er sie trotz ihres Verrates an ihm anrufen? Wenn er sich Jemandem anvertrauen könnte, würde es ihm sicher gut tun. Doch er verwarf diesen Gedanken wieder. Sie würde ihn nicht verstehen. außerdem war sie momentan nur per Telefon zu erreichen und dies schien ihm zu gefährlich. Man wusste ja nie ob man abgehört wurde. Onkel Richard wäre sicher ein guter Zuhörer und Berater gewesen. Doch er wusste nicht einmal an welchem Ort der Erde er sich gerade aufhielt. Wenn eine Postkarte von ihm eintraf war er schon wieder wo anders.

Hier in Marburg besaß er auch noch keine Freunde und die in München würden ihn fragen ob er betrunken wäre. Er fühlte wie einsam er war und wahrscheinlich immer bleiben würde. Immer – das klang so endgültig. Sein Leben konnte sich doch nicht nur in diesem Haus, im Labor oder in der Uni abspielen. Als Abwechslung das fast tägliche Mittagessen bei Irma aber sonst? Sollte dies alles sein? Noch immer hatte er sich nicht mit seinen eigenen Forschungen beschäftigt. Vielleicht war es doch falsch in dieses Haus zurückzukehren. Vielleicht sollte er es verkaufen und in einer für ihn völlig fremden Stadt sein Leben neu beginnen. Vielleicht, vielleicht. Er fühlte sich matt und verloren. In der Bibliothek fand er nicht ein einziges Buch das ihn heute interessierte und so beschloss er ins Wohnzimmer zu gehen und sich vom Fernsehprogramm berieseln zu lassen. Irgendetwas musste ihn doch von den trüben Gedanken befreien. Er schaltete den Fernseher an, setzte sich aufs Sofa und schon nach wenigen Minuten wurde er müde.

Er schloss die Augen und schlief ein. Abstrakte Bilder schienen sich im Kreis zu drehen und plötzlich glaubte er, sich in einem Turm zu befinden. Er sah deutlich eine Wendeltreppe, sah sich selbst Stufe für Stufe hinaufgehen. Übelkeit überkam ihm und er fasste nach dem Geländer. Irgendwer zog ihn hoch, schob ihn in einen überdimensionalen ringförmigen Raum, platzierte ihn auf einen der stählernen Stühle, die ihn wie Magnete festhielten. Völlig hilflos ließ er das Geschehen an sich vorüber gleiten. Dann hob er den Kopf und versuchte sich zu orientieren wo er sich befand. Jetzt bemerkte er die vielen kreisrunden angeordneten Stühle. Alle exakt gleich. In

kurzen Abständen wurden sie von anderen Menschen besetzt. Andere Menschen? Entsetzt sah er sich in der Runde um. Alle sahen gleich aus. Alle waren er. Doch ihre Haltung war starr, leblos. „Ich bin geklont", schrie es in ihm. Aber weshalb? Wozu? Eine bizarre Säule drehte sich wie eine Spirale in der Mitte des Raumes empor, spie einen Mann mit eckigen Bewegungen hervor. War es wirklich ein Mann oder ein Roboter? Eine kleine glitzernde Platte in Form einer CD löste sich aus der Säule, schwebte in seine Richtung und blieb über seinen Kopf hängen. Der Mann sah mit ausdrucksloser Miene zu ihm herüber. Doch sein Interesse galt im Moment nicht Ernest, sondern der Platte. Er peilte sie genau an. Ernest bemühte sich seine Gedanken zu ordnen um diesen Mann einige Fragen stellen zu können. Doch seine Stimme versagte kläglich. Er sah wie der Mann seinen Mund bewegte und gleich darauf drangen aus der Platte über ihm monotone Sätze. Sie drangen wie Spitzen in sein Gehirn. „Du hast nun die zweite Chance uns zu dienen. Doch dieses Mal darf dir kein Fehler unterlaufen. Durch deinen Leichtsinn entdeckte damals die Urkraft unser Raumschiff das sich außerhalb der erlaubten Bahn befand. Sie ließ es sofort zerstören. Es war ein harter Rückschlag für uns. In der Zwischenzeit haben wir die Geräte noch weiter entwickelt. Wenn du genügend Seelen gespeichert hast werden wir dich wieder kontaktieren."
Es hatte wie ein Befehl geklungen und Ernest weigerte sich diesen auszuführen. „Zwischen uns wird es keine Zusammenarbeit geben, denn ich werde keine Versuche an Menschen ausführen", sagte er mit rauer Stimme.

„Doch, das wirst du", drang es monoton aus der Scheibe. Sieh dich um. Alle diese Körper warten darauf mit deinem Geist beseelt zu werden. Solltest du unsere Wünsche nicht erfüllen, werden wir dir deinen Geist entziehen und auf alle Körper verteilen. Du besitzt einen außergewöhnlich starken Geist. Aber in vervielfältigter Weise wird er uns nur zu Versuchszwecken nützen. Danach wird deine Seele ungeheures leisten müssen um die Reste deines Geistes einzufangen und sie in unsere Nebenwelle zu leiten."
Ernest sah sich gepeinigt um. Er wollte sich nicht vorstellen in so vielen Teilen zu existieren. Denn für ihn waren diese kalten Gestalten keine Menschen. Es blieb ihm, wenn auch mit Grauen, nichts anderes übrig als den Außerirdischen zu gehorchen. Er würde, wenn er sich weiter weigerte es zu tun, nichts gewinnen, denn sie würden so oder so ihre Pläne ausführen.
„Genug überlegt!" tönte es aus der Scheibe: „Ja oder Nein?" „Ja", sagte er dumpf.
Nach seiner Zusage begann sich in seinem Gehirn wieder alles zu drehen und er erwachte mit einem Gefühl als müsse er sich übergeben. Er stand auf und lief ins Bad. Was für ein Traum! Wenn es mit derartigen Träumen so weiter ging würde er vor dem Schlafen noch Angst bekommen. Aber es war unmöglich sich ständig wach zu halten. Er sah in den Spiegel und bemerkte wie erschöpft er aussah und einen Moment kam es ihm so vor, als sehe ihm ein bärtiges Gesicht entgegen. Die Angst verrückt zu werden, fraß ihn fast auf. Doch dann drückte ihn die

Müdigkeit nieder und er schaffte es gerade noch ins Schlafzimmer zu gehen und sich in sein Bett zu legen. In dieser Nacht blieben die gefürchteten Träume aus.
Obwohl Ernest am nächsten Morgen erfrischt und wohlauf erwachte, rief er in der Uni an und meldete sich krank. Danach gönnte er sich ein wohliges, warmes mit Duftstoffen angereichertes Bad und anschließend ein ausgiebiges Frühstück. Eine Stunde später fuhr er zu Onkel
Richards Hausarzt, schilderte ihm seine momentane Kreislaufschwäche und seine Magenbeschwerden und erhielt wie erwartet von ihm das Krankenattest. Zu Mittag aß er wie gewohnt bei Irma, die sich über seine gute
Laune freute und nichts von seiner angeblichen Krankheit und nichts von seinen Plänen wusste. Sein nächstes Ziel war die Stadt Giessen. Sie lag nicht allzu weit entfernt von Marburg aber doch so weit weg, dass ihn Niemand dort kannte. In Giessen fuhr er zum Hauptbahnhof, kaufte sich eine Tageszeitung und las die Anzeigen von Hostessen und Modellen durch. An diesem Tag beabsichtigte er sich von allem was ihn in der letzten Zeit bedrückt hatte zu befreien. In den Armen einer Frau und in einer anderen Umgebung würde ihm dies sicher auch gelingen. Er suchte sich eine Telefonnummer heraus und wählte sie an. Die Stimme, die sich dort meldete klang ihm angenehm in den Ohren. Das war schon ein gutes Zeichen. Er fragte sie ob sie brünett sei und als sie dies bejahte, vereinbarte er sofort einen Termin mit ihr. Alles schien perfekt. Er sah auf die Uhr und registrierte, dass ihm noch genügend Zeit blieb, vor dem Besuch der Dame irgendwo einen Kaffee zu trinken. Als er zu seinem Wagen ging begann es zu regnen. Deshalb war er froh seinen Trenchcoat im Koffer-

raum zu wissen, denn er hatte sich vorgenommen sein Auto ein paar Straßen weiter von seinem Ziel entfernt zu parken. Für ihn war es einfach nicht möglich sein Misstrauen und übertriebene Vorsicht abzulegen. Zwar kannte ihn hier niemand aber die Studenten kamen aus allen Richtungen nach Marburg. Warum nicht auch aus Giessen? In jedem Fall war es gut, nicht erkannt zu werden. Ihm kam eine neue Idee. Ein Hut würde genau zu seiner Aufmachung passen. Der Gedanke belustigte ihn. Er hatte noch nie einen Hut getragen. Wenige Minuten später parkte er seinen Wagen in der Tiefgarage in der Innenstadt und schlenderte danach durch die Straßen. Doch nach einem Hutgeschäft musste er ziemlich lange suchen was seine gestressten Nerven übel nahmen. Mit verärgerter Miene betrat er das Geschäft und äußerte mit einem unfreundlichen Ton seinen Wunsch. Der Verkäufer brachte ihm mehrere Modelle.

Ernest stand vor dem Spiegel und probierte einen Hut nach dem anderen. Er bemerkte dabei seinen bittern Gesichtsausdruck und die strenge Falte zwischen seinen Augen. Was war nun schon wieder mit ihm los? Er sollte sich mehr unter Kontrolle halten. Endlich fand er einen Hut der ihm zusagte. Er setzte ihn ab und übergab in dem Verkäufer. „Den nehme ich", sagte er etwas zugänglicher. „Sie brauchen ihn mir nicht einzupacken. Ich setze ihn gleich auf."

„Wie sie wünschen", erwiderte der Verkäufer und tippte den Betrag in die Kasse.

Ernest zog sein Portmonee hervor und als er bezahlen wollte, verschwamm das Gesicht des Verkäufers vor ihm und das bärtige Gesicht des Mannes, den er schon öfter

vor sich gesehen hatte, grinste ihn an. Er wurde kalkweiß und hielt sich am Tresen fest. Der Verkäufer nannte die zu zahlende Summe und fragte, als er die verkrampfte Haltung des Kunden bemerkte, ob er ihm helfen könne.
Das Gesicht des Bärtigen zerfloss vor Ernest und er bemerkte den besorgten Blick des Verkäufers.
„Nein danke, nur eine kleine Schwäche", sagte er und bezahlte.
Der Verkäufer sah ihm nach: „Was für ein seltsamer Kunde". An der frischen Luft verflüchtigte sich das beklemmende Gefühl das Ernest im Hutladen verspürt hatte, aber er nahm sich vor, in der nächsten Zeit sein Herz untersuchen zu lassen. Vielleicht lagen die Schwindelanfälle, die ihn in den vergangen Tagen und heute zu schaffen machten an einem Herzfehler. Irgendwie war ihm die Lust auf Kaffee vergangen. Er ging in den nächsten Buchladen und kaufte sich einen Stadtplan von Giessen. Als er wieder auf die Tiefgarage zu schritt, kehrte seine beschwingte Laune, die er am Morgen verspürt hatte zurück. Er setzte sich ins Auto und suchte auf dem Stadtplan nach der Straße in der die Frau, die er besuchen wollte, wohnte. Sie lag in einem Außen Viertel der Stadt. Er fand dies gut und suchte auf der Karte nach einer geeigneten Nebenstraße in der er sein Auto abstellen konnte. Als er die passende Straße gefunden hatte, gab er die Daten in sein Navigationssystem ein und lies sich die Fahrzeit berechnen. Alles passte. Wenn er jetzt losführe würde ihm am Standort noch eine Viertelstunde Zeit bleiben, um die gesuchte Adresse zu Fuß zu finden. Das würde mit Leichtigkeit zu schaffen sein. Also lenkte er sein Auto aus der Tiefgarage und reihte sich in den

Verkehr ein. Je näher er seinem Ziel kam, desto aufgeregter wurde er. Ehe er Ilona kannte, hatte er sich öfter mit Liebesdamen vergnügt. Sie waren unkompliziert auf alle seine Wünsche eingegangen. Die Wohnung die er suchte lag in einem Hochhaus im achten Stockwerk. Die Haustür ließ sich kurz nach seinem Klingeln öffnen und er startete sofort zum Aufzug. Er zog den Hut tiefer in die Stirn. Doch weder im Gang noch im Aufzug begegnete er Jemandem.
Dunja, nannte sich die Frau die ihn empfing und sie entsprach seinem Geschmack. Er hatte sich am Telefon eine Stunde mit ihr ausgebeten, denn er wollte nicht nur Sex sondern auch ein Gespräch. Er wünschte sich die Zeit herbei in der er Ilona kennengelernt hatte. Damals gab es unkompliziertes, fröhliches Gepländel zwischen ihnen und er hoffte diese Heiterkeit hier wiederzufinden. Doch der erste Eindruck den er von Dunja gewann, täuschte. Ihre Haare und ihre Figur kamen dem Aussehen von Ilona nahe aber in ihren Augen fehlte das feurige Blitzen. Dunja lächelte ihn zwar an aber ihr Blick glitt ausdruckslos ohne ihre Seele zu erreichen über ihn hinweg. Sie taxierte ihn und er merkte dass sie ihn als angenehmen Kunden einstufte. Sie führte ihn in ihr Zimmer, dessen Mittelpunkt das große einladende Bett war. Sie wünschte die Bezahlung im Voraus und er fühlte dass sein Vorhaben fehlgeschlagen war. Er hatte geglaubt eine Frau anzufinden, die er hin und wieder besuchen konnte, die ihm wenigstens für eine Stunde neben Sex auch noch humorvoll seine konfusen Gedanken vertreiben würde. Doch diese Frau konnte ihn nur körperlich befriedigen.

„Sie ist sicher leicht zu hypnotisieren", kam es ihm in den Sinn und dieser Gedanke fraß sich in ihm fest. Es war, als dränge eine fremde Stimme aus seinem Unterbewusstsein hervor die ihm zuflüsterte: „Probier's doch mal sie zu hypnotisieren. Vielleicht ist sie für deine Versuchszwecke geeignet."
Nein, wehrte er sich gegen diesen Einfluss. Ich werde jetzt mit ihr ins Bett steigen und sie danach verlassen und nie wieder sehen.
„Aber siehst du nicht wie brach der Geist dieser Frau liegt? Sie nutzt ihn nur in geringer Weise. Ist es nicht schade um ihn? Wäre er in der Nebenwelle nicht besser angebracht?" Er sah Dunja noch einmal in die Augen. Doch ihr Blick entzog sich schnell dem Seinen. Es war nicht ihre Art ihren Kunden mehr zu überlassen wie ihren Körper.
„Ich habe einen Tick", sagte er plötzlich und sie fixierte ihn wie eine Schlange.
„Es war nur normaler Sex ausgemacht, wenn du mehr willst kostet es auch mehr."
„Eine Stunde steht mir zu", sagte er fordernd „und diese Stunde werde ich auch nutzen. Es ist auch nur ein kleines Spielchen das ich mit dir treiben will. Ich versuche bei jeder Frau mit der ich zusammen komme, deren Zukunft zu erforschen."
Jetzt lachte Dunia befreit auf: „Du willst mir die Karten legen?"
Ernest lächelte sie vielsagend an, holte seinen Notizblock und Stift hervor und grinste: „Das gehört auch dazu aber zuerst musst du dich auf meinen Stift konzentrieren. Er wird deine Gedanken aufnehmen und ich werde sie dann

niederschreiben. So kann ich deine Zukunft besser erforschen."
Dunja dachte dass sie noch nie so einen Spinner als Kunden gehabt hatte. Aber solange er nicht mehr von ihr verlangte, war es nicht schwer für sie, sich darauf einzulassen.
„Gut", lachte sie, „dann fang an, ich bin schon gespannt was du herausfindest."
„Also, " erklärte er ihr leichthin, „Du brauchst dich nur mir gegenüber zu setzen und dich auf meinen Stift zu konzentrieren."
Sie kam seiner Bitte nach und er nahm den Stift, hob ihn in die Höhe und holte zu einem großen Kreis aus. Ihre Augen folgten den Kreis, den er immer enger werden ließ bis sie müde wurde und ihre Lider niederfielen. Dann befahl er ihr: „Du wirst jetzt aufstehen und mir folgen."
Sie stand tatsächlich auf und er bemerkte, dass sein Hypnosebefehl bei ihr gewirkt hatte. Er zog seinen Trenchcoat an, setzte seinen Hut auf und ging auf die Tür zu. Sie folgte ihm widerstandslos. In Ernest stieg eine prickelnde Erregung hoch.
Dunja lief neben ihm her wie ein folgsames Hündchen. Sie begleitete ihn in den Lift, fuhr mit ihm hinunter und verließ mit ihm das Haus.
In diesem Moment kam ihnen eine Bekannte aus dem sechsten Stock entgegen. Sie grüßte Dunja, wandte sich, als diese nicht zurückgrüsste, verärgert ab und ging
weiter. Dunja folgte Ernest bis zur Straße in der er sein Auto geparkt hatte. Dort befahl er ihr einzusteigen. Als sie dies getan hatte, öffnete er seinen Kofferraum, holte die Beruhigungstabletten, die der Arzt ihm wegen seiner

nervösen Kreislaufschwäche gegeben hatte aus dem Medizinkoffer und nahm eine Flasche Wasser aus der Kühltasche. Dann füllte er einen Pappbecher mit dem Wasser und löste ein paar Pillen darin auf. Diesen Brei bot er Dunja zum Trinken an und sie tat dies auch. Jetzt konnte er beruhigt starten und zurück nach Marburg fahren. Sie würde einschlafen und er würde sie ungestört nach Hause bringen können.

Als Dunja erwachte und bemerkte dass sie in einem fremden Zimmer und in einem fremden Bett lag, schrie sie hysterisch auf. Sie schob die Decke weg und versuchte das Bett zu verlassen aber sie fühlte sich wie ein leerer Sack. Schlapp und matt rollte sie sich heraus. Sie musste unbedingt ein Bad finden, sich erfrischen, anziehen und aus dieser Wohnung verschwinden. Dies hier bedeutete nichts Gutes. Wie war sie überhaupt hier gelandet? Sie versuchte sich zu erinnern, kam aber nur bis zu dem Punkt, an dem sie den Stift ihres Kunden ansah. Hatte er sie danach betäubt und hierher gebracht? Sie wusste es nicht. Sie wusste ja nicht einmal wo dieses Versteck lag in das dieser Mann sie verschleppt hatte. War sie überhaupt noch in Giessen? Ihr fiel ihr voller Terminkalender ein. Man würde sie vermissen, besonders ihr Zuhälter Lars. Sie war eine seiner bestverdienenden Mädchen. Deshalb würde er sie schon aus eigenem Interesse suchen. Doch wie sollte er sie finden? Sie hatte an diesem Nachmittag noch zwei unverbuchte Stunden im Kalender und als dieser Freier anrief, dachte sie, sie könne ohne das Wissen von Lars ein paar Euro hinzuverdienen. Dumm gelaufen das Ganze. Trotzdem, Lars würde Tod und Teufel in Be-

wegung setzen um sie zurückzuholen. Sie dachte an ihren letzten Kunden. Ihm hätte sie niemals so eine Tat zugetraut. Doch dieser Kerl hatte sie mit irgendeinem Dreckszeug betäubt aber wie hatte er sie in diese Wohnung geschafft? Endlich konnte sie wieder ohne sich irgendwo anhalten zu müssen, auf ihren Füssen stehen. Sie wankte zur nächsten Tür und fand dahinter eine Toilette. Wenigstens etwas. Ein paar Minuten später zog sie sich an und in dem Moment, in dem sie zur zweiten Tür gehen wollte, hörte sie den sich umdrehenden Schlüssel. Mit panischer Angst starrte sie dem Kommenden entgegen.
Ernest grinste spöttisch als er in Dunjas weit aufgerissene Augen blickte. Es zeigte ihm wie tief die Furcht in ihr saß. Alle Skrupel waren von ihm abgefallen. Er spürte die Macht die er über sie hatte und das gefiel ihm. Für sie gab es kein Entrinnen mehr. Bei jedem Schritt den er auf sie zuging wich sie zurück bis die Wand ihr keinen Spielraum mehr ließ. „Bitte, lassen sie mich gehen!" flehte sie ihn an.
„Wieso so ungeduldig?" fragte er. Gefällt es dir hier nicht? Ich versichere dir, dass dein Aufenthalt bei mir nur von kurzer Dauer sein wird."
Er sah sie prüfend an und kicherte: „Ich schätze vier bis fünf Sitzungen dann bist du erlöst."
Seine Augen glitzerten teuflisch und Dunja fuhr der Schreck noch mehr in die Glieder: „Der Kerl ist wahnsinnig", schrie es in ihr aber ihre Stimme brachte nur ein Krächzen hervor: „Welche Sitzungen meinen sie?"
„Das wirst du gleich erleben", lachte er ihr ins Gesicht. „Ich habe schon alles vorbereitet."

Er ergriff ihre Hand und als sie sich weigerte mit ihm zu gehen, zog er sie mit Gewalt aus dem Zimmer. Er schlürfte sie den Gang entlang bis zur Küche und stieß sie dann auf einen Stuhl. Anschließend zwang er sie ein Glas Wasser mit einem leichten Beruhigungsmittel auszutrinken. Er beabsichtigte sie nur ruhig zu stellen. Ansonsten sollte sie alles mit vollem Bewusstsein erleben. Bei der Folter war es ihm schließlich auch nicht anders ergangen. Plötzlich lachte er über sich selbst. Wie konnte er solche Sätze denken. Er war doch Ernest Leitner und nicht Theodor Bender. Egal, dies tat nichts zur Sache. Er wünschte endlich zu sehen wie die Stühle bei richtiger Anleitung arbeiteten und was mit dem Menschen bei dieser Prozedur geschah. Nachdem sie das Glas ausgetrunken hatte, nahm er den Strick, der schon griffbereit neben ihr lag, fesselte ihre Hände und steckte einen Knebel in ihren zum um Hilfe schreiend geöffneten Mund. Danach legte er einen Mantel um sie und zerrte sie hinaus. Sie sollte sich zwischen dem kurzen Stück vom Haus zum Labor nicht bemerkbar machen können. Als sie das Haus verließen nahm er sie mit einem harten Griff am Arm. Sie versuchte sich los zu reißen, doch es gelang ihr nicht. Im Labor verschloss er sofort die Tür und nun fühlte sie endgültig dass es kein Entfliehen mehr für sie gab.
Ernest ging, ohne sich weiter um sie zu kümmern zum Schreibtisch, holte den Schalter hervor und öffnete die Rückwand.
Dunja blieb wenig Zeit sich darüber Gedanken zu machen und sich über die seltsamen Stühle zu wundern. Ehe sie sich's versah, hatte er sie schon zu einem der Stühle gezerrt und sie darauf gesetzt. Er nahm ihr den Knebel aus

dem Mund und drückte auf den obersten Knopf. Hier konnte sie schreien so viel sie wollte, denn der Raum war schalldicht. Dunja fühlte das ihren Körper umschließende eiskalte Metall und merkte dass sie gefangen war. Ihre Angst steigerte sich ins Unerträgliche. Ihr Peiniger drückte auf den zweiten Knopf und die Glashaube senkte sich über sie und begann zu surren. Die Eiseskälte erreichte jetzt ihren ganzen Körper. Doch gleich darauf spürte sie nur noch die entsetzlichen Schmerzen die ihren Kopf auseinander zu reißen schienen. Ernest beobachtete fasziniert die Wand in der sich schon gespeicherte Seelen wandten. Er sah den winzigen Punkt am Rand der Wand und wusste dass er von Ilona stammte. Dunja schrie gellend. Doch dieses Mal unterbrach er die Absaugung des Geistes nicht. Der Punkt, der sich jetzt auf der Wand bildete wurde grösser. Dunjas Schreien brach plötzlich ab. Wahrscheinlich war sie ohnmächtig geworden. Die Glashaube beendete von sich aus den Entzug und schwenkte nach oben. Danach öffnete sich der Stuhl. Am oberen Ende des zweiten Stuhles begann es leise zu rattern, dann kam ein Papier hervor. Darauf war die Dichte und Stärke des Geistes der Versuchsperson ausgerechnet. Daneben stand geschrieben. Um den Geist in die Seele zu pressen bedarf es noch vier Anwendungen. Zwischen jeder Anwendung müssen wenigsten acht Stunden liegen. Es war wie ein Spuk. Die Geräte schalteten sich, wenn man sie nicht unterbrach von alleine aus. Er würde ständig Anweisungen erhalten und konnte somit gar keinen Fehler machen. Die Liege auf die er Dunja jetzt legte, hatte er schon eine Stunde zuvor hier im Labor aufgestellt, denn er beabsichtigte in keiner Weise sie zu

jeder Behandlung aus dem Haus zu lotsen. Eine Toilette war vorhanden und das genügte. Vorsichtshalber stellte er einen Eimer mit Wasser neben sie. Es war ja leicht möglich dass sie ähnlich wie Ilona reagierte und sich übergeben musste. Sie war jetzt schon weiß wie die Wand und stöhnte leise vor sich hin.
Ernest ging zum Schreibtisch, nahm einen Notizblock und schieb sich einige Details des Erlebten auf.
Das Stöhnen von Dunja wurde jetzt von einem Brechreiz abgelöst. Sie richtete sich hoch und beugte sich über den Eimer. Ernest beobachtete sie jetzt genau. Sie richtete sich wieder hoch, sah sich um und begann als sie ihn sah, zu schreien. Als er sich nicht vom Fleck rührte ging ihr Schreien in ein Schluchzen über. Sie zog ihre Beine an sich, legte ihre Arme darauf und begann zu zittern. Als ihr Frösteln zum Zähneklappern überging, nahm er seine Jacke und legte sie über ihre Schultern. Dann ging er zum Schreibtisch zurück und nahm den Notizblock und einen Kuli zur Hand. Er wollte testen wie weit dieser erste Geistesentzug ihr Gedächtnis beeinträchtigt hatte. „Wie heißt du?" fragte er sie.
 Sie hob ihren Kopf, sah ihn trotzig an und schwieg.
 „Willst du wieder auf den Stuhl?" drohte er.
 „Nein, " wehrte sie verzweifelt ab, „nein, mein Name ist Renate Kuhn, nein Dunja, verbesserte sie sich schnell.
 „Ich bin Dunja."
Er bohrte weiter. „Wer sind deine Eltern?
Sie zögerte, als habe sie dies vergessen. Doch nach einer Weile sagte sie leise: „Ich habe nur eine Mutter, Grete, heißt sie, Grete Kuhn.

„Wo wohnt sie?" Wieder überlegte sie, dann stammelte sie. In Lübeck, ich glaub sie wohnt in Lübeck."
„Warum lebst du in Giessen?"
„In Giessen?" Sie rieb sich die Schläfen als hoffe sie, sich dann besser erinnern zu können.
Ernest glaubte zu wissen warum ihr Gedächtnis sie gerade da im Stich ließ. Wahrscheinlich lebte sie nicht gerne dort und das Unangenehme versucht der Mensch ins hinterste Unterbewusstsein zu verdrängen. Genau da, setzte die Maschine mit dem Entzug des Geistes an. Bei Ilona waren es die Lernfächer, die sie am wenigsten mochte, für die sie jedoch für die Prüfung unbedingt büffeln musste. Sie hatte, wie sie ihm selbst gestand, vieles von dem Erlernten vergessen.
„Was tust du in Giessen?" fragte er weiter.
Langsam schien sie sich wieder zu erinnern. „Ich schaffe für Lars an."
„Für Lars?" bohrte er nach.
„Ja, für Lars, erwiderte sie bockig. Er ist mein Freund und er wird mich hier herausholen, dann geht es dir dreckig."
Ernest grinste: „Dein Lars wird nur leider nie erfahren wo du steckst."
Ihr wurde wieder übel und Ernest nahm ihr die Jacke ab und verließ das Labor um eine Decke für sie zu holen.

Der Freier, der nach Ernest einen Termin bei Dunja hatte, ärgerte sich dass sie ihm auch nach mehrmaligem Klingeln nicht öffnete. Er war Dunjas Stammkunde und er glaubte, sie habe ihn versetzt. „Miststück!" schimpfte er und griff nach seinem Handy um sich bei Lars, der ein Bekannter von ihm war, zu beschweren.

Lars konnte es kaum glauben dass Dunja aus der Reihe tanzte. Sie war schlau genug ihn nicht zu verärgern. Er steckte sein Handy ein und fuhr zu Dunjas Wohnung.
Gleich als er dort eintrat fiel ihm die Stille auf. Dunjas Radio dudelte sonst in jeder freien Minute in der kein Kunde da war. Das Vögelchen war tatsächlich ausgeflogen. Er grinste, weit würde sie nicht kommen. Für seine Ausreißer hatte er immer die richtigen Leute parat die er ihnen auf die Fersen schicken konnte. Er sah sich in der Wohnung um ob er einen Hinweis auf ihr Reiseziel finden würde. Dabei öffnete er ihren Kleiderschrank und staunte, denn er war noch prallvoll. Er lief zum Bad und bemerkte dass sie auch ihre Toilettenartikel da gelassen hatte. Sie konnte also keine weitere Reise geplant haben und musste bald wieder auftauchen. So entschied er sich eine Weile zu warten um sie, wenn sie zurückkam gleich zur Rede stellen zu können. Er holte sich ein Bier aus dem Kühlschrank und lümmelte sich vor den Fernseher. Nach einer knappen Stunde verließ ihn die Geduld. Er rief seine Häscher an und gab ihnen Anweisungen. Danach verließ er die Wohnung.

Ernest kam mit der Decke zurück und breitete sie über die zitternde Dunja. Danach gab er alle seine Beobachtungen die er über den Zustand von Dunja von Beginn seiner Behandlung an von ihr gemacht hatte, in den Computer ein. Sie hatte sich jetzt wieder ausgestreckt und wälzte sich von Kopfschmerzen geplagt hin und her. Es schien, als sei sie momentan in einer Art Dämmerzustand. Zweidreimal rief sie nach Lars und plötzlich herrschte Totenstille im Labor. Dunja lag im Komma. Er ging zu ihr und überlegte sich was er nun tun sollte. Zum Arzt konnte er sie nicht bringen. Nach dem Papier das aus dem zweiten Stuhl gekommen war, benötigte sie noch vier Sitzungen bis er sie entsorgen konnte. Vielleicht war sie Herzkrank und die erlebte Tortur war zu viel für sie gewesen? Konnte es sein, dass derartige Zwischenfälle von den Außerirdischen nicht miteingerechnet waren? Doch dann entsann er sich das Ilona, wenn auch Stunden später, genauso wie es nun bei Dunja geschah, das Bewusstsein verlor. Ilona war nur kurz dem Entzug ausgesetzt. Damit wäre die Verzögerung zu erklären. Ernest ahnte jetzt, dass Dunjas Unterbewusstsein wegen ihrer starken Schmerzen alle ihre Körperfunktionen fast auf null reduziert hatte. Sie würde, wenn sich der Körper wieder regeneriert hatte, wieder erwachen. Beruhigt atmete er auf und spürte nun seine eigene Müdigkeit. Der Tag war doch sehr anstrengend gewesen. Aber konnte er so einfach in sein Zimmer gehen und Dunja hier alleine liegen lassen? Dies war ihm doch zu riskant. Er dachte an den Abend, da ihn Ilona mit Doktor Schneider überrascht hatte. So etwas Ähnliches wünschte er sich nicht mehr zu erleben doch ausschließen konnte man nichts. Deshalb beschloss er eine zweite Liege und Bettzeug zu holen und auch hier zu übernachten. Bis zur nächsten Behandlung von Dunja musste er sowieso noch einige Stunden warten.

Lars registrierte wütend was ihm Uwe, den er ausgeschickt hatte Dunja zu suchen, berichtete. Dunja war wie vom Erdboden verschluckt. Keine ihrer Kolleginnen wusste etwas über ihr Verschwinden und mit ihrer Mutter hatte sie schon seit Jahren keinen Kontakt mehr. Sie war auch in keinem der Lokale in der sie verkehrte gesehen worden. Es sah ganz so aus als sei sie entführt oder ermordet worden.

Lars überlegte laut: „Wenn sie entführt worden wäre, dann doch nur von einem Kollegen.

„Das glaub ich aber nicht", widersprach ihm Uwe, „du weißt dass wir zurzeit ein Abkommen haben das besagt, dass keiner im Revier des anderen grast und keiner dem anderen die Mädels ausspannt. Die Jungs halten sich sicher dran." Lars brummte: „Trotzdem muss sie den Kerl mit dem sie mitging gekannt haben. Es gab keine einzige Spur, die nach Gewalt aussah." „Wir müssen die Bullen verständigen" riet ihm Uwe. „Die Bullen?" knurrte Lars, das gefällt mir schon zweimal nicht."

„Du könntest Petra hinschicken", meinte Uwe. „Sie ist ihre Freundin. Sie kann ihnen doch erzählen, dass sie gestern mit Dunja verabredet war. Aber Dunja sei nicht gekommen. Daraufhin wäre sie zu Dunjas Wohnung gefahren. Dort habe sie, als Dunja ihr nicht öffnete, den Schlüssel benutzt, den sie von ihr zur Sicherheit erhalten habe. Dunja sei aber nicht in ihrer Wohnung gewesen und sei bis jetzt auch nicht wieder aufgetaucht."

„Na gut, " renkte Lars ein, „das wäre eine Lösung. Ich gebe der Petra den Schlüssel und schick sie zu den Bullen.

Ernest erwachte früh, alle Glieder taten ihm weh. Das Schlafen auf der Liege war nicht gerade das Beste für ihn. Er stand auf und sah nach Dunja. Als sie am Abend aus ihrer Ohnmacht erwachte, versuchte sie aufzustehen.

Dabei bemerkte er wie sie die Tür anpeilte. Natürlich wollte sie fliehen. Er war leise hinter sie getreten und hatte ihr auf die Schulter getippt. Sie hatte sich erschrocken herum gedreht und war vor ihm zurück gewichen. Mit einem harten Griff hatte er sie wieder auf die Liege gedrückt. Danach blieb sie verängstigt liegen aber ihr Gejammer war ihm auf die Nerven gegangen und so hatte er ihr eine Schlaftablette eingeflößt. Sie schlief noch und er dachte, dass dies überhaupt die Lösung sei. Die nächsten Nächte würde er sie gleich ruhig stellen. Dann könnte er ohne Probleme in seinem Bett schlafen. Der benötigte Abstand von acht Stunden zur nächsten Behandlung war schon vorüber und er hätte gleich wieder zur Tat schreiten
können aber das war ihm zu kurz. Er wollte sie länger beobachten. Vielleicht war es auch der Geist von
Theodor, dem diese Art der Verzögerung der Marter gefiel. Er nahm den Schalter und öffnete die Wand. Er maß aus ob die schmale Liege neben den Stühlen noch Platz hatte und kam dabei zu einem befriedigenden Ergebnis. Nun scheuchte er Dunja von der Liege, schubste sie auf den Boden und trug die Liege in den kleinen Raum. Danach schickte er Dunja zuerst zur Toilette und zerrte sie anschließend in diese Enge neben den Stühlen. Sie begann zu betteln und zu flehen sie gehen zu lassen und sie nicht mehr auf den Stuhl zu setzen. Er lachte höhnisch:
„Das würde dir so passen, aber das Experiment ist noch nicht abgeschlossen."
Dann nahm er ihre Decke, wickelte sie um sie herum und schnürte sie mit einem Strick ein. So konnte sie in seiner Abwesenheit keine Dummheit anstellen. Als sein Werk beendet war und sie so wehrlos auf der Liege lag, grinste

er: „Wie eine Mumie siehst du jetzt aus. Ich werde dich jetzt für ein paar Stunden verlassen. Aber keine Angst, ich komme wieder."
Er verließ den Raum, schloss die Rückwand, legte den Schalter wieder in den Schreibtisch, nahm seine Liege und verließ das Labor. Niemand würde je herausfinden was sich darin verbarg. Endlich fand er die Zeit sich zu duschen und zu frühstücken. Erst als er am Küchentisch saß und seinen Kaffee trank, meldete sich sein Gewissen. Er glaubte, es raune ihm aus allen Ecken die Stimme seiner Mutter zu. „Gehe nicht zu weit Ernest, du wirst deine Taten bereuen."
In seinem Kopf begann es zu hämmern. Erregt sprang er auf und verschüttete den Kaffee. Er drehte sich von einer Seite zur anderen und schrie: „Was heißt das, zu weit gehen? Und was soll ich bereuen? Dass ich die Geister für die Nebenwelle sammle? Mein erster Geist kam aus Artar und mein jetziger wird wieder dorthin zurückkehren. Er wird dort weiterleben, wird nicht von der großen Welle verschluckt." Das Raunen verstummte und eine Antwort blieb ihm versagt. Gehetzt lief er zur Tür die in den Garten führte. Wie damals als Kind lief er zu dem Platz an dem seine Eltern das unterirdische Gewölbe entdeckten. Er starrte auf die Erde. Onkel Richard hatte hier hinten ein Rosenbeet anlegen lassen. Der Duft der Rosen drang in seine Nase und zugleich sog er die frische Luft in seine Lungen. Ein euphorisches Gefühl machte sich in ihm breit. Er war doch eigentlich ein glücklicher Mensch. Das große Haus, der blühende Garten und ein dickes Bankkonto gehörten ihm. Bald würde er eine Familie gründen, Onkel Richard würde wieder zurückkehren, würde den

Kindern den Opa ersetzen. Das einzige was ihn störte waren diese schrecklichen Träume. In der letzten Nacht hatte ihn ein besonders fürchterlicher Traum heimgesucht. Und es kam nun schon so weit, dass ihn die Figuren seiner Träume bis in den Morgen verfolgten. Am meisten machte ihm dieser Theodor Bender zu schaffen. Er tat ja entsetzliche Dinge. außerdem kamen nun auch noch Außerirdische hinzu die unmögliche Dinge von ihm verlangten. So ging das nicht weiter. Sollte er zu einem Psychiater gehen der ihm half diese Träume zu verscheuchen? Oder genügte es vor dem Schlafengehen lustige Geschichten zu lesen, die diese Gespinste vertreiben würden? Tante Thea und Ilona kamen ihm in den Sinn und es drängte ihn die beiden Frauen anzurufen. Rasch ging er ins Haus zum Telefon.
Tante Thea war am Apparat und beklagte sich sofort, dass er viel zu wenig von sich hören ließe. Es folgten allerlei Fragen, die er so gut wie möglich beantwortete. Mitten in einem Satz sagte sie: "Ilona ist gerade zu mir herunter gekommen, möchtest du sie sprechen?"
Natürlich, " lachte er, und ein paar Sekunden danach war Ilona in der Leitung. Sie sprach davon, dass es ihr schon viel besser ginge und dass sie in der nächsten Woche wieder zur Uni gehen werde. Kein Wort über ihren Überraschungsbesuch. Es schien alles wieder im Lot und sie versprach ihm, ihm bald einen ausführlichen Brief zu schreiben. Das klang doch gut. Erleichtert legte er auf. An Weihnachten werde ich mit ihr den Hochzeitstermin festsetzen. Mit diesen beruhigenden Gedanken verließ er das Haus. Ein Blick auf seine Armbanduhr zeigte ihm, dass ihm vor dem Mittagessen bei Irma noch genügend Zeit

blieb in den Supermarkt zu fahren. Seine Vorratskammer und sein Kühlschrank wiesen schon gähnende Lücken auf. Seine Stimmung war so gelöst als habe es niemals diese Träume gegeben.
Ungefähr eine Stunde später saß er bei Irma und lies sich deren Essen schmecken.
Irma freute sich das Ernest wieder lockerer war, das er sogar Späße mit ihr machte.
 Als er vom Mittagstisch aufstand sagte er zu Irma: „Bevor ich gehe möchte ich gerne einen Blick in die Bibliothek werfen. Bei mir habe ich nämlich kein einziges heiteres Buch gefunden."
Irma lachte: „Bei Richard wirst du auch wenig heiteres finden aber ich könnte dir sicher eines ausleihen. Ich besitze eine Reihe dieser Bücher. Darf ich dich in mein Zimmer bitten?"
„Sicher." Ernest staunte nicht schlecht über die Auswahl die ihm in Irmas Bücherschrank geboten wurden. Fast alle Humoristen die er kannte, waren hier vertreten.
 „Jetzt kennst du mein Hobby", lächelte Irma.
 „Ein schönes Hobby;" lobte er sie. „Darf ich mir ein oder zwei Bücher ausborgen? Eine fröhliche Bettlektüre wird mich sicher besser schlafen lassen."
 „Du schläfst schlecht?" fragte Irma besorgt und wollte ihm gleich ein paar Ratschläge erteilen.
Ernest winkte ab. „Es ist nichts was dich beunruhigen sollte." Er suchte sich ein paar Bücher aus und sah, als er das Zimmer wieder verlassen wollte eine Art Fotogalerie an der Wand. Irma bemerkte seinen neugierigen Blick und erklärte ihm, dass diese Bilder ihre Vorfahren und näheren Verwandten, Freundinnen und auch Menschen

aus ihrer näheren Umgebung zeigten. Das zweite Hobby von mir. Ich sammle Bilder, lasse sie vergrößern und rahme sie dann ein. Wenn ich diese Fotografien anschaue fühle ich mich nie allein."
Ernest bemerkte dass auch von seiner Familie Fotos dabei waren. „Darf ich mir deine Galerie ein wenig näher anschauen?" fragte er Irma.
„Natürlich", sagte sie, „an dieser Wand wirst du sicher viele bekannte Gesichter erkennen."
Sie blieb neben ihm stehen und zeigte auf ein Foto, das sie mit einer jungen Frau zeigte. „Das ist ein neueres Foto von mir und Elli", erklärte sie ihm.
Ernest betrachtete einen Moment die Aufnahme und sagte: „Sie sieht irgendwie anders aus, als ich sie in meiner Erinnerung habe."
„Du hast, wie du schon erwähntes schon früher keine echte Vorstellung von ihr und die Zeit bringt so gewisse Veränderungen mit sich."
Sie wandten sich den anderen Aufnahmen zu. Dabei beantwortete Irma seine Fragen nach dem Zeitraum des Entstehens einiger Bilder. In erster Linie interessierte er sich für seine Familie, doch irgendein Gefühl zog ihn immer wieder zu einem Gruppenbild einer fröhlich, intakt wirkenden Familie. Doch es war nicht die heitere Ausstrahlung des Bildes die ihn so neugierig werden ließ. Es war der junge Mann in der Mitte. Er kam ihm bekannt vor und er grübelte nach, wo er ihn schon einmal gesehen haben könnte. Doch ein unbestimmtes Gefühl hielt ihn davon ab Irma sein Interesse an diesem Jungen merken zu lassen. So fragte er Irma erst nach ein paar anderen ihm unbekannten Familien aus.

Irma gab geduldig Auskunft und kam dann von selbst auf jenes Foto zu sprechen. „Dieses Familienfoto", sagte sie mit leiser Stimme, „versetzt mich immer wenn ich es genauer betrachte in eine traurige Stimmung. Es ist die Familie meiner Nichte. Vielleicht erinnerst du dich noch an diesen jungen Burschen."
Irma zeigte genau auf den Mann, dem sein Interesse galt. „Er war damals, es war ungefähr ein halbes Jahr bevor deine Eltern verunglückten, ein paar Tage bei mir zu Besuch. Soviel ich mich erinnere, war er auch ein paarmal bei deinen Eltern. Er interessierte sich für die Forschung deines Vaters. Doch er hielt sich wie gesagt nur für eine kurze Zeit bei mir auf, denn er beabsichtigte durch ganz Europa zu trampen. Die meisten Reisen wollte er per Bahn unternehmen. Ich sehe ihn noch heute vor mir, wie er sich fröhlich von mir verabschiedete. Es war ein schönes Wetter und so beabsichtigte er zu Fuß zum Bahnhof zu gehen. Seither haben weder seine Eltern noch ich jemals wieder etwas von ihm gehört."
Irma konnte ihre Tränen nicht zurückhalten.
Ernest tröstete sie. Als sie sich wieder beruhigt hatte, nahm er die Bücher und verabschiedete sich von ihr. Auf dem Weg zu seinem Haus sah er noch immer das Gesicht des jungen Mannes vor sich. Und plötzlich erinnerte er sich an ihn. Er sah ihn mit seinem Rucksack bepackt und fröhlich lächelnd vor seiner Haustür stehen. Damals hatte er den Jungen ins Haus gelassen und dieser hatte ihm erklärt, er wolle sich nur kurz verabschieden. Seine Mutter war hinzugekommen, hatte dem jungen Mann eine gute Reise gewünscht und ihm gesagt, dass er ihren Mann in seinem Labor antreffen könne. Daraufhin be-

dankte er sich bei ihr und ging. Er selbst war wieder zurück in sein Zimmer gegangen und nun warf sich ihm die Frage auf. Ging dieser junge Mann damals noch zum Labor oder nicht?
Inzwischen war er zu Hause angekommen und als er seinen Schlüssel nahm um die Haustür aufzuschließen, sah er hinüber zum Labor. Was war in diesem Anbau schon alles geschehen? Im Haus veränderte sich seine zuvor heitere Stimmung zusehends. Es war, als sänke sich ein dunkler Vorhang vor ihm herab. Dazu überkam ihm eine bleierne Müdigkeit. Er setzte sich im Wohnzimmer aufs Sofa und schloss die Augen.
Im nächsten Moment sah er wieder den Bärtigen vor sich und eine verärgerte Stimme drohte ihm. „So undiszipliniert kannst du nicht weiter arbeiten. Du hast einen Auftrag, der schnellstens erledigt werden muss. Mit deiner Trödelei vergeudest du kostbare Zeit. Die acht Stunden zwischen dem nächsten Entzug sind schon gewaltig überschritten. Wir benötigen aber in Kürze noch zwei- drei Seelen auf der Wand, die wir dann in die Nebenwelle leiten können. Erst wenn wir wissen, ob die Nebenwelle exakt funktioniert, das heißt, die Seelen bei uns angekommen sind, können wir unsere anderen Stationen aufbauen. Eile sofort ins Labor und leite den nächsten Entzug ein. Danach musst du den acht Stundentakt genau einhalten."
Das Gesicht des Bärtigen verschwand wieder. Ernest öffnete die Augen und war wieder munter. Er sah auf die Uhr. „Du meine Zeit, " brummte er vor sich hin. „Ich muss sofort zu Dunja.

Als Dunja merkte wie sich die Wand öffnete, schwankte sie zwischen Angst und Hoffnung. Stundenlang lag sie nun schon schmerzgepeinigt da und wartete dass Lars endlich kam und sie befreite. Doch als sie das Gesicht sah, das sich über sie beugte, wusste sie, dass sie verloren war. Dieser Mann hatte sie sicher zu einem Versteck gebracht das niemand finden würde und er würde sie solange quälen bis sie starb. Sie schloss die Augen um ihn nicht ansehen zu müssen und er stieß ein höhnisches Lachen aus. Dabei entfernte er den Strick und die Decke, zog sie hoch und dirigierte sie zur Toilette. Danach flößte er ihr eine Suppe ein und brabbelte dabei:
„Noch musst du essen. Noch brauchst du deine Kräfte."
Kaum hatte sie den letzten Löffel voll von der Suppe geschluckt, stellte er die Schüssel auf den Boden, zog sie hoch und wollte sie auf den Stuhl setzen.
Dunja versuchte mit letzter Kraft sich zu wehren aber er siegte über sie und bald war sie wieder in dem Stuhl gefangen. Die zweite Prozedur schien schmerzhafter wie die erste. Sie schrie wieder verzweifelt, versank aber schneller in eine ohnmächtige Tiefe. Als sie eine Stunde später erwachte, stellte Ernest ihr wieder die Fragen, die er nach dem ersten Entzug an sie gerichtet hatte. Er merkte wie krampfhaft sie sich bemühte sich zu erinnern aber es gab Dinge an die sie sich nicht mehr erinnern konnte. Während sie vor sich hin jammernd auf der Liege kauerte, schrieb Ernest den Fortlauf ihres Vergessens auf. Danach war sein Interesse an ihr für die nächsten Stunden verflogen. Er klebte ihren Mund zu um in Ruhe in den Unterlagen seines Vaters weiterforschen zu können. In den Papieren fand er schließlich die Eintragung über dem Ver-

bleib des jungen Mannes auf dem Foto in Irmas Zimmer. Sein Vater schrieb. Ein ungeheurer Glücksfall ist mir heute untergekommen. Ich werde einen, intelligenten, jungen Mann für meine Forschungen verwenden können. Irmas Neffe ist wie geschaffen für das Experiment und Ernest wird mir eines Tages dankbar sein für meine gute Vorarbeit.
Welches Experiment? Ernest grübelte vergebens darüber nach. Es gab keine weiteren Hinweise von seinen Vater darüber.
Inzwischen waren vier Stunden vergangen. Er fühlte sich schon ganz steif an und außerdem dürstete es ihm nach einem Kaffee. Er stand auf und sah nach Dunja. Sie war eingeschlafen. Trotzdem band er, ehe er das Labor verließ, den Strick fester um sie.
In seiner Wohnung stellte er sich einen Wecker um den richtigen Zeitpunkt bis zum nächsten Entzug nicht zu verpassen, dann brühte er sich einen Kaffee auf. Er stellte die Kanne, die Tasse und ein Stück Kuchen auf ein Tablett und trug das ganze ins Wohnzimmer. In der Küche verfolgten ihn ständig Stimmen die ihn von seinem Tun abhalten wollten. Das hielt er nur kurze Zeit aus. Er trank seinen Kaffee und überlegte dass er schon in ein paar Stunden den dritten Entzug an Dunja ausüben würde. Es blieb ihm also wenig Zeit sich einen nächsten Probanden zu suchen. Eine wie Dunja konnte man leicht einfangen und er würde auch ein zweites Mal erfolgreich fündig werden, aber es durfte nicht in Giessen geschehen. Es würde die Zuhälter auf die Palme bringen wenn schon wieder eines der Mädchen verschwände. Zwar glaubte er nicht, dass sie seine Spur bis hier her verfolgen konnten

aber er durfte in keiner Weise ein Risiko eingehen. Zudem reizte es ihn auch einmal einen Mann auf den Stuhl zu bringen. Aber wen?

Doktor Schneider besuchte Ilona jetzt jeden Tag. Sie führten lange Gespräche und Ilona fühlte sich wohl in seiner Gesellschaft. Das Bild von Ernest rückte immer mehr in die Ferne und sie konnte sich nicht mehr vorstellen mit ihm ihr Leben zu verbringen. Marburg gefiel ihr. Aber das Haus von Ernest und das Labor jagten ihr nach wie vor Angst ein. In gewissen Abständen quälten sie die Kopfschmerzen, die sie in Marburg zum ersten Mal verspürte. Je mehr Abstand sie von Ernest gewann, je mehr war sie der Auffassung dass es in seinem Haus nicht mit rechten Dingen zuging. Sie war völlig gesund zu ihm gefahren und krank nach Hause gekommen. Eine gewöhnliche Erkältung oder gar eine Grippe hätte sie, obwohl sie nur selten davon heimgesucht wurde, noch akzeptiert. Doch wenn sie über ihren Krankheitsverlauf nachdachte, kam es ihr so vor, als wäre ein Stück von ihr in Marburg geblieben. Sie erinnerte sich nach wie vor an den schrecklichen Traum und wagte nicht darüber nachzudenken ob Ernest sie zu Versuchszwecken missbraucht hatte. Ihr Erinnerungsvermögen war wieder zurückgekehrt aber seither tat sie sich mit dem Lernen schwerer als früher. Sie wagte es nicht mit Sebastian über ihren Verdacht gegen Ernest zu sprechen. Er würde obwohl sie bei ihrem Überraschungsbesuch nicht das Geringste entdeckt hatten, sofort alle Hebel in Bewegung setzen doch noch etwas heraus zu finden das gegen Ernest sprach. Sie hatte längst bemerkt dass Sebastian in sie verliebt war und sie wollte ihn nicht in unbedachte Taten stürzen. Außerdem fühlte sie selbst eine starke Zuneigung für Sebastian. Beim letzten Telefongespräch mit Ernest war ihr klar geworden dass sie reinen Tisch machen müsste. Sie durfte Ernest so schmerzvoll es für ihn auch sein mochte, nicht länger im Glauben lassen, dass sie ihn heiraten würde. Auch den Besuch bei ihren Eltern mit ihm würde sie abblasen und stattdessen mit Sebastian zu ihnen fahren. Aber das schlimmste was ihr bevorstand war Tante Thea reinen Wein ein zu schenken. Sie würde sicher versuchen sie zu überreden bei Ernest zu bleiben. Vielleicht würde sie ihr sogar Vorwürfe machen. Doch es war ihr Leben, ihr Glück und wenn es nicht anders ging würde sie eben hier frühzeitig ausziehen. Ihr Entschluss war gefasst. Sie setzte sich an ihrem Schreibtisch und schrieb den längst fälligen Brief an Ernest.

Ernest hatte den dritten Entzug bei Dunja vorgenommen. Jetzt war sie geistig auf dem Stand eines etwa zehnjährigen Kindes angelangt. Sie wusste nur noch ihren richtigen Namen und schrie plötzlich nach ihrer Mutter. Lars existierte nicht mehr, nur noch der böse Mann, der ihr ständig Schmerzen zufügte. Fasziniert beobachtete er diese Entwicklung. Welcher Forscher außer Theodor Bender hatte schon je so etwas erlebt?
Am Morgen, nach dem vierten Versuch benahm sich Dunja wie ein etwa vierjähriges Kind. Noch ein Entzug, dachte Ernest und sie ist reif für den zweiten Stuhl. Es wurde höchste Zeit für Nachschub zu sorgen. Er schloss Dunja wie gehabt in den Raum mit den Stühlen ein.

Als er das Labor zuschloss hatte er plötzlich das Gefühl wieder einmal unter Menschen gehen zu müssen. Er lief bis zum belebten Marktplatz, suchte nach einem freien Stuhl unter einer schattenspendenden Markise eines Straßencafés und bestellte sich etwas zu trinken. Dann betrachtete er das bunte Treiben und kam schon wieder ins Grübeln.
Ernste und fröhliche Wortfetzen schwirrten an ihm vorüber. Lachen drang in seine Ohren und von der Ferne erklang die Melodie eines Straßenmusikanten. Langsam verwandelte sich das Bild vor seinen geistigen Augen. Er tauchte in die Vergangenheit, sah Straßenhändler und Menschen in alten Trachten und mitten unter diesem Gewirr stand der Bärtige, der eine junge Frau ansprach.
Ernest wollte die Frau warnen und winkte ihr zu.
Die Kellnerin kam auf ihn zu: „Sie möchten zahlen?"
Ernest stieß mit seiner Hand verwirrt an seine Tasse. Das mittelalterliche Bild vor ihm verschwand.
„Ja, ich möchte bitte zahlen", sagte er rau und legte ihr einen Schein hin. Danke, es stimmt so."
Auf dem Heimweg kam er an Onkel Richards Haus vorbei. Es war gerade Mittagszeit und so klingelte er bei
Irma.
Doch dieses Mal hielt er sich nur so lange als nötig bei ihr auf, denn seit dieser Vision am Marktplatz verfolgte ihn eine heftige Unruhe.
Anschließend hatte Irmas Anblick ihn daran erinnert dass es Unrecht war was Elli angetan wurde und er im Begriff war dieses Unrecht zu vollenden. Irmas Augen erschienen ihm heute so durchdringend und anklagend. Ahnte sie etwas? Diese und ähnliche Gedanken verfolgten ihn

bis zu seinem Haus und dann verflogen sie so schnell wie sie gekommen waren, ja, sie drehten sich einfach um. Was hieß hier Unrecht. Er diente einer guten Sache. Vorsichtshalber ging er noch einmal zum Labor um nach Dunja zu sehen.
Als er sie sah, ärgerte er sich über sich selbst. Den Weg zu ihr hätte er sich ersparen können. So verschnürt wie sie dalag konnte sie kein unvorhersehbares Ding tun. Er konnte im Moment nichts tun als die nächsten vier Stunden abzuwarten, die ihm bis zum fünften Entzug von ihr noch blieben. Anschließend hatte er vor, Elli zu sich zu locken. Als er sich an seinen Schreibtisch setzen wollte, drängte sich wieder der Bärtige vor sein Gesicht. „Vier Stunden willst du hier untätig herumsitzen? Du hast doch noch die Zeitung von Giessen in deiner Manteltasche. Suche dir ein neues Modell. Ein kurzer Anruf und sie erwartet dich. Dein Zeitaufwand sie ins Labor zu bringen ist geringer als die, die du bis zur nächsten Behandlung von Dunja brauchst."
„Stimmt, murmelte er vor sich hin, aber zwei Frauen aus der gleichen Stadt? Ich weiß nicht, das fällt doch auf."
„Auffallen?" höhnte der Bärtige, " auffallen tut es allemal wenn Jemand einfach verschwindet aber was macht das schon. Es gibt keine Spur die zu dir führt."
„Ja gut", zögerte Ernest. Aber ich wollte doch spätestens nach Elli an einem Mann das Experiment durchführen."
„Das kannst du dann ja auch. Stell dir doch einmal vor, du hast zwei Frauen auf Lager. Somit bleibt dir genügend Zeit dich nach einem männlichen Probanden umzusehen. außerdem kannst du die noch intakte Frau zusehen las-

sen wie du mit Elli verfährst. Du kannst studieren wie sie darauf reagiert."
Dieser Vorschlag übertraf alle sadistischen Gedanken die er je gehabt hatte. Das Gesicht des Bärtigen verschwand. Es stimmte, er besaß die Zeitung aus Giessen noch. Nun durfte er keine Zeit mehr verlieren. Er lief ins Haus, holte seinen leichten Sommermantel aus dem Schrank und zog die Zeitung hervor. Jetzt war es ihm egal ob sie blondes oder braunes Haar besaß, ob sie Ilona ähnelte oder nicht. Hauptsache war doch, ein schnelles Opfer heranzuschaffen. Er schlug den Anzeigenteil auf dem die Hostessen standen auf und tippte einfach auf eine Nummer, die er dann auch gleich anrief. Zwei der Damen waren schon ausgebucht aber die dritte Hostess hatte Zeit für ihn. Er sagte ihr, dass er etwa in einer Stunde bei ihr sei. Danach nahm er den Stadtplan von Giessen zur Hand und prägte sich die Zufahrt zur angegebenen Straße ein. Es kam ihm gelegen, dass diese Dame in einem anderen Stadtteil wie Dunja wohnte. Vielleicht schaffte sie für einen anderen Zuhälter an. Sie konnte auch selbständig arbeiten. Genervt über sich selbst wischte er diese Gedanken weg. Es konnte ihm egal sein für wen diese Dame die Moneten verdiente. Eilig nahm er den Stadtplan und lief hinaus zur Garage. Ein paar Minuten später hatte er die entsprechende Adresse in sein Navi gedrückt und schon startete er seinen Wagen.
Während der Fahrt stellte er sich den genauen Ablauf bei der Hostess, die sich Sabrina nannte, vor.
Dieses Mal ging er schon profiartig ans Werk. Er hatte sich eine kleine Flasche, gefüllt mit Äther und einen Wattebausch eingesteckt, denn er wollte dem Risiko, dass sie

nicht hypnotisierbar war, aus dem Weg gehen. Manchmal drückte er vor Erregung zu heftig aufs Gaspedal aber dann fiel ihm ein, dass er sich durch das schnelle Fahren in die Gefahr begab von einer Polizeikontrolle aufgehalten zu werden und sein Zeitplan durchkreuzt würde.
Der Weg erschien ihm länger als das letzte Mal als er nach Giessen fuhr. Doch endlich war er am Ziel. Dieses Mal hielt er in der Nähe des Hauses in dem Sabrina wohnte. Es kam ihn doch sicherer vor, sie auf kürzerem Weg zum Auto zu lotsen. Er war gut in der Zeit und konnte alles gemütlich angehen. Grinsend setzte er sich die Sonnenbrille auf und stieg aus seinem Wagen. Dann schlenderte er langsam auf das Haus zu. Auch hier wurde ihm schnell geöffnet und auch hier wurde er freundlich empfangen.
Sabrina wippte ihm den üppigen Busen entgegen und lächelte vielsagend.
Einen Moment ging er auf ihr Spielchen ein, dann schlug er ihr genau wie er es bei Dunja getan hatte, vor, die Zukunft voraus zu sagen.
Sabrina reagierte auch so wie Dunja und lachte über seinen Spleen. Auch ihr kam der Kunde harmlos vor. Sollte er seinen Spaß haben. Wieder veranstaltete er die Nummer mit dem Kreis aber bei Sabrina dauerte es länger bis sie Ermüdungsanzeichen zeigte. Als sie die Lider senkte, sagte er: „Du stehst jetzt auf." Doch es sah aus, als wirke seine Hypnose nicht. Er versuchte konzentriert ihr seine Gedanken aufzudrängen und wiederholte seine Worte noch zweimal. Jetzt erhob sie sich langsam und folgte seinen weiteren Befehlen. Als er sie ein paar Minuten später in seinem Auto verfrachtet hatte, fuhr er gleich los.

Außerhalb der Stadt glaubte er, sie erwache aus ihrer Trance. Deshalb hielt er kurz an und holte die Kosmetiktasche in der er den Äther und den Wattebausch getan hatte, aus seiner Jackentasche hervor, beträufelte den Bausch und hielt ihn Sabrina vor die Nase. Danach konnte er beruhigt nach Hause fahren.
Als er in der Einfahrt seines Hauses ankam, begann sich die Narkose bei Sabrina zu verflüchtigen. Sie war aber noch so benommen, dass sie weitere Anweisungen von Ernest ohne weiteres ausführte. Sie ging ohne zu ahnen, was nun auf sie zukam mit ihm zum Labor.
Ernest verschloss hinter ihnen die Tür, holte sofort einen Strick und band ihn um ihren Körper. Danach holte er die zweite Liege und legte sie wie ein Paket darauf. Dann sah er auf die Uhr. Er hatte es doch tatsächlich geschafft sein nächstes Opfer so schnell herzuschaffen dass er noch eine volle Stunde Zeit hatte bis zum letzten Entzug von Dunja. Sabrina hatte er nun eine ganze Weile für sich.
Einen kurzen Moment zeigte sich ihm wieder der Bärtige, lobte ihn für seine Arbeit, die er leistete. Er war zufrieden. Gleich nach Dunjas Auflösung konnte der nächste Entzug beginnen.
Noch vor ein paar Tagen hatte Ernest sich über das Auftauchen des Bärtigen geärgert und sogar an seinem Verstand zweifeln lassen. Doch nun war er schon fast mit ihm vertraut und so schnell wie er aufgetaucht war, so schnell war er auch wieder verschwunden.
Ernest trank einen Schluck Wasser und ging anschließend einen Moment unruhig auf und ab. Er war mit seinem Geist wieder in der Welt von ihm, Ernest Leitner angekommen. „Was mache ich da?", fragte er sich und

schüttelte seinen Kopf über das Grauen das er hier vollbrachte. „Ich wollte doch die Stühle vernichten, wollte keine Versuche mehr machen. Und wohin bringe ich die Körper dieser Frauen wenn ihr Geist von der Folie vollständig aufgesaugt ist? Was habe ich nur getan?"
Verzweifelt lief er zur Toilette und wusch sein Gesicht mit kaltem Wasser und trocknete es wieder ab. Dann sah er in den Spiegel und sah darin das Gesicht des bärtigen alten Mannes.
Er grinste ihn an: „Kapiere es endlich! Ich bin zurückgekehrt. Ich Theodor Bender bin am Leben."
„Nein, nein", schrie Ernest und lief zurück in den Laborraum. Ich bin Ernest Leitner. Lasse mich in Ruhe!
„Du warst Ernest Leitner. Aber meine Seele war schon seit deiner Geburt in dir. Jetzt ist die Zeit gekommen in der sie stark genug ist. Ich habe mein altes Wissen und dazu dein Wissen in mir. Dein Körper dient mir nur zur Tarnung. Nichts kann mich mehr aufhalten das Werk, das ich für die Artaren begonnen habe fortzusetzen und zu beenden."
„Nein", wehrte sich Ernest. „Ich werde das nicht zulassen. Ich werde mich gegen deine Seele wehren."
Ein Lachen schüttelte nun seinen Körper. „Du bist schon viel zu schwach. Deine Seele beginnt sich schon aufzulösen. Eine kurze Zeit noch, dann existiert sie nicht mehr. Sei froh, dass du nicht mit meinen Kämpfen leben musst. Ich darf die alte Zeit nicht vergessen und muss in der neuen Zeit leben in der ich vieles nicht verstehe. Du aber hast es leicht. Nehme das Buch von mir, das hier auf deinen Schreibtisch liegt und schlage die Seite Achtzig auf."

„Das werde ich nicht tun. Ich bin Ernest Leitner und du Theodor Bender bist nur ein Geist aus einer längst vergangenen Zeit, du bist tot. Du wirst meinen Körper wieder verlassen."
Nach diesen Worten verließ Ernest die Toilette und ging zurück ins Labor. Das Buch lag tatsächlich auf dem Schreibtisch. Neugierig setzte er sich hin und schlug die Seite achtzig auf. Er sah Zeichnungen der Stühle und von seltsamen Wesen und begann automatisch zu lesen.
„Die Artaren haben mich heute Nacht wieder besucht. Sie drängen mich zur Eile. Sie benötigen noch mehr Seelen. Die jetzige Folie ist halb voll. Aber es wird gefährlich für mich Menschen ins Haus zu locken. Überall lauern die Häscher. Ein Wissenschaftler wie ich gerät sehr schnell in den Verdacht mit dem Teufel im Bunde zu stehen. Ich habe mich, als ich bei meinen Berechnungen auf den Planet der Artaren gestoßen bin zu weit hervorgewagt. Die Artaren haben mich geortet. Nun habe ich die große Aufgabe so viel menschlichen Geist wie möglich einzufangen und an die Artaren weiterzuleiten. Dieser Geist ist umhüllt von einer Seele die es möglich macht nach dem Tod des Menschen aus ihm herauszutreten und sich in den Sog der großen Welle einzuordnen. Manche Seelen werden ein zweites oder gar drittes Mal von der Welle ausgestoßen und wieder auf die Erde gesandt, denn sie haben ihr Soll noch nicht erfüllt. Von ihnen gibt es aber nur ein paar wenige. Falls ich meine Aufgabe nicht voll erfüllen kann, werde ich einer dieser Seelen sein, die ruhelos zwischen der großen und der kleinen Welle hin und her treiben. Die Artaren haben mich aufgefordert die von ihnen mitgebrachten Stühle in einem geheimen schall-

dichten Raum zu bringen. Mit Hilfe dieser Stühle ist es ihnen möglich den Geist von Menschen einzufangen und in eine von ihnen angelegte Nebenwelle zu leiten. Doch für dieses Experiment benötigen sie drei Dinge auf der Erde. Die Stühle, die Folie und einen Menschen der in der Lage ist, diese Arbeit für die Artaren auszuführen. Ich, Theodor Bender bin der Erste dieser Auserwählten.
Später sollen die Stühle netzartig über der Erde eingesetzt werden. Doch das hängt vom Erfolg des ersten Experiments ab.
Die Ausführung des Experimentes ist einfach. Man setze einen Menschen in den Stuhl und drücke auf den obersten Knopf. Die Schalen schließen sich, die Haube senkt sich über den Kopf. Der Körper wird durch die einfließende Kälte in den Stuhl auf minimale Leistung heruntergefahren. Durch die Haube wird nun Geist entzogen. Dieser Entzug muss je nachdem wie stark der Geist dieses Menschen ausgeprägt ist, in fünf bis zehn Sitzungen vorgenommen werden. Sobald nur noch ein winziger Rest Geist im Menschen vorhanden ist, verändert sich die Farbe des Stuhles. Die Seele, die den Geist umhüllt, ist nun schon so geschwächt, dass sie mühelos in die Folie an der Rückwand gesaugt werden kann. Dort umschließt sie sofort den ihrem zugeteilten Geist, bleibt aber in der Folie gefangen.
Der Körper des nun seelenlosen, toten Menschen wird nun in den zweiten Stuhl gesetzt und darin in unsichtbare Atome zersetzt. Wenn sich genügend Seelen in der Folie befinden, saugt die Nebenwelle sie auf und leitet sie nach Artar.

Ernest ließ das Buch zweifelnd sinken. Das alles konnte doch nicht wahr sein. Dieser Theodor Bender hatte sich diesen Schwachsinn ausgedacht und er ließ sich auch noch damit verunsichern.
„Ha, ha!", schrie es ihm entgegen. „Hast du nicht selber die Kisten aus dem Keller hochgeschafft, die Stühle auf die richtige Stelle platziert und erste Versuche mit ihnen gemacht? In ein paar Minuten ist es soweit. Dunjas Geist wandert auf die Folie und du wirst das erleben was du bisher noch nie gesehen hast. Die vollkommene Auflösung eines Menschen. Mach dich bereit.

Sabrina war inzwischen wieder bei klarem Verstand. Aber ihre Sinne wollten ihre jetzige Umgebung nicht akzeptieren. Wie es aussah befand sie sich in einem Labor. Ihr letzter Kunde musste sie betäubt und hierher gebracht haben. Doch wozu? Würde er mit ihr Versuche anstellen? Vergeblich wehrte sie sich dies vorzustellen. Ihre Fantasie gaukelte ihr schreckliche Bilder vor. Wenn sie sich nur aus diesen engen Fesseln befreien könnte, dann würde sie versuchen durch das Fenster zu fliehen. Aber der Strick gab keinen Zentimeter nach. Jetzt blieb ihr nur die Hoffnung auf den Moment in dem Ihr Entführer ihre Fesseln löste. Irgendwann würde dies sicher geschehen, dann würde sie ihre Karatekünste an ihm ausprobieren.
Sie starrte ungläubig auf die Wand vor ihr, die wie von Geisterhand gesteuert nach unten sank und einen Raum mit zwei Stühlen freigab. Der Mann, der sie entführt hatte kam auf sie zu. Sie versuchte sich schnell schlafend zu stellen. Aber ihm war es anscheinend egal ob sie wach

war oder nicht. Als er direkt vor ihr stand stockte ihr fast der Atem.
Der Mann brachte sie in eine sitzende Stellung und lachte schrill: „Wach auf! Bald wirst du ein großartiges Schauspiel erleben. Er ließ sie los und ging auf die Rückwand zu.
Die Achtstunden Zwischenzeit für Dunjas Geistesentzug war vorüber. Dieses Mal erfüllte ihn dieses Wissen noch mehr mit Genugtuung als früher. Er zog Sabrina in den Raum und lehnte sie auf einen Sockel. Dann brachte er eine schwache Birne zum Glühen und ging zu einer Liege auf der auch eine Frau lag. Er entfesselte sie und setzte sie auf.
Sabrina stieß einen Schrei aus. Sie hatte ihre vermisste Kollegin Dunja erkannt.
Dunja schien völlig apathisch und krank zu sein. Ihre
Haare hingen ihr wirr im Gesicht. Sie sah zu ihr herüber aber ihre Augen blickten stumpf an ihr vorbei.
Ernest grinste Sabrina an: „Du wirst jetzt ein Wunder erleben, das außer dir und mir niemand sehen wird."
Er hob die wimmernde Dunja auf den Stuhl und drückte auf den obersten Knopf. „Pass genau auf, was nun geschieht", riet er Sabrina.
Sie hatte bemerkt wie sich der Stuhl wie eine Röhre um Dunja schloss. Das genügte ihr schon, sie wollte gar nicht mehr hinsehen und flehte Ernest an, sie aus dem engen Raum zu lassen.
„Das kommt nicht in Frage", lachte er, dann verpasst du doch das Beste. Er knipste das Licht aus und Sabrina sah staunend auf die schillernde Rückwand mit den sich windenden Schatten. Ihr lief eine Gänsehaut über den

Rücken. Sie sah wie er am Hinterteil des Stuhles herum hantierte, wie sich die Glashaube hob und hörte Dunja schreien. Zuerst klang es wie ein, vor Schmerzen schreiendes Kind, dann schien es die Stimme eines Babys anzunehmen. Anschließend begann die obere Kante des zweiten Stuhles aufzuleuchten und eine Computerstimme erklärte dass er jetzt bereit sei die Seele der Versuchsperson wieder mit ihrem Geist zu verbinden und sie dann auf die Folie zu leiten.
Sabrina glaubte sie wäre in einem Horrorfilm. Das musste eine Schau sein aber weshalb führte er sie vor und was geschah mit Dunja? Ernest drückte auf den Knopf der den Stuhl wieder öffnete, nahm Dunja, die nun wie leblos wirkte und setzte sie auf den zweiten Stuhl.
Wieder kam eine Anweisung. „Wie gehabt den oberen Knopf drücken. Wenn die Schale geschlossen ist, den zweiten Knopf betätigen."
Ernest tat wie ihm geheißen. Die Schale schloss sich und nach dem zweiten Knopfdruck schob sich von hinten das gleiche Material aus dem der Stuhl bestand hoch, senkte sich soweit herunter dass es wie ein geschlossenes, dickes Rohr aussah. Danach fuhr am hinteren Teil eine kleinere Röhre aus und verband den Stuhl mit der Folie.
„Dritten Knopf drücken", befahl die seltsame Stimme.
Ernest gehorchte sofort.
Nun hörten Ernest und Sabrina zuerst einen kratzenden, schleifenden Ton, dann nur noch ein leichtes Surren.
Kurz darauf erklärte die Stimme. „Aktion erfolgreich beendet. Knöpfe von unten nach oben drücken."
Auch diesen Befehl erledigte Ernest auf der Stelle.
Die kleine Röhre löste sich wieder von der Folie und

Ernest bemerkte gleich den weiteren Schatten, der versuchte hochzustreben. Kurz darauf war die kleine Röhre ganz verschwunden, der obere Deckel wurde wieder nach hinten gezogen und die Schale öffnete sich. Der Stuhl war leer. Es war genauso geschehen wie es ihm vorher gesagt worden war. Der Körper hatte sich in unsichtbare Atome aufgelöst.

Sabrina glaubte an ein Zauberstück. Sicher würde Dunja gleich irgendwo hervorkommen. Aber sie wartete vergebens und sie wagte auch nicht zu fragen.
Ernest wandte sich Sabrina zu und erklärte ihr, als wäre dies hier alles selbstverständlich: „ Jetzt hast du schon mal vorab den letzten und wichtigsten Teil des Entzuges und Übertragung des Geistes und der Seele der Versuchsperson auf die Folie mit erlebt. Auch dein Geist wird die seltene Ehre haben auf die Folie projiziert zu werden. Für heute habe ich eigentlich schon genug getan und ich bin rechtschaffen müde aber du darfst noch deinen ersten Entzug erleben. Er ist für heute unbedingt noch nötig."
Sabrina erstarrte. Der Mann war völlig verrückt. Er hatte sich eine Maschine gebaut, die Menschen vernichtete. Das Ganze war keine Schau, es war Wirklichkeit. Wie lange tat er dies schon und wer sollte ihn in seinem wahnsinnigen Tun aufhalten?
Als er auf sie zukam bemerkte sie das irrsinnige Flackern in seinen Augen. Schon griff er nach ihr. Doch dann wandte er sich von ihr ab. Es schien als unterhalte er sich mit einem anderen Mann. Dann packte er sie und schleppte sie zur Liege auf der zuvor Dunja gelegen

hatte, legte sie darauf und drehte sich um. Schließlich nahm er eine Scheibe hoch und ging ein paar Schritte zurück. Die Wand schob sich nach Oben und Sabrina lag wehrlos in der Dunkelheit gefangen da.
Ernest nahm das Buch von Theodor Bender an sich, verließ wie ferngesteuert sein Labor und lief ins Haus. Dort setzte er sich im Wohnzimmer hin und blätterte im Buch des Gelehrten. War die Seele dieses längst Verstorbenen wirklich in ihm? Er brachte ihn dazu diese entsetzlichen Dinge zu tun. Oder lag es an den Aufzeichnungen? Nein, Theodor Bender wurde immer präsenter in ihm.
„Ich muss mich besser gegen ihn wehren. Als ich Sabrinas angstvolle Augen sah, wusste ich wieder dass ich Ernest Leitner bin", dachte er.
Doch schon meldete sich die krächzende Stimme von Theodor Bender. „Ha, hast du eine Ahnung wie hinterhältig Weiber handeln? Lese was ich hier geschrieben habe."
Ernest las tatsächlich weiter: „Mein Weib ahnt das ich etwas mit dem Verschwinden einiger Leute zu habe. Sie spioniert mir nach und hat Angst vor mir. Wenn sie erfährt wo und wie ich meine Versuche mache, wird sie mich verraten. Heute Abend werde ich sie zu den Stühlen locken."
Geschockt blätterte Ernest eine Seite um und las weiter.
„Nach der dritten Sitzung ist Adele schon verwirrt und vergesslich. Wenn ich mir ihr nähere, fleht sie mich an, ihr keine Schmerzen mehr zu bereiten. Sie schreit wie eine Bestie wenn sie auf den Stuhl muss. In fünf Tagen wird ihre Seele von ihrem jämmerlichen Körper befreit sein.

Ernest ließ das Blatt sinken. Dieser Theodor Bender war es wirklich gewesen, der die Stühle im Keller versteckt und die ersten Versuche damit gemacht hatte. Verzweifelt schüttelte er den Kopf: „Ich bin sein Werkzeug .Ich handle wie im Zwang. Ich muss mich von ihm befreien. Ich bin stärker als er denkt, denn er findet sich in unserem Jahrhundert nicht zurecht".
„Siehst du", krächzte Theodor Bender. Nur deshalb lasse ich dich noch in mir glimmen. Deine Zeit gefällt mir nicht, aber ich werde mich daran gewöhnen. Dann ist dein Körper das einzige was ich von dir brauche. Ich muss mein Werk vollenden. Die Artaren warten schon darauf."
„Nein, stöhnte Ernest. Wir dürfen keine weiteren Menschen mehr zu Grunde richten."
„Wer spricht hier von zugrunde richten? Der Geist dieser Personen hat die Ehre den Artaren zu dienen. Was bedeuten da schon ein paar Tage Schmerzen? Ich spüre dass die Artaren schon in unserer Nähe sind. Sie erwarten, dass wir das, was ich begonnen habe und nicht zu Ende führen konnte weil diese unwissenden Kreaturen meinen Körper gefoltert und getötet haben, nun zügig beenden. Du hast in deinen Träumen immer wieder erlebt was ich erleiden musste. Dein klägliches Ich wird immer mehr in den Hintergrund verschwinden und das Gewissen von Ernest Leitner wird dich nicht mehr quälen. Du wirst ihn vergessen."
„Nein!", schrie Ernest: „Es wird mir gelingen dich in mir zu besiegen. Dann werde ich die Stühle, das Labor und dieses Haus vernichten und dem Spuk ein Ende bereiten."
Das Klingeln an der Haustür beendete dieses heftige Zwiegespräch.

Ernest stand benommen auf und ging zur Haustür und öffnete sie. Verwundert blickte er auf die Frau, die vor ihm stand.
„Guten Tag Herr Professor Leitner. Ich habe heute einen freien Nachmittag und da dachte ich…"
Jetzt erkannte Ernest sie. „Elli, das ist aber eine schöne Überraschung. Kommen Sie bitte herein."
Elli folgte seiner Einladung und ging mit ihm ins Wohnzimmer.
„Möchten Sie etwas trinken?"
„Ja danke, ein Glas Wasser wäre gut."
„Kommt sofort", lächelte er ihr zu und lief in die Küche.
Elli sah sich im Wohnzimmer um und als er mit dem Wasser zurückkam sagte sie. „Hier ist alles noch wie früher. Das erinnert mich an ihre Mutter. Ich mochte sie sehr."
Ernest nickte: „Ja, das weiß ich noch und darüber habe ich auch mit Irma gesprochen. Sind Sie mit dem Bus gekommen?"
„Ich bin mit dem Bus in die Stadt gefahren und habe, ehe ich zu Irma gehen wollte einen kleinen Stadtbummel gemacht. Dann hat mich das schöne Wetter verführt hier her zu Fuß zu gehen."
„Sie waren also schon bei Irma?"
„Nein, das mache ich nach meinem Besuch bei Ihnen. Ich will ihr dann gleich sagen ob es mit der Anstellung bei Ihnen etwas wird. Ich war nur kurz bei der Bushaltestelle um nachzusehen wann der Bus am Abend in die Richtung zum Waisenhaus fährt."
„Das war eine gute Idee. Und wissen die Schwestern, das Sie mich heute besuchen?"

„Aber nein! Ich wollte doch nur in die Stadt gehen. Aber sie wissen, dass ich bei Ihnen arbeiten möchte. Dann kann ich Irma öfter sehen. Ich freu mich schon darauf. Ich mag Irma sehr."
„Irma freut sich auch."
„Kann ich dann wieder in mein altes Zimmer ziehen?"
„Natürlich, da steht nichts im Wege."
„Leider ist Ihre Mutter nicht mehr hier."
„Ja leider. Glauben Sie es wird zu viel für Sie werden das ganze Haus in Ordnung zu halten?"
„Nein, nein", wehrte Elli schnell ab. „Ich werde Ihre Mutter nur sehr vermissen. Vielleicht werde ich mich ohne sie ab und zu ängstigen. Oder spukt es in ihrem Haus nicht mehr?"
Ernest lachte: „Bestimmt nicht. Mir ist jedenfalls noch kein Geist hier im Haus begegnet. Möchten Sie sich ein wenig umsehen?"
„Das muss nicht sein. Ich kenne die Räume ja."
„Also gut, aber ich bin gerade dabei mein Labor neu einzurichten. Ich möchte es Ihnen gerne zeigen, denn dort muss auch ab und zu mal sauber gemacht werden."
„Das Labor, Ich weiß nicht, muss es gleich sein? Ich möchte noch zu Irma."
„Erwartet Irma Sie schon?"
„Nein, ich wollte sie überraschen. Seit Professor Wegner verreist ist fühlt sie sich manchmal einsam."
„Das verstehe ich, aber wenn sie hier wohnen wird sich das ja ändern. Werfen Sie nur noch einen kurzen Blick ins Labor. Es dauert auch nicht lange."
„Na gut."
Elli begleitete Ernest zögernd zum Labor.

Als Ernest die Tür aufschloss fühlte er sich wie Theodor Bender. Er zeigte ihr die Laborgeräte, nahm anschließend die Scheibe hoch und drückte auf den roten Knopf. „Hier sehen Sie eine ganz besondere Erfindung."
Elli hörte das unruhige, klagende Raunen und betrachtete staunend die reflektierende Folie und deutete schließlich auf die Stühle. „Wozu sind die denn da?"
Ernst lächelte diabolisch. „Hier regeneriere ich mich. Eine Viertelstunde auf einem der Stühle und man fühlt sich wie neugeboren."
„Das gibt es doch nicht!"
„Sie können es gerne mal ausprobieren."
„Das trau ich mich nicht."
„Es ist wirklich angenehm darauf zu sitzen."
„Na gut, aber nur eine Minute."
„Bitte". Ernest half ihr auf den Stuhl und trat einen Schritt zurück.
„Huch, ist der kalt" sagte Elli und merkte nicht wie Ernest auf den obersten Knopf drückte. Schon schlossen sich die Schalen um sie und die Glashaube senkte sich über sie und begann zu surren. Sie begann zu schreien.
Doch der Mann, der ihr das antat interessierte sich nur für die Folie an der Wand in der sich schon gespeicherte Seelen wanden. Adele, seine Frau war auch dabei.
Die Schreie von Elli schrillten hoch und brachen plötzlich ab. Die Glashaube beendete von alleine den Entzug und schwenkte nach Oben. Der Stuhl öffnete seine Schalen.
Elli saß bewusstlos darauf.
Am zweiten Stuhl begann es leise zu rattern. Dann spuckte er ein Papier aus auf dem die Dichte und Stärke des Geistes der Versuchsperson ausgerechnet war. Dann

ertönte eine monotone Stimme: „Um den Geist dieser Person in die Seele zu pressen bedarf es noch drei Anwendungen. Zwischen Ihnen müssen acht Stunden liegen."
„Also gut, noch drei Entzüge, " murmelte Ernest und drehte sich um. Erst jetzt dachte er an Sabrina, die verschnürt in der Ecke auf der Liege kauerte. Er grinste bestialisch: „Hast du dir die Ohren zugehalten? Ach nein, das konntest du ja nicht"
Sabrina schlotterte und schwieg. Die Schreie waren ihr durch Mark und Bein gegangen und es war ihr mit Schrecken bewusst geworden, dass er sie wahrscheinlich genauso behandeln würde. Was für eine Bestie!
Ernest hob Elli keuchend aus dem Stuhl und legte sie auf die Liege auf der vorher Dunja gelegen hatte, dann holte er einen Eimer Wasser und stellte ihn neben sie. Gleich darauf ging er an Sabrina vorbei und raunte: „Keine Angst, ehe die Luft hier ausgeht bin ich wieder bei euch. Er ging, verschloss die Wand und die Dunkelheit umfing die beiden Frauen. Es war für beide die Hölle.
Ellis Schmerzen schienen unerträglich. Sie schrie um Hilfe, dann wimmerte sie vor sich hin um bald wieder aufzuschreien.
Sabrina war hungrig und müde. Zu essen gab es nichts und sie hätte wahrscheinlich vor lauter Furcht auch nichts hinunter gebracht und die schrecklichen Laute von der Frau auf der Liege ließen sie nicht einschlafen. Außerdem war ihre Sitzlage äußerst unbequem. Sämtliche Knochen begannen zu schmerzen. Was hatte der Typ damit gemeint dass die Luft ausgehe? So klein war der Raum doch auch nicht oder? Sie maß vor ihrem geistigen Auge

die Quadratmeter die sie jetzt umschlossen. Der Raum schien luftdicht abgeschlossen zu sein und es gab nicht nur sie alleine, die hier die Luft verbrauchte. Sie konnte sich bemühen langsamer zu atmen aber die Frau auf der Liege? Er hatte sie Elli genannt und so rief sie ihren Namen, wollte sie beruhigen aber Elli reagierte nicht auf sie. Das Schreien und Wimmern hatte aufgehört und es war nur noch ein leises Stöhnen zu hören. Wahrscheinlich war sie endlich eingeschlafen. Langsam begriff Sabrina dass es einfacher wäre hier zu ersticken als diese Qualen erleiden zu müssen. Sie wusste dass Lars alle Hebel in Bewegung gesetzt hatte Dunja zu finden und nicht eine einzige Spur gefunden hatte. Warum sollte ihr Zuhälter erfolgreicher sein? Vielleicht wuchs jetzt sogar das Misstrauen der Beiden und sie beschuldigten sich gegenseitig ihre Mädchen verschwinden zu lassen? Sie grübelte und grübelte und kam zu keinem Ergebnis. schließlich schlief auch sie ein.

Ernest stand frühzeitig auf um die Achtstundenfrist nicht zu verpassen. Er ging nur kurz in die Küche um sich ein Frühstück vorzubereiten und den zwei Frauen eine Suppe zu kochen. Das Frühstück würde er ab jetzt immer im Esszimmer einnehmen denn er konnte das vorwurfsvolle Raunen in der Küche nicht mehr ertragen. Er stellte alles auf ein Tablett, trug es ins Esszimmer und stellte es auf den Tisch. Dann schaltete er das Radio ein um die Frühnachrichten zu hören. Kaum hatte er sich an den Tisch gesetzt, kam eine Durchsage der Polizei.
„Seit gestern Abend", berichtete der Sprecher, „wird Elli Schmitt, eine leicht behinderte, etwa dreißigjährige Frau

vermisst. Sie ist Einmeterfünfundsechzig groß, hat braune Haare, ein schmales Gesicht, schlanke Figur und trug bei ihrem Verschwinden einen grauen Rock, einen blauen Pullover und Sportschuhe. Hinweisliche Beobachtungen nimmt jede Polizeistation auf."
Ernest lachte vor sich hin. Die konnten lange suchen. Er hörte sich ohne Sorgen die weiteren Nachrichten an und frühstückte dabei gemütlich. Danach stellte er den Suppentopf, Teller und Löffel in einen Korb und begab sich ins Labor. Als er die Wand öffnete, schliefen die beiden Frauen. Er trat zu Elli, nahm ihre Handtasche, durchsuchte sie und fand auch gleich den Zettel auf den sie seine Adresse geschrieben hatte. Genau das hatte er von ihr erwartet. Es war der einzige Hinweis der zu ihm führen konnte. Er würde diese Handtasche vernichten und so war alles bestens. Achtlos steckte er den Zettel in seine Hosentasche. Danach weckte er Elli, nahm die Fesseln von ihren Füssen und dirigierte sie zur Toilette. Anschließend befahl er ihr die Suppe auszulöffeln aber sie zwängte ihre Zähne zusammen wie ein bockiges Kind.
„Auch gut", sagte er, „dann hungerst du eben. Bei dir spielt es keine Rolle mehr. Du musst nur noch drei Entzüge überstehen."
Anschließend kam Sabrina an die Reihe. Mit ihr tat er das Gleiche wie mit Elli, aber sie zwang er zum Essen. Sie brauchte noch ihre Kräfte. Wieder musste Sabrina mit anhören und sehen was er mit Elli auf dem Stuhl tat.
Für Ernest war diese Handlung nun schon zur Routine geworden. Ein paar Minuten später schloss er die beiden Frauen wieder ein. Dann setzte er sich an seinem Computer und tippte weitere Erfahrungen, die er in den letzten

zwei Tagen gemacht hatte ein. Um elf Uhr verließ er das Labor und ging zum Briefkasten. Er entleerte ihn und schlenderte in aller Ruhe zurück zum Haus. Im Wohnzimmer sortierte er die Briefe. Fast alles nur Rechnungen und Reklame aber ein Brief lies sein Herz höher schlagen. Er trug den Absender von Ilona. Erregt öffnete er ihn und begann zu lesen. Doch je weiter er las, desto wütender wurde er und schmiss ihn von sich. So hatte ihn ein Mensch noch nie getäuscht. Spielte ihm die liebende Frau vor und schon bei der ersten räumlichen Trennung flog sie einem anderen in die Arme. Was sollten die säuselnden Worte von Freundschaft und Verstehen? Sein Herz versteinerte sich noch mehr.
Der Bärtige kam wieder zum Vorschein: „Sei doch froh", lachte er, „jetzt kannst du dich voll und ganz deiner Sache widmen. Sie wird dich nie mehr mit ihrem Besuch überraschen und nie mehr stören."
Ernest verscheuchte verärgert das Gesicht des Bärtigen. „Du hast leicht reden, bist schon lange tot. Verschone mich mit deinen guten Ratschlägen."
So schnell konnte er seinen Ärger über Ilonas Untreue nicht loswerden. Er musste raus aus der Wohnung, musste etwas unternehmen. Zeit hatte er ja.
Als er vom Sofa aufstand entdeckte er einen Fleck auf seiner Hose. Und nun überkam ihn auch noch das Gefühl dass er nach dem Erbrochenen von Elli roch. Voller Ekel ging er ins Bad, duschte sich und warf die alte Kleidung in die Wäschetrommel. danach fühlte er sich wieder einigermaßen wohl und beschloss zu Irma hinüber zu gehen. Die Mittagszeit nahte sowieso schon.

Irma empfing Ernest mit aufgeregter, ängstlicher Miene. „Stell dir vor", rief sie ihm schon beim Eintritt entgegen. „Elli ist verschwunden!"
„Elli? fragte er erstaunt. „Ich denke Elli ist an einem sicheren Ort?"
„Ja, so schien es auch", jammerte Irma, „Elli hat sich außer zu den wenigen Besuchen bei mir nie weit vom Heim weggewagt. Gestern hatte sie am Nachmittag ein paar Stunden frei. Nach Aussagen einer Schwester wollte sie auch nur kurz in die Stadt fahren."
„Wann wurde sie denn vermisst?"
„Erst um neunzehn Uhr als es Abendessen gab, bemerkte man das Elli fehlte. Alles wurde abgesucht, aber vergebens. Sicher irrt sie jetzt irgendwo herum und findet nicht mehr ins Heim zurück."
Ernest legte seinen Arm um Irmas Schulter und beruhigte sie.
„Die Schwestern werden bestimmt bei allen Leuten die Elli kennen, nachfragen ob sie irgendwo gesehen wurde, außerdem werden sie es der Polizei melden und die werden sie schon finden."
"Du hast ja recht, " schluchzte Irma. „Die Polizei ist schon eingeschaltet und es gab eine Vermisstenmeldung im Rundfunk. Schwester Angelika hat mich auch angerufen und gefragt ob sich Elli vielleicht bei mir gemeldet hat."
Irma beruhigte sich wieder und ihr wurde bewusst weshalb Ernest hier war. Sie entschuldigte sich: „Vor lauter Aufregung habe ich das Kochen vergessen. Wenn du dich aber mit einem etwas einfacheren Menü zufrieden gibst, habe ich schnell etwas zubereitet."

„Keine Frage", lachte Ernest, mir genügen schon ein paar Spiegeleier und Salat."
Also, dann gehe ich schnell in die Küche, " ereiferte sich Irma und rauschte davon.
Ernest ging in die Bibliothek seines Onkels und suchte nach einen Buch mit dem er sich das Warten auf das Essen verkürzen konnte. Aber dann saß er im Sessel und vergaß das Buch aufzuschlagen. Irmas Worte gingen ihm durch den Kopf. Die Schwestern riefen also alle Leute mit denen Elli einmal Kontakt hatte an. Würden sie es auch bei ihm tun? Nein, beruhigte er sich, sie wissen dass meine Eltern schon lange tot sind. Sie werden nicht annehmen dass sie in ihrer Einfalt zu meinem Haus gegangen ist. Alle negativen Gedanken waren reine Schwarzmalerei. Aber vielleicht hätte er Elli doch lieber dahin schicken sollen wo sie gut aufgehoben war. Jetzt war es zu spät für solche Überlegungen. Er schlug nun doch das Buch auf und begann zu lesen. Doch seine
Gedanken schweiften schon nach ein paar Seiten ab und wanderten zu Ilona. Vielleicht besaß er eine Teilschuld daran dass sie die Verlobung gelöst hatte.
Er hätte sie nicht auf den Stuhl setzen sollen. Sie wird immer daran zweifeln ob das was sie bei ihm erlebt hatte ein Traum oder Wirklichkeit war. Ach was, es lag doch nicht an ihm. Sie hatte sich diesem wichtigtuerischen Doktor in die Arme geschmissen. Seine Gesichtszüge verhärteten sich. Als Irma ihn ins Speisezimmer zum Essen rief, lag immer noch dieser starre, erboste Blick in seinen Augen.
Irma erschrak und sie fragte ihn: „Nimmst du dir die

Geschichte mit Elli so zu Herzen oder hast du selbst Probleme?"
„Ja allerdings", erwiderte er schroffer als gewollt, „ich habe Probleme. Ilona hat sich von mir getrennt."
"Nein, das glaube ich nicht", sagte Irma betroffen. Und doch wusste sie dass es stimmen musste. Ernest wirkte total verändert.
„Ilona hat es mir heute per Brief mitgeteilt", erklärte er ihr sarkastisch. „Ich werde dir also ewig als Junggeselle zur Last fallen."
„Das glaube ich nicht", versuchte ihn Irma zu trösten. „Du wirst sicher bald eine Frau in Marburg finden."
Seine Miene wurde wieder gelöster. „Lass es gut sein Irma, „ich komm schon darüber hinweg."
Irma setzte sich ihm gegenüber und stöhnte: „Was für ein Tag."
Zum ersten Mal, seitdem er bei Irma aß, schlang er das Essen hastig und ohne Genuss hinunter. Und ehe sich's Irma versah, war Ernest schon im Begriff zu gehen. „Ruf mich bitte an, wenn es etwas Neues über Elli zu berichten gibt."

Als Bruno, der Zuhälter von Sabrina, erfuhr, dass sie wie vom Erdboden verschwunden war, kam ihm gleich Lars in den Sinn. Der hatte doch das gleiche Problem gehabt wie er nun. Er verabredete sich mit ihm und sie trafen sich in einer Kneipe. Jetzt saßen sie bei einem Bier und sprachen über die beiden Frauen. „Sabrina läuft nicht einfach weg", behauptete Bruno.
„Von Dunja glaube ich das auch nicht", stellte Lars fest. Zuerst hatte ich schon eine Sauwut im Bauch und dachte

die Olle tickt nicht mehr richtig, aber dann habe ich bemerkt, dass ihre Schminke und alle Toilettenartikel noch im Bad waren. Ohne die, wäre sie doch nie freiwillig aus dem Haus gegangen, oder denkst du, dass eine deiner Damen so etwas tut?"
„Nein", gab Bruno zu, da läuft eine ganz krumme Sache. Wir müssen schnellstens was unternehmen."
„Klar", stimmte Lars ihm zu. „Als erstes musst du Sabrina vermisst melden. Wenn die Bullen erfahren, dass nun schon die zweite Prostituierte spurlos verschwunden ist, werden sie wohl mal endlich aufwachen. Aber das Beste wäre immer noch, wir tun uns zusammen und machen ein paar Kerls munter die unsere Mädels rund um die Uhr bewachen."

An diesem Nachmittag erledigte Ernest seine Bankgeschäfte. Anschließend fuhr er zum Arzt, lies sich erneut für ein paar Tage krankschreiben und sandte dieses
Attest per Post zur Uni. Es gab nichts mehr was ihn dort hin zog. Alles was ihn noch interessierte war die Arbeit für die Außerirdischen.
Jetzt saß er in seinem Wohnzimmer und starrte auf die Teetasse die vor ihm stand. Warum schmeckte ihm der Kaffee nicht mehr? Sein Geschmack kam ihm seit einigen Tagen so fremdartig vor. Außerdem glaubte er, dass dieses Getränk das Zittern in seinen Fingern verstärkte.
Muffig sah er auf die Uhr. Die Zeit zwischen den Entzügen zog sich nun schon fast zu lange für ihn dahin. Zudem arbeiteten die Stühle so perfekt, dass er nur kurze Zeit im hinteren Raum seines Labors verweilen musste.

Allerdings sah er jetzt ein neues Problem auf sich zukommen. Die ersten Entführungen seiner Versuchspersonen waren ohne Schwierigkeiten über die Bühne gelaufen. Doch was kam jetzt? Elli sollte die einzige sein, die er aus seiner Heimatstadt den Stühlen zuführte. Jede weitere vermisste Person aus Marburg würde zu einem Risikofaktor werden. Auch in Giessen schien es ihm nicht sehr ratsam noch einmal tätig zu werden. Zwar wusste er noch nicht wieviel Entzüge bei Sabrina nötig würden aber die Zeit lief schnell weiter und er musste sich jetzt schon Gedanken machen wo er sich den nächsten Menschen suchen sollte.
Als es Zeit wurde an Elli den letzten Entzug durchzuführen schob er all diese Gedanken zur Seite und ging hinüber zum Labor. Dort öffnete er den Nebenraum, packte Sabrina, stieß sie zur Toilette und flößte ihr als sie wieder heraus torkelte einen Saft ein. Dann stieß er sie zurück auf die Liege und wandte sich Elli zu, die nun schon den Stand eines Kleinkindes angenommen hatte.
Doch als er sie hochheben wollte sah er wie Sabrina ihr Gesicht der Wand zudrehte. Sein Mund verzog sich zu einem widerlichen Grinsen: „So verpasst du ja alles!"
Mit einem rohen Ruck riss er Sabrina hoch und setzte sie in die richtige Positur in der sie wieder alles mit ansehen konnte.
Das kostete ihm Kraft und Schweiß und trieb ihn Flüche auszustoßen die ihm selbst fremd vorkamen. Mit wildem Blick wandte er von Sabrina ab, ging zu Elli und zerrte sie auf den Stuhl.
Sabrinas Herz blieb fast stehen. Wie oft würde er an Elli diese Prozedur noch anwenden? Jeder Zeitbegriff war ihr

schon entschwunden. Wann würde sie Elli auf dem Stuhl folgen? Wieder vernahm sie die entsetzlichen Schreie, dann das Gewimmer eines Babys. Sie schloss die Augen, denn sie wollte nicht sehen, wie dieser Teufel die völlig verstörte, wie ein Häufchen Elend wirkende Elli zurück auf die Liege legen würde. Sie kannte das Geräusch der sich öffnenden und schließenden Schalen. Jetzt öffneten sie sich, aber anscheinend ließ er sich Zeit, Elli auf die Liege zu legen. Doch dann vernahm sie mit Grauen wie der zweite Stuhl zu rattern begann und wieder Anweisungen für die Auflösung der Versuchsperson gab. Dann streiften sie die Töne der sich öffnenden Schalen des zweiten Stuhles. Panik überfiel sie. War sie schon in wenigen Minuten die nächste auf dem ersten Stuhl? Langsam hob sie die Lider. Elli war nicht mehr zu sehen und er hantierte am zweiten Stuhl herum. Das Zischen begann. Sabrina schrie auf. Sie rutschte nach vorne, fiel zur Seite und rollte mit aller Kraftanstrengung ein Stück auf die offene Wand zu. Obwohl es völlig aussichtslos schien, beherrschte sie nur noch der Gedanke zu fliehen.

Ernest hatte zwar bemerkt wie sie wegrutschte aber darüber brachte er nur ein höhnisches Lächeln zustande. Er ließ sie sich weiter abmühen und vollendete ruhig sein Werk. Endlich war Ellis Geist in ihrer Seele vereint und auf der Folie. Nichts erinnerte daran, dass sie jemals hier bei ihm gewesen war. Nur die Auflage der Liege roch penetrant. Er würde sie entsorgen müssen. Der Gestank ekelte ihn. So nahm er mit spitzen Fingern die Polster, stieg über Sabrina hinweg, verließ das Labor und schmiss das Polster hinter den Schuppen. Später würde er es zerstückeln und in die Tonne werfen. Doch nun beeilte er

sich ins Haus zu kommen um eine andere Auflage zu holen.
Sabrina bemerkte wie er nach draußen ging und ein Fünkchen Hoffnung half ihr sich weiter ins Labor zu rollen. Wenn sie sich nur aufrichten könnte und eines der Reagenzgläser herunter schmeißen könnte. Vielleicht würde es ihr dann gelingen sich von ihren Fesseln zu befreien, dann könnte sie ihn mit einem Karateschlag außer Gefecht setzen.
Doch er kam zu früh mit der Auflage zurück. Ihr Fluchtversuch belustigte ihn. Er schritt an ihr vorüber und sie erwischte ihn mit ihren Händen am Fußgelenk. Er fiel längs gestreckt hin. Doch Sabrinas Angriff schlug fehl. Ernest rappelte sich wieder hoch, nahm das ihm gerade entfallene Polster, ging erzürnt in den Raum und legte es auf die Liege. „Dieses kleine Luder", schimpfte er, „glaubt mir entkommen zu können, lachhaft". Sein Gemüt beruhigte sich aber schnell wieder. Sollte sie sich noch ein letztes Mal aufbäumen. Bringen würde es ihr sowieso nichts. Als er sie in den Raum zog, versteifte sie sich derart, dass er es fast nicht geschafft hätte, sie die paar Meter bis zum Stuhl zu hieven. Noch dazu war sie viel schwerer wie die ersten beiden Frauen, die er auf den Stuhl hob. Doch noch ehe sie wieder herunter rutschen konnte, drückte er auf den obersten Knopf. Als die Schalen sie umschlossen hielten, atmete er befreit auf. Er wischte sich die Schweißperlen von der Stirn und merkte dass sein Hemd an ihm klebte. Es wurde ihm mitgeteilt dass diese Person sieben Entzüge benötigte. Damit hatte er fast gerechnet. Sie musste einen stärkeren Geist besitzen wie ihre Kollegin Dunja. Mit einem rächendem

Gefühl drückte er auf die weiteren Knöpfe und erlabte sich an ihren Schreien. Nach dem Entzug schleppte er sie zur Liege. In diesem Moment ihrer Benommenheit fühlte sie sich leichter an. Er überprüfte ob ihre Fesseln noch stramm genug waren, holte einen Eimer, stellte ihn neben sie, ging aus dem Raum und verschloss ihn. Danach ging er zum Schreibtisch, schrieb sich kurz die Daten auf, an welchem Tag, in welcher Stunde er Sabrina zum ersten Mal behandelte und wie oft er dies wiederholen musste.
Die Schlepperei dieser Frau hatte ihn sehr angestrengt und er sehnte sich nur noch an eine erfrischende Dusche und nach seinem gemütlichen Sofa auf dem er sich ausruhen konnte. Deshalb setzte er sich auch nicht wie üblich nach der Prozedur an den Computer. Diesen Zeitvertreib hob er sich auf später auf. Trotz aller Mühe verließ er das Labor zufrieden. Er konnte stolz auf sich sein, denn er kam gut voran mit seiner Arbeit.

Der Polizeibeamte in der Giessener Hauptwache sah die Frau vor ihm nachdenklich an. Er wusste dass sie anschaffen ging und er glaubte im Normalfall nicht alles was die Frauen ihres Gewerbes ihm auftischten. Nach ihrer Aussage vermisste sie ihre Freundin Sabrina schon über einen Tag. Das wäre nichts Außergewöhnliches. Aber diese Vermisstenmeldung glich genau der Aussage die eine andere Prostituierte ihm vor etwa einer Woche machte. Ihre Freundin hatte ihre Wohnung ohne einen einzigen Gegenstand, sprich: Handtasche, Kosmetik, Kleider, Geld, Schmuck, mitzunehmen, verlassen.

Außerdem hatte sie nicht einen einzigen Menschen über eine Abreise aus Giessen benachrichtigt. Vielleicht waren beide Damen ihrer Arbeit überdrüssig und hatten sich verduftet. Aber diesen Verdacht hatte Lola Reiser, wie die Frau ihm gegenüber sich nannte, vehement zurück gewiesen. Sabrina würde dies nie getan haben. Sie verdiente gut und wenn es ihm auch nicht passte, ihr gefiel dieses Leben. Warum hätte sie alles stehen und liegen lassen sollen, was sie sich durch ihre Liebesspiele erworben hatte? Mit den Behörden hatte sie auch keinen Ärger, denn sie war ordnungsgemäß für dieses Gewerbe angemeldet und hielt auch ihre Termine beim Gesundheitsamt pünktlich ein. Vorsichtshalber hatte er bei diesen Ämtern angerufen und diese bestätigten diese Aussage. Der Polizeibeamte sah eine Lawine von Ermittlungen und jede Menge Ärger mit den Zuhältern auf sich zu kommen aber er tippte ergeben alle Daten die ihm Lola über ihre Freundin sagen konnte ein und gab die Vermisstenanzeige weiter.

Lothar Meisner von der Lokalzeitung streifte in der Wache herum und fragte ein paar ihm bekannte Beamte nach Neuigkeiten aus. Irgendetwas musste man den Lesern ja vorsetzen und außerdem hatten die Bürger das Recht zu erfahren was in ihrer Stadt geschah.
„Ein echter Reißer wäre wieder einmal von Nöten", dachte er, und sein Chef hatte ihm das Gleiche angedeutet. Bei dieser Flaute mussten die Leute wieder einmal aufgerüttelt werden. Aber was er bis jetzt im Kasten hatte war noch spärlich. Als er von der Vermisstenanzeige erfuhr, ließ er seiner Fantasie freien Lauf. So konnten die

Zeitungskäufer am nächsten Morgen in Giessen und anderen Städten in der Umgebung die reißerische Überschrift fettgedruckt lesen: „Läuft mitten unter uns ein Mörder oder Entführer herum?" Eine Zeile weiter unten stand: „Schon die zweite Frau vermisst. Polizei tappt noch im Dunkeln. Danach folgten noch die Beschreibung der beiden Frauen und eine hergezogene Story über sie.

Irma kaufte wie jeden Morgen in der nahegelegenen Bäckerei frische Brötchen und hielt einen kurzen Plausch mit der ihr schon seit langem bekannten Bäckersfrau. Diese merkte sofort dass die sonst so heitere Kundin etwas bedrückte und sie sprach sie direkt darauf an.
Irma war froh mit jemandem über ihre Sorgen um Elli sprechen zu können. Sie sprudelte hervor: „Eine mir bekannte junge Frau wird vermisst. Elli Schmitt ist ihr Name. Vielleicht haben sie es im Radio gehört?"
„Ja, natürlich", erwiderte die Bäckerin. „Ich habe noch zu meinem Mann gesagt dass ich die Frau kenne. Wir beliefern doch das Sankt Marienheim. Sie hat des Öfteren mit einer Schwester die Körbe mit Brot und Semmeln entgegen genommen. Sie tut mir wirklich leid. Aber wissen sie schon dass in Giessen auch zwei Frauen vermisst werden? Vielleicht besteht da ein Zusammenhang."
Irma wurde noch blasser. In Giessen sagen sie? Das wäre ja gar nicht allzu weit von hier. Nicht auszudenken, wenn sich so ein Gangster in dieser Gegend aufhalten würde. Weiß man denn wieviel Frauen er noch entführt ehe ihm die Polizei das Handwerk legt?"

Die Bäckerin sah Irma besorgt an und unterstützte sie in dieser These: „Als ich heute Morgen die Schlagzeilen las habe ich mir das Gleiche wie sie gedacht".
„Welche Schlagzeilen?" fragte Irma neugierig.
„In unserem Tagblatt" eiferte sich die Bäckerin. „Beziehen sie die Zeitung oder soll ich ihnen meine geben?"
„Nicht nötig, winkte Irma ab. „Ich habe sie abonniert aber ich lese sie erst immer am Frühstückstisch."
Mit einem Mal hatte es Irma eilig zurück in ihre Wohnung zu kommen. „Noch einmal vielen Dank", sagte sie schnell. „Auf Wiedersehen."
Kaum hatte Irma ihren Korb in der Küche abgestellt, lief sie ins Esszimmer zum Tisch auf dem sie sich die Zeitung schon zu Recht gelegt hatte und griff nach ihr. Sie zog sich einen Stuhl heran und vertiefte sich in den Artikel über die vermissten Frauen. Zuerst glaubte sie noch an einen Zusammenhang mit Elli aber als sie las dass beide Frauen vom horizontalen Gewerbe waren, schob sie diese Vermutung zur Seite. Derjenige der da in Giessen am Werk war, suchte wahrscheinlich speziell nach leichten Mädchen. Weshalb sollte er nach Marburg fahren und ausgerechnet Elli entführen? Elli, die völlig kontaktscheu geworden war? Zwischen den Damen aus Giessen und Elli gab es keine Verbindung. Elli konnte nur, aus welchem Grund auch immer, das Heim verlassen und sich verlaufen haben. Irgendwie beruhigte sie dieser Gedanke und sie gab die Hoffnung nicht auf, dass Elli bald gefunden wurde.

Thea saß in ihrem Büro am Schreibtisch und starrte sorgenvoll aufs Telefon. Sie hatte sich am Morgen vorgenommen ein paar wichtige Briefe zu schreiben. Aber kaum hatte sie begonnen, klopfte Ilona an die Tür und fragte sie ob sie einen Moment Zeit für sie hätte. Natürlich hatte sie sich diese Zeit für sie genommen. Vielleicht hätte sie es nicht tun sollen. Denn Ilona hatte ihr gestanden dass sie sich von Ernest trennen würde. Sie habe es ihm in einem Brief mitgeteilt, den er sicher schon erhalten hätte. Im ersten Moment hatte sie Ilonas Worte keinen echten Glauben geschenkt. Als sie jedoch in Ilonas ernstes entschlossenes Gesicht sah, wusste sie dass das Gehörte, Tatsache war und dass alle ihre Einwände und guten Ratschläge auf taube Ohren stoßen würden.
Außerdem hatte Ilona ihr auch wenig Zeit für eine Diskussion eingeräumt. Kaum dass sie ein paar Sätze ausgesprochen hatte, war sie auch schon dem Büro entflohen. Als Thea wieder alleine da saß, quälte sie nur der eine Gedanke: „Hoffentlich nimmt Ernest sich die
Trennung nicht zu sehr zu Herzen. Wie viele Menschen hatten sich schon aus Liebeskummer... Sie durfte gar nicht daran denken. Eine Weile hatte sie noch gezögert, aber dann hatte sie sich entschlossen Ernest anzurufen. Doch Ernest war auch bei ihrem bereits vierten Anruf nicht zu erreichen. Die Einzige, die vielleicht etwas über den Verbleib von Ernest wusste, war Irma. Es konnte sowieso nicht schaden Irma mal nach dem Befinden von Ernest auszufragen. Wenn sie von ihm erfahren wollte wie es ihm beruflich oder gesundheitlich ging, lenkte er ab oder er heuchelte ihr vor wie gut es ihm in Marburg gehe. Alles nur Schönrederei. Als das Telefon durch das stille

Haus schrillte zuckte Irma nervös zusammen. Zögernd hob sie den Hörer ab und meldete sich mit leiser Stimme. „Was ist denn mit dir los?", bellte ihr Thea entgegen. Bist du heißer oder?"
Irma atmete auf: „Ach du bist es. Ich dachte schon die Schwester Oberin oder einer von der Polizei hätte eine schlimme Nachricht für mich. An eine Gute kann ich schon nicht mehr glauben..."
„Ich komme da nicht gleich mit. Schwester Oberin, Polizei? Was hast du denn mit der Polizei zu tun? Hatte Ernest etwa einen Unfall und du verständigst mich nicht einmal darüber?"
„Nein, beruhige dich, Ernest geht es gut. Na ja, so gut es einem nach einer Trennung halt gehen kann. Aber er ist stark genug diese Enttäuschung zu überwinden. Jetzt, da Elli vermisst wird steht er mir sogar mit Rat und Tat zur Seite. Ich habe mir schon fast die Augen vor Kummer ausgeweint und fühle mich irgendwo mitschuldig..."
Für was fühlst du dich mitschuldig, und wer ist denn diese Elli überhaupt?"
Irma schniefte entrüstet: „Du erinnerst dich nicht an Elli? Sie lebte doch lange Jahre im Haushalt deines Bruders!"
„Ja, jetzt erinnere ich mich dunkel. Ich wusste nicht dass du noch mit ihr in Verbindung stehst..."
Am liebsten hätte Thea den Hörer gleich aufgelegt. Was interessierte sie das für ihre Begriffe geistig zurückgebliebene Mädchen. Sie musste doch schon annähernd dreißig Jahre alt sein.
„Ja, so ist es. Ich habe Elli öfter im Waisenhaus besucht in dem sie gewohnt und gearbeitet hat", sagte Irma.
„Ernest wollte sie als Haushaltshilfe einstellen und nun?"

Thea reagierte nicht gerade erfreut: „Glaubst du wirklich dass diese Elli dafür geeignet ist?"
„Ja, das glaube ich, aber vielleicht findet man sie auch nie wieder. In Giessen sind auch zwei Frauen plötzlich verschwunden."
„Sie taucht bestimmt bald wieder auf", sagte Thea ungeduldig. " Aber zurück zu Ernest. Richte ihm aus, dass er mich unbedingt anrufen soll."
Irma war zutiefst verletzt über Theas Interessenlosigkeit. Trotzdem versprach sie ihr, Ernest an sie zu erinnern.

Als das Gespräch mit Irma beendet war, lehnte Thea sich genervt zurück. Diese Plaudertasche! Was interessierte sie sich für den ganzen Kram aus Marburg und Umgebung. Sie wollte doch nur wissen wie Ernest mit der neuen Situation zu Recht kam. Vielleicht sollte sie sich einfach ins Auto setzen und zu ihm fahren?
Sie sah ihren Neffen vor sich, einsam in seinem düsteren Haus sitzen und plötzlich verschwamm dessen Gesicht mit dem seines Vaters. Er war ihr Bruder und auch er war in dieser Umgebung todunglücklich geworden. Als sie ihn kurz vor seinem Tod besuchte, hatte er ziemlich wirre Ideen. Er hatte ihr von Versuchen an Menschen erzählt, die Welt verändernd wären. Sie hatte ihn, obwohl sie im Grunde nicht begriff was er da andeutete, davor gewarnt sich an solchen Experimenten zu beteiligen. Am Tag ihrer Abreise hatte sie einen Artikel in der Marburger Zeitung gelesen, in dem berichtet wurde, dass die Vermisstenrate in Marburg stetig ansteige. Warum war ihr damals ein Schauer über den Rücken gelaufen und warum hatte

Georg ihr verboten das Labor zu betreten? Das lag doch schon so viele Jahre zurück, warum ließ sie sich von Irmas Geschwätz so durcheinander bringen? Ernest kam sicher nicht auf die Idee die gleichen Experimente zu machen wie sein Vater.
Aber seit Ilona damals so krank aus Marburg zurückgekommen war, streifte sie immer wieder der schreckliche Gedanke, dass Ernest ein noch unbekanntes Mittel an ihr ausprobiert hatte. Natürlich würde er dies nie eingestehen. Außerdem waren solcherlei Vorstellungen blanker Unsinn.
Ihre Gedanken wurden durch das Läuten an der Haustür unterbrochen. Doktor Schneider kam um Ilona zu therapieren. Sie ahnte nicht dass er seinen Teil zu Ilonas Entscheidung, Ernest zu verlassen, beigetragen hatte. Er kam ihr gerade recht. Sie begrüßte ihn erfreut und bat ihn: Doktor Schneider, darf ich sie, ehe sie Ilona aufsuchen in mein Büro bitten? Ich hätte sie gerne um Rat gebeten."
Sebastian Schneider fühlte sich nicht gerade wohl in seiner Haut. Er wusste dass Ilona heute mit Frau Winkler über ihre Trennung mit Ernest sprechen wollte. Hatte Ilona dabei auch über ihn gesprochen? Egal, weder Ilona noch er hatten sich etwas vorzuwerfen.
Als Thea bemerkte dass er zögerte, verstand sie es falsch: „Sicher haben sie noch andere Termine wahr zu nehmen, doch ich verspreche ihnen, mich kurz zu fassen."
„Ich stehe ihnen gerne zur Verfügung", sagte er schnell und folgte ihr ins Büro.
Thea bot ihm Platz an und kam gleich zur Sache:

„Doktor Schneider", sagte sie eindringlich. „Ich bitte sie, mir jetzt ehrlich zu antworten. Wird Ilona einen Schaden zurückbehalten?"

Der junge Arzt sah sie verwirrt an: "Darüber darf ich keine Auskunft geben."

„Ja, ich weiß", erwiderte sie, ich bin keine Blutsverwandte von ihr, aber für mich ist Ilona wie eine Tochter. Ich mache mir Sorgen um sie und ich glaube, dass sie in Marburg Dinge erlebt hat, die ihr Angst einflössen, die es ihr unmöglich machen dort zu wohnen. Sie hat mir heute gestanden, dass sie sich von meinem Neffen Ernest getrennt hat. Darüber bin ich sehr traurig und ich sorge mich auch um meinen Neffen, trotzdem verstehe ich ihre Entscheidung. Sie dürfen mir also keine Auskunft geben. Doch sie dürfen mir sicher sagen, ob ein derartiges akutes Krankheitsbild nach Einnahme einer noch nicht genügend erforschten Medizin auftreten kann. Doktor Schneider sah ihr fest in die Augen. „Ich weiß zwar nicht weshalb sie mir solche Fragen stellen aber diese kann ich mit Ja beantworten. Für jedes Medikament ist eine erheblich lange Zeit erforderlich um es zu testen. Deshalb sind die Bestimmungen ehe es auf dem Markt kommt sehr umfangreich. Ich kann mir aber nicht vorstellen wie Frau Fay an ein noch ungenügend erforschtes Medikament gekommen sein soll".

Thea sah ihn ratlos an: „Das habe ich mich seit Beginn von Ilonas Krankheit schon oft gefragt, zumal Ilona sehr selten Medikamente einnahm. Doch ich würde gerne wissen, was damals wirklich in Marburg geschah. Ilona hat sich physisch sehr verändert, sonst würde sie sich nie von Ernest getrennt haben."

Doktor Schneider sah sie nachdenklich an: „Sie nehmen also an, dass die Krankheit von Frau Fay mit der Beziehung zu ihrem Neffen zu tun hat?"
Thea wurde blass und winkte ab: „Sie verstehen mich falsch. Ich möchte keinesfalls meinen Neffen bezichtigen etwas mit Ilonas Krankheit zu tun zu haben. Er ist kein Arzt der medizinische Forschungen betreibt. Aber nachdem ich heute mit einer Bekannten aus Marburg gesprochen hatte, kam mir dieser Gedanke mit den Medikamenten. Ich erinnere mich, dass es schon vor Jahren fast zu einem diesbezüglichen Skandal in Marburg gekommen wäre. Vom Schwager meines Bruders weiß ich, dass damals zwei Versuchspersonen fast gestorben wären und daraufhin ein Labor geschlossen und alle darin entwickelten Medikamente vernichtet wurden. Dieser Vorgang wurde aber vor der Öffentlichkeit geheim gehalten."
„Verstehe", überlegte Doktor Schneider, aber sie sagten, dass dies schon vor Jahren geschah, weshalb bringen sie diese Geschichte mit Frau Fay in Verbindung?"
Thea runzelte die Stirn, „ich weiß selbst nicht genau warum. Es ist nur so ein Gefühl. Als mir meine Bekannte heute erzählte dass eine ihr nahestehende Person vermisst wird, fiel mir ein, dass zu jener Zeit die Vermisstenrate in Marburg und Giessen sich drastisch er-höhte. Meine Bekannte erwähnte bei unserem Gespräch, dass sie in der Zeitung gelesen habe, dass nun auch in Giessen wieder zwei Frauen vermisst werden. Könnte es da nicht einen Zusammenhang geben? Wäre es nicht möglich, dass wieder Jemand heimliche Versuche an Menschen macht?"

„Das wage ich nicht zu glauben", widersprach der Arzt. „Aber falls an diesem Gerücht etwas Wahres sein sollte, stellt sich noch immer die Frage wer Frau Fay so ein Medikament dargereicht haben könnte. Ihren Neffen schließen sie aus. Doch wer, außer ihm war in der fraglichen Zeit noch mit ihr zusammen?"
„Jetzt sind sie genau bei der Frage angekommen die mich schon die ganze Zeit beschäftigt", sagte Thea. „Ich habe bemerkt, dass Ilona ihnen als ihren Therapeuten, vertraut. Vielleicht ist es mit ihrer Hilfe möglich, jenen Tag zu rekonstruieren. Ilona schiebt natürlich einen großen Teil der Schuld an ihrer Erkrankung meinem Neffen zu. Erst wenn jeder Verdacht von ihm genommen ist, wird sie wieder zu ihm zurückkehren."
Unwillkürlich zuckte Sebastian Schneider zusammen. Das war es also was Frau Winkler eigentlich von ihm wollte. Er sollte Ilona dazu bewegen Ernest Leitner noch einmal eine Chance zu geben. Am liebsten wäre es dieser Frau auch noch, Ernest als Unschuldsengel darzustellen. Das konnte und wollte er nicht. Doch es gab ihm die Möglichkeit, soviel wie möglich über diesem Mann zu erfahren. Deshalb sagte er zu Thea: „Ich versuche schon eine Weile Frau Fay aus ihrer Depression heraus zu helfen und ich werde dies auch weiterhin tun. Es wäre aber sehr hilfreich, wenn ich alles über die Vergangenheit von ihr und von ihrem Neffen erführe. Deshalb möchte ich sie bitten, mich in dieser Hinsicht zu unterstützen. Ich glaube es gibt im Moment niemandem der die Beiden besser kennt als sie."
Thea nickte zustimmend. „Ich werde sie in jeder Hinsicht unterstützen."

Er sah auf seine Armbanduhr und entschuldigte sich: „Frau Fay erwartet mich. Ich möchte ungern den Zeitplan ihrer Behandlung verschieben. nach dem Besuch bei Frau Fay habe ich noch weitere Termine. Aber falls sie heute Abend eine Stunde Zeit besitzen, würde ich mich auf eine weitere Unterhaltung mit ihnen freuen."
„Danke gerne", lächelte Thea. „Also bis heute Abend."
„Bis heute Abend", lächelte er zurück und verließ ihr Büro.

Sebastian Schneider brauchte das Thema Ernest gar nicht bei Ilona anschneiden. Sie kam gleich nach der Begrüßung auf ihn zu sprechen. Er erfuhr nun auch von ihr, dass sie sich von Ernest getrennt hatte. Und wenn man Küsse als Therapie preisen konnte, so war es heute eine ausgiebige gewesen. Und die Stunde, die ihm blieb bei ihr zu sein verflog schneller als jemals zuvor. Kurz bevor er ging erzählte er ihr, dass Thea mit ihm gesprochen und ihn darum gebeten hätte, ihr Ernest wieder näher zu bringen. Er bat sie, Thea noch nichts von ihrer Beziehung zueinander zu erzählen. Sie versprach es ihm ohne viele Fragen zu stellen. Zum Glück nahm sie ihm diese Geheimniskrämerei, bei der er sich selbst nicht wohl fühlte, nicht übel. Aber Frau Winklers Absicht, jeden Verdacht, der in der Hinsicht auf Ilonas Krankheit auf Ernest fallen könnte, zu zerpflücken, hatte genau das Gegenteil bei Sebastian bewirkt. Der Widerwille gegen diesen Mann wuchs in ihm. Er bereute, dass er damals nach dem Besuch bei ihm, Ilona das Versprechen gab, nicht weiter über den Grund ihrer Erkrankung nachzuforschen. An jenem Tag hatte er ihr nachgegeben weil er sich seiner Gefühle selbst nicht sicher war. Doch nun wusste er, dass es keine billige Eifersucht war, die ihn veranlasste, diesen Mann zu belasten. Aber dieses ganze Gerede von Frau Winkler über verschwundene Personen in Marburg und Umgebung und angeblichen Versuchen an Menschen. Zudem der Hinweis auf verbotene Medikamente, machte ihn hellhörig. Nun befand er sich in einem Zwiespalt. Wenn er Ilona sagte, dass er die Suche nach dem Ursprung ihrer Krankheit weiter verfolgen möchte, würde sie ihn bitten dies zu unterlassen. Was er aber sicher nicht tun würde. Die zweite Möglichkeit war, ihr seinen Plan zu verheimlichen. Doch dann würde sie sich, wenn sie von seinen Nachforschungen erführe, von ihm enttäuscht zurückziehen. In jedem Falle würde er sich Ärger mit ihr einhandeln. Sein Piepser erinnerte ihn an seinen nächsten Termin und er musste den übrigen Nachmittag seine Gedanken auf seine Arbeit konzentrieren.

Der Abend nahte heran und Sebastian eilte zum Treffen mit Frau Winkler. Sie hatte ihn per Handy angerufen und ihn gebeten sich mit ihr in einem Café zu treffen. Ilona sollte nichts von der Unterhaltung mit ihm erfahren. Aber das Gespräch mit Frau Winkler war enttäuschend für ihn. Das Zerfließen vor Mitleid für Ernest, wegen seiner trostlosen Jugend und nun auch noch die Enttäuschung die ihr Ilona bereitete, regten ihn auf. Sein Interesse erwachte erst als sie auf ihren Bruder zu sprechen kam und ihm die negative Verwandlung die in Marburg mit ihm vorgegangen war, schilderte. Er bohrte ein wenig nach und je mehr sie über ihren Bruder, dessen Familie und dessen Umfeld

von sich gab, je mehr war Sebastian davon überzeugt, dass auch Ernest mit illegalen Mitteln in seinem Labor experimentierte. Und dann kam ihm die zur Zeit vermisste Person in Marburg, von der Frau Winkler am Vormittag mit ihm gesprochen hatte, in den Sinn und er fragte nach ihr.
Thea hatte nun schon das zweite Glas Wein vor sich und der Arzt wurde ihr immer sympathischer. Welcher junge Mann nahm sich heute noch Zeit mit einer älteren Dame so lange zu sprechen, sich ihre Sorgen anzuhören? So gab sie ihm willig Auskunft über die vermisste Person.
Sebastian wusste nun dass sie Elli Schmitt hieß, geistig etwas behindert sei und dass sie einige Zeit bei ihrem Bruder im Haus gewohnt und einfache Arbeiten im Haushalt verrichtet hatte. Das Bild rundete sich. Frau Winkler gefiel es anscheinend, dass sie endlich einen Menschen gefunden hatte, dem sie alles erzählen konnte was ihr früher so sehr missfallen hatte und über das, was ihr zurzeit nicht behagte. Sebastian ließ sie reden ohne auf die Uhr zu achten.

Am nächsten Morgen bat Sebastian die Personalchefin der Klinik um eine Woche Urlaub. Er musste noch zwei Tage warten bis er ihn antreten konnte, doch dies nahm er gelassen hin. Es gab noch genügend Dinge die für die Reise vorzubereiten waren. Außerdem musste er sich noch einen Plan ausarbeiten wo und wie er am besten mit seiner „Detektivarbeit" begann. Nach den Schilderungen von Frau Winkler war Ernest Leitner ein sehr intelligenter Mann. Sollte er wirklich für die Tat, die er ihm unterstell-

verantwortlich sein, musste er damit rechnen, dass dieser Mann zu allen Mitteln griff um nicht überführt zu werden.

Ernest sah verdrießlich auf die Uhr. Der zweite Entzug bei Sabrina wurde erforderlich. Diesmal war er nicht mit der erforderlichen Euphorie dabei. Ihm grauste vor ihrer Schwere. Außerdem wusste er jetzt schon jeden Handgriff, den er bei der Behandlung tun musste und wie Sabrina sich stufenweise verhalten würde. Auf dem Stuhl reagierte jede Versuchsperson gleich und danach gab es nur kleine Unterschiede. Für Sabrina benötigte er nur eine längere Zeitspanne. Langsam schlenderte er zum Labor und dachte dabei wieviel ergötzender es war, als er Sabrina der Qual von Elli beiwohnen ließ. Sabrinas angstvoll verzerrtes Gesicht und die Augen aus dem das blanke Entsetzen schrie, hatten ihm eine erregende Befriedigung verschafft. Wie gewöhnlich öffnete er die Labortür und gleich darauf die Rückwand. Sabrina starrte ihm hasserfüllt entgegen.
Doch dieser Blick hielt ihn nicht davon ab sein Werk fort zusetzen. Er setzte den mitgebrachten Topf ab, aus dem er ihr später wieder eine Suppe einflössen würde und zerrte sie zu Toilette. Danach begann das alte Spiel. Sie versuchte sich zu wehren was ihr nicht gelang und nach dem Entzug bemerkte er die erste größere Veränderung an ihr. Er konnte bei ihr aber noch nicht richtig einschätzen wie weit ihre Vergesslichkeit fortgeschritten war, denn sie gab ihm auf seine Fragen keine Antwort. Sie weinte nur still vor sich hin.

„Dann bis zum nächsten Mal, " lachte er höhnisch, " dann wirst du dich nicht mehr an deinen „Künstlernamen" erinnern aber sicher wirst du ein bisschen mit mir plaudern."

Es war wieder eine schwere Gewaltanstrengung gewesen Sabrina auf den Stuhl zu setzen und sie danach wieder auf die Liege zu legen. Als er nun die Labortür hinter sich schloss, nahm er sich vor, ab jetzt jeden Tag Sport zu treiben. Dafür ins Fitnesscenter zu gehen hatte er allerdings keine Lust. In seiner Wohnung angekommen, nahm er einen Katalog zur Hand, suchte sich die passenden Heimtrainer aus und bestellte sie per Internet. Im Voneherein wusste er ja nie, welche Kaliber von Menschen er bei seiner Suche nach Probanden finden würde. Erschöpft setzte er sich aufs Sofa und überlegte wieder einmal wo er den nächsten Kandidaten herbeischaffen sollte. Diese Arbeit war das Schwierigste an der ganzen Aktion. Dabei wäre es doch sicher für die Außerirdischen leicht, die Leute zu ihm zu bringen.
Die Stimme des Bärtigen meldete sich und gleich darauf grinste dessen Gesicht vor ihm.
„Natürlich", spottete er, noch leichter kannst du es dir nicht machen. Wenn du nur darauf warten müsstest dass dich die Artaren mit Nachschub versorgten, dann könnten sie auch die Versuche alleine machen. Doch sie benötigen die Zeit für die Vorbereitungen die sie im Moment treffen. Du weißt dass nach geglücktem Versuch die Seelen nach Artar zu bringen, auf der ganzen Erde, gleiche Stationen wie du eine besitzt eingerichtet werden. Du bist der Vorreiter. Später wird man die Menschen mit geeigneten Mitteln dazu bringen, aus freien Willen in die Entzugs-

stationen zu gehen. Ich will dir jedoch auf die Sprünge helfen. Es gibt Autobahnausfahrten und es gibt Tramper. Du musst dir nur die richtige Stelle, das heißt, einen weiter entfernten Ort aussuchen, zum Beispiel Frankfurt."
Als der Bärtige wieder verschwand, klopfte sich Ernest auf die Stirn." Warum war er nicht selbst auf diese Idee gekommen. An der Autobahn würde es ihm leicht gelingen einen männlichen Kandidaten aufzufischen."
Die Aussicht auf ein neues Erfolgserlebnis trieb seine gute Laune nach oben. Doch dann fand er, dass er diese Tat auf den Nachmittag verschieben sollte. Bis dahin blieb ihm noch genügend Zeit zu lesen.

Als Ernest zum Mittagessen bei Irma eintraf, hatte er sich schon auf ihre Leichenbittermiene eingestellt. Es war klar dass sie ihm wieder von Elli vorjammern würde und so war es auch.
Sie begrüßte ihn mit ernstem Gesicht und servierte ihm ohne Worte das Essen. Gleich darauf ging sie wieder zurück zur Küche und sie blieb so lange draußen bis er seine Mahlzeit beendet hatte. Er nahm seinen leeren
Teller und ging zu ihr. „Es gibt also noch keinen Hinweis auf das Verbleiben von Elli?" fragte er sie.
„Nein", seufzte sie, bei der Polizei ging noch kein einziger Hinweis ein. Aber sie kann sich doch nicht in Luft aufgelöst haben."
Verschlagen grinsend tröstete er sie: „Beruhige dich Irma, solange keine Leiche gefunden wird, so lange gibt es auch noch Hoffnung dass sie lebt und irgendwann wieder auftaucht."

„Schon, schon", gab Irma zu, „das habe ich mir auch gedacht, trotzdem habe ich das unbestimmte Gefühl, dass ich sie nicht wieder sehe. Vielleicht macht mir ihr Verschwinden weniger aus, als die Tatsache, dass ich mich in letzter Zeit kaum um sie gekümmert habe."
Ernest sah Irma streng an und tadelte sie: „Du geißelst dich mit deinem übergroßen Verantwortungsgefühl selbst. Überlege doch mal. Du wusstest Elli in guten Händen und sie lebte dort sorglos und zufrieden. Deshalb wäre sie auch nicht glücklicher gewesen, wenn du laufend ins Heim gerannt wärst und sie besucht hättest. Elli hätte deinen Besuch jedes Mal ein paar Minuten danach vergessen gehabt."
Irma sah ihn erstaunt an. „Wie du dich in Ellis und meine Lage hineinversetzen kannst ist großartig. Ich werde mich bemühen nicht ständig an sie zu denken und dich nicht mehr mit meinem Jammern belästigen."
Ernest winkte ab: „Ich fühle mich nicht belästigt von dir und würde natürlich gerne erfahren, wenn du etwas
neues über Elli erfährst. Aber jetzt muss ich gehen, bis Morgen also."
Auf dem Weg zu seinem Haus überlegte Ernest, ob er jemals wieder Ruhe von dieser Elli bekäme. Irma würde sie immer wieder erwähnen und er musste auch dabei die Ohren spitzen, denn es wäre ja immerhin möglich dass Irgendjemand Elli auf dem Weg zu ihm gesehen hatte. Vielleicht ging man dann doch noch dieser Spur nach.
Irma würde es ihm sicher gleich mitteilen und er konnte sich dagegen wappnen. Im nächsten Moment schob er diesen Gedanken wieder zurück. Wer sollte ausgerechnet auf ihn kommen? Doch zu Hause gab es auch eine

Erinnerung an Elli. Er musste den alten Sekretär aus ihrem Zimmer verkaufen und ihr Heft endlich verbrennen. Jedes Mal wenn er sich im oberen Stockwerk aufhielt und an Ellis ehemaligem Zimmer vorbei ging, glaubte er ein jämmerliches Raunen zu hören. Langsam wurde ihm das zu viel.

Ein paar Minuten nach dem Ernest nach Hause gekommen war, ging er ins obere Stockwerk. Ihm war, wie es ihm schien eine prima Idee gekommen. Er würde sich nicht nur von Ellis Sekretär, sondern auch von anderen antiken Möbelstücken trennen. Das brachte ihm sicher einen Batzen Geld ein und schaffte zudem Platz für eine helle freundliche Einrichtung. Die Zimmer sollten nicht mehr so voll gepfropft sein. Nur hier und da ein gutes Stück. Man sollte das Haus von innen nicht wieder erkennen. Dann würde er Tante Thea bitten, ihn gemeinsam mit Ilona zu besuchen. Natürlich hatte ihm Ilona diesen Abschiedsbrief geschrieben. Aber was bedeutete dies schon. Tante Thea würde ein Machtwort sprechen und Ilona käme ins Wanken. Die vielen guten Jahre, die sie gemeinsam bei Tante Thea wohnten, verbanden sie doch beide. Sicher hatte Ilona schon bereut diesen Schlussstrich gezogen zu haben und wenn sie die Veränderung hier sah, würde sie sich hier wohl fühlen und ihre Liebe zu ihm käme sicher wieder zurück. So leicht war es ihm noch nie ums Herz gewesen wenn er hier oben war. Er hatte sich Block und Bleistift mitgenommen und legte sich nun eine Liste an, in der er die einzelnen Möbelstücke beschrieb, die er dem Antiquitätenhändler übergeben wollte. Sicher würde er sich dann für die Möbel interessieren und

sie bei ihm besichtigen wollen. Jetzt brach wieder der Hang zur Genauigkeit bei ihm durch. Es musste alles detailgetreu aufgezeichnet sein. So verrannen die Stunden wie Minuten. Als er alle oberen Räume, außer dem Zimmer von Elli durchgegangen war und alle Möbelstücke
die er verkaufen wollte, registriert hatte, warf er einen Blick auf seine Armbanduhr. Erschrocken stellte er fest, dass er nur noch wenig Zeit für seinen Ausflug zur Autobahn besaß.
Täuschte er sich – oder wurde es wirklich düsterer in den Räumen, als sie es eh schon waren? Mit Unbehagen ging er ans Fenster und bemerkte die fast schwarzen dicken Wolken, die schon tief über den Häusern lagen. Sie erklärten das Halbdunkel der Räume. Bald würde sich ein Gewitter entladen. Er überdachte seine Lage und kam zum Schluss, dass es ausreichte wenn er Morgen zur nächsten Jagd ansetzte. Jetzt fehlte nur noch die Beschreibung von Ellis Möbel auf der Liste, dann würde er sich in Ruhe einen Kaffee gönnen und danach würde er Sabrina besuchen.
Als er die Türklinke von Ellis Zimmer berührte, schien es ihm als brenne sie unter seinen Fingern. Rasch drückte er sie nieder und sah genau auf den Sekretär, der direkt in seinem Blickfeld stand. Stickige Luftschwaden umhüllten ihn, sanken tief in seine Brust. Seine Lungen begannen zu röcheln und ein würgendes Kratzen stieß durch seine Kehle und bescherte ihm einen Hustenanfall. Keuchend schleppte er sich ans Fenster und öffnete es. Der Husten ließ nach und seine Atmung beruhigte sich wieder. Hatte er hier schon so lange nicht mehr gelüftet? Der erste Blitz zuckte am Himmel und der krachende Donner folgte

gleich nach. Der Wind verwehte die schwüle Luft. Danach hagelte es taubengrosse Eier auf die Erde, ließ die Straßen weiß wie im Winter erscheinen. Gut, dass er jetzt nicht unterwegs war. Schnell schloss er wieder das Fenster, nahm seinen Block den er auf einen kleinen Tisch gelegt hatte und begann die Möbel zu taxieren.
Es begann in einer Ecke, breitete sich über die ganzen Wände aus, schien sogar aus den Möbeln zu kommen und wurde lauter und intensiver als je zuvor. Das Raunen drang ihm in die Ohren, ging in ein grelles Pfeifen über und gab ihm das Gefühl sein Trommelfell wäre geplatzt. Block und Stift fielen zu Boden. Die Möbel drehten sich vor seinen Augen. Erst setzte er sich auf den Boden, dann kroch er aus dem Zimmer. Das Klopfen und Pfeifen in seinen Ohren verringerte sich, blieb aber konstant in seinem Gehör hängen. Langsam hangelte er sich am Treppengeländer hinunter. Das schwindelige Gefühl verflog wieder. Er schleppte sich ins Wohnzimmer und legte sich aufs Sofa. Hatte er einen Hörsturz erlitten? Es war die einzige Erklärung die ihm zu dem was er soeben erlebt hatte, einfiel. Nun musste er wenigstens zwei Stunden hier ausruhen, ehe er zu Sabrina ging, denn er fühlte sich im Moment viel zu schwach dafür die Frau hoch zu heben.

Der Reporter Lothar Meissner, der für die Schlagzeile über die beiden vermissten Frauen aus Giessen verantwortlich war, wunderte sich über nichts mehr. Er war schon durch die seltsamsten Zufälle an pikante, prickelnde oder aufregende Storys gekommen. Er war bemüht

das Interesse an der Story bei den Lesern des Tagblattes aufrecht zu erhalten und schrieb am Tag nach der vermeintlichen Entführung eine zum Teil erfundene dramatische Lebensgeschichte der beiden Modelle. Den jeweiligen Zuhältern war dieser Bericht natürlich hochgestiegen, denn sie hatten ihm nur wenig von dem was sie da lasen, über die beiden Vermissten erzählt. Er wusste dass diese Herren nur aus einem Grund mit ihm über die beiden Frauen gesprochen hatten. Sie hofften dass einer oder mehrere Leser die beiden Frauen gesehen oder etwas von ihnen gehört hatten und darüber Auskunft gaben. Doch bisher gab es noch immer kein Zeichen von ihnen. Auch in der Unterwelt hatte keiner einen Tipp für sie und die Polizei tappte ebenso noch im Dunkeln. Lothars Laune sank in den Keller. Er hatte Lars gerade noch beruhigen können. Doch wenn er nicht bald etwas Neues über Dunja und Sabrina erführe, sähe es schlecht für ihn aus. Erstens gab es keine neue Story und zweitens hatte er die Zuhälter im Genick. Nicht gerade erhebend. Und nun rief ein Typ aus München in der Redaktion an und wünschte ihn wegen diesem Artikel zu sprechen. Zum Glück oder Pech, man wusste es ja nie so recht wie sich so ein Gespräch entpuppte, hatte er selbst den Hörer abgenommen.
Der Fremde, dessen Stimme sympathisch klang und dessen Aussprache sich gebildet anhörte, erklärte ihm, dass er morgen Abend für ein paar Tage nach Marburg kommen würde um in einer anderen Sache zu recherchieren. Es könnte durchaus möglich sein, dass zwischen seinem Fall und den Entführungen aus Giessen ein Zusammenhang bestünde. Er glaube dass sich ein Treffen für ihn

und für sich lohnen würde. Dann legte er ihm noch tiefstes Stillschweigen über dieses Gespräch auf und erst als er ihm versprochen hatte, kein Sterbenswörtchen auszuplaudern, gab er ihm das Hotel in Marburg bekannt in dem er übernachten würde.
War dieser Fremde nun ein Spinner, Bluffer oder wusste er tatsächlich etwas? Es könnte auch eine Falle sein. Schließlich konnte der Täter, falls es wirklich einen gab, damit rechnen dass er ihm auf den Fersen war. Aber Risiken musste er in seinem Beruf ständig eingehen.

Ernest war auf dem Sofa eingeschlafen und wachte eine Stunde zu spät auf. Er ärgerte sich über die Müdigkeit die ihn in letzter Zeit häufig und plötzlich auftretend überraschte und gegen die er sich nicht wehren konnte.
Wie sollte er da seinen Terminplan genau einhalten? Er raffte sich hoch, schlürfte zum Fenster und sah nach dem Wetter. Das Gewitter hatte sich inzwischen verzogen aber es nieselte leicht und der Himmel war trübe. Seine Stimmung ebenso. Vielleicht lag es am Halbdunkel des Zimmers? Termine? Hatte er nicht zuvor an Termine gedacht? Gab es einen wichtigen, den er einhalten musste? Manchmal wirbelten seine Gedanken wirr durcheinander und er musste sich anstrengen sie in die richtige Reihe zu bringen. In so manchen Nächten betrachtete er das Sternbild und wünschte sich ein Teleskop zu besitzen. Nach solchen Nächten fand er am Morgen auf seinem Schreibtisch Zeichnungen und Berechnungen von Planeten und ihren Bahnen. Stammten sie von ihm? Er sollte

nicht so viel darüber nachdenken und sich lieber um sein jetziges Leben kümmern. Zeitweise gab es Tage, an denen er völlig frei von Kopfschmerzen war, aber heute plagten sie ihn wieder gewaltig. Er musste sich Abhilfe verschaffen. Er ging ins Bad, öffnete den Medizinschrank und nahm sich ein Aspirin heraus. Dann füllte er den Zahnbecher voll Wasser und löste die Tablette darin auf, denn seit ein paar Wochen gelang es ihm nicht mehr, sie einfach hinunter zu schlucken. Vieles tat und dachte er jetzt anders als zuvor. Wann zuvor? Er sah in den Spiegel und erschrak über seine weißgraue Haut. Sicher lag sein schlechtes Aussehen daran, dass er zu wenig an die frische Luft ging. Er nahm sich vor dies zu ändern. Aber im Moment genügte ihm klares Wasser. Deshalb schob er den Stöpsel in den Ablauf des Gusses, drehte den Wasserhahn auf und tauchte sein Gesicht in das kühle Nass. Als er sich abtrocknete fiel ihm Sabrina ein. Ihr nächster Entzug war schon längst fällig. Eilig zog er sich seine Jacke an und lief zum Labor.
Sabrina lag neben der Liege. Also hatte sie wieder versucht zu entwischen. Irgendwie bewunderte er ihren starken Willen. Aber dies tat nichts zur Sache. Er konnte und durfte diesen Entzug nicht unterbrechen. Im Grunde musste sie ihm noch dankbar sein, dass er ihren Geist weiter auf die Reise in die Nebenwelle vorbereitete. Ihre Seele würde eine der ersten sein, die auf den Planeten Artar landete und dazu beitragen würde, den Ataren Kraft zu schenken. Wie dies alles von statten gehen würde wusste er selbst noch nicht aber er würde es als erster Mensch miterleben. Seine Brust schwoll an vor Stolz und dieses hehre Gefühl verlieh ihm neue Kräfte.

Nach dem dritten Entzug gab Sabrina ihm auf seine Fragen zwar ein paar patzige Antworten aber ihre Augen schienen wie die einer Bestie zu glühen. Rache stand darin geschrieben. Und zum ersten Mal fragte er sich ob so eine ferngeleitete Seele entweichen und ihren Geist wieder in einem Menschen verankern konnte. Aber was half all das Grübeln? Von alleine würde er sowieso die ganzen Zusammenhänge nicht ergründen können. Viel lieber sollte er seinem Computer die letzten Daten eingeben.

Als er das Labor verließ, hatte sich die Nacht über die Stadt gesenkt. Die kühle Luft tat ihm gut und er unternahm einen ausgiebigen Spaziergang.
Am nächsten Morgen erwachte Ernest frisch und munter. Keine Kopfschmerzen, keine trüben Gedanken mehr. Er freute sich schon auf seine nächsten Unternehmungen.
Sabrina schrie auf. Der Luftzug, der von der Wand zu ihr drang, sagte ihr, dass ihr Peiniger nahte. Sie wusste, was sie nun wieder erwartete und sie wusste wie schrecklich sich ihr Verstand bis zum Stadium eines Babys zurück entwickeln würde und sie sich danach völlig auflösen würde. So sehr sie sich auch gegen diesen Gedanken auflehnte, so genau wusste sie auch, dass es für sie
keine Rettung mehr gab. Sie konnte nur noch ihren schnellen Tod herbeisehnen. Warum war ausgerechnet sie, diesem Teufel begegnet? Er trat auf sie zu und die Angst verschnürte ihre Kehle.
Ernest lachte über den Blick der Frau, der sich mit Hass und Grauen mischte. Es war nicht einfach mit ihr aber gerade dies erfüllte ihn mit Freude und Genugtuung. Er

konnte jeden Menschen bezwingen, mochte er noch so stark sein.
„Jetzt werde ich schon deinen vierten Entzug durchführen. Danach wird sich dein Vergessen steigern. Du wirst mich anflehen dich in Ruhe zu lassen. Aber das kann und will ich nicht. Dein Geist wird in der Nebenwelle dringender benötigt wie in dieser menschlichen Hülle."
Das Reden tat ihm gut. Es stärkte sein Ego. Doch dann fiel ihm ein, dass er sich für diesen Tag eine wichtige Tat vorgenommen hatte und so begann er den nächsten Entzug an Sabrina zu starten.
Eine Stunde später machte er sich auf den Weg. Das Wetter passte zu seinem Vorhaben. Die Sonne hatte die trüben Wolken von gestern vertrieben und verlockte
sicher so manchen jungen Menschen zum trampen. Er fuhr wieder in Richtung Giessen, fädelte sich aber danach auf der Autobahn nach Frankfurt ein. Die eintönige Fahrt gefiel ihm jedoch nicht und er fragte sich ob er sich tatsächlich so weit entfernt seine nächste Versuchsperson erjagen sollte. Bei der Ausfahrt Linden, setzte er seinen Blinker und fuhr von der Autobahn herunter und auf die nächste Einfahrt zu. Zwei Mädchen warteten am Straßenrand mit einem Schild auf dem „Richtung Süden" geschrieben stand. Er fuhr an ihnen vorbei. Den Stress mit zwei Frauen wollte er sich nicht antun. Außerdem suchte er nach einem Mann. Aber Süden war gut. Die meisten Leute wollten dahin und er würde einfach behaupten, in diese Richtung zu fahren. Die Suche ging weiter und er landete wieder auf der Autobahn. Als er das Schild einer Raststätte sah, sehnte er sich nach einem Kaffee. Warum auch nicht? Er hatte Zeit genug. Noch Fünfhundert Meter

und er hatte es geschafft. Langsam ließ er seinen Wagen an den Parkplätzen vorbei rollen und parkte dann in der Nähe der Ausfahrt. Als er ausstieg und zum Restaurant hinüber gehen wollte, sah er einen jungen Burschen mit Rucksack bei einer Frau stehen die offensichtlich im Begriff war in ihr Auto einzusteigen. Die Frau schüttelte abweisend den Kopf und der junge Mann ging ein paar Schritte weiter und sah sich nach einer anderen Fahrgelegenheit um. Ernest grinste und sein Jagdinstinkt sagte ihm, dass die sichere Beute schon im Anmarsch war. Er versuchte es mit Telepathie und dachte wiederholt: „Dreh dich um." Entweder klappte diese Beeinflussung wirklich oder es war Zufall, dass sich der Bursche zum ihm wandte. Sein Puls begann zu rasen. Er öffnete seinen Kofferraum, nahm die Flasche mit dem Äther und den Wattebausch heraus und steckte alles in seine Tasche. Dabei tat er, als habe er den jungen Mann, der inzwischen schon bei ihm am Auto angelangt war, bis zu diesem Moment nicht beachtet.

Der Bursche sah zu wie er den Kofferraum wieder schloss und fragte ihn, ob er zufällig in Richtung Süden fahren würde. Ernest musterte ihn prüfend und lachte dann: „Wenn ihnen München südlich genug ist, dürfen sie einsteigen."

„Ich möchte nach Italien", sagte er froh, „da wäre eine Fahrt bis München schon mal nicht schlecht."

„Also dann..." Der Bursche nahm seinen Rucksack von der Schulter, legte ihn auf den Rücksitz und stieg ein. Während Ernest seinen Sicherheitsgurt anlegte, sah er sich um. An der Raststätte gab es zwar ein reges Treiben aber die meisten Wagen parkten weiter vorne und nie-

mand achtete auf ihn. Er betätigte den elektronischen Türschließer, dann fragte er: „Haben sie sich angeschnallt?"
„Ja", war die knappe Antwort.
Ernest steckte mit der rechten Hand den Autoschlüssel ins Zündschloss und mit der linken Hand holte er die Flasche aus der Jackentasche. Dann drehte er sich zu seinem Beifahrer und fragte: „Ist der Gurt auch richtig eingeklinkt? Manchmal klemmt er nämlich."
Der Bursche griff genervt zum Gurtverschluss. „Das ist wohl ein ganz Genauer", war für eine Zeitlang sein letzter Gedanke. Denn der getränkte Wattebausch, den er kurz auf seiner Nase spürte, schickte ihn ins Reich der Träume. Gleich darauf startete Ernest sein Auto und fuhr wieder Richtung Marburg. Er konnte zufrieden mit sich sein und der nahen Zukunft entspannt entgegen sehen.
Kurz vor Marburg schien es, als erwache der Schläfer neben ihm. Er hielt an und drückte ihm den Wattebausch noch einmal vors Gesicht. Zu Hause fuhr er gleich in die Garage. Dann stieg er aus, sah sich nach allen Seiten um ob Jemand sein Haus und Grundstück beobachtete und als er nichts Außergewöhnliches wahrnahm, hob er den jungen Mann aus seinem Sitz. Anschließend zog er ihn zur Hintertür der Garage, die in den Garten führte. Jetzt war er schon zum vierten Mal froh, dass zwischen der Rückseite der Garage und dem Labor nur drei Meter lagen. Zuerst öffnete er die Labortür, dann nahm er den Burschen und zerrte ihn hinein. Das brachte ihn wieder zum Schwitzen aber es störte ihn nicht weiter. Hauptsache er hatte die nächste Versuchsperson am richtigen Ort.

Die erste Handlung an seinem Opfer war wieder die Ganzkörperverpackung mit dem Strick. Danach konnte er ihn ruhig die paar Stunden bis zu Sabrinas fünften Entzug in der Ecke des Labors liegen lassen. Erhitzt ging er nach draußen. Die warme Luft streifte ihn um die Ohren und er fragte sich wann er jemals so einen schönen sommerlichen Oktober erlebt hatte. Ihm fiel das Gewitter vom Vortag ein. Spielte die Natur auch schon verrückt? Auch schon? Was hieß da auch schon? Was bezeichnete er sonst noch für verrückt? Er sollte nicht ständig philosophieren. Im Haus angekommen zog er sich um und machte sich für den Spaziergang zu Irma bereit. Das Mittagessen wartete auf ihn.

Sebastian Schneiders Schicht in der Klinik endete an diesem Tag um fünfzehn Uhr. Es lag schon lange zurück als er den Feierabend so herbei gesehnt hatte wie heute. Seine Koffer standen schon gepackt und reisefertig zu Hause. Alles war bestens vorbereitet. Nur der Gedanke, dass er Ilona etwas vorflunkern musste behagte ihm nicht. Er hätte gerne mit ihr seine Pläne für die kommende Woche besprochen. Doch erstens nahm er an, dass sie ihn bitten würde Ernest nicht mit so einem derartigen Verdacht zu belegen und nicht nach Marburg zu fahren. Er wusste, dass er dies trotzdem tun und Ilona damit sehr verärgern würde. Zweitens befürchtete er, dass sie sich Thea anvertraute und diese Ernest sofort alarmierte. Dies würde seine Nachforschungen sehr behindern, wenn nicht gar vereiteln. Er konnte aber auch nicht vor Ilona hintreten und ihr eine Lüge auftischen. Sie würde gleich

erraten, dass mit ihm etwas nicht stimmte. Also blieb nur das Telefon. Hier konnte höchstens seine Stimme schwanken. Entschlossen griff er zum Hörer und rief sie an. Ilona meldete sich so rasch, als habe sie schon auf seinen Anruf gewartet. „Schön, dass du jetzt schon anrufst", freute sie sich. „Treffen wir uns heute Abend?"
„Es tut mir leid Ilona", sagte er rau. Ich muss noch heute Abend für ein paar Tage nach Berlin zu meinen Eltern fahren. Es gibt was Dringendes zu erledigen."
„Schade", erwiderte sie traurig. „Was ist denn passiert?"
„Entschuldige bitte, aber darüber möchte ich erst nach meiner Rückkehr mit dir sprechen. Sei bitte nicht traurig. Ich rufe dich Morgen an."
„Na gut, dann eine schöne Reise und ein gutes Gelingen und...pass auf dich auf und grüße deine Eltern von mir."
Er war froh darüber, dass sie zwar traurig aber gefasst geklungen hatte. Ilona war zum Glück keine Frau, die an ihrem Freund wie eine Klette hing.
Zwar spürte er aus dem Ton ihrer Stimme ihre Enttäuschung aber er hatte alles genau durchgeplant und er war fest entschlossen diesen Plan auch durchzuführen. Ilona sollte in Zukunft Angstlos und gesund leben können.
„Ich liebe dich", sagte er und legte den Hörer auf.
Er atmete tief durch. Dieses kurze Gespräch mit Ilona und ihre unkomplizierte Art hatten ihm wieder einmal bestätigt, dass sie die richtige Frau für ihn war. Plötzlich fiel ihm Thea ein. Wie würde sie sich seine Abwesenheit erklären? Er musste alle Komplikationen aus dem Weg gehen. Deshalb rief er sie auch an. Er erzählte ihr die gleiche Story von dem Besuch bei seinen Eltern und forderte sie auf in seiner Abwesenheit mit Ilona ganz unverfänglich zu

sprechen und sie in keiner Weise bedrängen zu Ernest zurück zu kehren. Er habe schon eine Therapie mit ihr begonnen, die sich mit dem Thema Ernest auseinandersetze und er glaube dass sich bald ein Erfolg zeige. Also, auf keinen Fall dazwischen funken. Im Übrigen verlasse er sich ganz auf sie und er beabsichtige sie mit in die Therapie einzubeziehen.
Thea zeigte sich zuerst ungeduldig und skeptisch. Sie fragte ihn, ob er den Besuch nicht doch noch aufschieben könne. Die Unterbrechung einer Therapie zögere die Wirkung hinaus und außerdem könne sie sich nicht vorstellen welche Rolle sie dabei spielen sollte. Eine Frau wie Thea Winkler musste man voll überzeugen. Sie mochte es nicht, wenn ihre Pläne durchkreuzt wurden. Und sie hatte sich für die nächsten Tage auf weitere Besuche von ihm eingestellt. Doch es gelang ihm schließlich mit viel Diplomatie ihr das Gefühl zu geben, dass sie in diesem Heilungsprozess eine wichtige Rolle spiele. Endlich konnte er seine Reise nach Marburg antreten.

Als Ernest auf dem Weg zu Irma war, stellte er sich ihr trauriges Gesicht vor und wie sie ihm wieder vorjammern würde, dass es immer noch keine Neuigkeiten von der vermissten Elli geben würde. Langsam ging ihm dies auf die Nerven. Er musste sie schnellstens auf andere Gedanken bringen, sonst würde ihm das Mittagessen bei ihr, wenn es auch noch so appetitlich wäre, nicht mehr schmecken. Nach dem erfolgreichen Vormittag wollte er sich schon gar nicht die gute Laune vermiesen lassen.

Aber was konnte er in dieser Hinsicht tun? Ratlos drückte er auf die Türklingel.
Als Irma ihm freudestrahlend die Tür öffnete, konnte er sich ihren Stimmungsumschwung nicht erklären. Und schon meldete sich seine misstrauische Ader.
„So ungeduldig habe ich dich noch nie erwartet", sprudelte Irma ihm erregt entgegen.
Seine Augen weiteten sich erschrocken und er blieb starr im Flur stehen. Gab es tatsächlich einen Hinweis auf Elli?
„Nein, das konnte nicht sein", beruhigte er sich selbst. Vielleicht war er wirklich telepathisch begabt und Irma hatte seine Gedanken gespürt, die ihr wieder eine gewisse Heiterkeit wünschten?
Irma war schon auf dem Weg zur Küche und Ernest trottete mit wirren Gedanken ins Esszimmer.
Ihr Strahlen hing auch noch, als sie ihm den ersten Gang servierte, im Gesicht.
„Weswegen hast du mich so dringend erwartet? Gibt es was Neues zu berichten?" fragte er sie.
Irma lachte: „Keine Bange, diesmal halte ich keine Hiobsbotschaft für dich bereit. Im Gegenteil ich habe dir erfreuliche Dinge zu berichten die dich und mich in gleichermaßen betreffen."
Ernest sah Irma forschend an: „Und das wäre...?"
„Nichts da, jetzt isst du erst mal gemütlich und danach werde ich dir alles erzählen."
Obwohl ihm die zweideutige Aussage von Irma zu schaffen machte, wagte er nicht weiter in sie zu dringen. Er löffelte tapfer seine Suppe aus, schlang das Schnitzel mit Kartoffelsalat hinunter und aß noch tapfer den dargereichten Pudding.

Als Irma das Geschirr abgeräumt und in die Küche gebracht hatte, kam sie mit einem Brief zurück und setzte sich zu ihm. „Nach den vielen Karten", lächelte sie, „kam heute der erste Brief von Richard. Du weißt, dass er nicht gerne Briefe schreibt und seine Nachrichten gerne kurz verfasst. Doch dieses Mal hat er viele Seiten beschrieben. Verzeih mir, wenn ich dir die Passagen die für dich wichtig sind, mündlich mitteile. Dieser Brief ist hauptsächlich am mich gerichtet und ich möchte die lieben Worte mit niemandem teilen, auch nicht mit dir."
„Großer Gott", entfuhr es Ernest, „was hat Onkel Richard so wichtiges mitzuteilen?"
Diese Geheimniskrämerei und Irmas Strahlen irritierten ihn. Irma sah es wohl, aber es störte sie nicht. „Richard", sagte sie fröhlich, „kommt in drei Wochen zurück." Ernest atmete befreit auf:
„Es ehrt dich, meinte er lakonisch, dass du dich so über die Rückkehr deines Schwagers freust."
Irgendetwas war in seinem Ton das Irma missfiel. Ihre Miene wurde eine Nuance ernster. „Ja, das stimmt", erwiderte sie, „ich freue mich auf seine Rückkehr. Ich freue mich auf das Wiedersehen mit meinem zukünftigen Mann."
Das saß. Ernest starrte sie ungläubig an: „Du und Onkel Richard? Nein das glaube ich nicht."
Er begann schallend zu lachen. „Du scherzt."
Irma beobachtete fassungslos sein herabsetzendes Gebaren. Sie nahm den Brief und stand auf. „Es tut mir leid", sagte sie erregt, „aber ich will dir den Spaß mit Richards erklärenden Worten nicht verderben." Empört wandte sich Irma um und lies ihn alleine im Speisezimmer sitzen.

„ Das gibt es doch nicht, ärgerte sich Ernest. Die hat das wirklich ernst gemeint. Onkel Richard und Irma. Sie war doch nie viel mehr wie eine Haushälterin für ihn gewesen. Was trieben die Beiden nur für ein falsches Spiel mit ihm? Deshalb hatte sie ihn immer so gut aufgetischt. Sie wollte sich bei ihm einschmeicheln, das konnte sie vergessen. Er dachte an Tante Regina und die Möglichkeit, dass der Onkel schon während ihres Lebens ein Verhältnis mit seiner Schwägerin hatte. Wie billig! Er stand auf und wollte das Haus verlassen aber es drängte ihm, zuvor in Tante Reginas Zimmer zu gehen. Alles im Raum stand und lag noch so an seinem Platz wie er es in Erinnerung hatte. Er setzte sich in den Sessel neben dem Bett, in dem Onkel Richard immer gesessen und Regina etwas vorgelesen hatte und starrte vor sich hin. Es war, als drehe sich die Zeit zurück, als gehe die noch junge Tante Regina an ihm vorüber, und streiche ihm über den Kopf. Das Bild verschwand wieder. Dafür sah er sie jetzt im Rollstuhl sitzen und von Minute zu Minute älter werden, bis ihr Körper vor seinen Augen zerfiel. Es war, als drehe sich eine Spirale in seinem Gehirn und es wurde ihm schlecht. Nun sah er zum ersten Mal nicht nur das Gesicht des Bärtigen, sondern auch seine Gestalt. Er stand vor ihm, sah ihm in die Augen und er wusste nicht mehr wessen Geist in diesem Körper steckte. War es Ernest Leitner oder Theodor Bender? Seine Sinne schwanden. Als er ein paar Minuten später wieder zu sich kam, lag er am Boden und wusste nicht warum. Was suchte er eigentlich in Tante Reginas Zimmer? Er schüttelte den Kopf, rappelte sich hoch, strebte verwirrt der Tür zu und verließ anschließend das

Haus. Als er zuhause ankam, ging er sofort ins Wohnzimmer, legte sich aufs Sofa und schlief ein.
Seltsamerweise erwachte er genau zu der Zeit, in der er den fünften Entzug bei Sabrina durchführen musste.
Diesmal machte es ihm wieder mehr Spaß, denn er hatte einen neuen Beobachter. Als er Mittag die Kleider des jungen Mannes durchsucht hatte, war ihm dessen Ausweis in die Finger geraten. Er war auf den Namen Gerd Weinert ausgestellt. Es war ihm wichtig den Vornamen zu kennen, denn ihn ergriff eine intime Zugehörigkeit zu seinen Versuchspersonen wenn er sie mit Namen ansprach. Sie waren die Einzigen die seine Schmerzen bei der Folter nachfühlen konnten. Gerds Bewusstsein musste schon kurz nach dem er das Labor verlassen hatte zurückgekehrt sein. Er hätte allzu gerne gewusst was in dem jungen Hirn vor sich gegangen war. Wie hatte er reagiert als er merkte dass er entführt worden war. Hatte er versucht die Fesseln zu lösen? Jetzt lag er schon stundenlang im Labor. Und er freute sich schon auf das Erschrecken in den Augen von Gerd wenn er ihm entgegen trat. Er schloss das Labor auf und bemerkte wie Gerd seinen Kopf zu ihm hin drehte. Bewusst langsam schritt er auf ihn zu und ergötzte sich an der Angst, die mit jedem Fuß, dem er ihm näher kam, sich zu steigern schien. Er sah abschätzend auf ihn nieder und sinnierte: „Wie jung du noch bist. Sicher hast du noch einen starken Willen. Darüber wird sich die Nebenwelle freuen."
Dann wandte er sich wieder von ihm ab und holte den Schalter für die Rückwand heraus. Als der Spalt zum Raum der Stühle frei war, zerrte er Gerd in den Raum.

Danach riss er ihm das Pflaster, das er ihm Mittag auf den Mund geklebt hatte, mit einem Ruck weg.
Gerd schrie sofort wie ein Wahnsinniger um Hilfe. Aber das schrille Lachen von Ernest verschlug ihm bald die Stimme. „Gut gebrüllt Löwe", amüsierte sich Ernest und brachte Gerd in eine sitzende Haltung.
Die Augen von Gerd gewöhnten sich langsam an das Halbdunkel des Raumes und er bemerkte dass noch ein Gefangener zugegen war. Er konnte nicht erkennen ob es ein Mann oder eine Frau war. Aber er musste nicht lange darüber rätseln.
Sein Entführer ging auf die Liege zu, richtete die Person auf und lies wieder dieses unheimliche Lachen los. Doch dieses Mal etwas leiser. Dann sagte er: „Freust du dich schon auf den Entzug Sabrina?"
Die Frau begann zu wimmern und zu betteln wie ein Kind. Es half ihr jedoch nichts.
Gerd sah wie der Mann die Frau hoch zog und sie auf eine Art Stuhl setzte, sah wie sich die Schalen schlossen, wie die Wand sich verwandelte, hörte das surren des Glaskopfes und dann das gepeinigte Schreien der Frau. Die Schalen öffneten sich wieder und der Mann wuchtete die Frau herunter, legte sie auf die Liege, störte sich nicht weiter an ihrem Jammern und kam auf ihn zu.
„Siehst du Gerd, sagte er, „Die Behandlung dauert nicht lange, Sabrina muss noch zweimal auf den Stuhl, dann bist du an der Reihe."
„Niemals, " schrie Gerd, meine Eltern werden mich suchen lassen und die Polizei wird mich finden."
Träum schön weiter, " höhnte Ernest, schlüpfte durch den Spalt, verschloss die Wand und überlies ihn sich selbst.

Gerd schrie ein zweites Mal um Hilfe bis seine Kehle rau wurde. Es war nicht so, wie er es zu dieser Bestie gesagt hatte. Niemand würde ihn so schnell suchen. Seine Angehörigen würden vermuten dass er in Italien oder sonst wo herum reiste. Er war schon tagelang unterwegs gewesen ohne daheim anzurufen. Jetzt bereute er dies tief und fest aber was half ihm das?

Sebastian fuhr so schnell wie es sein alter Kübel und die Geschwindigkeitsgrenze erlaubte. Trotzdem kam er erst eine halbe Stunde nach der vereinbarten Zeit mit Lothar Meissner im Hotel an. Zum Glück gab es Handys und so hatte er ihn von unterwegs schon vorgewarnt dass es später werden könnte.
 Das Hotel in dem er abstieg war keine Kategorie der Spitzenklasse. Aber Sebastian hatte sich extra für eine einfache Unterkunft entschieden. Es strapazierte den Geldbeutel nicht allzu sehr und er brauchte auch nicht auf die Etikette zu achten.
Der Portier händigte ihm seinen Schlüssel aus und sagte ihm, dass ein Herr in der Bar auf ihn warte.
Lothar Meissner war also tatsächlich gekommen.
Sebastian bedankte sich für die Auskunft, brachte aber zuerst seine Reisetasche in sein Zimmer.
Schon ein paar Minuten später betrat er die kleine Bar in der um diese Zeit noch wenig Betrieb war. Sein Blick schweifte über die Gäste und blieb an einem etwa vierzigjähriger Mann, der auf einem Barhocker am Tresen saß, hängen. Er bemerkte wie er ihn aus den Augenwinkeln heraus musterte. Das musste der Reporter sein.

Als er auf den Mann zuschritt, schob dieser sein Glas über den Tresen und rutschte vom Hocker:
„Herr Schneider?" Sebastian nickte und gab ihm die Hand. „Ich danke ihnen Herr Meissner, " sagte er, „dass sie trotz meiner Verspätung gekommen sind."
Lothar grinste: „Wenn sie mir eine gute Story servieren, spielt das Warten keine Rolle."
Ihm schien sein Gegenüber ein wenig zu förmlich und steif und Sebastian zweifelte einen Moment lang daran, dass der Reporter ihn und seinen Verdacht ernst nehmen würde. Ansonsten fanden sich die Beiden irgendwie sympathisch. „Wollen wir hier Wurzeln schlagen, " lachte Lothar oder suchen wir uns einen Tisch."
„Nichts dergleichen," entgegnete Sebastian. „Ich möchte nicht dass unsere Unterhaltung in falsche Ohren gerät. Deshalb möchte ich sie bitten mit in mein Zimmer zu kommen."
Lothar zuckte die Achseln: „Wenn's sein muss!"
Eigentlich passte ihm dieser Vorschlag überhaupt nicht. Schließlich hatte er schon mit den harmlos wirkenden Typen schlechte Erfahrungen gemacht.
Sebastian hatte sehr wohl das Zögern des Reporters bemerkt, dachte aber nicht daran noch mehr Erklärungen abzugeben und verließ die Bar.
Lothar stapfte wortlos neben ihm her.
In Sebastians Zimmer taxierten sie sich beide noch einmal vorsichtig. Wie weit konnte man dem anderen vertrauen?
Schließlich besiegte Lothars Neugier sein Misstrauen. Er hangelte sich den einzigen Stuhl, der im Zimmer stand und setzte sich an den kleinen Tisch.

Sebastian holte sich den Hocker aus dem Bad und gesellte sich zu ihm. „Kommen wir zu den Fakten", sagte er zu Lothar. „Ich verfolge einen mysteriösen Fall."
„Wie ein Detektiv wirken sie nicht gerade", witzelte Lothar. Sebastian blieb gelassen, „das bin ich auch nicht. Ich bin Neurologe und zudem auf Hypnose spezialisiert."
Lothar sah ihn etwas ratlos an. In ihm regte sich kein Funken der Erkenntnis was ein Neurologe aus München mit der Entführung der Frauen in Giessen zu tun haben könnte. „Ich verstehe nur Bahnhof", sagte er, „und finde keine Verbindung zwischen München und Giessen, geschweige denn wie ich ihnen helfen könnte."
Sebastian lächelte, „erst kommt der Bericht und dann das Verstehen. Sind sie ein guter Zuhörer?"
Lothar räusperte sich: „Wenn's drauf ankommt schon. Also, legen sie mal los."
Sebastian rückte sich den unbequemen Hocker zurecht und begann mit dem Zeitpunkt an dem Ilona in die Klinik gebracht wurde. Er schilderte ihren seltsamen Zustand mit der kurzweiligen Amnesie und seinen Verdacht, dass diese Frau hypnotisiert worden war. An Lothars Miene erkannte er, dass er noch immer nicht begriff, auf was er hinaus wollte. Doch dies war ja nicht verwunderlich.
„Frau Fay, so heißt meine Patientin, erklärte er dem Reporter, war mit einem Mann aus Marburg verlobt. An dem Wochenende, an dem ihre Krankheit begann war sie bei ihm zu Besuch. Er ist Professor an der Universität Marburg. Ich studierte den Krankheitsverlauf von Frau Fay genau und kam zu dem Ergebnis, dass in der letzten Nacht, die sie bei ihrem Verlobten verbrachte, medizinische Versuche an ihr gemacht worden sind. Dieser Ge-

danke ließ mir keine Ruhe. Ich bewegte also Frau Fay mit mir nach Marburg zu fahren. Leider löste sich meine Hoffnung im Haus oder Labor des Professors etwas Ungewöhnliches zu entdecken im Nichts auf. Ich fand auch sonst keinen konkreten Hinweis, der meinen Verdacht erhärten könnte."
Lothar sah Sebastian mitfühlend aber auch realistisch denkend an: „Sie sind eben einer Fehldiagnose erlegen."
Im gleichen Moment als er das aussprach sah er einen Zusammenhang mit seiner Reportage über die vermissten Frauen. Er griff sich an die Stirn. „Sie wollen doch nicht behaupten, dass dieser Professor etwas mit den Entführungen in Giessen zu tun hat?"
„Genau, das will ich", gab Sebastian zu.
„Das ist doch ein gelinder Scherz", spöttelte Lothar und deswegen locken sie mich hier her? Wissen sie was mein Redakteur sagt, wenn ich diesen vagen Verdacht an die Presse bringen will? Er glaubt, dass ich jetzt total durchdrehe."
Sebastian merkte dass Lothar gehen wollte und hielt ihn zurück. „Wer sagt denn, dass sie die Geschichte meiner Patientin an die große Glocke hängen sollen. Das wäre mir zu diesem Zeitpunkt sogar peinlich. Ich habe sie hier her gebeten, weil mir noch mehr Dinge bekannt sind, die ich alleine nicht aufklären kann. Sie wären der richtige Partner für mich."
„Partner? Das darf doch nicht wahr sein. Ich bin doch kein Sherlock Holmes. Wie sind sie überhaupt auf mich gekommen?"
Sebastian antwortete in stoischer Ruhe: „Ich habe bei ihrem Blatt angerufen und mich nach dem Reporter der

Vermisstenstory erkundigt. Man gab mir großzügig Auskunft über sie. Auch darüber, dass sie Polizeireporter waren und einen guten Draht zu dieser Behörde haben. Es gibt also zwei Möglichkeiten. Entweder sie haben die grausige Geschichte um die beiden Prostituierten frei erfunden oder sie wissen tatsächlich näheres über die beiden. Dann kann ihnen auch nicht entgangen sein, dass fast zur gleichen Zeit eine Frau in Marburg als vermisst erklärt wurde. Sie wurde über Polizeifunk gesucht."
Lothar schüttelte den Kopf. Er fand noch immer keinen Zusammenhang zwischen dem Professor und den vermissten Frauen. „Natürlich", gab er zu, „natürlich habe ich von der Vermissten in Marburg, die aus einem Heim ausgebüxt ist, gehört. Aber der Fall in Giessen und der in Marburg sind wohl zwei verschiedene Schuhe."
„Gut, vielleicht haben sie Recht. Aber diese vermisste Frau war vor Jahren im Haushalt der Eltern des Professors tätig. Er kannte sie also."
„Was heißt das schon", sagte Lothar mürrisch. „Ich glaube, ich verschwende hier wirklich nur meine Zeit."
„Einen Moment noch!", bat Sebastian, und fuhr ohne auf weitere Einwände von Lothar zu achten fort: „Zu der Zeit, als die vermisste Elli Schmitt bei den Eltern des Professors im Dienst stand, verschwanden mehrere Personen aus Giessen und Marburg. Es gab eine ganze Serie dieser Fälle und man hat keinen der Vermissten jemals wiedergesehen. Auch nicht als Leichen. Der Vater des Professors war selbst ein Gelehrter und besaß ein eigenes Labor. Nachdem er tödlich verunglückte, verringerte sich die Zahl der vermissten Personen erheblich. Es handelte sich um Professor Georg Leitner. Vielleicht erinnern

sie sich noch an den damaligen Skandal in dem er auch verwickelt war. Man verdächtigte ihn zu den Wissenschaftlern zu gehören, die mit neuentwickelten, jedoch noch nicht genügend getesteten Medikamenten Versuche an Studenten ausübten. Ihm war aber als einzigen der Wissenschaftler nichts nachzuweisen. Nach dem Tod des Professors verbrachte sein Sohn Ernest Leitner viele Jahre im Internat. Später studierte er in München. Seit einigen Monaten wohnt er, der nun selbst Professor ist, wieder hier in Marburg in seinem Elternhaus. Er hat das Labor seines Vaters modernisiert und experimentiert nun darin. Sehen sie jetzt langsam einen Zusammenhang?"
Lothar pfiff durch die Zähne: „Ich glaube zwar noch immer nicht, dass dieser Leitner etwas mit dem Entführungen zu tun hat, denn ich kann mir nicht vorstellen, dass er herumfährt und ohne jede Spur zu hinterlassen Leute aufsammelt. Das ist finstere Theorie. Aber ich glaube dass er über die damaligen Versuche seines Vaters Bescheid weiß. Vielleicht gibt es Leute, die er damit erpresst?"
„Sehen sie, lächelte Sebastian, „jetzt geht mit ihnen die Fantasie durch. Ernest Leitner hat keinen Grund irgendwelche Leute zu erpressen. Das geerbte Vermögen seiner Eltern erlaubt ihm ein sorgenfreies Leben. Zudem ist er an der Uni in Marburg beschäftigt. Ich weiß aber von Frau Fay und auch von seiner Tante, dass er ein fanatischer Experimentierer ist. Das Labor steht an erster Stelle seiner Interessen."
Langsam steigerte sich in Lothar das Interesse an Ernest Leitner aber er sah keinen einzigen Punkt an dem man ansetzen könne um heraus zu finden was dieser Mann

treibt. Er rieb sich an seiner etwas knolligen Nase und räsonierte: „Ihr Wissen über Professor Leitner ist sicher ausgiebig, doch es hilft uns meiner Meinung nach wenig. Es gibt gegen ihn, wie sie mir eingangs erklärten keine Beweise in seinem Labor, die auf illegale Handlungen hinweisen. Wie sollten also nach ihrer Ansicht die Ermittlungen gegen den Professor beginnen?"
Sebastian atmete auf. Endlich hatte er den Fisch an der Angel. Lothar Meissner schien sich schon in den Fall hineinzubeißen. Er stufte ihn als intelligenten, zielstrebigen und ausdauerndem Menschen ein. Wenn dieser Reporter erst einmal in einer Sache drinsteckte, würde er sie bis zum Ende verfolgen. „Wir brauchen nicht erst mit den Nachforschungen zu beginnen, wir sind schon mitten drin", erklärte er ihm.
„Wir?" lachte Lothar. „Sie haben mich schon von Anfang an eingeplant."
 „Ich war mir nicht sicher ob es mir gelingen würde, sie als Mitermittler zu gewinnen. Doch ich habe auf ihre journalistische Spürnase gehofft, " gab Sebastian zu.
„Gut, grinste Lothar, „gehen wir's mal an. Was gibt es noch über Ernest Leitner zu berichten?"
Sebastians Miene wurde ernster. Die vermisste Elli Schmitt, " begann er, „war ein völlig normales Mädchen als es zu den Leitners in den Dienst kam. Ihre Krankheit hat sich erst nach und nach entwickelte. Es wurde Jugendschizophrenie diagnostiziert. Solche Fälle gibt es natürlich immer wieder. Ich habe jedoch, als ich von Professor Leitners Tante erfahren habe, dass Elli sich alles auf Zettel geschrieben habe, um das was ihre Chefin ihr auftrug zu erledigen, nicht zu vergessen, die Oberin des

Waisenhauses angerufen. Sie schilderte mir Ellis Krankheit und ihr Benehmen. Nach ihrer Beschreibung ist Elli auf die Stufe eines zehnjährigen Mädchens zurückgesunken, sei sehr vergesslich und ängstlich, habe sich aber niemals wie eine zweigeteilte Persönlichkeit gefühlt. Also kann man von Schizophrenie absehen. Deshalb liegt der Verdacht nahe, dass sie im Hause Leitner zu Versuchszwecken missbraucht wurde."
"Nehmen wir an, es sei so gewesen, " überlegte Lothar, „dann wäre aber immer noch nicht klar, weshalb Ernest Leitner Elli Schmitt entführen sollte."
Über diesen Punkt habe ich auch schon mein Gehirn zermartert, " sinnierte Sebastian. Um die Versuchsreihe seines Vaters an ihr fortzusetzen ist der Zeitraum zwischen den Behandlungen zu lange. Er müsste wieder von neuem beginnen. Außerdem ist er kein Arzt. Deshalb kann ich mir nicht vorstellen, dass es ihm um die Gesundheit der Versuchspersonen geht. Er muss ganz andere Ziele verfolgen."
„Aber welche?" Lothar sah wieder alle Felle davon schwimmen. „Es gibt keinen Beweis, dass er etwas mit der Sache zu tun hat. Die Tatsache, dass Elli Schmitt eine ehemalige Hausangestellte seiner Eltern war, wird keinen Richter dazu bringen einen Durchsuchungsbefehl für das Anwesen des Professors auszuschreiben."
„Sie haben Recht, aber es gibt eine Frau, die Elli Schmitt und Professor Leitner gleichermaßen gut kennt. Es ist Irma Zeiler, die Schwägerin seines Onkels Professor Richard Wegner. Er ist ehemaliger Professor. Zurzeit ist er jedoch auf Afrikareise. Frau Zeiler umsorgt Herrn

Leitner wie ihren eigenen Sohn. Er geht fast jeden Tag zu ihr und da liegt mein Problem. Ich würde gerne mit dieser Frau Kontakt aufnehmen und mit ihr sprechen aber leider kennt er mich. Deshalb würde er, wenn er mich bei ihr anträfe, sofort Verdacht schöpfen. Sie hingegen als Reporter..."

Lothar hakte zum Staunen von Sebastian sofort auf seine noch unausgesprochene Bitte ein. „Keine schlechte Idee", lobte er Sebastian. „Ich kann Frau Zeiler besuchen und ihr mit gutem Gewissen erklären, dass ich der Reporter bin, der über die vermissten Frauen berichtet hat und gerne zur Aufklärung beitragen würde. Es fällt mir auch gar nicht schwer, ältere Damen zu becircen."

„Ach so einer sind sie," scherzte Sebastian. Aber Spaß bei Seite. Aus dieser Frau ist sicher einiges herauszuholen." „Also abgemacht!", sagte Lothar fest, „ich tu's, aber wir sollten das förmliche Sie weglassen."

„Einverstanden", freute sich Sebastian. In diesem Moment wurden die beiden Männer Freunde.

„Jetzt müssen wir uns einen genauen Plan aushecken, wie wir möglichst rasch vorgehen", schlug Lothar vor. „Falls der Professor wirklich der Entführer ist, wird er sich bald wieder auf die Suche nach einem neuen Opfer machen. Die Polizei wird uns diese Story nicht abkaufen. Deshalb bleibt uns nichts anderes übrig, als genügend Beweise zu sammeln." Sebastian nickte: „Du hast recht, aber wirst du auch genügend Zeit für die Recherche aufbringen?"

„Die nehme ich mir halt. Ich erzähl dem Redakteur, dass ich an einer großen Story hänge und das stimmt ja auch."

„Sebastian bedauerte: „Leider habe ich nur eine Woche Urlaub, dann muss ich wieder nach München in die Klinik." „Jetzt war Lothar der Optimist. „Das kriegen wir schon hin. Ich habe einen Kumpel bei der Polizei in Giessen. Der kann mir sicher sagen, wie weit sie schon mit den Ermittlungen über die vermissten Frauen sind. Das werde ich noch heute Abend erledigen und morgen früh stehe ich mit dem neuesten Plan über die beste Vorgehensweise bei dir auf der Matte."
Das war ein Wort" Sebastian konnte zufrieden sein.
"Dann bis Morgen", sagte Lothar.
Sebastian gab ihm die Hand „Bis Morgen".

An diesem Abend bohrte sich der Gedanke, dass Onkel Richard ihn an der Nase herumgeführt hatte, tief in das Bewusstsein von Ernest. Sicher dachte der alte Trottel schon längst nicht mehr daran, ihm sein Vermögen zu hinterlassen. Dafür würde er diese falsche Hexe Irma heiraten und sie würde die große Nutznießerin sein.
Dabei hatte er stets geglaubt, dass er sich nie im Leben Sorgen zu machen brauchte. Seine Eltern hatten ihm einen schönen Batzen Geld hinterlassen aber genügte dies bis an sein Lebensende? Bisher war er sich des Erbes von Onkel Richard sicher gewesen. Aber nun? Wie konnte er diese Heirat verhindern? Er wischte sich über die Augen und versuchte diese Gedanken zu verdrängen. Es lüstete ihm nach einem guten Wein und so ging er in den Keller, holte sich eine Flasche herauf und entkorkte sie. Als der Wein in seinem Glas perlte, schlürfte er ihn genüsslich hinunter. Das zweite Glas leerte er schon schneller und wieder stieg die Wut in ihm hoch. Er musste

den Plan von Onkel Richard vereiteln. Die Nacht brach herein. Ernest dachte zwischen dem Wein trinken und seinen arglistigen Pläneschmieden daran, ins Bett zu gehen. Der Alkohol im Wein zeigte langsam seine Wirkung. Er wurde müde und schlief ein. Doch schon zwei Stunden später war er wieder wach. Er stand auf und lief aus seinem Schlafzimmer. Die hochsurrenden Töne hatten ihn geweckt. Etwas stimmte mit seinen Ohren nicht. Er holte sich eine Tablette aus dem Medizinschrank, nahm sie ein und steckte zusätzlich kleine Wattebäusche mit Ohrentropfen getränkt in seine Ohren. Dann ging er wieder zu Bett. Aber an schlafen war nicht mehr zu denken. Es war ihm, als verändere sich sein Zimmer. Von der linken Seite kam ein Brodeln und Rauschen und er sah den Bärtigen an einer Destille hantieren. Wie kam dieser Mensch dazu, sein Zimmer als Labor zu missbrauchen? Gehetzt sah er sich um und entdeckte erstaunt, dass die rechte Wand total mit Sternbildern und Bahnen bemalt war.

„Was tust du hier? knurrte er böse, „und wieso bekritzelst du meine Wände und experimentierst bei mir herum? Verschwinde, lass mich endlich in Ruhe!"

„Ich kann nicht so einfach verschwinden", erwiderte der Bärtige, „Du müsstest mit mir gehen. Denn du bist ich und ich bin du. Wir können uns nicht trennen."

Mit einem Ruck sprang Ernest aus dem Bett und lief auf den Bärtigen zu. „Ich bin nicht du", schrie er, „ich bin..." Er krachte mit dem Kopf an die Wand und blieb liegen.

Am Morgen schmerzten ihm sämtliche Knochen und er fror erbärmlich. Er richtete sich hoch und bemerkte, dass er auf dem Fußboden lag. Hatte er in der Nacht so viel

Wein getrunken, dass er den Boden mit dem Bett verwechselte? Er stemmte sich hoch und ging ins Bad. Im Spiegel sah er, dass seine Stirn mit Blut verklebt war und sie sich gerundet hatte. Er betastete die Beule und fühlte den Schmerz bei der Berührung. Vorsichtig wusch er sich ab und überlegte angestrengt wie er zu dieser Verletzung kam. Doch nicht der geringste Funken der Erinnerung kam ihn ihm auf. Die einzige vernünftige Erklärung für seinen Zustand war, dass er zu viel Wein getrunken hatte und in seinem Rausch an die Wand geknallt war. Und warum hatte er sich sinnlos betrunken? Doch nur wegen dieser berechnenden Kanaille Irma. Voller Zorn auf sie verließ er das Bad. Dieses gehässige, rächende Gefühl blieb ihm auch noch nach dem Frühstück erhalten und begleitete ihn bis ins Labor. Als er die Wand öffnete, stieß er Gerd mit dem Fuß in die Nieren.
Gerd schrie auf. Waren die Qualen die er bisher erlitten hatte noch nicht genug? Er glaubte sich nach dieser Nacht nie mehr richtig bewegen zu können.
Ernest ergötzte sich an seinen Schmerzen, lies wieder sein durchdringendes schrilles Lachen hören und stieg über ihn hinweg. Er packte Sabrina und schleppte sie zur Toilette. Danach legte er sie wieder auf die Liege. Sie war für ihn nur noch ein wimmerndes Bündel. Durch das viele Heben und schleppen hatten sich die Muskeln von Ernest aufgebaut und er fühlte sich immer stärker. Gerd kam an die Reihe mit dem Toilettenbesuch. Dann wurde er gezwungen eine schleimige Suppe zu essen.
Ernest begann dabei auf ihn einzureden. „Jetzt beginnt gleich der sechste Entzug von Sabrina", verkündete er ihm. „Pass genau auf, was du da siehst. Die Maschine

wird wieder einen Teil ihres Geistes aus ihr heraus ziehen. Sabrina war bisher mein hartnäckigster Fall aber ich glaube, dass dein Geist auch nicht so leicht einzufangen ist. Dabei ist es doch eine Ehre der Nebenwelle zu dienen."
Er richtete die sitzende Stellung von Gerd zu Recht und wandte sich danach Sabrina zu. Durch die unfreiwillige Diät war sie schon viel leichter geworden. So bereitete es Ernest weniger Mühe wie beim ersten Mal als er sie auf den Stuhl hieven musste. Er packte sie, hob sie hoch und höhnte dabei. „Jetzt lässt mein Vögelchen alle Flügeln hängen, wehrt sich gar nicht mehr. Das gefällt mir überhaupt nicht, ist viel zu langweilig."
Er krallte seine Fingernägel in ihre Schultern und aus dem Wimmern wurde ein Schreien. „So ist's schon besser", freute er sich, lies sie los und drückte auf den obersten Knopf. Er beobachtete das Entsetzen in Gerds Augen und erregte sich dabei.
Als der Entzug bei Sabrina vorüber war und er sie wieder auf die Liege gelegt hatte, bereitete er Gerd auf die nächste Handlung vor. „Sabrina", erklärte er ihm, benötigt nur noch einen Entzug. Das sollte dich freuen, denn nach ihrer Auflösung darfst du auf den Stuhl. Ich bin schon gespannt wie viele Anwendungen bei dir nötig sind bis dein Geist für die Nebenwelle bereit ist."
Danach ließ er Gerd in Ruhe und verschloss die Wand. Dieses Mal blieb er länger in seinem Labor. Er hatte noch viele Eintragungen zu machen. Außerdem las er den nächsten Teil der noch ungelesenen Berichte seines Vaters. Langsam begann er ihn zu bewundern. Er war bei der Auswahl seiner Versuchspersonen ganz schöne Risi-

ken eingegangen. Der Hunger kroch ihm den Magen hoch. Er hatte sich zu sehr an das gute Mittagessen von Irma gewöhnt. Aber heute würde er sich zurückhalten und nicht zu ihr gehen. Es gab genügend Wirtschaften.

Während Ernest im Labor beschäftigt war, trafen sich Sebastian und Lothar im Hotel. Lothar hatte sich noch am vergangenen Abend in der Polizeistation umgehört und erfahren, dass es noch keine Spuren von den zwei vermissten Frauen in Giessen gab. So lange keine Leichen gefunden würden. So lange konnte auch die Mordkommission nicht eingreifen. Außerdem bestand immer noch die Möglichkeit, dass die Modells längst in anderen Städten lebten und für andere Zuhälter arbeiteten. In diesem Milieu war schließlich alles möglich. Sebastian glaubte nicht an diese These.
„Kein Mensch verschwindet ohne irgendein einziges Stück seiner persönlichen Habe mitzunehmen."
Lothar nickte: „Das denke ich auch. Die beiden Zuhälter sind genau der gleichen Meinung. Nach dem Polizeibesuch habe ich noch mit ihnen gesprochen. Sie sind gewillt uns bei der Suche zu unterstützen."
Lothar bemerkte Sebastians gewellte Stirn und grinste: „Keine Angst, ich habe kein Sterbenswörtchen über den Professor gesagt und auch nicht wie wir vorgehen. Sie nehmen an, dass du mich beim Schreiben meiner Story unterstützt."
„Na prima, " grinste Sebastian, „dass ich mir mal von Zuhältern helfen lasse, habe ich mir auch nie erträumt."

„Also gehen wir's an", schlug Lothar vor. „Ich mache jetzt mein Interview mit Frau Zeiler und danach mit den Schwestern und Kindern im Waisenhaus. Vielleicht kommt doch etwas dabei heraus."
„Gut, sagte Sebastian, aber was unternehme ich inzwischen?" „Du fährst am besten nach Giessen",
schlug Lothar vor. Dort könntest du in dem Hochhaus in dem die erste Vermisste, eine gewisse Dunja, wohnte, Nachforschungen anstellen."
„Die Idee ist nicht schlecht, " zögerte Sebastian, „aber meinst du nicht, dass die Polizeibeamten schon alle Leute in dem Haus ausgefragt haben?"
„Natürlich werden sie das, aber wer sagt der Polizei schon die Wahrheit. In so einem Viertel möchte man nichts mit den Bullen zu tun haben."
„Du könntest in dieser Hinsicht recht haben", meinte
Sebastian. „Ich vertraue deiner Erfahrung in diesem Bereich. Aber ich verspreche mir nicht allzu viel."
„Macht nichts, " ermunterte ihn Lothar, „Versuchs einfach mal."
Lothar hing sich seine Tasche, in der seine Kamera und sein Mikrofon verstaut waren um seine Schultern und wandte sich zur Tür, „bis dann", lachte er, wir treffen uns heute Abend wieder hier bei dir."
„Bis dann, " murmelte Sebastian hinter Lothar her. Ihm war nicht ganz wohl bei dem Gedanken an seine nächste Aufgabe. In dem Metier hatte er sich noch nie betätigt. Hoffentlich machte er keine Fehler. Aber er war ja derjenige, der die Verfolgung des Professors aufgenommen hatte. Also musste er nun auch seinem Mann stehen. Aber zu welchem Hochhaus in Giessen sollte er fahren?

Lothar hatte es übersehen ihm die Adresse zu geben und er hatte ihn auch nicht danach gefragt. „Das fängt ja gut mit uns Profidedektiven an", dachte er und im selben Moment klingelte sein Handy. Lothar gab ihm die Adresse durch.
Während der Fahrt nach Giessen kamen Sebastian Bedenken über sein Tun. Was war, wenn er Ernest Leitner ungerechtfertigter Weise verdächtigte? Schließlich konnte er nichts dafür, dass sein Vater an unerlaubten Versuchen beteiligt war. Und dass die Frauen aus Giessen und Elli Schmitt kurz hintereinander verschwanden konnte leicht ein Zufall sein. Und Ilona? Tausendmal hatte er sich die Frage schon gestellt und ebenso oft wusste er keine Antwort darauf. Dann kam Giessen in Sicht und er konzentrierte sich verstärkt auf den Verkehr. Außerdem musste er darauf achten in das richtige Viertel der Stadt einzubiegen. Es kam ihm so vor, als führe er kreuz und quer durch Giessen und erst nach einer halben Stunde landete er in der angegebenen Straße. Ein paar Minuten später stand er vor dem Eingang des Hauses. Er überflog die ganzen Türschilder und fand tatsächlich noch Dunjas Namen. Die Miete war sicher im Voraus bezahlt und die Möglichkeit dass sie wieder zurückkommen würde war auch gegeben. Sebastian wartete bis Jemand aus dem Haus kam, dann schlüpfte er hinein. Nach den Schildern zu urteilen, wohnte sie ganz oben. Also fuhr er hinauf und suchte nach ihrer Wohnung. Er klingelte aber nicht bei ihr, sondern bei den Nachbarn. Die Tür öffnete sich und eine mollige, noch verschlafen wirkende Frau musterte ihn aus zugekniffenen Augen. Sebastian hatte das Gefühl, dass sie ihm jeden Moment die Tür vor der Nase zuschlagen

würde. Er fragte schnell nach Dunja aber das behagte der Frau schon gar nicht.

„Schon wieder ein Freier von der da. Lasst mir doch endlich meine Ruhe. Die ist verschwunden. Vielleicht hat sie schon einer abgemurkst."

„Ich bin kein Freier." widersprach er ihr und griff in die Jackentasche um eine Visitenkarte hervorzuholen.

„Ach so, ein Bulle, " sagte sie verächtlich. „Warum sagen sie das nicht gleich?"

Sebastian ließ sie in diesem Glauben und fragte ernst: „Wann haben sie ihre Nachbarin zum letzten Mal gesehen?" „Weiß nicht", murrte sie, „ich kümmere mich nicht um die. Fragen sie doch die Bellinda Bergen, die ist vom gleichen Gewerbe. Mit der war sie oft beisammen. Die wohnt im sechsten Stock. Mehr weiß ich nicht."

An ihrer verstockten Miene merkte Sebastian, dass jede weitere Frage die er ihr stellen würde, zwecklos sei.

So bedankte er sich und lief zum Aufzug. Als er an der nächsten Tür klingelte, öffnete ihm eine leichtbekleidete Dame. Sie musterte ihn kritisch und tadelte ihn: „So bald habe ich sie nicht erwartet. Ich habe ihnen doch am

Telefon gesagt, dass ich am Vormittag keinen Kunden empfange."

„Sie verwechseln mich wohl", sagte er. „ich bin ein Versicherungsagent."

„Versicherung? Ich brauche keine Versicherung." Schon wollte sie die Tür zu werfen. Sebastians Fuß war schneller. Er schob sie zur Seite und wunderte sich selber über sein ungewöhnliches Tun.

„Der Zweck heiligt die Mittel", dachte er. Ihm war, als brülle sie jeden Moment los. Er stieß die Tür zu und sagte

beschwichtigend. „Ich suche ihre Kollegin Dunja." Ihre nette Nachbarin hat mich zu ihnen geschickt."
„Dieses Miststück", schimpfte Bellinda los. Wen will die mir noch alles auf den Hals schicken."
„Beruhigen sie sich bitte", bat Sebastian. „Ich habe wirklich nur ein paar versicherungstechnische Fragen zu klären."
„Das interessiert mich die Bohne. Die hat sich an so einen feinen Macker herangemacht und kennt unsereiner gar nicht mehr."
Sebastian war geschockt. Dunja hatte also wirklich alles liegen und stehen gelassen und war mit einem Mann, ihrem Zuhälter entflohen. Trotzdem hakte er nach.
„Kennen sie den Bekannten? Es ist ungeheuer wichtig für mich mit Dunja zu sprechen."
„Tut mir leid", sagte Bellinda gedehnt. Dunja hat nie über ihre neue Bekanntschaft mit mir gesprochen."
„Sprach sie über andere Männer mit ihnen?"
„Eigentlich schon", antwortete sie jetzt nachdenklich. „Ab und zu braucht man jemand mit dem man über die Freier spötteln kann. Ich weiß auch nicht warum sie mir von dem nichts erzählte. Er muss ihr doch wichtig gewesen sein, wenn sie gleich mit ihm durchbrennt."
„Sie wissen also genau, dass sie freiwillig mit ihm weggegangen ist?" fragte Sebastian nun hellhörig geworden.
Bellinda schien sich die Szene in der sie Dunja zum letzten Mal gesehen hatte vorzustellen, dann sagte sie betroffen. „Ich hab's jedenfalls so gesehen. Sie ist stur an mir vorbei gegangen. So als ob sie mich noch nie gesehen hat. Ich hab sie gegrüßt aber sie hat überhaupt nicht

darauf reagiert." Sebastian fragte erregt: "War dieser Mann bei ihr?"

„Ja natürlich, deshalb war Dunja bestimmt so abweisend zu mir. Vielleicht hatte sie Angst ich würde ihn ihr abspenstig machen. Der stinkt wahrscheinlich vor Geld."

„Wie wollen sie das wissen? Ich dachte sie hat nicht mit ihnen darüber gesprochen."

„Ganz einfach", ereiferte sich Bellinda. Unsereins hat dafür ein Gespür. Mit einem Blick habe ich die teuren Lackschuhe und den Maßanzug unter dem offenen Trenchcoat bemerkt. Alles vom Feinsten, nur der Hut, den er trug passte nicht zu seinem Outfit. Aber vielleicht trug er ihn nur so tief im Gesicht weil er nicht erkannt werden wollte."

„Das wäre möglich", pflichtete Sebastian Bellinda bei, „aber wieso hatten sie den Eindruck, dass der Hut nicht zur Kleidung passte?"

„Ich bin gelernte Hutmacherin. Bevor ich mich in meinem jetzigen Beruf selbständig machte, arbeitete ich in einem Hutgeschäft in der Stadt. Vielleicht hat der Mann sich den Hut auch nur schnell gekauft weil es an jenem Tag so sehr regnete. Egal in welchem Geschäft man arbeitet, man weiß nie was die Kunden so bewegt."

Sebastian sah Bellinda nachdenklich an. Diese Frau wirkte, wenn sie sich so gab wie sie war, intelligent mit guten Umgangsformen. Weshalb hatte sie sich diesem fraglichen Milieu zugewandt? Egal, mit dieser Frage sollte er sich nicht auch noch belasten. "Sie sind eine gute Beobachterin, " lobte er sie, und scherzte, „vielleicht sollten sie Detektivin werden." Bellinda lachte und als er sie nach

einem Hutgeschäft in der Stadt fragte, erklärte sie ihm bereitwillig wie er dies am besten erreichen würde.
„Sie glauben also, fragte sie, „dass Dunjas Freund den Hut erst kurz bevor er zu ihr ging, kaufte?" Sie wartete aber seine Antwort nicht ab und sprach weiter, „Ihre These könnte leicht möglich sein, aber ob sich der Verkäufer noch an einen Kunden erinnert der vor zwei oder drei Wochen diesen Hut bei ihm kaufte, ist fraglich. Ich an ihrer Stelle würde mich lieber an Dunjas Zuhälter Lars wenden. Der weiß sicher mehr über sie. Warten sie mal, ich schreib ihnen die gängigen Kneipen auf, in denen sie ihn antreffen können." Sie nahm Block und Bleistift zur Hand, kritzelte ein paar Adressen darauf und überreichte ihm den Zettel.
„Danke, " sagte Sebastian erfreut, „darf ich sie, falls es noch weitere Fragen gibt, wieder besuchen?"
„Klar", lachte sie, und begleitete ihn zur Tür.
Sebastian konnte es nicht fassen. Seine Befragung war viel besser gelaufen wie er sich dies ausgemalt hatte. Naja, Glück muss der Mensch haben. Er steuerte auf den Lift zu, fuhr hinunter, verließ gut gelaunt das Haus, lief zu seinem Auto und fuhr in die Stadt. Bellinda hatte ihm die Straße und das Hutgeschäft so gut beschrieben, dass er es auf Anhieb fand. Sebastian betrat den Laden und sah über ein Regal hinweg, an dem ein Herrenhut nach dem anderen aufgereiht war. Der Verkäufer kam dienstbeflissen auf ihn zu und fragte freundlich nach seinen Wünschen.
„Ich suche ein ganz bestimmtes Modell", sagte Sebastian zögernd zu dem Verkäufer. „Mir ist ein Malheur passiert, das ich wieder ausmerzen muss. Ich habe den Hut eines

Bekannten beschädigt, den er erst vor ein paar Wochen bei ihnen gekauft hat. Er ist etwas eigen und wünscht sich unbedingt das gleiche Modell wieder. Können sie sich das vorstellen?"
„Natürlich", erwiderte der Verkäufer, „ein Hut unterstreicht die Persönlichkeit eines Menschen. Wissen sie aus welchem Material dieser Hut bestand und welche Farbe er hatte?" „Ehrlich gestanden, gab Sebastian zu, "bin ich ein Banause, was Hüte angeht. Vielleicht erinnern sie sich an den Herrn. Er ist etwas kleiner wie ich, sein Gesicht ist oval mit hohen Backenknochen und seine Haare sind dunkelbraun. Er geht auf die Dreißig zu, man könnte ihn aber schon ein wenig älter schätzen. Er kleidet sich elegant..."
„Moment", unterbrach ihn der Verkäufer, „ihre Beschreibung ist schön und gut aber ich merke mir doch nicht das Aussehen meiner Kunden. Vielleicht hatte auch mein Kollege Dienst, als der Hut gekauft wurde. Besser wäre es wenn sie sich wenigstens an ein paar Details des Hutes erinnern." „Schade, bedauerte Sebastian. „Ich sehe, wir kommen uns nicht näher und ich muss meinem Bekannten den Hut doch finanziell ersetzen."
Er wandte sich ab und der Verkäufer bat ihn, sich die Zeitausgaben der Hüte, die er glaubte in den letzten Wochen verkauft zu haben, zeigen zu dürfen.
„Als gut, versuchen wir's", gab Sebastian nach. Der Verkäufer griff nach einem außergewöhnlichen Modell und gab es Sebastian in die Hand. Er drehte und wendete den Hut und sagte: „Ich weiß nicht recht, an dem Tag als mein Bekannter den Hut kaufte, war das reinste Schmuddel Wetter. Er trug gegen seine Gewohnheit einen hellen

Trenchcoat. Vielleicht hat er sich den Hut passend dazu ausgesucht. Ich kann mir vorstellen, dass er bei dem Regen nicht sehr gut gelaunt war und da kommt dieses Modell sicher nicht in Frage."
Der Verkäufer schien sich plötzlich an etwas zu erinnern: „Regenwetter sagten sie?" Es gab da mal einen Tag an dem wir fast keine Kunden hatten. Ich dachte schon, es wäre besser das Geschäft zu schließen. Dann kam ein Kunde, der auf ihre Beschreibung passen könnte.
Er probierte mehrere Hüte und war ziemlich schlecht gelaunt. Dann hat er sich einen Hut ausgesucht, der eher zu einem älteren Herrn gepasst hätte. Jedenfalls wirkte er an ihm komisch und ich hatte eigentlich den Eindruck dass er sonst keinen Hut trug. Der elegante Anzug und der biedere Hut – ich weiß nicht?" „Hat der Kunde mit ihnen gesprochen?"
„Wenig, als er bei mir an der Kasse stand sah er aus, als habe er Herzschmerzen oder was ähnliches. Sein Gesicht wirkte weiß und verkrampft. Ich habe ihn gefragt ob ich ihm helfen könne aber er verneinte und ging.
„Hatte er den Hut auf dem Kopf als er sie verließ?"
„Ja, ich hab ihn noch nachgesehen, weil ich den Eindruck hatte, dass irgendetwas an ihm nicht stimmte. Der Regen hatte inzwischen aufgehört aber er nahm den Hut nicht ab." Es stimmt, sagte Sebastian, mein Bekannter ist krank. Ich will ihn nicht zusätzlich verärgern. Deshalb werde ich mir den beschädigten Hut bei ihm holen und ihnen bringen. Vielleicht gibt es ja noch einmal das gleiche Modell, oder haben sie diesen Hut auf Lager?"
Der Verkäufer wandte sich wie ein Aal. „Der Hut war schon ein älteres Modell und ich muss gestehen, dass ich

froh war ihn endlich an den Mann gebracht zu haben. Falls sich ihr Bekannter für ein ähnliches Modell entscheiden sollte, gäbe ich ihm dafür Rabatt."
Sebastian lächelte verbindlich: „Danke, ich werde es ihm ausrichten. Vielleicht sehen wir uns bald wieder. Auf Wiedersehen."
 Als Sebastian den Laden verließ war er total aufgewühlt. Er ahnte, dass ihm der Verkäufer nachsah und lief zügig die Straße hinunter. Von irgendeiner Kirche schlug es Zwölf Uhr Mittag. Um diese Zeit würde er Dunjas Zuhälter noch nicht in der Kneipe antreffen. Jedenfalls glaubte er, dass dessen Arbeitszeit erst am Nachmittag begann.
Somit blieb ihm noch genügend Zeit bis er ihn sprechen konnte. Sein Magen knurrte und er sah sich nach einem guten Speiselokal um. Als er endlich das Richtige gefunden und sich darin einen gemütlichen Platz ausgesucht hatte, lies er das, was er heute Vormittag erlebt hatte Revue passieren. Er war zu besseren Ergebnissen gekommen, als er je erwartet hatte.

Lothar war bei seinem ersten Besuch nicht so erfolgreich wie Sebastian.
Irma Zeiler öffnete die Tür, musterte ihn und sagte, wir kaufen nichts."
Lothar war erst mal geschockt. Sah er wie ein Vertreter aus? „Ich bin von der Presse", sagte er kurz.
 „Von der Presse?" fragte sie und fauchte: „Mit der Presse will ich nichts zu haben. Ihr Reporter dreht einem sowieso die Worte im Mund herum."
Trotzdem beäugte Irma ihn jetzt noch genauer.
„Was möchten sie überhaupt von mir erfahren?"

Lothar versuchte seinen überzeugendsten Ton rüber zu bringen. „Wir besuchen alle Leute, mit denen Elli Schmitt etwas zu tun hatte und hoffen somit der Polizei bei der Suche zu helfen."
„Klingt gut, sagte Irma aber ich kann ihnen in keiner Weise weiterhelfen, wenden sie sich ans Waisenhaus."
Schwupp, die Tür war zu. Lothar stand wie angewurzelt auf der Treppe. So eine Abfuhr hatte er nicht erwartet.
An ihrer Miene hatte er erkannt, dass sie mit anderen Problemen fertig werden musste und er nahm sich vor, sie später noch einmal zu besuchen. Er war für seine Hartnäckigkeit bekannt und er würde es schon noch schaffen mit ihr zu reden. Aber hier Wurzeln schlagen brachte auch nichts. So spurtete er die Treppen hinunter zu seinem Wagen hin.

Die Schwester Oberin des Waisenhauses war zwar über Lothars Erscheinen auch nicht erbaut, aber sie empfing ihn. Auch hier ließ er sein Sprüchlein von der Zusammenarbeit mit der Polizei los. „Leider, bedauerte sie, habe ich heute keine Zeit für sie, aber ich erlaube ihnen, die Schwestern und Kinder zu befragen. Ich glaube zwar schon nicht mehr daran Elli wieder zu finden aber Gottes Wege sind unerforschlich." Die Oberin rief nach einer Schwester die ihn in den Arbeitsraum der Kinder bringen sollte. „Die meisten Kinder," erklärte sie ihm, sind jetzt in der Schule aber Schwester Angela, die mit Elli jeden Tag zusammen war, ist unten bei den Vorschulkindern."
 Damit war er bei der Oberin entlassen und Schwester Viktoria wies ihm den Weg. Lothar sah sie von der Seite an und fragte sie: „Wie lange sind sie schon hier"

„Zehn Jahre", erwiderte sie knapp.
„Dann kennen sie Elli gut?"
„Ja schon, aber Schwester Angela stand ihr näher. Aber am meisten trauert unsere Köchin, Schwester Hedwiga um sie. Elli half ihr fast jeden Tag in der Küche und obwohl sie so vergesslich war, arbeitete sie geschickt."
Inzwischen waren sie beim Arbeitsraum angekommen und Schwester Viktoria überließ ihn Schwester Angela.
Mein Name ist Lothar Meissner, " stellte er sich ihr vor, und ich schreibe für die Giessener und die Marburger Tageszeitung. Wir möchten noch einmal an die vermisste Elli Schmitt erinnern und ihr Bild in die Zeitung setzen. Wir versprechen uns von einem massiven Bericht über sie, dass sich doch noch Jemand an sie erinnert."
Angela sah ihn zweifelnd an. „Nach so vielen Tagen müsste sie doch schon gefunden worden sein. Ich verstehe heute noch nicht, weshalb sie das Haus verlassen hat."
„Verzeihen sie Schwester Angela, " unterbrach er sie, „würden sie mir erlauben das Band bei unserem Gespräch mitlaufen zu lassen?"
Schwester Angela wurde rot, sie wusste dass sie sich dann unsicher verhalten würde, aber sie nickte zustimmend. Lothar nahm das Gerät heraus und schaltete es an. Die Kinder sahen ihm neugierig zu. Lothar liebte
Kinder und machte ein paar Späße mit ihnen. Nun löste sich auch ein Mädchen, das bis jetzt still auf einer Bank gesessen hatte von seinem Platz und kam ein bisschen näher. Alle Kinder nannten ihm ihre Namen. Nur dieses Mädchen schwieg. Lothar nahm das Mikrofon und hielt es vor sie hin. „Soll ich deinen Namen erraten?" fragte er.

Das Mädchen schwieg weiter. Schwester Angela bückte sich zu dem Kind, nahm es in die Arme und sah zu ihm hoch. „Das ist Barbara, sie war eine Woche lang sehr krank. Sie besucht schon die Schule, ist in der ersten Klasse, aber jetzt darf sie noch ein paar Tage zuhause bleiben." dann sagte die Schwester zu der kleinen Barbara, „vor dem Mann brauchst du keine Angst zu haben."
Barbara sah Lothar zaghaft an, dann begann sie zu sprechen: „Hast du auch ein Geheimnis?"
„Ein Geheimnis?" lächelte Lothar, „vielleicht! Aber hast du eins?"
„Natürlich, aber über ein Geheimnis darf man nicht reden." Lothar sah das Ganze noch für einen Spaß an und lachte: „Klar ein Geheimnis darf man nicht ausplaudern, dafür ist das Ding in meiner Hand da. Da darf man alles hineinreden. Es schluckt jedes Geheimnis auf."
Barbara überlegte angestrengt und fragte danach: „Und der Mann erfährt nichts davon, wenn ich es dem schwarzen Ding verrate?"
„Nein, nein, mein großes Ehrenwort," sagte Lothar und sah Schwester Angela an. Sie schüttelte verwundert den Kopf. Fantasierte das Kind oder hatte es tatsächlich einen Mann getroffen.
„Welcher Mann denn," fragte er Barbara. Elli hat einen Freund.
„So, so, tat Lothar spaßig, Elli hat einen Freund. Ist der Freund auch lieb?"
„Och ich weiß nicht, zu Elli schon."

Lothar fasste es nicht, wahrscheinlich war der Entführer hier ums Haus geschlichen und niemand hatte etwas bemerkt. „Hast du den Mann gesehen?"
„Nein Elli hat es mir gesagt. Sie ist zu ihm gegangen. Elli geht es bestimmt gut."
Schwester Angela kniete sich neben das Kind und fragte: „Hast du gesehen wie Elli fortging?"
„Nein, ich bin mit ihr nur bis zur Tür gegangen. Elli hat doch den Zettel von ihrem Freund."
„Welchen Zettel?" fragte Lothar gespannt.
Barbara verzog ihr Gesicht: „Wo drauf steht, wo er wohnt." Dicke Kullertränen tropften an Barbaras Wangen herunter. „Jetzt hab ich kein Geheimnis mehr und Elli ist bestimmt traurig dass ich es verraten habe."
Schwester Angela nahm das Mädchen in die Arme und tröstete es. Dann richtete sie sich wieder auf und rief nach Schwester Viktoria und bat sie für eine Weile die Aufsichtspflicht über die Kinder zu übernehmen. „Ich weiß", sagte sie, dass die Mutter Oberin heute wichtige Schreibarbeiten erledigen muss aber dies lässt keinen Aufschub zu. Wir müssen sie sofort über die Aussage von Barbara informieren. Wenn ich bloß daran denke, wieviel Fragen die Polizei an das Kind stellen wird, wird es mir schon übel."
Lothar versuchte sie zu beruhigen, „Diese Befragung übernimmt sicher ein geschulter Psychologe."
Jetzt saß Lothar fest. Die Oberin war nicht sehr erbaut von der erneuten Störung, hörte sich den Bericht jedoch geduldig an. Auch ihr fiel es schwer daran zu glauben, dass in der Nähe des Heimes ein Fremder sich Elli so dreist nähern konnte ohne entdeckt zu werden. Und sie

obendrein ohne jedes Aufsehen entführen konnte. Er musste Elli mit irgendwelchen Versprechen in die Stadt gelockt haben. Aber wohin und zu welchem Zweck?"
„Wir müssen sofort die Polizei benachrichtigen."
Sie sah Schwester Angela streng an. „Veranlassen sie das nötige, aber ich möchte nicht, dass sie mit Blaulicht und Sirene ankommen. Wir beide sprechen uns noch."
Lothar bemerkte wie Schwester Angela zusammenzuckte. Sie tat ihm leid. Er wandte sich an die Oberin. „Ehrwürdige Mutter, ich würde gerne zum zuständigen Polizeirevier fahren und die Polizei verständigen. Ich werde den Beamten alles ausführlich erklären und sie bitten Zivilbeamte und eine Psychologin für das Kind zu ihnen zu schicken."
„Gut, ich verlasse mich auf sie und erwarte die Beamten."
Schon eine viertel Stunde später saß Lothar in der Polizeistation. Er zeigte seinen Presseausweis vor, sagte für welche Zeitung er recherchierte. Dann berichtete er dass er im Heim noch etwas über die vermisste Elli Schmitt erfahren wollte und wie das Mädchen Barbara ihm von ihrem Geheimnis erzählte. Er brachte auch zur Sprache, dass er der Oberin versprochen hatte, die Beamten zu bitten, falls sie noch weitere Fragen hätten, in Zivil zu erscheinen. Man sagte ihm alles zu. Endlich gab es mal einen Hinweis. Er wünschte den Beamten Erfolg beim Weiterverfolgen der Spur und verließ das Polizeirevier. Über Professor Leitner hatte er kein Wort verloren. Er wollte erst mit Sebastian über alle neuen Erfahrungen debattieren. Inzwischen war es schon fast dreizehn Uhr. Auch ihn plagte der Hunger. Aber bevor er sich ein Speiselokal suchte, wählte er Sebastians Handynummer.
„Erfolg gehabt?" fragte er ihn.

„Auf der ganzen Linie", lachte Sebastian. „Ich bin gerade beim Essen, soll ich mich dann auf die Suche nach Lars machen?"
„Nicht nötig, ich möchte mit dir etwas besprechen. Ich verköstige mich nun auch und dann treffen wir uns ungefähr in einer Stunde bei dir im Hotel, abgemacht?"
„Abgemacht."

Ernest verließ um die Mittagszeit das Labor, ging zum Briefkasten, holte die Post heraus und ging ins Haus. Im Flur legte er die Briefe achtlos neben das Telefon und lief ins Bad. Er fühlte sich von den beiden Versuchspersonen beschmuddelt. So konnte er in kein Lokal gehen. Unter der Dusche spülte er den unangenehmen Geruch herunter und als er danach den frisch gereinigten Anzug angezogen hatte, freute er sich auf den Besuch eines guten Speiselokals. Vergnügt wollte er das Haus verlassen.
Im Flur fiel sein Blick jedoch auf die Briefe. „Nur mal kurz schauen, von wem sie sind", dachte er. Er nahm sie hoch, las die Absender und legte sie gleich wieder auf die Ablage. Einen Schritt tat er nach vorne, den nächsten wieder zurück. Onkel Richards steile Schrift erinnerte ihn daran, was Irma ihm erzählt hatte. Wollte er sich bei ihm rechtfertigen? Er hob den Brief wieder hoch, nahm auch noch den zweiten, der von der Universität kam mit und ging ins Wohnzimmer. Beide Adressaten verursachten in seinem Magen ein flaues Gefühl. Er griff hastig nach dem Brieföffner und schlitzte Onkel Richards Brief als ersten auf. Wie erwartet kündigte er ihm seine baldige Rückkehr an, erklärte ihm, dass es ihm zwar auf den Reisen sehr gefal-

len habe. Doch überall hätte er gespürt wie sehr er die Zweisamkeit mit Irma vermisse. Sobald er zurück in Marburg wäre, würde er Irma heiraten. Diese kurze, bündige Nachricht von seinem Onkel ärgerte ihn ungemein. Er schrieb ihm wie einem Fremden, achtete nicht im Geringsten auf seine Gefühle. Sollte den Alten der Teufel holen. Er würde jedenfalls nicht ein Wort mehr mit ihm sprechen. Seine zuvor noch gute Laune sank in den Keller. Jetzt konnte er den Brief von der Uni auch noch lesen. Er enthielt eine Abmahnung, denn er hatte vergessen sich weiterhin krankschreiben zu lassen. In den letzten Tagen hatte er die Uni total aus seinen Gedanken gestrichen und war ihr unentschuldigt fern geblieben. Er schmiss den Brief in die Ecke. Die konnten ihm mal... Er würde sich einen Dreck um die scheren und wenn sie ihn entließen war ihm das auch egal. Sein Hunger nahm zu, aber er verspürte nun keine Lust mehr, unter Menschen zu gehen. Er stand auf, ging in die Küche, nahm eine Pizza aus dem Gefrierfach, legte sie in die Mikrowelle und schaltete diese ein. Dann setzte er sich an den Küchentisch und wartete. Sein Genick wurde steif und ein dumpfes Klopfen in seinen Adern kündigte die Kopfschmerzen an, die von der Wirbelsäule herauf krochen und bis in die Stirne zogen.
„Du solltest dein jetziges Tun aufgeben und dich lieber deiner Arbeit in der Universität widmen", flüsterte eine Stimme neben ihm.
Das Gesicht des Bärtigen tauchte auf. Sein Mund öffnete sich wie bei einem nach Luft schnappenden Karpfen.
„Lass dich von dem unsinnigen Gewäsch deiner Mutter

nicht von deinem Ziel abbringen. Sie ist den Außerirdischen feindlich gesinnt, " warnte er ihn.
„Lass es nicht zu, dass Theodor Bender noch mehr von dir Besitz ergreift", bat die Flüsterstimme.
Ernest hieb mit der Faust auf den Tisch: „Lasst mich in Ruhe", schrie er wild. Er sprang auf, lief gehetzt aus der Küche und dicke Tränen rannen ihm über sein Gesicht. War es aus Wut, Trauer, Scham oder die Angst seiner Aufgabe nicht gerecht zu werden? Er musste den Wunsch der Außerirdischen erfüllen sonst? Er sah seinen Geist schon dutzendmal geteilt. Er brüllte wie ein Tier, schaffte es gerade noch ins Wohnzimmer zum Sofa, sank darauf und der Schlaf nahm sich seiner an.

Die beiden Freunde trafen sich wie verabredet im Hotelzimmer von Sebastian. Beide strotzten vor guter Laune. Am Morgen hatten sie sich mit der optimistischen Hoffnung getrennt, im Laufe des Tages auf eine kleine Spur zu stoßen. Doch nun sahen sie sich gleich bei der Begrüßung an, dass ihre Erwartungen übertroffen wurden. Lothar lachte: „Du bist als Erster an der Reihe. Erzähl schon!"
Sebastian war natürlich neugierig auf Lothars Erfolge aber beide konnten sie ja nicht zur gleichen Zeit berichten. Also begann er zu erzählen was er in dem Hochhaus in Giessen erlebt hatte.
Lothar war verblüfft. „Diese Bellinda scheint eine gute Beobachtungsgabe zu besitzen."
„Das kann man wohl sagen", stimmte ihm Sebastian zu. Außerdem war ihr Tipp mit dem Hutgeschäft hervor-

ragend. Der Verkäufer konnte sich nach den Schilderungen über meines „sogenannten Bekannten", genau an ihn erinnern. Belindas Aussage über das Aussehen jenes Mannes, den sie mit Dunja gesehen hatte, deckt sich genau mit der Beschreibung des Verkäufers, die er über den seltsamen Kunden abgab."
„Und du bist dir ganz sicher, dass es sich um Ernest Leitner handelte?" hakte Lothar noch mal nach.
„Ja, ich bin mir ganz sicher. Als ich ihn mit Frau Fay besuchte, prägte ich mir schon berufsmäßig sein Aussehen genau ein. Dabei achtete ich auch auf seine Sprechweise, seine Gesten, wie er sich kleidete und so weiter. Für mich gibt es nicht mehr den geringsten Zweifel dass Ernest Leitner der Entführer ist. Es gibt noch einen Punkt, der dafür spricht. Bellinda sprach davon, dass Dunja starr an ihr vorüber schritt. Dies bestätigt meinen Verdacht, dass Dunja hypnotisiert war."
"Das ist gut, " freute sich Lothar. „Jetzt wissen wir schon mal, dass Dunja, ehe sie im Nichts untertauchte, mit einem Mann das Haus verließ. Als zweites sollten wir herausfinden ob es auch im Block in dem Sabrina wohnte, einen Zeugen gibt, der sie mit dem gleichen Mann gesehen hat. Falls wir dies schaffen, wird die Polizei unsere These aufgreifen. Aber denen muss man erst mit stichhaltigen Beweisen kommen. Schließlich handelt es sich bei den Vermissten um Prostituierte."
Sebastian lachte optimistisch: „Das kriegen wir auch noch hin, aber ich bin schon auf deine Story gespannt."
Lothar ging an die Hausbar. „Ich glaube, sagte er dabei, ein frisches Bier tut uns jetzt beiden gut. Er kam mit zwei Flaschen zurück, öffnete sie und drückte Sebastian eine

davon in die Hand. „Okay", prostete ihm Sebastian zu und nahm einen Schluck aus der Flasche.
Lothar tat das gleiche und begann danach mit seinem Bericht.
Jetzt war es Sebastian, der ins Staunen kam. „Haben wir ein Schweineglück", schwärmte er, diese Spur führt uns sicher zum Professor.
„Ja", stoppte Lothar die Euphorie Sebastians, der Verdacht hat sich nun erhärtet, dass Elli Schmitt von einem Mann entführt wurde. Aber von welchem Mann? Und bedenke, es ist die Aussage eines Kindes und es gibt keinen Beweis, dass die kleine Barbara die Wahrheit gesagt hat. Kinder verwischen oft Fantasie und Wirklichkeit." Sebastian wurde nachdenklich. „Du magst dabei Recht haben, dass es die Beamten so sehen. Aber mir erscheint die Aussage des Mädchens nicht so abwegig. Elli hat, von wem auch immer, die Adresse von Ernest Leitner erhalten und hat das sogenannte Geheimnis Barbara anvertraut. Warum und zu welchen Zweck, gibt es später zu klären." Lothar nickte zustimmend und sah auf die Uhr. „Erst sechzehn Uhr", rechnete er nach. „Wenn wir jetzt nach Giessen führen, hätten wir, ehe wir uns mit Lars und Uwe träfen, noch genügend Zeit uns in Sabrinas Nachbarschaft umzusehen."
„Also packen wir's" stimmte Sebastian zu.
Als sie das Hotel verließen empfing sie ein kühler Wind und bald danach setzte Regen ein. „Das sommerliche Wetter ist nun wohl endgültig dahin", bedauerte Sebastian als sie zum Auto liefen. „Kann man nichts machen" rief Lothar Sebastian gegen dem Wind zu. „Ich hoffe nur dass es in Giessen nicht allzu sehr schüttet."

Doch das Glück schien an diesem Tag für die Beiden beendet zu sein. In dem Block, in dem Sabrinas Wohnung lag, erhielten sie nur muffige oder gar keine Aussagen. „Die Bullen waren schon da", „wir kennen die Frau nicht", „lassen sie uns in Ruhe" und so ging es weiter. Als sie alle Wohnungen abgeklappert hatten, blieb ihnen nichts anderes übrig als aufzugeben.
„Da scheint ja ein angenehmes Volk zu wohnen", brummte Lothar zweideutig.
„Wir müssen uns eben an Sabrinas Bekannte wenden. Vielleicht gibt es da einen Hinweis, " meinte Sebastian.
„Das sieht auch schlecht aus", winkte Lothar ab, „Uwe und Lars haben doch schon alle ausgefragt. Und die Zuhälter haben ihre ganz bestimmten Methoden."
„Kann schon sein", ließ sich Sebastian nicht entmutigen, „aber vielleicht haben sie doch etwas entscheidendes übersehen. Siehe Bellinda."
Inzwischen waren sie schon die Treppen von oben nach unten gelaufen und steuerten auf den Ausgang zu. In dem Moment trippelte ihnen ein alter Mann mit einer Fahne entgegen, die selbst den härtesten Matrosen umgeworfen hätte.
„Aus dem Weg ihr Bullen", lallte er, Vier, fünf auf einmal, das ist unfair. Er ruderte abwehrend mit den Armen und sie blieben stehen. Dann versuchte der Alte seine Wohnungstür zu öffnen aber sein Schlüssel rutschte ständig ab.
Sebastian ging zu ihm und stütze ihn und Lothar nahm ihm den Schlüssel ab und schloss auf. Sie führten ihn zu einem verschlissenen Sessel und setzten ihn hinein. Dann holte Lothar ein nasses Tuch und wischte ihn ab.

Der Betrunkene protestierte und lallte unverständliches Zeug.

„Ich möchte nicht wissen, wieviel Promille der in sich hat", sagte Sebastian, „vielleicht sollten wir ihn nicht alleine da sitzen lassen."

„Du meinst, wir sollten einen Notarzt rufen?" fragte Lothar, „aber ich glaube, der packt's schon, der scheint an solche Quanten gewohnt. Ich sehe mal nach ob ich einen Kaffee bei ihm finde."

Die Wohnung bestand nur aus einem Zimmer, einer Kochnische und einem winzigem Bad.

Sebastian fühlte den Puls des Mannes. Er war zwar niedrig aber nicht bedrohlich. Lothar hatte tatsächlich eine Kaffeemaschine und Kaffee entdeckt. Er füllte den Filter und setzte die Maschine in Gang. Kurz darauf kam er mit dem Kaffee und flößte ihm den Alten ein. Das warme Getränk erhellte seine Geister und er begann seine Helfer zu beschimpfen. „Was macht ihr Kerle in meiner Wohnung?" Lothar kam eine Idee: „Wir suchen Sabrina", sagte er laut. "Sabrina? Sabrina kenn ich nicht, " maulte er, verschwindet!" Lothar ließ sich nicht entmutigen. Sabrina wohnt doch nur einen Stock über ihnen. Sie bekommt viel Besuch und geht bestimmt einmal am Tag an ihrer Wohnungstür vorbei."

„Hi-hi", lachte der Alte spöttisch. Ihr seid ein paar Kumpels die was fürs Bett brauchen. Hi –hi, die hat jetzt was Besseres. Ist im piekfeinen Mercedes, mit 'nem piekfeinen Knilch abgerauscht. Die seht ihr nimmer. Hi-hi." Sein Kopf sank zur Seite und die Schnarch Töne die er von sich gab, waren nicht zu überhören. Sebastian und Lothar hoben ihn hoch und legten ihn auf sein Bett. Er schnarch-

te ungestört weiter. Lothar grinste, „um den brauchst du dir keine Sorgen zu machen, der schläft jetzt seinen Rausch aus."
Sebastian fühlte noch einmal den Puls des alten Mannes und nickte dann, „gehen wir."
Auf dem Weg zum Auto fragte Lothar: „Weißt du zufällig welchen Wagen der Professor fährt?"
„Tut mir leid, das weiß ich nicht." bedauerte Sebastian. „Als ich ihn besuchte, stand sein Auto in der Garage und damals dachte ich auch nicht daran Frau Fay danach zu fragen."
„Macht nichts", sagte Lothar. „Morgen besuche ich noch einmal Frau Zeiler und dieses Mal werde ich mich nicht von ihr abwimmeln lassen. Und ich bin mir sicher, dass ich nicht nur die Automarke des Professors von ihr erfahre."
„Du glaubst also was der alte Mann in seinem Rausch lallte?" fragte Sebastian skeptisch.
„Warum nicht?" antwortete Lothar, „er wohnt direkt am Eingang und kriegt viel mit was in dem Haus geschieht. Ab und zu wird er auch mal nüchtern sein. Und hast du bemerkt? Von seinem Balkon aus übersieht man einen großen Teil der Straße. Er kann leicht beobachtet haben wie Sabrina in den Mercedes stieg. Ich glaube die Eitelkeit des Professors verrät ihn. Jeder spricht von einem Mann mit teurem Outfit."
„Das klingt überzeugend", pflichtete ihm Sebastian bei. Inzwischen waren sie bei ihrem Auto angelangt, stiegen ein und fuhren wieder Richtung Innenstadt.
Sie trafen Lars und Uwe in einer ihrer Stammkneipen an. Für die Beiden begann mit der Nacht der Tag. Und somit

begann an diesem frühen Abend erst ihre Tätigkeit. Sie setzten sich zu den Beiden an die Bar und bestellten sich ein Bier.
Lars hing muffig herum. „Die Bullen", knurrte er, tun so gut wie gar nichts. Die glauben noch immer, dass die Mädels einfach abgehauen sind. Die machen erst was wenn ihre Leichen irgendwo auftauchen."
Uwe mischte sich ein: „Unsere Jungs haben doch auch noch nichts herausgefunden."
„Stimmt", gab Lars zu, „ich bin stocksauer."
Lothar sah Lars vielsagend an: „Wir haben einen Typen im Auge."
Das müde, mürrische, das Lars soeben noch gezeigt hatte, verschwand sofort. „Wo ist der Mistkerl, ich dreh ihm den Kragen um, " fuhr er hoch.
„Hoppla, so geht es nicht!" stoppte ihn Lothar. Entweder ihr geht die Sache in Ruhe an oder wir blasen jede Nachforschung ab."
„Okay, red. schon", gab Lars klein bei.
Sebastian beobachtete die beiden Zuhälter und es war ihm nicht wohl bei dem Gedanken, die beiden in ihr Wissen einzubeziehen. Doch er verließ sich auf Lothar, der sich in dieser Stadt wohl in jedem Milieu auskannte. Er würde mit diesen Männern sicher klar kommen.
Lothar nippte an seinem Glas und stellte es langsam auf die Theke zurück. „Ich brauche einen absolut zuverlässigen Knaben, der nichts ausplaudert und den Typen, den wir im Visier haben, so beschattet, dass der ihn überhaupt nicht bemerkt."
„Okay, kriegen wir hin, " versprach Lars und wer ist der Typ den wir ins Auge fassen sollen?"

„Moment", sagte Lothar, „ehe ich euch das verrate, muss euch klar sein, dass unsere Beweise bei der Polizei noch keinen Pfifferling wert sind. Es ist zuerst mal nur ein vager Verdacht. Ein falsches Wort von euch und eine unbedachte Handlung könnten alle Nachforschungen zu Nichte machen. Ist das Klar?"
„Ja", knurrte Lars und Uwe nickte.
„Also", bestimmte Lothar, „ihr beschattet den Kerl nur und gebt mir laufend Bericht über ihn. Meine Handynummer kennt ihr ja. Sobald die Sache greifbar ist, treten wir in Aktion. Noch einmal – keine eigenständige Handlung!"
Lothar beobachtete die Reaktion von Lars und Uwe
genau und glaubte sicher sein zu können, dass sie seine Anordnungen genau befolgten. dann schrieb er die
Adresse von Ernest Leitner auf einen Zettel und schob ihn Lars zu. Kurz darauf verließen Lothar und Sebastian die Kneipe. „Sebastian, sah Lothar, als er neben ihm zum Auto schlenderte, zweifelnd an: „Glaubst du, dass es
richtig war, den Beiden die Adresse vom Professor zu geben?"
„Lothar runzelte die Stirn: „Sicher kann man sich nie sein. Aber ich glaube eben dass die Polizei unsere Beweise noch nicht gelten lässt. Und falls doch, fahren die mit
einem Aufgebot hin und warnen ihn so damit. Ich glaube dass bei dem Professor etwas im Kopf nicht stimmt. Er kann die Frauen versteckt halten und an ihnen herumexperimentieren. Wir müssen ihm so schnell als möglich auf die Schliche kommen. Deshalb muss er überwacht werden. Und da wir dazu keine Zeit haben, müssen wir die Hilfe der Zuhälter annehmen."

„Leider muss ich dir recht geben", gab Sebastian zu. Vielleicht plant der Professor schon die nächste Entführung."
Lothar fuhr Sebastian nach Marburg zurück. „Für heute haben wir genug ermittelt", sagte er, als sie dort ankamen, „ich muss mich auch ein wenig um mein Privatleben kümmern."
Als Lothar gegangen war, ging Sebastian ins Restaurant, aß zu Abend und später rief er Ilona an. Er durfte sie nicht beunruhigen. „Alles in Ordnung mein Schatz."

Ernest erwachte erst am Abend und ärgerte sich über sich selbst. In letzter Zeit schlief er viel zu oft. War er krank?
Mühselig raffte er sich vom Sofa hoch. Es war schon wieder Zeit ins Labor zu gehen. Hatte er am Mittag seine Pizza gegessen? Er schlürfte in die Küche und sah in die Mikrowelle. Die Pizza lag noch darin. Wahrscheinlich war er zu müde gewesen sie zu essen. Der bohrende Kopfschmerz hatte sich gelegt aber eine dumpfe Spannung lag wie ein Ring um seinen Schädel. Der Topf in dem er die Suppe für die Leute im Labor zubereitete stand auf dem Herd. Aber der Gedanke, jetzt eine Suppe kochen zu müssen, widerte ihn an. Er nahm zwei Vitaminsäfte aus dem Kühlschrank. Trank einen davon, den anderen bestimmte er für Gerd. Er konnte froh sein, wenn er ihm überhaupt etwas zu trinken gab. Mit hängenden Schultern verließ er die Küche und machte sich auf den Weg zum Labor. Nach ein paar Minuten konnte er wieder freier atmen und er schalt sich selbst. „Du benimmst dich wie ein alter Mann."

Im Labor kehrte endlich seine Kraft zurück. Er öffnete die Rückwand und brachte Gerd, der in sich zusammen gekauert da lag in eine sitzende Stellung.

„Heute ist ein wichtiger Tag für dich und für mich", sagte er zu ihm und hielt ihm den Saft an den Mund.

Gerd drehte seinen Kopf weg. „Lassen sie mich endlich los", brüllte er so laut wie sein geschwächter Körper es erlaubte. Meine Leute und die Polizei sind ihnen schon sicher auf den Fersen."

„Wie sollten sie?" schüttelte Ernest den Kopf. Am Parkplatz hat uns niemand beobachtet und dies hier ist ein sicherer Ort. Du verschleuderst deine physischen Kräfte. Dabei solltest du das was hier mit dir geschieht positiv betrachten. Du wirst nie einen alten schwachen vielleicht auch kranken Körper mit dir herumschleppen müssen. Dein Geist wird noch ziemlich unverbraucht in die Nebenwelle fließen und die Artaren werden deine Kraft begrüßen, denn dort ist sie wichtiger wie hier auf der Erde. Oder willst du warten bis du alt und grau wirst? Dann schluckt dich eben die große Welle, in der dein Ziel ungewiss ist. Wie gesagt – heute gehen wir wieder einen wichtigen Schritt weiter. Sabrinas Geist wird in wenigen Minuten in die Wand schlüpfen und sich mit ihrer Seele verbinden. Und du darfst dich auf deinen ersten Entzug vorbereiten."

„Sie Wahnsinniger", schrie Gerd, „ich will nicht auf ihren blöden Stuhl und ich will auch noch nicht sterben."

Er schrie, bat, winselte, schrie wieder und rollte sich zur Seite. Er wollte noch nicht glauben, dass es kein Entrinnen für ihn gab. Aber die Fesseln saßen fest und nun hallte auch noch das schrille Lachen von diesem Verrückten durch den kleinen Raum. Er konnte sich noch nicht einmal die Ohren zuhalten. Wieder wurde er gepackt und aufgesetzt.

„Ich habe gesagt, du sollst meine Arbeit beobachten. Bleib sitzen oder ich nehme dich noch vor Sabrina dran."
Das Entsetzen ließ Gerd erstarren.
„So ist's gut", lobte ihn Ernest und ging zu der vor sich hinweinenden Sabrina.
„Du Törichte, " tadelte er sie, „Du brauchst doch nicht weinen. Dein restlicher Geist erwartet dich doch schon."
Er zerrte sie hoch, setzte sie in den Stuhl, drückte den Knopf. Zwar kannte er jetzt jede Handlung aber er musste abwarten bis er das Okay für die Besetzung des zweiten Stuhls bekam. Endlich war der letzte Entzug von Sabrina zu Ende. Die Computerstimme erscholl und gab ihm zusätzlich zu den üblichen Anweisungen bekannt, dass für die Wand nur noch zwei gefüllte Seelen benötigt würden. Dann würden die Artaren die Folie holen und ihm eine neue Folie für die nächsten Entzüge bringen. Ernest atmete erleichtert auf. Dieser Tag war noch wichtiger wie jeder zuvor. Er und die Artaren waren kurz vor dem Ziel für den ersten großen Versuch, die Nebenwelle in Gang zu setzen. Es war, als ergreife ihn ein Fieber und er wusste, dass ihm, je näher dieses Ziel auf ihn zukommen würde, desto erregter würde er werden. Alles würde ihm wie im Zeitlupentempo erscheinen. Es dauerte ihm jetzt schon zu lange bis sich der zweite Stuhl für Sabrinas Auflösung öffnete. Endlich gab es kein Stäubchen mehr von Sabrina zu sehen. Jetzt war dieser widerspenstige Bursche dran.
Als er auf Gerd zuging quollen dessen Augen vor Angst aus den Höhlen. Er schrie und wand sich. Das was er

gesehen hatte übertraf jede Vorstellung des Grauens. Aber seine eigene Qual begann erst. Es gab kein Wehren. Er fühlte den kalten Stuhl, hörte das Surren, erlitt die gleichen unsagbaren Schmerzen wie seine Vorgängerinnen. Die Computerstimme gab bekannt dass bei ihm sechs Entzüge nötig waren. Ernest hatte schon befürchtet, dass es bei Gerd noch länger dauern würde wie bei Sabrina und freute sich, dass er weniger Zeit aufwenden müsste wie erwartet. Nach dem Entzug legte er den vor Schmerzen wimmernden Gerd auf die Liege und lachte, „nur noch fünf Entzüge." Danach schloss er wieder die Rückwand und setzte sich an seinen Computer. Er schrieb einen genauen Bericht über Sabrinas letzte Minuten und den ersten Entzug von Gerd.

Langsam rollte das Wohnmobil der Straße entlang und hielt ein paar Meter vor dem Haus von Ernest Leitner. Frank Fenster stieg aus, schloss sachte die Fahrertür und schlenderte an dem Grundstück das er in der nächsten Zeit beobachten sollte vorüber. Über ihm wölbte sich der sternklare Himmel und der Vollmond hing dick und tief über der Stadt. Er verlieh dieser Nacht eine ungewohnte Helligkeit. Zudem warf eine Straßenlaterne ihr spärliches Licht auf die Einfahrt zur Garage und über einen Teil des Gartens. Am Ende des Gartenzauns blieb Frank stehen und spähte in den Garten, zum Anbau und zum Haus. Tiefe Stille lag über dem ganzen Anwesen. Wahrscheinlich lag der Herr des Hauses schon im Bett. Frank sah nach allen Seiten und fühlte sich unbeobachtet. Er kletterte über den Zaun und schlich durch den Garten auf dem Anbau zu. Die Tür war wie erwartet geschlossen und die

Fenster waren durch die heruntergelassenen Rollos blickdicht. Es wäre ein leichtes für ihn gewesen das Türschloss zu knacken um festzustellen was in diesem Raum versteckt war. Doch er durfte bei dem, den er beschatten sollte, keinen Verdacht erregen. Lars hatte ihm nur die nötigsten Dinge über diesem Herrn anvertraut. In diesem Anbau sollte ein Labor sein und Lars vermutete, dass Dunja und Sabrina hier zu Versuchen missbraucht wurden. Er glaubte, dass der Professor seine Experimente am späten Abend oder in der Nacht ausführte. Lars schien sich in dieser Hinsicht geirrt zu haben. Das Labor lag still und verlassen da und aus dem Haus drang weder ein Lichtschein, noch ein Laut. Er horchte auch noch am Schuppen der hinter dem Haus stand, fand aber auch hier keinen Grund weiter zu suchen. So schlängelte er sich wieder durch den Garten bis zu der Stelle an der er hereingeklettert war und wuchtete sich nach draußen. Dann lief er zu seinem Wohnmobil, setzte sich hinein und beachtete ungefähr eine Stunde das Haus aber es geschah nichts was seine Aufmerksamkeit erregt hätte. Deshalb gab er sein Warten auf und legte sich in seine Schlafkabine.

Am nächsten Morgen war Frank schon früh auf seinem Posten. Lars hatte ihm gesagt, dass der Professor sicher zur Uni fahren würde und er dann in Ruhe im Haus und im Labor herum schnüffeln könnte. Doch der Professor schien nicht gerade der pünktlichste zu sein. Um Halb neun wurden die Rollos geöffnet, dann verstrich eine endlos lange Stunde ehe der Professor aus dem Haus kam. Doch er hatte statt einer Aktenmappe nur eine

Flasche in der Hand. Er ging nicht zur Garage um seinen Wagen für die Fahrt zur Uni heraus zu holen, sondern wandte sich zum Labor. Frank blieb unschlüssig am Lenkrad sitzen. Es reizte ihn nachzusehen was der Professor im Labor tat aber er würde dabei der Gefahr erliegen, entdeckt zu werden. Also wartete er weiter und wurde dabei auf eine harte Probe gestellt, denn es verging eine weitere Stunde, ehe der Professor das Labor wieder verließ. Der dachte wahrscheinlich gar nicht daran zur Uni zu fahren. Er schien sich auch völlig sicher, denn er sah weder nach rechts oder links und stapfte in aller Ruhe zurück zum Haus. Etwa zehn Minuten später fuhr ein Laster vor Franks Auto und blieb bei der Einfahrt vom Haus des Professors stehen. Schnell wie ein Wiesel sprang Frank aus seinem Wagen und lief zu dem Laster. Auf beiden Seiten des Führerhauses öffneten sich die Türen und zwei Männer stiegen aus. Als sie die Hintertür des Fünftonners öffneten sah Frank lauter große Pakete auf denen Fitnessgeräte abgebildet waren. Er ging ein Stück weiter, dann überquerte er die Straße und sah hinüber zum Haus. Einer der Männer drückte auf dem Klingelknopf und der Professor erschien in der Tür. Kurz darauf wuchteten die beiden Ausfahrer mehrere Geräte ins Haus. Frank war nun klar, weswegen der Professor an diesem Tag nicht zur Uni gefahren war. Sicher hatte man ihn über diese Lieferung benachrichtigt. Für Frank war diese Tatsache ärgerlich. Er konnte sich jetzt überhaupt nicht mehr ausrechnen wie lange er auf eine passende Gelegenheit warten musste, bis er ungestört nach den Frauen suchen konnte. Unmutig griff er zum Handy und benachrichtigte Lars über den neuesten Stand der Dinge.

Irma hatte eine lange, fast schlaflose Nacht hinter sich gebracht. Sie kam über das brüske Benehmen von Ernest nicht hinweg. Er war in seiner Ablehnung gegen sie so weit gegangen, dass er sogar ihr Essen, das er immer so hoch gepriesen hatte, verschmähte. In der letzten Zeit hatten sie gute Gespräche miteinander geführt. Er hatte sie sogar in manchen Dingen um ihren Rat gebeten. Und er hatte sie spüren lassen dass er sie schätzte. Wieso sperrte er sich dann gegen eine Ehe zwischen ihr und Richard? Glaubte er etwa sie habe seine Tante betrogen? Niemals! Sie war Richard schon lange zugetan, hatte sich aber nie etwas anmerken lassen. Ihr schmeckte nicht mal der Kaffee. Traurig räumte sie den Tisch ab und ließ, als es plötzlich klingelte, fast die Kanne fallen. Vielleicht hatte sich Ernest die Sache noch einmal durch den Kopf gehen lassen und wollte sich entschuldigen. Die Röte stieg ihr ins Gesicht. Sie benahm sich wie ein Teenager, der sich vor seinen Eltern wegen seiner ersten Liebe rechtfertigen musste. Eilig lief sie zur Tür und riss sie auf. Doch es war nicht Ernest der sofort in den Flur schlüpfte und ihren Protest überhörte. Es war dieser hartnäckige Reporter.
„Es tut mir leid, " entschuldigte sich Lothar, „dass ich sie so überfalle, doch es gibt Neuigkeiten über Elli Schmitt und es gibt Dinge die ich gerne mit Professor Wegener besprochen hätte."
Irma führte Lothar zögernd ins Wohnzimmer. Sie konnte ihrer Neugier nicht widerstehen. Sie musste alles über Elli wissen. „Herr Professor Wegener ist zur Zeit auf Reisen", erklärte sie kühl, bot aber Lothar Platz an.
Lothar setzte sich in den dunklen Plüschsessel und sagte: „Ich weiß, dass Herr Wegener nicht erreichbar ist aber

ich bin mir sicher dass auch sie mir weiterhelfen können."
„Helfen? Ich denke sie wissen etwas über den Verbleib von Elli, " entrüstete sich Irma.
„Sie interpretieren meine Worte falsch, wehrte Lothar ab, „ich habe zwar eine Vermutung wo sich Elli Schmitt aufhalten könnte, aber ich kann es noch nicht beweisen."
Irma sah Lothar perplex an: „Wenn sie annehmen dass ich ihnen da weiterhelfen kann, befinden sie sich in einem Irrtum. Ich habe mir tagelang den Kopf zermartert und mich immer wieder gefragt wo Elli sein könnte. Leider ohne Ergebnis."
„Es ist auch sehr schwer überhaupt einen Ansatzpunkt zu finden", sagte Lothar. „Aber wenn man über den Ablauf des Geschehens spricht, jedes winzige Detail zerlegt kommt man auf die ungewöhnlichsten Dinge. Ich war gestern im Waisenhaus, habe mit allen Schwestern gesprochen und es sah so aus, als wäre es vergebens gewesen. Keine der Schwestern konnte mir den geringsten Tipp geben. Doch dann fragte mich ein kleines Mädchen ob ich auch ein Geheimnis hätte. Ich tat, als wäre die ganze Sache ein Spaß und ging vorsichtig auf die Fragen des Kindes ein. So erfuhr ich, dass das Mädchen mit Elli Schmitt ein Geheimnis teilte."
„Welches Geheimnis?" fragte Irma erregt.
„Das Kind war stolz auf sein Geheimnis. Doch es verriet mir dann doch, dass Elli einen Freund hätte und glaubte, dass dieser Mann sie wieder gesund machen würde. Sie wünschte sich auch, dass Elli wieder gesund würde. Deshalb hat es Niemandem erzählt dass Elli in die Stadt fahren wollte um ihn zu treffen."

Irma schien eine Nuance blasser zu werden: „Das hieße doch, dass der Entführer Elli kennt."
„Ja", bestätigte Lothar ihr. „Mein Freund Sebastian und ich haben intensive Recherchen gemacht und sind dabei, den vermutlichen Entführer zu stellen."
Irmas Augenbraue zog sich kritisch in die Höhe: „Sie haben also einen Verdacht und mit dem kommen sie ausgerechnet zu mir. Ich kenne keine Leute, die Menschen entführen." „Das will ich auch nicht behaupten", versuchte Lothar Irma zu überzeugen, „aber es gibt in dieser Angelegenheit Zusammenhänge mit Geschehnissen in Marburg, die ungefähr zwanzig Jahre zurückliegen. Wie gesagt, wollte ich eigentlich mit Professor Wegener darüber sprechen."
„Vor zwanzig Jahren", fragte Irma nachdenklich.
„Es kann auch schon etwas früher gewesen sein", meinte Lothar, „aber eben um diese Zeit herum. Damals wurden genau wie in der letzten Zeit, mehr vermisste Personen gemeldet wie gewöhnlich und zwar in Giessen und in Marburg. Diese Personen sind bis heute nicht mehr aufgetaucht, weder lebendig noch als Leichen. Zur gleichen Zeit gab es den Skandal über die unerlaubten Medikamentenversuche. Herr Georg Leitner, der Schwager von Herrn Wegener kam auch in Verdacht. Vor der Öffentlichkeit wurde die Sache so gut wie möglich vertuscht." „Und sie möchten alles wieder hervorgraben!", empörte sich Irma.
„Was die Vermissten betrifft schon", gab Lothar zu, denn es gibt Parallelen..."
„Sie nehmen also an, Professor Georg Leitner hätte damals mit diesen vermissten Personen etwas zu tun ge-

habt!", unterbrach ihn Irma aufgebracht. „Nie und nimmer! Sie beschmutzen das Ansehen eines ehrenwerten Mannes."

Lothar ließ sich von ihrer Erregung nicht abhalten weiter in sie zu bohren: „Und wie erklären sie sich, dass die Vermisstenanzeigen nach dem Tod von Georg Leitner rapide zurück gingen?"

„Dies kann nur ein Zufall sein", beharrte Irma auf ihren Standpunkt.

„Gut," sagte Lothar, „sehen wir das damalige Geschehen als Zufall an, aber meine Nachforschungen haben ergeben, dass die beiden vermissten Frauen aus Giessen und die vermisste Elli Schmitt vom gleichen Mann entführt worden sind. Elli Schmitt war früher im Hause von Professor Leitner beschäftigt und ihre Spur führt genau dahin. Ich weiß dass nun sein Sohn Ernest Leitner dieses Haus bewohnt. Könnten sie sich vorstellen, dass er an diesen Personen Versuche anstellt?"

Irma fiel aus allen Wolken. „Sie können doch nicht ernsthaft erwägen, dass Ernest zu solchen Taten fähig wäre."

Doch, das erwäge ich, " gab Lothar zu. „Mein Freund Doktor Sebastian Schneider aus München ist der Therapeut von Frau Fay, der Verlobten von Ernest Leitner. Der Krankheitsverlauf von Frau Fay verlief so ungewöhnlich, dass er den Dingen auf den Grund ging. Frau Fay muss demnach im Hause von Ernest Leitner hypnotisiert und mit noch unerforschten Medikamenten behandelt worden sein. Doktor Schneider befürchtet, dass Ernest Leitner Unterlagen seines Vaters fand und dessen Werk fortsetzt."

„Trotz all ihren Erklärungen, glaube ich ihnen kein Wort", wehrte sich Irma gegen diese Beschuldigungen von Ernest. Ich möchte sie jetzt bitten zu gehen."
Lothar sah wie erschüttert Frau Zeiler war, sah aber auch das Flackern und Fragen in ihren Augen. Ihr Misstrauen war geweckt.
Er stand auf und erklärte: „Ich kann sie nicht zwingen mir zu glauben, ich kann sie nur warnen und sie bitten Herrn Leitner gegenüber noch nichts von unseren Gespräch zu erzählen. Sollte der Verdacht von Doktor Schneider und mir gegen Herrn Leitner unbegründet sein, werde ich mich bei ihnen entschuldigen. Aber vorläufig muss ich Sie auch bitten weder mit Bekannten noch Verwandten über unseren Verdacht zu sprechen. Ist er tatsächlich in der Sache verwickelt würde er frühzeitig gewarnt werden und sollte er unschuldig sein würde trotzdem ein gewisser Verdacht an ihm hängen bleiben, der ihm beruflich und privat schaden würde. Ich werde Sie auf dem Laufenden halten. Aber wenn ihnen zu den damaligen und heutigen Ereignissen etwas einfällt, wäre ich ihnen dankbar, es mich wissen zu lassen."
Frau Zeiler gab ihm keine Antwort darauf. Sie begleitete ihn stillschweigend zur Tür
Lothar wusste – der Köder war gelegt. Diese Frau würde sich Gewissheit verschaffen wollen.

Während Lothar mit Frau Zeiler sprach, stattete Sebastian der Universität einen Besuch ab. Er bat um ein Gespräch mit dem Direktor der Universität, Professor Raim. Er hatte Glück, dass dieser ein paar Minuten Zeit für ihn erübrigen konnte. Er stellte sich als einen Neurologen und Psycho-

logen aus München vor, der gerne ein Referat in der Uni abhalten würde. Professor Raim war nicht abgeneigt von dieser Idee und im Laufe des Gespräches ließ Sebastian durchklingen, dass ein Bekannter von ihm hier an der Uni lehre. Als Professor Raim jedoch erfuhr, dass es sich bei Sebastians Bekannten um Ernest Leitner handelte, wurde sein Verhalten ihm gegenüber merklich kühler. „Ich muss gestehen", erklärte er, „dass ich von ihrem Bekannten sehr enttäuscht bin und deshalb ihr Anliegen doch ablehnen muss."
„Ich verstehe nicht ganz..."
„Nun Herr Leitner hat mich sehr enttäuscht. Er ist der Neffe eines früheren Kollegen und guten Freundes von mir. Ich war sehr erfreut darüber, dass er sich bei uns beworben hat. Aber er war schon in den ersten Tagen seines Dienstantrittes bei uns zerfahren und unpünktlich. Er hat sich auch bald krank gemeldet, hat dann die Krankmeldung verlängert und schließlich gar nichts mehr von sich hören lassen. So ein Gebahren ist mir noch nicht untergekommen. Wir haben ihm eine Verwarnung zugesandt und wenn er sich in nächster Zeit nicht meldet erhält er seine Kündigung."
„Es tut mir leid. Ich wusste von dieser Sache nichts. Ich werde mich mit Herrn Leitner in Verbindung setzen und ziehe mein Ansuchen natürlich zurück."
Sebastian verließ tief betroffen von diesem Gespräch mit Professor Raim die Universität. Es war ihm nun klar, dass er hier sicher nichts Ausführliches über Ernest Leitner erfahren würde. Warum verhielt er sich so? Und warum hatte er sich so verändert? Ilona kannte ihn von einer

ganz anderen Seite. Nachdenklich fuhr er zurück zum Hotel.
Lothar war dort noch nicht eingetroffen und so blieb Sebastian noch Zeit sich einige Notizen zu machen. Doch seinen Gedanken schweiften immer wieder zu Ilona ab. War es richtig Ernest hinter ihren Rücken überführen zu wollen? Schließlich war sie mit diesem Mann schon so lange befreundet und würde ihm deshalb die Eigenmächtigkeit mit der er vorging, nie verzeihen. Die Unruhe trieb ihn an den Tisch. Er holte aus der Mappe einen Schreibblock und setzte sich. Zuerst fiel es ihm schwer die richtigen Worte zu finden. Doch nach drei-, vier Sätzen floss ihm alles was er seit seiner Abreise aus München erlebt und unternommen hatte, wie von selbst aus der Feder.
Er beschrieb jede Einzelheit und bat sie, als er diesen Bericht beendet hatte um ihr Verständnis für seine Nachforschungen. Mehr konnte er nicht tun. Morgen würde er den Brief in den Kasten werfen.

Als Lothar ein paar Minuten später ins Zimmer trat, fand er Sebastian noch immer mit ernster Miene am Tisch sitzen.
„Ist etwas unangenehmes geschehen?", fragte er ihn. Sebastian sah ihm gedankenverloren entgegen und beantwortete mit einer fahrigen Geste seine Frage. „Geschehen ist nichts was dich beunruhigen könnte, aber ich habe Ilona reinen Wein eingeschenkt. Ich habe ihr alles was wir über Ernest herausgefunden haben geschrieben. Es kann richtig, es kann aber auch falsch sein. Doch ich darf sie nicht länger belügen."

Lothar beobachtete Sebastian wie er sich aus seiner Starre löste und nervös hin und her ging.
„Verstehe", sagte er ruhig, „du liebst diese Frau. Du hast zwar immer nur von einer Frau Fay gesprochen aber zwischen deinen Worten habe ich dies schon längst heraus gehört. Ich nehme an, dass sie dir ebenso verbunden ist. Sie wird erschrecken, wenn sie diesen Brief liest, aber sie wird dich verstehen."
Sebastian schluckte - „Ich hoffe es."
„Trotzdem", sagte Lothar, „muss ich dich bitten den Brief noch einen oder zwei Tage zurückzubehalten.
Sebastian nickte. Danach wechselten sie das Thema.
Lothar schilderte Sebastian wie Irma Zeiler seinen Verdacht gegen den Neffen ihres Arbeitgebers aufgenommen hatte. „Es war wie ein Griff ins Bienennest", ereiferte sich Lothar. „Meine Worte werden bei Frau Zeiler erst nach und nach Widerhall finden. Sie wird sich tausend Fragen stellen und diese Fragen werden ihr keine Ruhe mehr lassen. Sie wird ihre Neugierde und ihre Angst nicht lange bezähmen können. Deshalb wird sie zum Professor gehen und ihn zur Rede stellen oder vielleicht auch warnen. Jedenfalls locken wir ihn aus der Reserve. Seine Ruhe wird durch uns gestört. Er wird etwas gegen uns unternehmen wollen und dabei einige Fehler machen."
Sebastian hatte bei Lothars Worten seine kurzweilige Melancholie niedergelegt und konzentrierte sich nun
wieder voll und ganz auf die Aufgabe die er sich gestellt hatte.
„Ich glaube auch", sagte er, dass Ernest Leitner bald horrende Fehler begeht. Bis jetzt fühlt er sich sicher, denn er ahnt nicht, dass er bei seinem Tun Spuren hinterlassen

hat. Er wird auch noch keinen Gedanken daran verloren haben, dass Jemand einen Verdacht gegen ihn hegt und ihm auf den Fersen ist. Meiner Meinung nach hat er zusätzlich einen schweren Fehler gemacht."

Lothar horchte auf: „Und welchen?"

Sebastians Ton wurde verächtlich. „Ernest Leitner hält es nicht für notwendig sich an seinem Lehrauftrag zu halten. Er blieb der Uni schon tagelang unentschuldigt fern. Das wirft ein schlechtes Licht auf ihn."

Lothars ernste Miene verschärfte sich: „Das ist kein gutes Zeichen. Ich glaube, wir haben es mit einem Geisteskranken zu tun."

Sebastian winkte ab: „Er vernachlässigt seine Arbeit, das ist kein Grund ihn so einzustufen. Das tun andere Bürger auch. Ich nehme eher an dass er ein sadistischer Fanatiker ist. Er ist wahrscheinlich auf die Unterlagen seines Vaters gestoßen, die in ihm den Ehrgeiz geweckt haben diese Versuche weiter zu führen. Dabei schreckt er vor keiner Tat zurück."

Lothar konnte Sebastians These nicht teilen. Für ihn war der Professor ein Mensch, der in einer irrealen Welt lebte, seine Mitmenschen jedoch täuschen konnte. Dieser Mann war für seine Wahnvorstellungen bereit alle Grenzen der Ethik zu überschreiten. Ob man es jedoch von dieser oder jener Seite betrachtete spielte keine Rolle. Ernest Leitner musste unbedingt daran gehindert werden noch mehr Menschen zu entführen. „Ich rufe jetzt Lars an, " sagte er zu Sebastian, vielleicht hat sein Spitzel Frank schon etwas herausgefunden."

„Gute Idee", stimmte ihm Sebastian zu. Er sah Lothar zu, wie er die Nummer von Lars eintippte aber gedanklich

war er schon wieder bei Ilona. Wie es ihr wohl ging? Warum eigentlich bis Morgen warten um den Brief zu versenden? Er konnte doch den Portier um einen Briefumschlag und einer Briefmarke bitten. Falls sie Ernest schneller stellen konnten wie angenommen, käme sein Brief vielleicht zu spät bei Ilona an.
Doch das Gespräch zwischen Lothar und Lars fiel kurz aus. Lars berichtete, dass es beim Professor nicht viel Neues gäbe. „Er ist am Morgen nicht wie angenommen zur Uni gefahren." Sagte er. „Deshalb konnte ich bei ihm auch nicht herumschnüffeln. Er ging zwar ins Labor, blieb aber nur eine halbe Stunde dort. Etwa um zehn Uhr fuhr ein Laster vor, aus dem zwei Männer einige größere Kartons herausschleppten und sie bei ihm ablieferten. Nach den Zeichnungen darauf handelte es sich wahrscheinlich um Fitnessgeräte. Er befindet sich noch immer in seinem Haus Im Moment ist es noch zu riskant sich auf das Grundstück zu schleichen. Ich bleib halt auf meinen Posten und warte ab. Bis später."
Auch der Nachmittag brachte den Freunden wenig Neues. Sie waren zum Essen gegangen und anschließend zum Archiv der Tageszeitung gefahren, bei der Lothar seine Brötchen verdiente. Sie stöberten in alten Ausgaben die zwischen fünfzehn und zwanzig Jahren zurücklagen herum und fanden schließlich die Artikel über jene Wissenschaftler, die sich an unerlaubten Versuchen bereicherten. Aber es gab keinen echt guten Anhaltspunkt der auf das heutige Tun von Ernest Leitner schließen ließ.

Nachdem der Reporter Irma verlassen hatte, sausten ihre Gedanken wild durcheinander. Wie konnte dieser Mensch

Ernest verdächtigen mit den Entführungen etwas zu tun zu haben. Das war doch völlig absurd oder? Wieso brachte er die vermissten Frauen aus Giessen mit Elli in Verbindung? Und wieso grub er in der Vergangenheit herum? Sie erinnerte sich zwar an ein erregtes Gespräch, das vor vielen Jahren zwischen Georg Leitner und Richard stattfand. Es hatte sich um den Verdacht gehandelt, in dem Georg Leitner geraten war. Richard hatte viele Fragen an seinem Schwager gestellt und es hatte lange Debatten gegeben bis er von dessen Unschuld überzeugt war. Doch nach dieser Aussprache schien das Verhältnis zwischen den beiden Männern gestört.
Irmas Leben in diesem Haus glitt an ihr vorüber wie in einem Film. Sie wollte nach ihrem bestandenen Abitur eigentlich Krankenschwester werden. Aber sie fand nicht gleich eine Lehrstelle. So ging sie ein Jahr in die Haushaltsschule und danach hörte sie von ihrem Schwager Professor Wegener dass ihre Schwester schwer erkrankt sei. Daraufhin war sie sofort hier her nach Marburg gefahren um ihrer Schwester beizustehen. Aus den paar Wochen, die sie hier bleiben wollte, waren viele Jahre geworden. Sie hatte alle Höhen und Tiefen dieser Familie miterlebt. Warum eigentlich? Warum hatte sie nicht geheiratet und eine eigene Familie gegründet? Sie fuhr sich über die Stirn. Jetzt war es zu spät und unsinnig darüber nachzudenken. Sie musste Richard, dem sie all die Jahre zugetan war, warnen. Wieder kreiste ein ebenso schrecklicher Verdacht wie damals über einem seiner Angehörigen. Dieser Verdacht würde ihm bis ins Mark treffen. Und wenn er sich bestätigte? Sie durfte an diese Theorie nicht glauben. Doch die Saat des Zweifels war in ihre

Seele gelegt und nagte an ihr. Es kamen Episoden in ihr hoch, die sie nun aus anderen Augen sah wie zuvor. Sie sah die manchmal verzweifelte, dann wieder euphorisch wirkende Regina vor sich, dachte daran wie ungern sie selbst zu den Leitners hinüber gegangen war. Aber ab und zu hatte sie Elli besucht. Elli, die bei den Leitners so krank wurde und deren Schicksal so ungewiss war. Und plötzlich sah sie ihren Neffen vor sich, wie er ihr, als er sich auf die Tramper-Reise begab, fröhlich zuwinkte. Er war nie wieder zurückgekehrt. Sie hatte damals gewusst dass er sich noch von Professor Georg Leitner verabschieden wollte. Doch sie wäre nie auf die Idee gekommen ihn für das Verschwinden des Jungen verantwortlich zu machen. Und jetzt? Ihr wurde übel und sie lief in die Küche und trank ein Glas Wasser. Dann schalt sie sich selbst für diesen Gedanken. Als Georg Leitner tödlich verunglückte, fand man weder im Labor noch im Haus Spuren irgendwelcher unerlaubten Experimente. Aber was geschah mit Ilona? Ging wirklich alles so harmlos im Hause Leitner zu, wie es ihr Ernest klar machen wollte? Wenn Richard nur endlich nach Hause käme. Er wüsste sicher einen Rat. So sprangen ihre Gedanken hin und her und als Ernest wieder nicht zum Essen erschien, nahm sie sich vor ihn zu besuchen. Doch dann verging der Nachmittag und sie verschob ihren Besuch bei Ernest auf Morgen.

Seit Ernest wusste, dass die Artaren kurz vor ihrem Ziel standen, den menschlichen Geist in ihre Bahnen lenken zu können, fühlte er sich wohler. Er war in dieser Nacht auch vor seinen üblichen Alpträumen verschont geblieben und war erst spät erwacht. An diesem Morgen lachte ihm die Sonne ins Gesicht und er hatte das Gefühl an diesem Tag wieder einmal hinaus ins Grüne fahren zu müssen. Deshalb beeilte er sich um den zweiten Entzug von Gerd so schnell als möglich zu erledigen. Aber kaum war er im Haus, wurden ihm schon die von ihm bestellten Fitnessgeräte geliefert. Bei dem Anblick der großen Kartons vergaß er auch die Fahrt in die Natur und machte sich sofort nachdem die Auslieferer gegangen waren ans Auspacken. Danach trug er sie in das dafür vorbereitete Zimmer und probierte sie gleich aus. Langsam kam er ins Schwitzen und stellte sich unter die Dusche. Später trabte er in die Küche, bruzelte sich ein paar Spiegeleier und aß sie sofort. Anschließend öffnete er die Tür zum Garten um frische Luft herein zu lassen. Sie war Balsam für seine Lungen und er überlegte sich ob er doch noch raus ins Grüne fahren sollte? Aber als er die Tür wieder zuzog übermannte ihn wieder diese bleierne Müdigkeit. Er erwachte erst am Abend wieder. Der dritte Entzug von Gerd war fällig.

Frank war den ganzen Tag umsonst auf der Lauer gelegen. Erst am Abend hatte sich wieder etwas beim Haus getan. Der Professor war wieder zum Labor hinüber gegangen und war länger als am Morgen darin geblieben. Doch dabei gab es nicht der geringste Verdächtige zu sehen. Später, als der Professor wieder ins Haus zurückgekehrt war, schlich Frank noch einmal in den Garten. Aber es blieb genau wie am Vorabend alles still auf dem

Grundstück und er fragte sich, ob Lars nicht den Falschen verdächtige. Auch der weitere Abend blieb ruhig.
Niemand ging ins Haus und niemand verließ es. Frank legte sich schlafen.

Irma war indessen immer unruhiger geworden. Die ungeschlafenen Stunden in der Nacht hingen ihr wie Blei in den Knochen. Sie saß im Morgenrock in der Küche und trank Kaffee. Wenn sie Richard jetzt so sehen würde, dachte sie, würde er sicher seinen Heiratsantrag den er ihr gemacht hatte, wieder zurückziehen. So ungepflegt war sie noch nie in diesem Haus herum gelaufen. Außerdem war es ihr fremd, sich so gehen zu lassen. Nach dem Kaffee wurden ihre Lebensgeister wieder munterer. So ging das nicht weiter. Sie musste sich der Gefahr stellen von Ernest nicht empfangen zu werden. Es gab auch noch andere Möglichkeiten ihn abzupassen. Er würde an einem Gespräch mit ihr nicht mehr vorbeikommen.
Entschlossen ging sie ins Bad und bereitete sich für den Besuch im Hause Leitner vor. Plötzlich lief ihr ein Schauer über den Rücken. Als sie vor der Ankunft von Ernest in diesem Haus mit ihrer Zugehfrau war um wenigstens den unteren Bereich einigermaßen zu entstauben, war ihr die Atmosphäre darin wieder furchtbar bedrückend vorgekommen. War es weil sie dort ständig an die Mutter von Ernest denken musste oder waren es die Bilder von den Vorahnen der Familie gewesen die überall im Haus präsent waren? Egal, sie musste Ernest zur Rede stellen.

Wieder war eine Nacht voller dunkler Geister und fauchenden Stimmen, die ihn bedrohten vorüber. Was wollten die eigentlich von ihm? Er tat doch alles was man ihm befahl. Oder waren da noch andere Mächte im Spiel, die vielleicht das ganze Gegenteil von ihm forderten wie die Außerirdischen? Ernest setzte sich im Bett auf und starrte im verdunkelten Zimmer vor sich hin. Er musste aufstehen und die Rollos hochziehen. Vielleicht tat ihm das Licht von draußen gut. Warum eigentlich aufstehen?
Es hinderte ihn doch niemand daran den ganzen Tag zu verpennen. Schon wollte er sich zurück in die weichen Federn rollen aber es war ihm, als gäbe ihn Jemand einen Stoß.
Der Bärtige wanderte vor ihm auf und ab. „Hast du deine Aufgabe vergessen?" schalt er ihn. „Gerd wartet auf seinen vierten Entzug und du liegst faul im Bett. Man wird weder dir noch mir eine Fahrlässigkeit verzeihen. Ich werde nicht zulassen dass du dich so gehen lässt. Vergiss nicht – ich bin in dir."
„Verschwinde!", zischte Ernest und sprang aus seinem Bett. Dann tastete er sich zum Fenster und ließ Licht ins Zimmer. Er hatte den Bärtigen verscheucht und lachte höhnisch:
„Du wirst mich nie beherrschen."
Nach dem Badbesuch und dem Frühstück hatte er das Zwiegespräch mit dem Bärtigen vergessen. Der Gang zum Labor war fällig.
Als der schrille Ton der Türglocke erklang, befand Ernest sich gerade in der Küche und überlegte was er Gert als Frühstück mit ins Labor bringen sollte. Erschrocken drehte er sich um, ärgerte sich aber gleich darauf dass ihn das

Klingeln so verunsicherte. Sicher war es nur irgendein Vertreter oder sonst eine unwichtige Person. Die bestellten Geräte waren gestern schon geliefert worden und sonst erwartete er nichts und Niemand. War es jemand aus der Uni?
Der Klingelton wiederholte sich und die Stimme des Bärtigen warnte ihn: „Pass auf. Vielleicht hat dich einer verraten!"
Ernest schüttelte den Kopf: „Blödsinn!" Trotzdem schlürfte er nur zögernd zur Tür. Als er sie öffnete stand Irma vor ihm. Typisch für sie, ihn jetzt bei einer wichtigen Arbeit zu stören. Was wollte diese Erbschleicherin überhaupt von ihm. Schon wollte er sie schimpfend davon jagen, als ihm ein unheimlicher Gedanke durch den Kopf jagte. Seine finstere Miene erhellte sich und er begrüßte sie scheinheilig.
„Was gibt es denn so dringendes das dich schon so früh am Morgen zu mir treibt? Fasse dich kurz, denn ich habe jetzt wirklich keine Zeit für ein Gespräch oder gibt es was Neues von Elli?"
Irma entschuldigte sich. „Es tut mir leid, ich habe vor lauter Nachdenken vergessen, dass du um diese Zeit zur Uni fahren musst. Kommst du heute zum Mittagessen?"
„Vielleicht, ich fühle mich nicht sehr gut."
„Das tut mir leid. Bist du krank? Wenn du es erlaubst komme ich später wieder."
"Ich gehe heute nicht zur Uni, " erwiderte er im freundlichen Ton. „Im Labor erwartet mich eine wichtige Aufgabe, doch wenn du ein wenig Zeit hast, darfst du mich gerne begleiten und mir dort dein Anliegen vortragen."

Irma zögerte: „Ich wollte dich nicht stören. Wir können das Gespräch auf den Nachmittag verschieben."

Doch Ernest griff ihr unter den Arm und lächelte sie an als habe es nie ein unfreundliches Wort zwischen ihnen gegeben. „Jetzt, da du schon einmal das bist, " tat er erfreut, können wir uns auch aussprechen."

Ehe sich's Irma versah hatte er sie die Treppen die zum Haus hinaufführten herunter geleitet und schon waren sie am Labor angelangt. Dort ließ er sie los und schloss die Tür auf. Sie trat ein, sah sich um und bewunderte seine Ordnung.

„Wenn ich es mir so recht überlege, trifft es sich direkt gut, dass du gerade jetzt gekommen bist", sagte er, „ich wollte dir sowieso mal zeigen, was ich hier so tue."

Er trat zu seinem Schreibtisch, holte während er auf sie einsprach den Schalter hervor und öffnete die Wand. Verwundert beobachtete sie sein Tun.

„Geh schon mal in den hinteren Raum", bat er sie, „ich komme auch gleich."

Als Irma ein paar Schritte nach vorne ging, lief er zur Labortür und verschloss sie.

Irmas Augen mussten sich erst an das Dunkel des kleinen Raumes gewöhnen. Doch dann sah sie die Stühle, die seltsame Wand und die Liege am Boden. Als sie die verschnürte Gestalt auf der Liege sah, schrie sie auf. Im ersten Moment dachte sie es wäre Elli, doch dann kam Ernest in den Raum und schaltete das dämmrige Licht ein und sie erkannte, dass es ein junger Mann war, der da so verwahrlost da lag.

„Was soll dies bedeuten?" fragte sie halb erstickt.

„Genau das, was du da siehst. Es ist ein Mensch, der bereit ist, seinen Geist den Außerirdischen für die Nebenwelle zu überlassen. Sein Wimmern braucht dich nicht stören, denn er weiß nur noch wenig über sich selbst. Der größte Teil seines Geistes befindet sich schon in der Rückwand."
Irma glaubte zu träumen. Das konnte und durfte nicht wahr sein. „Du scherzt" sagte sie ungläubig. „Willst du mir einen Schrecken einjagen?"
„Aber, aber Irma, du verkennst mich gewaltig", tadelte Ernest. Sein Ton wurde ärgerlich. „Du solltest dich freuen, mein Geheimnis entdeckt zu haben und nun dieses großartige Geschehen mit ansehen darfst. Sieh diesen Mann genau an. In ihm steckt nur noch der Geist eines Kindes. Jetzt sind für ihn nur noch zwei Sitzungen nötig. Dann wird er in unsichtbaren Staub zergehen. Vielleicht erlauben dir die Außerirdischen dabei zu sein, wenn sie die Folie der Rückwand lösen und die Seelen in die Nebenwelle leiten."
„Lass mich sofort gehen", empörte sich Irma. „Ich bin nicht bereit mir weitere Gräuelgeschichten anzuhören."
Sie drehte sich schneller um, als er ihr zugetraut hätte und lief zur Tür. Doch alles rütteln half ihr nichts. Sie vernahm sein schrilles Lachen hinter sich und spürte bald darauf seinen heißen Atem. „Hier bist du in Sicherheit", höhnte er. „Vielleicht erlauben es mir die Außerirdischen, deinen Geist als ersten in die neue Folie zu leiten."
  Irma erfasste diese Situation immer noch nicht voll. Sie konnte und wollte nicht daran glauben, dass der Neffe von Richard so ein wahnsinniger Sadist sein sollte.

Er drehte sich um und ging zum Schreibtisch und machte sich an einer Schublade zu schaffen.

„So öffne mir doch endlich die Tür", rief sie hinter ihm her, „Ich habe noch einen Arzttermin."

Langsam wandte er sich um und sie sah den Strick in seinen Händen.

Jetzt begriff sie endgültig ihre missliche Lage. Verzweifelt klopfte sie an die Tür, schrie um Hilfe.

Ernest lachte höhnisch auf, packte sie an ihren Schultern und drehte sie zu sich.

Irma sah das hasserfüllte Leuchten in seinen Augen und setzte sich zur Wehr.

Ernest lachte noch wilder. Ihm gefiel es, wenn seine Opfer kratzten und um sich schlugen. So konnte er noch mehr beweisen dass er der Stärkere war. Außerdem war ihm die Kunst des Fesselns schon ins Blut übergegangen. Ehe sich's Irma versah, war auch sie wie ein Paket verschnürt. Er zerrte sie in den Rückraum, setzte sie so hin wie er es mit all seinen Opfern zuvor getan hatte und spottete. „Du bist außer Elli die einzige, die freiwillig in dieses Labor gekommen ist. Elli war eine naive Frau die mir alles glaubte und mir wie ein Hündchen hierher folgte. Aber bei dir geschieht alles aus reiner Raffsucht. " geiferte er. „Das hattest du dir schön ausgedacht, heiratest den verliebten Alten und kassierst später seine Pension und sein Vermögen. Damit es keine Probleme zwischen Onkel und Neffen gibt, schmeichelst du dich bei dem Neffen mit deinen Kochkünsten ein. Ha, ha, ha, du mit deinem geringen Intelligenzquotienten glaubst Ernest Leitner und Theodor Bender überlisten zu können."

Irma sah ihn verwirrt zu wie er mit wilden Gesten in dem winzigen Raum auf und ab ging.
„Ich habe es nicht auf das Geld deines Onkels abgesehen, ich liebe ihn. Aber wer ist Theodor Bender?"
Er blieb ruckartig vor ihr stehen und brüllte giftig:
"Typisch, typisch für so eine ungebildete Frau. Kennt Theodor Bender nicht. Einen der größten Astronomen seiner Zeit. Sein Geist und mein Geist vereinen sich in diesem Körper."
Er klopfte sich auf die Brust und sprach weiter: „Von wegen große Liebe und den ganzen Schmäh. Das gibt es alles nicht. Die Menschen werden geboren, vermehren sich und ihr Geist dient zum Schluss wie die aller bewohnten Planeten, der großen Welle als Futter. Die Artaren haben das schon lange erkannt und sind es satt ihre Energie der großen Welle zu überlassen. Im Gegenteil sie haben entdeckt wie sie der großen Welle einen Teil des menschlichen Geistes abzapfen können. Er wird von diesen Stühlen aus auf die Folie projiziert und von da in die Nebenwelle weitergeleitet. So einfach ist es. Obwohl ich dich verachte, darfst du mit ansehen, wie dies alles geschieht." Irma erkannte ihre Lage. Wenn sie hier nicht gefunden würde, wäre dies ihr sicheres Ende.
Warum nur hatte sie nie bemerkt dass Ernest an Schizophrenie leidet?
„Man wird mich finden", versuchte sie ihn umzustimmen. „Die Polizei ist dir schon auf den Fersen."
„Prima", lachte er schrill, „prima ausgedacht, oder auch primitiv. Jeder, der hier an deiner Stelle saß, drohte mit etwas anderem. Aber du vergisst – keiner konnte meinem Vater etwas nachweisen. Weshalb dann mir? Er war doch

nur ein Vorläufer von mir und besaß nicht mein Genie und nicht das Wissen von Theodor. Wie glaubst du, sollten sie uns finden. Diesen Raum kann ich so hermetisch abschließen, dass Niemand etwas hinter der Wand vermutet."

„Dein Onkel kommt noch in dieser Woche zurück", versuchte sie es ein zweites Mal ihn dazu zu bewegen sie frei zu lassen. „Er wird mich suchen. Er ist eben so intelligent wie du und er wird dich überführen."

„Gut, gebrüllt Löwe", amüsierte er sich. „Vor Onkel Richard habe ich schon gar keine Angst. Was meinst du was mir deine Vorgängerinnen alles angedroht haben? Nichts davon ging in Erfüllung."

„Was war dann mit Ilona?" fragte Irma in der Hoffnung ihn zur Besinnung zu bringen.

„Ilona?" Das Gesicht von Ernest verzog sich zu einer Fratze. „Ilona hat mich betrogen. Ich hatte Mitleid mit ihr, wehrte mich sogar die Versuche fortzusetzen – aber sie...? Genug mit dem Gerede, " knirschte er durch die Zähne. „Wegen deiner Geschnulze bin ich schon über der Zeit mit dem fünften Entzug von Gerd. Sieh zu, dann weißt du, was mit Dunja, Elli und Sabrina geschehen ist und was mit Gerd und dir noch geschieht."

Er ging zur Liege, hob Gerd auf den Stuhl. Als er den ersten Knopf drückte und die Folie zu reflektieren begann, rief er Irma zu: „Siehst du die Schatten, die versuchen die Folie zu verlassen? Sie können es kaum erwarten in die Nebenwelle zu fließen. Es sind alle deine Vorgänger."

Er wandte sich jetzt von ihr ab und konzentrierte sich auf seine Aufgabe.

Irma hörte sein schweres Atmen als er den jungen Mann hochzog und ihn auf den Stuhl setzte und beobachtete entsetzt was Ernest tat. Sie versuchte die Augen davor zu verschließen. Doch das Geräusch des Stuhles ließ sie erschauern.
Nach getaner Arbeit legte Ernest Gerd, ohne jede Regung zu zeigen, wieder auf die Liege zurück. Er beachtete weder das Jammern von Gerd noch Irmas betteln, sie gehen zu lassen.
Sein Gesicht wirkte angestrengt aber doch zufrieden. Schließlich verließ er den Raum und verschloss ihn.
Während Irma in der Dunkelheit und in ihrer Angst versank, setzte er sich seelenruhig an seinen Computer und schrieb alles auf, was er an diesem Vormittag erlebt hatte.

Auch an diesem Morgen war Frank schon sehr früh auf den Beinen. Er hatte sein Wohnmobil verlassen und lief die Straße einmal rauf, einmal runter. Doch die Rollos im Haus des Professors waren noch geschlossen und es gab auch nichts Verdächtiges zu sehen. Also schlüpfte er wieder in den hinteren Teil des Wohnmobils und bereitete sich ein Frühstück zu. Wieder musste er lange warten bis sich auf dem Grundstück des Professors etwas ergab. Die Straße füllte sich langsam mit Leben. Leute liefen an dem Wohnmobil vorbei und manche spähten neugierig durch die kleinen Fenster. Frank hatte sich mit einer Zeitung in der Hand auf den Fahrersitz gesetzt und tat als ob er lese. Doch er ließ das Anwesen des Professors nicht aus den Augen. Das Warten ließ ihn durstig werden. Er bückte sich nach der Flasche und als er wieder hoch sah, bemerkte er eine ältere Frau, die auf die Haustür des

Professors zu schritt. Jetzt hob sich sein Adrenalinspiegel ein wenig. Endlich tat sich was. Die Tür wurde geöffnet und kurz darauf traten der Professor und die ältere Dame aus dem Haus. Die Beiden schienen sich gut zu kennen, denn sie gingen eingehakt zum Labor und Frank sah, dass der Professor beim Sprechen mit ihr freundlich lächelte. Die Dame wirkte auf ihn elegant aber ein bisschen bieder. Deren Erscheinung konnte sicher nichts mit der Entführung von Dunja und Sabrina zu tun haben. Wenn der Professor so eine Frau gut gelaunt in sein Labor mitnahm, hatte er dort sicher auch nichts zu verbergen. Wieder hieß es, weiter abwarten. Die Beiden ließen sich reichlich Zeit. Frank wurde es ungemütlich hinter seinem Sitz. Wieder schlenderte er die Straße entlang und sein Magen sagte ihm, dass es bald Mittag sein musste. Was taten die nur so lange in dem Labor? Von irgendwoher schlug eine Kirchturmuhr zwölfmal. Langsam ödete ihn dieser Beobachtungsposten an. Lars hatte sich da etwas zusammen fantasiert. Die Straße lag abseits der Stadtmitte und jedes der gepflegten Häuser war von einem Garten umrahmt, zeigte dass hier betuchte Leute wohnten. Sollte sich hier in dieser vornehmen Umgebung tatsächlich ein Entführer verschanzt haben? Je langweiliger es ihm wurde, je weniger glaubte er an diese These. Der Professor selbst sah auch nicht aus, als ob er einer Fliege etwas zu leide tun würde. Noch einen Tag würde er sich auf die Lauer legen, dann sollte sich Lars einen anderen Aufpasser suchen. Endlich öffnete sich die Tür zum Labor. Und jetzt wurde Frank doch stutzig. Der Professor kam alleine heraus und schloss die Tür zu. Weshalb tat er dies? Die Dame musste doch noch in dem Anbau sein. Er war sich

sicher, dass er sie nicht herauskommen sah. War da doch etwas faul? Oder war die Frau eine Wissenschaftlerin, die im Labor arbeitete? Aber wozu schloss der Professor sie ein? Nun, er war nicht der Mensch, der
diese Fragen beantworten musste. Er war nur der Beobachter. Und jetzt war genau die richtige Zeit um Lars einen Zwischenbericht abzugeben.

Sebastian war an diesem Morgen nach Giessen zu Lothar gefahren. Sie wollten gemeinsam versuchen, näheres über Sabrina heraus zu finden. Außer der Aussage des alkoholkranken Mannes wussten sie noch nichts über sie. Sie durchforsteten ihre Wohnung nach irgendwelchen Hinweisen, befragten noch einmal die Hausbewohner und ihre Bekannten, grasten alle Taxistände ab und zeigten den Fahrern Sabrinas Foto. Aber alle Mühe war umsonst. Es gab zwar Aussagen über sie, doch was sie an jenem Tag, als sie verschwand getan hatte und wo sie hingegangen war, wusste Niemand. Das nervte. Als sie dann beim Mittagstisch saßen, schlug Lothar als letzte Alternative vor, am Nachmittag die Kneipen und Lokale in denen sie laut der Aussage von Uwe manchmal verkehrte, abzuklappern. Vielleicht konnten sie dort etwas erfahren.
Sebastian war nicht sehr begeistert von dieser Idee aber er fügte sich in diesen Vorschlag.
Gerade als Lothar dem Kellner anzeigte, dass er seine Zeche bezahlen wolle, klingelte sein Handy in der
Tasche. Er zog es heraus und meldete sich. Dann sagte er zu Sebastian kurz: „Lars ist dran."
 Sebastian beobachtete Lothars Mienenspiel und merkte sofort, dass es Neuigkeiten gab. Als Lothar das Handy

wieder wegsteckte, sah er aus, als wüsste er nicht ob er sich freuen oder sorgen sollte.
„Ich glaube", erklärte er Sebastian. „Mein Besuch bei Frau Zeiler, hatte doch Auswirkungen. Lars sagt, Frank habe beobachtet, dass eine Frau, die auf die Beschreibung von Frau Zeiler passt, am Morgen bei Professor Leitner auftauchte und mit ihm ins Labor ging. Er habe sich dabei nichts weiter gedacht, denn die Beiden hätten freundlich miteinander gesprochen. Am Mittag sei der Professor alleine aus dem Labor gekommen. Auch dies hätte ihn nicht weiter verwundert, aber als der Professor die Labortür hinter sich abschloss, sei es ihm doch seltsam vorgekommen." Sebastian hatte Lothar aufmerksam zugehört und nickte jetzt: „Du hast recht, um diese Frau kann es sich nur um Irma Zeiler handeln. Als du sie besuchtest kam ihr dein Verdacht sicher absurd vor. Doch zwischen deinem Besuch bei ihr und dem ihrigen beim Professor liegt eine ganze Nacht. Sie wird unruhig geworden und in Zweifel geraten sein. Deshalb wird sie beschlossen haben, dem Professor auf den Zahn zu fühlen."
„Und der hat sie ins Labor gelockt!" schloss Lothar ab. „Wir sollten schleunigst nach Marburg fahren und nachprüfen ob unsere Vermutung stimmt."
Sebastian nickte und stand auf: „Gehen wir!"

Als Lothar und Sebastian in Marburg ankamen, fuhren sie sofort zu Irma Zeiler. Doch wie vermutet lag das Haus still und verlassen da. Sie klingelten drei- viermal, nichts rührte sich.

Lothar rief bei Frank an und fragte ihn, ob die Frau, die er ins Labor gehen sah, inzwischen wieder herausgekommen sei. Frank verneinte.
Lothar sah Sebastian sorgenvoll an: Wir müssen so schnell als möglich die Polizei verständigen."
„Ja, das sollten wir tun", pflichtete ihm Sebastian bei. „Allerdings wäre es sicher von Nutzen, wenn wir alles was wir bisher über Ernest Leitner herausgefunden haben, notieren und dem Zuständigen Polizeibeamten übergeben würden."
„Gute Idee", nickte Lothar, fahren wir zu dir ins Hotel und schreiben alles genau auf.
Sebastian druckste einen Moment unsicher herum. Schließlich gestand er Lothar: „Ich muss dir was sagen, ich habe den Brief an Ilona doch gestern schon abgeschickt. Es ließ mir einfach keine Ruhe mehr."
Lothar war nicht gerade erfreut über sein Tun. Er zuckte nachdenklich mit den Schultern: „Hoffentlich geht das gut."

Ilona kam am Mittag vergnügt aus der Stadt zurück. Sie hatte bei einem Einkaufsbummel ein paar besonders gute Schnäppchen gemacht und zeigte sie jetzt Thea.
Thea ließ sich von Ilonas guter Laune anstecken. Sie freute sich über ihr Tun und sah es als Fortschritt an, denn es war das erste Mal seit Ilonas Krankheitsbeginn gewesen, dass sie alleine in die Stadt gefahren war und eingekauft hatte. „Hast du schon etwas gegessen?" fragte sie.
Ilona lachte: „Ja, ich habe mich heute ungesund von Fastfood ernährt."

„Naja, das eine Mal sei's erlaubt", lachte Thea zurück. „Übrigens, auf der Kommode im Flur liegt noch Post für dich."

„Danke." Ilona nahm ihre Einkaufstüten und die Post, dann lief sie nach oben. Sie fühlte sich kein bisschen müde und freute sich über ihre zunehmende gute Kondition. Als sie die Tüten abgelegt hatte, setzte sie sich in den Sessel und sah nach den Absendern der Briefe. Sebastians Brief fiel ihr zuerst auf, denn er hatte ihn per Hand an sie adressiert. Er telefonierte doch jeden Abend mit ihr und nun schrieb er ihr auch noch? Lächelnd öffnete sie den Umschlag und entnahm ihm mehrere ineinander gefaltete Blätter. Sie begann sofort zu lesen, aber je mehr sie las, je fassungsloser wurde sie.

Sebastian war ausgezogen um Ernest als Verbrecher zu überführen. Sie ließ die Blätter sinken. Das durfte doch alles nicht wahr sein. Wieso missbrauchte Sebastian ihr Vertrauen so? Er wusste doch dass sie ihn liebte. Was störte ihn da noch was damals in Marburg geschah. Konnte er die Sache nicht auf sich beruhen lassen? Sie glaubte einfach nicht an die Beweise, die er schon mit einem gewissen Lothar, den sie noch nicht einmal kannte, gefunden haben wollte. Sie musste Ernest warnen oder was sollte sie sonst tun? Die Blätter zitterten in ihrer Hand aber sie zwang sich weiter zu lesen. Es klang alles so unheimlich und bedrohlich und wenn sie Ernest nicht so gut gekannt hätte, würde sie jetzt annehmen er sei ein Monster.

Sebastian war auf dem falschen Weg. Er musste sicher bald erkennen dass Ernest nichts mit den Entführungen zu tun hatte. Aber was war, wenn Sebastian soweit ging und Ernest anzeigte? Es würde ein unnötiges Aufsehen geben, der Beiden zu gleichen Teilen schaden würde. Wo hatte Sebastian nur diesen Reporter kennen gelernt, der wahrscheinlich die treibende Kraft war. Es gab genügend Reporter die für eine sich bietende Story alles taten. Es blieb ihr nichts anderes übrig als nach Marburg zu fahren. Sie packte ein paar Sachen in ihre Reisetasche und eilte nach unten.

Thea kam gerade aus ihrem Büro und erschrak über Ilonas gehetzten Gesichtsausdruck. Dann fiel ihr die Reisetasche auf. „Willst du verreisen?" fragte sie erstaunt.

Jetzt konnte Ilona ihre Tränen nicht zurückhalten. „Ja, schluchzte sie, „ich muss sofort nach Marburg fahren. Es geschehen schreckliche Dinge dort."

Jetzt wurde auch Thea blass. „Von welchen schrecklichen Dingen sprichst du eigentlich? Ich kann dich so nicht fahren lassen. Du bist ja völlig neben dir. Entschuldige bitte, ich rede in einer Tour auf dich ein, gehen wir in mein Büro und klären die Dinge."

Ilona stellte die Tasche auf den Boden und folgte Thea ins Büro. Vielleicht war es nicht richtig sie über das Vorhaben Sebastians aufzuklären aber ihre Nerven waren noch nicht stabil genug, dies alleine zu verkraften.

Thea hörte sich ganz gegen ihre Gewohnheit alles was Ilona bewegte an, ohne sie zu unterbrechen.

Als Ilona ihr alles berichtet hatte, sagte sie enttäuscht.

"Ich hätte nie erwartet, dass Doktor Schneider so ein falsches Spiel mit uns treibt. Wenn du es erlaubst, rufe ich Max an und bitte ihn uns nach Marburg zu fahren. Weder du noch ich haben jetzt die Nerven so eine weite Strecke zu bewältigen."

Ilona nickte, Thea hatte Recht. Alleine würde sie diese Strapaze nicht durchstehen. Sie war nicht mehr der gleiche Mensch von früher.

Während Thea telefonierte wurde ihr wieder die Qual bewusst, die sie in Marburg erlitten hatte. Und wenn doch ein Funken Wahrheit an der Geschichte von Sebastian dran war? Dann würde es auch nicht schaden zu Ernest zu fahren. Vielleicht brauchte er seelische Hilfe.

Thea unterbrach ihre Gedanken. „Max kommt sofort", sagte sie erleichtert. Sie war wieder obenauf. Max war an ihrer Seite und er würde ihr auch dabei helfen die Unschuld von Ernest zu beweisen. „Ich muss Frau Haller für den Fall dass wir in Marburg übernachten, noch eine Nachricht hinterlassen", sagte sie zu Ilona und fragte: „Kommst du mit in die Küche? Ich brühe schnell noch einen Kaffee auf."

Ilona folgte ihr wie ein artiges Kind.

Thea hantierte mit der Kaffeemaschine herum und danach schrieb sie den Zettel für Frau Haller. Als es klingelte, hatte sie gerade zwei Tassen mit Kaffee gefüllt. Sie schob Ilona Milch und Zucker hin und sagte: "Bediene dich bitte, ich glaube Max ist schon in Anmarsch." Dann lief sie zur Tür. Max stand mit breitem Lächeln vor ihr. „Du hattest Glück", flachste er beim Betreten des Flurs „als das Telefon klingelte, war ich gerade dabei das Haus zu verlassen. Woher kommt dein plötzlicher Entschluss nach Marburg zu fahren?"

„Jetzt komm erst mal zu Ilona und mir in die Küche." forderte sie ihn auf. Ilona wird dir alles erklären."

Max erschrak über das vergrämte Aussehen von Ilona und glaubte sie habe einen gesundheitlichen Rückschlag erlitten. Sein Gruß fiel gedämpfter aus als sonst. „Wie geht es dir?" fragte er besorgt.

„Es geht so", erwiderte sie leise. „Ich hole dir den Brief. Es ist besser du liest ihn, als dass ich alles noch einmal erzählen muss. Sie stand auf, ging zu ihrer Reisetasche und holte ihn heraus. Dann lief sie wieder in die Küche zurück und gab Max den Brief.

Max nahm ihn mit Unbehagen entgegen. Wenn Ilona ihm ohne weiteres ihre Post anvertraute, musste sie schon sehr in der Zwickmühle sein.

Thea hatte auch ihm eine Tasse Kaffee eingeschenkt. Er nippte kurz daran und begann zu lesen. Er las ihn ohne Unterbrechung und lies dann das Blatt sinken:

"Das ist starker Tabak, " schnaufte er dann. „Glaubst du ein Wort davon?"

Eigentlich war Ilona mit der Frage gemeint aber Thea fauchte sofort.

„Das ist doch Schwachsinn. Ernest und ein Entführer. Sicher hat dieser Reporter die Geschichte von damals ausgegraben und glaubt jetzt Ammenmärchen über Ernest verbreiten zu können. Ich hab ihn ja gleich davor gewarnt nach Marburg zu ziehen. Georg wollte man dort auch so in den Schmutz ziehen."

„Halt, halt, " unterbrach sie Max. „Was war das damals für eine Geschichte?"

Thea erzürnte sich noch mehr. „Es gab einen Skandal mit Wissenschaftlern, die Studenten mit noch unerforschten Medikamenten vollstopften. Außerdem verschwanden einige Personen, die man nie mehr auffand. Eine Zeitlang wurde angenommen Georg habe etwas mit der Sache zu tun. Zum Glück wurde dieser Verdacht wieder fallen gelassen."

Max war bei Theas Worten nachdenklich geworden. Von diesem Skandal hatte sie ihm nie etwas erzählt. Aber was spielte das schon für eine Rolle. Er musste den beiden Frauen jetzt beistehen, egal was dabei rauskommen würde. „Gut", bat er. „Lassen wir jetzt die alten Geschichten und versuchen die Neuen zu bereinigen". Dann spornte er die Frauen an. „Also, los geht's! Oder wartet ihr auf einen weiteren Helfer?"

„Natürlich nicht", erwiderte Thea versöhnlich. „Ich hol mir nur noch schnell meine Reiseutensilien."
Schon war sie auf dem Weg in ihr Schlafzimmer.

„Pack eine Zahnbürste für mich ein!" rief ihr Max hinter her. Ilona wirkte verunsichert: „Ich weiß nicht mehr was ich glauben soll, " wandte sie sich an Max. „Sebastian ist ein realistischer kluger Mann. Warum sollte er sich so eine Geschichte ausdenken? Aber Ernest ist doch kein Gewalttätiger. Diese Zweifel machen mich noch ganz verrückt."

„Du solltest versuchen dich nicht allzu sehr in dieses Wirrwarr hineinzusteigern." versuchte Max Ilona zu beruhigen. „Warten wir ab, wie die Dinge stehen, wenn wir in Marburg sind. Vorab kannst du so und so nichts tun. Aber ich rate dir bei aller Sympathie für Ernest ab, über Doktor Schneider schlecht zu denken. Immerhin hat er dir noch rechtzeitig über sein Tun reinen Wein eingeschenkt, mag er auch auf der falschen Fährte sein."

Thea kam mit ihrem Gepäck zurück und enthob Ilona dadurch jeder Antwort. Die Reise nach Marburg begann.

Sebastian und Lothar hatten alle Punkte, die Ernest Leitner als Entführer überführen könnte, aufgeschrieben. Sie saßen jetzt Kommissar Zöllner gegenüber und brachten ihre Argumente vor.

Er war ein ruhiger besonnener Mann, der schon mit den seltsamsten Anschuldigungen oder Taten konfrontiert worden war. Diese beiden Männer vor ihm schienen keine Spinner oder sonst welche Angeber zu sein. Sie hatten mit ihren Ermittlungen der Polizei ins Handwerk gepfuscht. Aber dies würde er ohne Ärger hinnehmen, wenn sich der Verdacht gegen Professor Leitner erhärten würde, wenn nicht hätten sie sicher von Seiten dieses Professors mit einer Verleumdungsklage zu rechnen. Er musste auf jeden Fall der Geschichte auf den Grund gehen, musste aber zugleich äußerst vorsichtig damit umgehen.

Sebastian legte ihm nun die Notizen vor, die sie in den letzten Tagen gemacht hatten.

Kommissar Zöllner, las alles durch und blickte von einem zum anderen. „Es ist wirklich beachtlich, was sie in dieser kurzen Zeit herausgefunden haben, aber es ist alles kein hundertprozentiger Beweis dass Professor Leitner hinter den Entführungen steht. Es ist auch noch längst nicht bewiesen, dass die beiden Frauen aus Giessen entführt worden sind. Wer weiß wo sie jetzt stecken? Leichen hat man jedenfalls noch nicht gefunden."

Lothar hakte ein: „Wir erzählten ihnen doch von Dunjas Kollegin Bellinda. Ihre Beschreibung des Mannes mit dem sie Dunja zuletzt gesehen hat und die Beschreibung die der Hutverkäufer von dem Mann gegeben haben stimmt doch völlig überein. Professor Leitner könnte doch den Beiden vorgeführt werden."

„Natürlich könnte man das tun", erklärte der Kommissar aber glauben sie dass der Staatsanwalt einen Besuch bei einer Prostituierten und einen Hutkauf für strafbar ansieht? Sie haben lauter gute Argumente aber nicht eines wird den Richter dazu bringen, einen Hausdurchsuchungsbeschluss oder gar einen Haftbefehl gegen Professor Leitner auszuschreiben.

Sebastian wollte noch nicht so schnell aufgeben. „Wenn wir die beiden vermissten Frauen aus Giessen mal außer Acht lassen und uns Elli Schmitt zuwenden, so müssen sie doch zugeben, dass es eine Spur von ihr zu Professor Leitner gibt."

„Vielleicht, vielleicht auch nicht", widersprach der Kommissar. Es gibt nur die Aussage dieses Kindes. Das Mädchen weiß demnach nur das, was ihr Frau Schmitt über diesen Mann erzählt hat. Vielleicht hat sich die Frau einsam gefühlt und hat sich in die Idee verrannt einen Freund zu besitzen. Möglicherweise hat sie, nachdem sie von Frau Seiler erfahren hatte, dass Professor Leitner sie als Haushaltshilfe einstellen wollte auch falsche Schlüsse daraus gezogen."

Lothar widersprach Kommissar Zöller: „Frau Schmitt hat sich doch vor dem Gespräch mit Frau Seiler auch nicht einsam gefühlt und keine von den Schwestern des Waisenhauses wusste etwas über einen Freund von ihr. Aber es steht fest, dass sie schon bei den Eltern von Professor Leitner gearbeitet hat und eine Verbindung zwischen ihnen besteht."

Kommissar Zöllner wehrte diese Theorie ab: „Sie spielen die Geschichten von früher an. Doch auch das spielt keine Rolle. Elli Schmitt war zwar bei den Eltern des Professors beschäftigt, sie war aber schon zu diesem Zeitpunkt geistig verwirrt."
„Und was ist mit Frau Zeiler, die im Moment von Ernest Leitner festgehalten wird"? fragte Lothar ist das auch kein Anlass für eine polizeiliche Untersuchung?"
„Nein", musste ihm Kommissar Zöllner sagen. Noch ist nicht bewiesen, dass sie gegen ihren Willen bei Professor Leitner weilt."
„Aber ich habe ihr gestern alles über den Professor erzählt", lies Lothar nicht locker. „Wahrscheinlich ist sie zu ihm gegangen um ihn zur Rede zu stellen und dann..."
„Sehen sie, sie sagen selbst – wahrscheinlich", konterte der Kommissar. „Aber ich mache ihnen ein Angebot, wenn Frau Zeiler morgen Mittag noch nicht zuhause ist, werde ich über ihren Verbleib nachforschen lassen."
Somit waren Lothar und Sebastian verabschiedet. Doch als sie das Büro von Kommissar Zöllner verlassen hatten, wählte dieser die Nummer des zuständigen Staatsanwaltes. Er wollte in jedem Falle kein Risiko eingehen.

Sebastian und Lothar waren sichtlich enttäuscht über ihren Besuch bei Kommissar Zöllner, doch sie dachten nicht im Traum daran ihren Plan aufzugeben.
Lothar gelüstete es nach einer Tasse Kaffee. „Ich kenne ein gemütliches kleines Café", schwärmte er Sebastian vor. „Hättest du Lust...?" Sebastian lächelte: „Klar, spülen wir unseren Frust mit einem Kaffee hinunter."

Die optimistische Laune war wieder hergestellt. Lothar hatte recht gehabt. In dem Café konnte man sich wohl fühlen. Sebastian lehnte sich in seinem Stuhl zurück und versuchte erst mal seine Gedanken baumeln zu lassen. Er genoss das erregende Aroma des Kaffees, lächelte der vorbeihuschenden Serviererin freundlich zu und in dem Moment fiel ihm wieder ihr Vorhaben ein, in den Kneipen nach Sabrina zu forschen. Warum eigentlich nicht auch nach Dunja? Vielleicht gab es eine Verbindung zwischen den beiden von dem Niemand etwas wusste?
Lothar hing in seinem Stuhl und versuchte genau wie Sebastian einfach nur dazusitzen, das Ambiente und den Kaffee genießen und es gelang ihm ebenso kurz wie Sebastian. „Wir müssen noch einmal nach Giessen fahren", sagte er plötzlich.
Sebastian musste lachen: „Genau das Gleiche habe ich in dem Moment auch gedacht. Wir wollten doch die Kneipen und Lokale durchstreifen."
„Das werden wir anschließend auch tun. Aber mir ist der Polizeibeamte eingefallen, der die Vermisstenanzeigen von Dunja und Sabrina annahm. Ich kenne ihn gut und ich werde mich noch mal mit ihm unterhalten. Vielleicht gibt es inzwischen sogar schon eine erneute Vermisstenanzeige." Sebastian winkte ab: „Wollen wir das letztere nicht hoffen, aber ein Gespräch mit diesem Beamten finde ich auch gut."

Frank lag immer noch auf der Lauer. Aber es ereignete sich bis zum Abend wieder nichts auf dem Grundstück. Der Professor blieb in seinem Haus und die Frau, die er am Morgen mit ihm ins Labor gehen sah, war nach wie vor dort eingeschlossen. Lars hatte ihn gebeten, weiterhin nichts zu unternehmen. Seine einzige Aufgabe blieb nur das Beobachten des Hauses und des Labors. Ziemlich langweilig. Ob er nicht doch noch einmal in den Garten schleichen sollte? Jetzt waren die Rollos vor den Fenstern des Labors noch oben. Vielleicht konnte er etwas Ungewöhnliches entdecken? Aber die Gefahr bestand, dass ihn jemand beim überklettern des Zaunes beobachten könnte. Wenn er es aber geschickt anstellte, würde dies nicht geschehen. Er hatte doch Augen im Kopf und musste sich nur genügend umsehen und den richtigen Moment abpassen. Um diese Zeit liefen sowieso nur noch wenige Passanten durch diese Seitenstraße. Sein Entschluss war gefasst. Er stieg aus seinem Wohnmobil und schlenderte an die Stelle, an der er auch das letzte Mal den Zaun überwand. Ein Blick nach allen Seiten signalisierte ihm dass er ohne Gefahr in den Garten gelangen konnte. Für ihn war dieser Sprung ein Kinderspiel, doch nun musste er, während er sich dem Labor näherte, die Haustür in seinem Blickwinkel lassen. Die Zeit nahte, in der Professor Leitner gestern Abend ins Labor gegangen war. Es war vorauszusehen, dass er es auch heute tun würde, zumal sich die Frau noch darin befand. Vorsichtig schlich er sich an das Labor heran und wählte die Seite aus, die vom Haus aus nicht zu sehen war und hoffte dass es auch hier ein Fenster gab. Er hatte Glück und drückte seine Nasenspitze an das Glas. Doch er sah nur Reagenzgläser und einige Apparate auf ein paar Tischen an der Wand. Auf der gegenüberliegenden Seite stand ein Computer. Alles sah steril und unbenutzt aus. Von der

Frau keine Spur. Das konnte doch nicht sein. Er war sich sicher, dass er sie nicht aus diesem Raum kommen sah. Dann entdeckte er eine schmale Tür. Vielleicht war dahinter eine Toilette in der die Frau sich gerade aufhielt? Vom Haus her näherten sich Schritte und Frank duckte sich. Er hörte wie die Tür zum Labor aufgeschlossen wurde und gleich danach das Geräusch, der sich schließenden Rollos. Verdammt" Dieser Professor war ein übervorsichtiger Mensch. Hatte er doch etwas in diesem Labor verborgen, das er durch das Fenster nicht sehen konnte? Er befand sich jetzt in einer heiklen Situation. Sollte er hier ausharren und warten bis der Professor das Labor wieder verließ oder sollte er sich lieber davon sputen? Und wenn der Professor ihn entdeckte? Neugierig legte er sein Ohr ans Fenster und lauschte und plötzlich war es ihm, als hörte er eine Frau um Hilfe rufen. Es kam vom oberen Rand des Labors. Er sah hoch und bemerkte einen kleinen quadratischen Lüftungsschacht. So leise wie es ihm möglich war, schlich er näher hin und vernahm die Schreie nun deutlicher. Danach gellte ihm ein schrilles boshaftes Lachen in den Ohren. Es war das Lachen eines Wahnsinnigen. Nun ahnte er, dass der Professor die Frau quälte. Er hatte sie sicher zuvor in der Toilette eingeschlossen. Jetzt hieß es handeln. Der Professor war sicher eine gute Weile mit der Frau beschäftigt und so konnte er bestimmt das Grundstück, ohne von ihm gesehen zu werden, so schnell als möglich verlassen. Es war ihm als laufe er um sein eigenes Leben. Als er endlich in seinem Wohnmobil saß, musste er erst einmal kräftig durchatmen. Dann schnappte er sich sein Handy und berichtete Lars was er soeben erlebt hatte.

Sebastian und Lothar steuerten gerade schon auf die vierte Kneipe zu, in der sie Erkundigungen über die vermissten Frauen anstellten. Bisher war nur sehr wenig heraus gekommen. Sicher war nur, dass an dem jeweiligen Tag an dem Dunja und Sabrina verschwanden, beide von niemandem gesehen wurden. Doch die zwei Männer gaben ihre Suche nicht auf. Lothar griff in seine Tasche und holte das klingelnde Handy heraus und Sebastian sah an dessen geweiteten Augen, dass etwas Außergewöhnliches geschehen sein musste. Er reimte sich aus den halben Sätzen die Lothar von sich gab und dem wenigen was er bei dem lauten Straßenlärm verstehen konnte, einiges zusammen und plötzlich spürte er wie sich sein Magen verkrampfte. Ein Zeichen der Nervosität, das ihm stets überfiel, wenn sich etwas Dramatisches anbahnte.
Lothar hatte das Gespräch beendet und rief ihm zu: „Wir müssen sofort etwas unternehmen. Gehen wir zum Wagen." Im Auto erklärte Lothar Sebastian die neue Situation.
„Frank hat aus dem Labor deutliche Hilferufe einer Frau gehört. Es kann für Frank zwar unangenehm werden, denn er befand sich unerlaubt auf dem Grundstück aber wir müssen sofort nach Marburg fahren und Kommissar Zöllner informieren. Dieser Aussage muss er nachgehen."
Sebastian stimmte ihm zu: „Jetzt ist es doch offensichtlich, dass der Professor zumindest eine Frau in seinem Labor gefangen hält. Kommissar Zöllner wird sicher sofort eingreifen."
Lothar fuhr so schnell wie erlaubt und nach einer kurzen Pause des Schweigens kam Sebastian eine Idee. Frank

kann doch angeben dass er auf unseren Wunsch hin, den Professor gesucht hätte, das ist doch nicht verboten. Die Gartentür war offen und..."

„Über was du dir alles Gedanken machst, " grinste Lothar, „aber gut, so können wir es Händeln."

Sebastian lehnte sich jetzt beruhigt in die Autopolster. Doch kurz darauf schossen ihn die Gedanken an Ilona in den Kopf. Sorgenvoll dachte er an den Brief von ihm den sie heute sicher erhalten halten. Wie würde sie sich daraufhin verhalten?

Lothar sah ihn prüfend von der Seite an: „An was denkst du gerade? Du bist ganz weiß um die Nasenspitze."

„Ich habe den Brief gedacht, den ich an Ilona gestern abgesendet habe."

„Das bereitet nicht nur dir Sorgen" murmelte Lothar. Hast du heute schon mit ihr gesprochen?"

„Nein, das habe ich nicht, aber es lässt mir nun keine Ruhe mehr. Ich musste Ilona einfach vorwarnen. Aber normalerweise handelt Ilona spontan und fragt gleich nach was sie von der Sache halten soll."

Lothar sah ihn mürrisch an: „Jetzt ist sie zwar vorgewarnt. Aber wird sie deine Geschichte auch glauben? Und so wie ich die Frauen kenne, wird sie jetzt denken du hättest sie verraten."

„Wieso verraten?"

„Sie glaubte doch du wärst in Berlin bei deinen Eltern und jetzt das. Sie wird den Professor anrufen und ihn fragen ob etwas Wahres an deinen Anschuldigungen ist. Somit ist er vorgewarnt."

„Ich glaube nicht, dass Ilona das tut. Vielleicht hat sie den Brief noch gar nicht gelesen. Aber wenn sie das macht,

wird sie mich bestimmt zuerst anrufen und mir Vorwürfe machen. Dann werde ich sie bitten noch nichts zu unternehmen."
„Dann kann ich nur hoffen, dass du sie gut genug kennst."
Schweigend fuhren sie weiter.
Sebastian grübelte weiter. Es war schon Abend, und sie hatte sich noch nicht bei ihm gemeldet. Verzieh sie ihm diese eigenmächtige Handlung nicht? Nach dem Besuch im Kommissariat musste er sie unbedingt anrufen.

Ernst hatte sich am Nachmittag einen dicken Pullover angezogen. Obwohl die Heizung lief, krochen ihm ständig eiskalte Schauer über den Rücken. Entweder brütete er eine Grippe aus oder die Fenster schlossen nicht mehr richtig, sodass sich dieser kühle Luftzug im ganzen Haus verbreitete. Die Kälte hatte sogar seinen Mittagsschlaf verhindert. Er war zum Schuppen gegangen, hatte sich Holz hereingeholt und den Kamin angefächert. Danach hatte er sich das alte Buch von Theodor Bender aus der Bibliothek geholt und gelesen. Als er es das erste Mal in den Händen gehalten hatte, war es ihm schwer gefallen die Buchstaben und Wörter zu entziffern. Doch jetzt las er es ohne Schwierigkeit und er fühlte sich Theodor immer näher. Er verachtete die damaligen Menschen, die sein Genie verkannt hatten und ihn als Ketzer angeklagt hatten. Aber die Nachfahren dieser Banausen liefen ja heute noch mit Scheuklappen herum. Sie hatten zwar so weitentwickelte Teleskope von denen die Astronomen aus der Zeit von Theodor nur träumen konnten und Satelliten die im Weltall herum kreisten aber sie wussten nichts von der großen Welle, nichts von den vielen bewohnten Planeten,

die von der Urkraft genutzt wurden. Obwohl die große Welle immer wieder kleine Wellen mit noch nicht fertig ausgeprägten Geistern ausstieß und sie mit den Seelen in neue Menschen verankerte, gab es nur wenige, die das Wissen aus dem vorigen Leben nutzen konnten. Fast wäre es ihm ebenso ergangen aber Theodors Geist war durch die Schulung der Artaren so ausgeprägt, dass er nicht verloren gehen konnte. Theodor würde ihm dabei helfen eine große Umwälzung der Energie einzuleiten. Die Artaren würden den Geist von Theodor und ihm für immer erhalten, denn sie beide waren es, die der Urkraft Energie entrissen. Vielleicht gelang es ihm sogar mit Theodor und den Artaren, die Urkraft zu entmachten. Sein Körper fühlte sich zwar, trotz der Übungen an den Fitnessgeräten manchmal schwach und kränklich aber was war schon ein irdischer Körper? Die Artaren würden ihm die gleiche Kraft geben, die sie besaßen. Sie konnten ihre Energie in unsichtbaren Atomen aufteilen und aus dem Nichts auf der Erde auftauchen, sich den Menschen sichtbar machen, sich mit ihnen ohne Sprache verständigen. Er hatte eine lange gute Zukunft vor sich. das Buch von Theodor war sehr aufschlussreich und er beschloss es in einem Geheimfach seines alten Sekretärs zu verstecken. Er wollte verhindern dass ein anderer Sterblicher die weisen Zeilen von Theodor las, sie nicht verstand und das Buch womöglich auch noch weg warf.
Theodor zeigte sich wieder. Er stand nun neben ihm.
„Das hast du gut gemacht Ernest, denn dieses Buch habe ich in der Tat nur für dich geschrieben. Meine und deine Erkenntnisse werden uns weit bringen. Doch nun solltest du ins Labor gehen und den letzten Entzug von Gerd

machen. Ich weiß nicht, wann die Artaren kommen um die Folie abzuholen. Doch wir sollten auf sie vorbereitet sein."
„Ist es wirklich schon so spät?" fragte Ernest.
„Sieh auf die Uhr und beeile dich", raunte die Stimme. Ernest sah tatsächlich auf die Uhr und es stimmte, es war Zeit ins Labor zu gehen. Er drehte sich im Kreis aber Theodor war in keiner Ecke des Zimmers mehr zu sehen. Es stimmte Ernest fast ein wenig traurig und er fühlte wie sehr er sich schon an Theodor gewöhnt hatte. Plötzlich fiel ihm ein, dass Irma auch im Labor lag und er holte ein Getränk für sie. Obwohl sie so ein undankbares, gieriges Miststück war, durfte er sie nicht verdursten lassen. Danach begann er seinen nun schon gewohnten Gang zum Labor.
Als er die Rückwand öffnete schrie Irma wie am Spieß.
„Schrei nur, lass die Luft raus, hier hört dich sowieso niemand." höhnte er. Dann zerrte er sie zur Toilette.
„Was bist du für ein hysterisches Weib zischte er und so eine will meinen Onkel heiraten!"
Der Anblick ihrer gehetzten, nach einem Ausweg suchenden Augen brachte ihn zu Lachen und es erklang schriller als je zuvor.
Irma schrie in der Toilette weiter panisch um Hilfe. Doch Ernest ergötzte sich nur daran. Nicht einmal dachte er an den Lüftungsschacht in dem kleinen Raum. Er wartete ein paar Minuten. Dann zerrte er Irma wieder zum Raum mit den Stühlen. Und gleich darauf hockte sie wieder zitternd an der Wand und fuhr weiter fort Ernest zu betteln sein Vorhaben zu beenden. Doch Ernest handelte wie ein Roboter. Er beachtete ihr Flehen nicht, ging auf den jungen

Mann zu, packte ihn, hob ihn hoch und setzte ihn auf den Stuhl.
Anschließend wandte er sich zu ihr um und spie ihr stolz zu: „Jetzt erlebst du seinen letzten Entzug und danach etwas so grandioses was nur die Kandidaten, die ihren Geist der Nebenwelle überlassen, sehen dürfen."
Als er die Knöpfe des Stuhles drückte verwandelten sich die Schreie des Jungen in die Schreie eines Babys und drangen unerbittlich in Irmas Ohren. Sie glaubte selbst zu schreien aber aus ihrer Brust entschwand kein Ton. Doch das Entsetzen sollte sich noch steigern. Sie vernahm die Computerstimme wie sie ihre Anweisungen an Ernest weitergab, konnte aber vor lauter Angst den Wortlaut nicht verarbeiten. Sie hörte wie der zweite Stuhl zu surren begann, wusste dass Ernest den Körper des jungen Mannes in ihn gesetzt hatte und sah, als der Stuhl sich wieder öffnete, dass der Mann verschwunden war. Sie musste bei dieser Prozedur selbst wahnsinnig geworden sein.
Ernest trat zu ihr. „Leider, " brummte er, „muss ich noch mit deinem ersten Entzug warten. Die Folie ist schon mit Seelen gefüllt. Aber ich denke, dass die Artaren nicht allzu lange auf sich warten lassen um die Folie auszuwechseln. Ein Rat, spare dir das Schreien für den Stuhl auf. In dieser Kammer hört dich so und so niemand. Sie ist vollkommen schalldicht." Er hielt ihr die Flasche an den Mund und sagte: „Hier, trinke noch einen Schluck, ich weiß nicht wie lange es dauert, bis ich wieder zurückkehre."
Er schüttete eine Ladung Saft in ihren Mund, stellte die Flasche neben sie und ließ sie allein. Eine Weile saß er noch untätig an seinem Schreibtisch. Sollte er jetzt hier bleiben oder auf die Artaren warten? Dann entschloss er

sich, erst seinen Bericht abzutippen und falls die Artaren danach noch nicht gelandet sein würden, konnte er immer noch rüber ins Haus gehen. Sie würden ihn überall finden, das wusste er ja aus Erfahrung.

Nun saßen Sebastian und Lothar zum zweiten Mal im Büro von Kommissar Zöllner. Doch dieses Mal konnte er die Aussage der beiden Männer nicht ignorieren. Er ließ ein paar Beamte kommen und gab ihnen die Order zu Professor Leitner zu fahren um ihn zu verhören.
„Ist das alles?" fragte Sebastian erregt. „Glauben sie ehrlich, dass der Professor frei und offen gesteht, dass er eine Frau gefangen hält?"
„Moment", stoppte der Kommissar Sebastians Vorwürfe. „Ich werde gegen jede Vernunft versuchen einen Durchsuchungsbeschluss zu erreichen. Die Aussage stützt sich auf einen Mann der aus dem gleichen Milieu stammt wie die vermissten Frauen. Könnte es vielleicht möglich sein, dass er Professor Leitner etwas ans Bein flicken möchte?"
„Das glauben sie wohl selbst nicht!" entrüstete sich
Lothar und stand auf: „Wir beide", sagte er, haben unsere Pflicht erfüllt und ihnen unser Wissen über die Entführungen mitgeteilt alles Weitere unterliegt ihnen. Guten Tag"
Er drehte sich um und Sebastian folgte ihm.

Ernest hatte es aufgegeben im Labor auf die Artaren zu warten und war ins Haus zurückgegangen. Knappe zehn Minuten danach klingelte es an der Haustür. Leicht verärgert schlürfte er durch den Flur und riss die Tür auf. Zwei Polizisten standen vor ihm.

„Dürfen wir sie einen Moment sprechen?" fragte einer der Beamten höflich.

„Aber bitte meine Herren, " tat Ernest scheinheilig, „treten sie doch ein."

Die Beamten folgten ihm ins Wohnzimmer. Sie setzten sich an dem von Ernest angewiesenen Platz und Ernest fragte: „Was führt sie zu mir, meine Herren?"

„Wir haben eine Anzeige gegen sie erhalten", erklärte ihm einer der Beamten. „Es geht um Frau Irma Zeiler. Sie soll heute Morgen ihr Grundstück betreten haben und nicht wieder nach Hause zurückgekehrt sein."

„Haben sie sich davon überzeugt, dass sie nicht zuhause ist?" fragte Ernest und krauste die Stirn als mache er sich Sorgen um sie.

„Natürlich haben wir uns erst vergewissert ob die Dame zuhause ist", versicherte ihm der Beamte. „Also war Frau Zeiler heute bei ihnen oder nicht?"

„Ja", bestätigte Ernest, „sie hat mich besucht. Sie ist oft mein Gast. Frau Zeiler führt schon seit mehr als zwanzig Jahren den Haushalt meines Onkels. Sie kocht jeden Tag für mich, schickt mir ab und zu ihre Putzhilfe und wenn ich keine Lust habe, das Haus zu verlassen, kommt sie mich besuchen. Mein Onkel, Professor Wegener ist zurzeit auf Reisen und wenn er zurück kommt will er Frau Zeiler heiraten. Wir verstehen uns prima."

Der redet mir ein bisschen zu viel und zu schnell, dachte der Beamte und unterbrach ihn. „Wann ist Frau Zeiler wieder gegangen?"

„Oh, das weiß ich nicht genau, warten sie, es muss so um fünfzehn Uhr herum gewesen sein. Sie sprach von einem Arzttermin, den sie noch hatte."

„Also gut, dürfen wir uns ein wenig umsehen?" „Tun sie sich keinen Zwang an", lächelte Ernest verbindlich.
 Als die beiden Beamten sich in den Zimmern umgesehen hatten, baten sie den Anbau besichtigen zu dürfen.
 „Auch das erlaube ich ihnen, obwohl sie eigentlich für das was sie hier bei mir veranstalten einen Hausdurchsuchungsbefehl vorweisen müssten."
 „Es ist keine Durchsuchung", erwiderte der Beamte, „wir möchten nur sicher gehen, wo Frau Zeiler abgeblieben ist. Sie wird vermisst und wir tun nur unsere Pflicht sie zu suchen."
 „Ah, geht das heutzutage so schnell? Respekt. Aber bitte folgen sie mir." Er ging den Beamten voran und schloss die Labor Tür auf. Sie sahen sofort dass niemand sich in dem Raum befand und steuerten auf die einzige Tür, die es in diesem Raum gab zu. Es war die Toilette und auch die war leer. Als sie das Labor verließen, sagte Ernest spöttisch: „Kommen sie mit mir, hinter dem Haus steht noch ein Schuppen, den dürfen sie auch gerne besichtigen."
Die Beamten taten dies wirklich und mussten danach unverrichteter Dinge gehen. Anschließend teilten sie das Ergebnis Kommissar Zöllner telefonisch mit und der tobte innerlich. Er hatte die Angaben von Lothar Meissner und Sebastian Schneider schon an den Staatsanwalt weitergegeben.

Als die Beamten gegangen waren fiel die heitere Maske, die Ernest ihnen gezeigt hatte von ihm ab. Er ging ins Haus zurück und fluchte. Am liebsten hätte er alles zertrümmert. Diese falsche Ratte, hatte irgendwem erzählt wohin sie ging. Sie hatte Vorsichtsmaßnahmen getroffen. Aber was hatte es ihr genutzt? Niemand würde sie je finden.

Der Bärtige tauchte vor ihm auf. "Sie werden wiederkommen, " warnte er ihn. Gehe hin, zerlege die Stühle und vergrabe die Scheibe an einen sicheren Ort. Wir beide werden sie bei passender Gelegenheit wieder hervorholen und die Stühle wieder zusammensetzen. Mit den Teilen kann niemand etwas anfangen. Sie werden nie herausfinden wozu sie dienen und aus welchem Material sie sind. Die Ataren besitzen solche Stühle in Mengen. Sie in ein anderes Labor zu schaffen ist kein Problem für sie. Du solltest nur darauf achten, dass die Folie nicht beschädigt wird. Die Ataren werden sie abholen. Sie können uns auch ohne den Mechanismus der Stühle benachrichtigen."

„Und die Frau?" fragte Ernest. Um die brauchst du dir keine Sorgen zu machen. Niemand weiß dass dieser Raum besteht. Sie wird ganz einfach verhungern und verdursten." Du hast recht aber wozu soll ich dann die Stühle zerlegen?" „Sicher ist sicher"

Ernest wollte den Bärtigen noch ein paar Fragen stellen aber er war so schnell verschwunden wie er gekommen war. Vielleicht sollte er sich mit dem zerlegen der Stühle beeilen?

Als er die Rückwand öffnete erschrak Irma über die Massen. Was wollte er von ihr. Hatte er es sich überlegt und setzte sie jetzt schon auf den Stuhl? Das Entsetzen verzerrte ihr Gesicht. Er gab ihr einen Tritt. Wegen dir muss ich die Stühle zerlegen", schrie er sie an. Dann ging er nach ganz hinten und holte eine Art Tafel hervor. Sie sah

wie er über die Leiste strich und sich dem ersten Stuhl näherte. Und nach einem zweiten Strich über die Kante zerlegte sich der Stuhl selbst. das gleiche tat der zweite Stuhl. Ernest wuchtete unter dem Tisch zwei Kisten hervor und legte die Teile hinein. Dann schob er die Kisten aus dem Raum.
Anschließend nahm er die Scheibe und sagte zu Irma „Wenn du jetzt hoffst dass dir dieser Stuhl erspart bleibt, dann kann ich dir nur sagen. Du wirst ihm noch nachtrauern, denn du wirst hier elendig verhungern und dein Geist wird von der großen Welle aufgesaugt. Wir werden uns nicht wiedersehen, denn mein Geist wird ewig mit
Theodors Geist verbunden sein und bei den Ataren weiterleben. Vielleicht hast du auch Glück und die Luft geht hier zu Ende noch ehe du verdurstest. Das wird ein leichterer Tod für dich sein."
„Ich werde nicht sterben, schrie sie, Richard wird mich finden."
Sein schrilles Lachen übertraf ihre Schreie. Er ging und drückte auf den Schalter. Langsam schloss sich die Wand vor Irma und die Dunkelheit umfing sie.
Ernest nahm sein Laptop auf dem die Aufzeichnungen seiner Versuche gespeichert waren und die Scheibe an sich und trottete damit langsam seinem Haus zu. Dabei erfasste ihn eine unheimliche Leere die sich im Haus in dem ihm eine Eiseskälte entgegenschlug noch verstärkte. Er begann heftig zu schlottern. Der Kamin, er musste das Feuer im Kamin entfachen. Oder sollte er sich lieber ins warme Bett verkriechen? Schon wollte er die Scheibe und sein Laptop zur Seite legen, aber die Stimme von

Theodor erinnerte ihn wirsch daran was er jetzt tun musste. Alles Zögern half nichts. Er musste die Scheibe erst vergraben. Er ging in die Küche, öffnete die Gartentür und wuchtete einen großen Blumenkübel, der schon lange an der gleichen Stelle stand zur Seite und grub ein tiefes Loch. Dann wickelte er ein Tuch um die Scheibe und ging in den Schuppen. Dort suchte er nach einer passenden Verpackung. Er fand einen Stahlkoffer, der einst für Werkzeuge gedient hatte und eine alte, aber feste Holzkiste. Zufrieden legte er die Scheibe und sein Laptop in den Koffer und den Koffer in die Kiste. So gut verpackt würden es diese Dinge schon eine Weile in dem Loch überstehen. Dann vergrub er die Kiste und zog den Kübel wieder darüber. Seine Schuhe waren voller nasser Erde geworden. Er zog sie aus, ging durch die Küche in den Flur, schlüpfte in die Pantoffeln und ging wieder zurück zur Küche. Er musste endlich etwas essen. Im Kühlfach lag noch ein einsames Baguette. Er nahm es heraus und wollte es in die Mikrowelle legen aber da stank ihm die verschimmelte Pizza, die er vor Tagen hineingeschoben und vergessen hatte, entgegen. Angeekelt nahm er sie heraus und warf sie in den Mülleimer. Jetzt war ihm der Appetit auf eine Mahlzeit aus der Mikrowelle auch vergangen und er gab sich mit einem einfachen Butterbrot und einem Glas Milch zufrieden. Langsam kaute er vor sich hin und überlegte wie die Ataren die Sache mit den Stühlen aufnahmen. Hoffentlich hatte Theodor recht mit dem was er ihm riet. Seine Füße fühlten sich noch immer feucht an. Vielleicht lag es aber auch an dem kalten Steinboden. Er sah hinunter und bildete sich ein, dass feuchter Nebel so wie er am Morgen über den Wiesen

hing, über den Boden streifte und langsam hoch stieg. Dann begann es wieder in seinen Ohren zu rauschen und aus allen Seiten drang ein Raunen. Es war ihm als umkreisten ihn die Nebelschwaden, hielten ihn am Stuhl fest und die Stimme seiner Mutter flüsterte, „vergiss Theodor, du bist Ernest. Sieh in dein Stammbuch, da steht es schwarz auf weiß."
„Ja, ja, schrie er, ich bin Ernest, ich glaub es dir ja, ich bin Ernest. Lass mich doch los."
Er begann wie ein Kind zu jammern. Ich such das Stammbuch, ich verspreche es, aber lass mich los." Langsam fühlte er sich freier und er sprang hoch und lief in die Bibliothek. Das Stammbuch lag in dem Schreibtisch. Er nahm es heraus las die Eintragungen. Ich bin Ernest - Ernest Leitner. Der letzte Leitner und der letzte Wegener dieses Stammes. Er blätterte die noch leeren Seiten durch und entdeckte einen Brief mit der Handschrift seiner Mutter. Mit widerstrebendem Gefühl nahm er den Brief aus dem Umschlag. Sollte er ihn lesen oder nicht? Die Neugier siegte und er las,
Lieber Ernest,
heute werde ich dich für immer verlassen und ich werde deinen Vater mit mir nehmen. Verzeih, aber es gibt keinen anderen Ausweg mehr. Wir haben uns mit unseren Forschungen zu weit in die Materie vorgewagt. Ich wollte die Aufzeichnungen deines Vaters vernichten aber es gelang mir nicht. Er hat mich in der letzten Zeit immer beobachtet, so als traue er mir nicht mehr. Es begann, als ich ihm nicht mehr erlaubte an Elli zu experimentieren. Er hat nun die Aufzeichnungen und Tagebücher in die Kiste gelegt. Ich nehme an, dass seine Aufzeichnungen und

Tagebücher auch darin sind. Er hat das Ganze in ein sicheres Versteck gebracht weil er vermutet, dass ich alles zerstören will. Solltest du durch einen unglücklichen Zufall die Kiste finden. So öffne sie am besten gar nicht. Alles was diese Kiste enthält bringt Unglück über dich. Verzeih deiner Mutter.
Ernest lies erschüttert den Brief sinken. Jetzt wusste er, warum sein Vater Regina die Kiste übergeben hatte. Er vertraute ihr mehr als seiner eigenen Frau. Er ahnte, dass seine Frau mit dieser Schuld nicht mehr leben konnte. Seine Mutter wollte ihn davor bewahren, sich an Menschen zu vergehen. Aber es war zu spät für ihn. Er hatte den Brief zu spät gefunden.
 Draußen begann es zu regnen und der Wind peitschte die Tropfen an das Fenster. Tropf- tropf – tropf. Der Bärtige war wieder da. Ernest hielt sich die Ohren zu und schrie, „geh jetzt, geh endlich"
Doch der Bärtige sagte: „Gib's auf Ernest, ich bin der Stärkere. Ich habe Jahrhunderte überdauert. Dein Geist schmilzt in meinen Geist."
„Nein, Such dir ein anderes Haus und einen anderen Körper."
„Ich habe die älteren Rechte hier" wehrte ihn der Bärtige ab. Schon vor Jahrhunderten war dies mein Zuhause. Du bist der Eindringling. Komm, ich werde dir zeigen wie mein Haus aussieht."
Die Wände verschoben sich vor seinen Augen und das Zimmer in dem er jetzt stand sah total anders aus.
Der Bärtige stand nicht mehr neben ihm, er war in ihm. Er straffte seine Schultern und fühlte sich so stark wie nie zuvor. „Siehst du Ernest", sagte er, „deine Schwäche ist

bei mir gut aufgehoben. Vielleicht lasse ich dich ab und zu mal frei aber du wirst immer in meinem Hintergrund stehen als mein Nebengeist. Ich bin Theodor Bender, der große Astronom. Du wirst jetzt die Kisten mit den Stühlen wieder in die Küche schaffen und sie hinunter ins Verlies bringen und sie so lange unten lassen bis sie wieder benötigt werden."
„Die schweren Kisten? Das kannst du von mir nicht verlangen."
„Doch das kann ich. Du wirst sie genauso wie du sie heraufgebracht hast auch wieder hinunter bringen. Du weißt dass sie Niemand finden darf."
Ernest fügte sich in sein Geschick und tat was ihm geheißen wurde.

Sebastian und Lothar waren nach dem Besuch bei Kommissar Zöllner stocksauer. „Die tun erst dann was, wenn sie eine Leiche sehen," ärgerte sich Sebastian.
Lothar stimmte ihm zu: „Wir müssen zum Professor fahren und auf eigenen Faust recherchieren."
Sie hielten ihren Wagen ein Stück hinter dem Wohnmobil und sahen weiter vorne das Polizeiauto stehen.
„Vielleicht finden die Polizisten doch etwas", hoffte Sebastian.
„Ohne Durchsuchungsbeschluss? Das glaube ich nicht", hielt ihm Lothar dagegen. „Der Professor ist viel zu gerissen, um verdächtige Dinge herumliegen zu lassen. Vielleicht konzentrieren wir uns alle auf das Labor und er hält die Leute wo anders gefangen."
„Aber Frank hat doch aus dem Labor die Schreie gehört", erinnerte ihn Sebastian.

„Mag schon sein", erwiderte Lothar. „Vielleicht sind die Frauen auch nur kurz hier, ehe er sie in ein anderes Versteck bringt. Frank sagte auch, dass das Labor aussieht, als habe noch nie jemand darin gearbeitet."
Sebastian schlug sich plötzlich auf den Schenkel: „Ich hab's, lachte er, der Anbau besteht aus zwei Teilen."
Lothar glaubte, der Professor hätte Sebastian mit seinem Wahnsinn schon angesteckt. „Wie kommst du denn da drauf? Frank hat doch das Labor genau beschrieben. Es ist höchstens noch eine Toilette darin."
Sebastian ließ sich nicht aus der Ruhe bringen. Damals, als ich mit Frau Fay Ernest Leitner besucht habe, durfte ich mir auch das Labor ansehen. Es kam mir innen optisch kleiner vor als außen. Mein Vater ist ein Architekt. Als Junge war ich oft mit ihm auf dem Bau. Ich sage dir, da ging es manchmal um Zentimeter. Seither habe ich einen guten Blick für Gebäude. Doch ich hatte den kurzen Eindruck, den ich damals beim Anblick des Labors gewann, schnell wieder vergessen. Wenn du willst werde ich es dir beweisen. Wir fahren in die Stadt, kaufen einen Zollstock und kommen wieder hier her."
Lothar lachte über Sebastians Eifer: „Was steckt denn noch alles hinter dir? Arzt, Detektiv, Architekt! Ich glaube, ich muss mich vor dir in Acht nehmen. Aber Spaß beiseite. Das tun wir doch glatt, wir besorgen uns einen Zollstock aber erst wenn die Polizisten weggefahren sind. Ich möchte zu gerne ihre Gesichter sehen wenn sie den Professor wieder verlassen."
„ Glaubst du an ihren Mienen zu erkennen, ob sie erfolgreich waren oder nicht?" „Manchmal schon", sagte Lothar.

„Ich kenne viele Polizisten, wenn sie einen Verdacht hegen, sehen ihre Gesichter ziemlich verkniffen aus."
 Die Polizisten blieben länger bei Ernest Leitner wie Sebastian und Lothar erwartet hatten. Allerdings sahen sie recht gleichgültig aus, als sie auf die Straße kamen. Sie schienen nichts Außergewöhnliches gefunden zu haben.
Als das Polizeiauto in der Ferne verschwand, gingen sie zu Frank und ließen sich alles noch einmal haarklein erzählen. Danach fragte Sebastian ihn ob er einen Zollstock, Hammer und Meißel in seinem Wohnmobil habe.
 „Frank lachte: „Was sonst noch? Wollt ihr bei dem Professor einbrechen?"
 „Schon möglich, " grinste Lothar, „wenn die Polizei nichts findet, vielleicht dann wir. „Also, du bleibst dabei, dass du Schreie aus dem Labor gehört hast?"
„Klar, felsenfest, beteuerte Frank." „Also, dann halte noch eine Weile die Stellung und beobachte das Haus genau. Wir fahren zu einem Baumarkt und sind ungefähr in einer Stunde wieder hier."

Es dauerte doch länger als geplant. Der Baumarkt lag in gegengesetzter Richtung. Zudem gab es eine Umleitung und Lothar verfuhr sich prompt, denn sie sprachen die ganze Zeit über den Professor.
Frank wartete schon ungeduldig auf die Beiden. Er öffnete die hinteren Türen seines Wohnmobils und bat sie, sich mit ihm hinein zu setzen.
 „Haltet euch fest Jungs", strahlte er, „ich glaube jetzt tut sich was beim Professor. Kaum wart ihr von der Straße weg, lief der Professor mit wirren Haaren und Gesten, als

spräche er mit sich selber aus dem Haus zum Labor und blieb ungefähr eine halbe Stunde drinnen. Danach kam er mit einem Teil heraus, das wie eine umrahmte Scheibe aussah und ging wieder ins Haus. Also wenn ihr mich fragt, geht bei dem die Muffe, so aufgeregt wie der war."
„Gut", lobte ihn Lothar, dass du so auf Draht bist und jetzt brauchen wir dich zum Schmiere stehen. Wir messen jetzt den Anbau aus und falls der Professor aus dem Haus kommt, alarmierst du uns."
„Mach ich", willigte Frank ein. „Was anderes - seid ihr sportlich gut drauf? Wenn ja, zeige ich euch die Stelle vom Zaun an dem man rüber klettern kann, ohne von einem im Haus gesehen zu werden."
Sebastian und Lothar sahen sich an und lachten: „Probieren wir's."
Sie nahmen erst mal nur den Zollstock mit und stiegen bei der besagten Stelle über den Zaun. Dann pirschten sie sich an den Anbau heran und begannen ihn auszumessen. Der plötzlich einsetzende Regen ließ diese Arbeit unangenehm werden, aber sie ließen sich nicht davon aufhalten. Als sie alle Zahlen notiert hatten lief Lothar zum Zaun und pfiff. Frank brachte daraufhin sofort das Werkzeug. „Soll ich nicht doch mithelfen?" fragte er.
„Nein pass lieber auf, wenn wir dich brauchen, pfeif ich wieder."
Lothar lief zu Sebastian zurück, dann knackte er das Schloss der Labortür auf. Im Inneren benutzte Sebastian sofort wieder den Zollstock und konnte Lothar davon überzeugen, dass er Recht hatte. Der Innenraum war kürzer wie das Äußere Gebäude. Aufgeregt klopfte

Sebastian die hintere Wand ab und fand eine Stelle die hohl klang. Nun gab es kein Halten mehr. Sie vereinbarten sich beim aufstemmen der Mauer abzuwechseln. Einer von ihnen musste an die Tür und auf Signale von Frank achten. Der hämmernde Lärm konnte leicht den Professor alarmieren.

Während Sebastian und Lothar sich mit der Wand beschäftigten, erreichten Thea, Ilona und Max die Stadt. Alle drei fühlten sich müde und hungrig und Max bestand darauf, dass sie erst irgendwo einkehrten und sich sättigten.
„Hunger macht unruhig", sagte er, „und Unruhe macht Ärger. Ärger sehe ich auf jeden Fall auf uns zukommen, also weshalb ihn noch verstärken."
Thea und Ilona gaben wohl oder übel nach und so landeten sie erst mal in einem Speiselokal.

Ilona saß wie auf Kohlen. Sie würgte das Essen lustlos hinunter und dachte abwechselnd an Sebastian und an Ernest. Sie machte sich um beide Sorgen. Aber auf der Hinreise nach Marburg war sie immer wieder an ihre letzte Fahrt erinnert worden, die ihr so viel Schmerzen und Kummer bereitet hatte. Und ihre Gedanken wurden immer stärker damit erfüllt, dass Sebastian Recht haben könnte. Man konnte es sehen wie man wollte, aber es war Tatsache, dass ihre Krankheit im Haus von Ernest begann. Sie dachte auch an die Veränderung, die mit Ernest seit er in Marburg wohnte, vorgegangen war.
Thea zog ihr Handy hervor und wählte schon zum vierten Mal die Nummer von Irma. Sie wollte unbedingt bei ihr übernachten. Sie schüttelte verwundert den Kopf: "„sie

geht einfach nicht ran. Ich möchte gerne wissen wo sie steckt. Sie ist doch sonst meistens erreichbar, aber genau wenn man sie mal braucht..."
Lass doch das Telefonieren, " bat Max, „wir können doch im Hotel übernachten."
„Da hat man Verwandte mit großen Häusern in der Stadt und soll ins Hotel gehen. Ich denke gar nicht daran, " protestierte sie, „Ich rufe jetzt Ernest an, er wird sich über unseren Besuch freuen."
„Das wirst du schön lassen", verbot ihr Max ernst. „Wir müssen überraschend bei Ernest auftauchen. Auch wenn es dir schwer fällt, wir dürfen ihn nicht warnen."
„Das ist die Höhe, du glaubst also an die unsinnigen Beschuldigungen von diesem Kurpfuscher."
„Sebastian ist kein Kurpfuscher", ärgerte sich Ilona, er ist ein guter Arzt und ein sehr kluger Mann. Er wird niemals einen Menschen nur aus dem Gefühl heraus, solcher schlimmen Taten bezichtigen."
„So ist das also, er ist dein neuer Liebhaber..."
„Jetzt reicht's, stoppte Max die Streitereien. „Ihr könnt euch meinetwegen später die Köpfe abreißen. Wir sind hierher gefahren um einige Dinge zu klären und das werden wir jetzt auch tun." Er winkte dem Kellner, bezahlte die Rechnung und stand danach auf. „Fahren wir?", fragte er knapp.
Thea und Ilona nickten zustimmend. Sie wagten keine Einwände und ihr Stillschweigen hielt bis sie am Haus von Ernest ankamen an.
Es regnete immer noch und sie beeilten sich, als sie dem Auto entstiegen, das Haus schnell zu erreichen. Deshalb

achteten sie jetzt auch nicht auf die Hammerschläge die aus dem Anbau herüber drangen.
Thea klingelte Sturm. Sie konnte es kaum erwarten Ernest endlich in die Arme zu schließen und den anderen zu beweisen, dass Ernest ein rechtschaffener Mann war. Es rührte sich nichts.
„Er schläft doch sicher zu dieser Zeit noch nicht", sagte sie schon etwas gedämpfter.
„Vielleicht ist er ausgegangen", überlegte Max.
„Nein, sagte Ilona, in der Bibliothek brennt noch Licht. Manchmal hört er Musik und achtet dabei auf keine anderen Geräusche."
Thea drückte noch einmal auf die Klingel. Endlich wurde die Tür geöffnet. Ernest stand mit zerzausten Haaren und einen Dreitagebart vor ihnen und sah sie nacheinander befremdet an. „Was wünschen sie zu so später Stunde?"
„Aber Ernest, mach doch keine so dummen Witze. Wir haben eine lange Fahrt hinter uns. Komm lass uns eintreten." „Weshalb sollte ich das tun? Suchen sie sich wo anders ein Quartier, " sagte Ernest ärgerlich. „Ich wünsche nicht gestört zu werden. Ich habe ein neues Sternbild entdeckt. Und außerdem sprechen sie mich nicht mit so banalen Namen an. Ich bin Theodor Bender, der große Astronom."
Nach diesen Worten stieß er die Tür vor ihnen zu.
Max sah Thea zum ersten Mal seit er sie kannte, sprachlos. Sie starrte auf die Tür und wollte einfach nicht glauben was sie soeben gehört und gesehen hatte. Ernest musste wahnsinnig geworden sein. Daran lag nur dieses Haus. Verzweifelt sah sie Max an: „Was sollen wir nur tun?"

Er nahm sie beim Arm und sagte: „Vor allen Dingen müssen wir zuerst zum Wagen, du bist ja schon völlig durchnässt. Sprechen wir im Auto weiter.
Ilona sah sich um und entdeckte einen Lichtschein, der aus dem Labor kam. Sie zupfte Max am Ärmel und flüsterte.
„Es ist jemand in dem Labor."
„Ich werde nachsehen wer sich dort herumtreibt. Ihr Frauen setzt euch am besten ins Auto, " empfahl er ihnen.
Aber Ilona wollte unbedingt mit ihm zum Labor gehen und Thea schloss sich ihnen an. Sie marschierten auf den Anbau zu und plötzlich vernahmen sie einen lauten Pfiff. Jemand alarmierte Denjenigen der sich dort zu schaffen machte. Max sagte leise zu den beiden Frauen: „Wir sollten lieber die Polizei rufen."
Aber Ilona lief weiter und Max und Thea hinterher.
Lothar bemerkte wie mehrere Personen auf ihn zu kamen und wollte rasch die Tür hinter sich zu ziehen. Aber Ilona hatte im Lichtschein Sebastian erkannt und rief seinen Namen.
Er hielt erschrocken in seiner Arbeit inne. Alles hätte er erwartet, nur nicht sie. Er ging zu ihr und schloss sie in die Arme.
Ilonas Nerven entluden sich und sie begann zu weinen.
Unter Tränen fragte sie: „Was tut ihr denn da?"
„Wir versuchen die Wand aufzuschlagen. Ein Stück haben wir schon geschafft."
Sebastian führte sie hin und in diesem Moment, vernahmen sie deutlich eine Frauenstimme um Hilfe rufen.
„Das ist Irma", entsetzte sich Ilona und Thea schien kurz vor einer Ohnmacht zu stehen.

Max ergriff die Imitative. „Wir müssen sofort die Polizei und die Feuerwehr verständigen. Mit Hammer und Meißel dauert es viel zu lange." Er nahm kurzerhand Theas Handy und wählte den Notruf.
Sebastian sagte: „Hoffentlich ist die Frau nicht zu unterkühlt."
Lothar hämmerte weiter, und endlich hörten sie von der Ferne die Sirenen.
Die Feuerwehrmänner überblickten die Lage sofort und holten die Schlagbohrmaschinen.
Die Polizisten umzingelten das Gelände und vorsorglich wurde der Notarzt herbeigerufen. Lothar lief zu seinem Auto, holte die Kamera und sein Aufnahmegerät. Das würde eine Livestory werden!
Sebastian hielt Ilona im Arm und führte sie zum Wohnmobil von Frank und Max führte Thea auch hinzu. Dann saßen sich die beiden Frauen gegenüber und ließen schweigend den Lärm an ihnen vorüberrauschen. Keine von ihnen wagte zu fragen was nun mit Ernest geschehen würde.
Im Nu war das ganze Viertel auf den Beinen. Endlich war es gelungen die völlig entkräftete Irma zu befreien. Sie wurde durch die Schaulustigen hindurch zum Notarztwagen gebracht.

Ernest hatte das Sirengeheul vernommen und war ans Fenster getreten. Er war jetzt Theodor Bender und er dachte: „Dieses Mal werden es nicht die kirchlichen Würdenträger sein, die mich in den Kerker schicken und mich den Folterknechten übergeben um meine sogenannten ketzerischen Gedanken auszutreiben. Die mich zwingen

wollen, mein Wissen als das Werk eines Teufels hinzustellen. Nein, dieses Mal kommen die weißen Männer von Polizisten begleitet um mich in eine Anstalt zu stecken. Sie werden Versuche an mir vornehmen und sie werden zu verschiedenen Resultaten kommen. Ein Gutachter wird den anderen überstimmen aber keiner wird die wahre Geschichte akzeptieren."
Es klingelte stürmisch. Stimmen riefen nach Ernest, der nur noch schwach in ihm existierte. Bald würden sie die Tür eintreten und ihn holen. Dann würde er in dieser Anstalt darauf warten müssen, seinen menschlichen Körper ablegen zu können. Aber was waren schon Menschenjahre? Sein Wissen würde mit seinem Geist von den Artaren in die Nebenwelle geleitet werden und wenn es ihnen nicht gelingen würde seinen Geist aufzufangen, würde er sich eben der großen Welle anschließen und er würde sich nach einer Weile wieder selbständig machen, aus der großen Welle springen und er würde wieder auf die Erde zurückkommen.
Einen Moment ließ der Bärtige Ernest los. Mit hängenden Schultern ging er ins Wohnzimmer, setzte sich in seinen Sessel und versuchte seine Gedanken zu ordnen. Aber die Stimmen in ihm ließen ihm keine Ruhe mehr. Er hielt sich die Ohren zu und wimmerte vor sich hin.
Im nächsten Moment wurde er in den Turm gezogen in dem er schon einmal Anweisungen von den Artaren erhalten hatte. Wieder sah er rundum jede Menge Stühle verteilt und wieder saßen in jedem von ihnen Männer die genauso aussahen wie er. Aber jetzt alterten sie in Windeseile und dann besaßen sie das Aussehen von

Theodor Bender. Plötzlich fühlte sich sein Körper auch so alt an.
Die Säule in der Mitte begann zu leuchten und der roboterartige Mensch schnarrte einen eintönigen Text herunter. „Die Folie wurde zu uns geleitet und die Stühle in Staub verwandelt. Da wir jetzt eine bessere Möglichkeit gefunden haben sich der Seelen zu bemächtigen, benötigen wir sie nicht mehr. Nun ist es an der Zeit deinen Geist zu entziehen und ihn in all diesen Körpern zu verteilen."
„Verdammt!", schrie er auf. „Warum habt ihr mich aus der großen Welle gestoßen und als kleine Welle wieder in einen menschlichen Körper geschickt, wenn alles, was ich getan habe umsonst war? Ich, Theodor Bender lasse mir das nicht gefallen. Schaltet dieses fürchterliche Ticken aus. Dann werde ich euch noch viele Seelen liefern, egal wie."
Jetzt begann die Maschine, die für das Ticken zuständig war zu rattern.
„Noch zehn Minuten bis zur Auflösung."
Er wollte aufspringen, den Stuhl entfliehen. Aber so sehr er sich auch bemühte, so wenig hatte er Erfolg. Schweiß drang ihm aus den Poren.
„Lass mich los", schrie er. Ich Theodor Bender kann noch vieles für euch tun."
Die Maschine ratterte gnadenlos: Noch fünf Minuten."
Verzweifelt versuchte er nach hinten zu greifen. Es mussten da doch Knöpfe sein an denen er das Ganze beenden konnte. Doch falls es sie gab, erreichte er sie nicht. Kraftlos sank er in sich zusammen.
Das Rattern fing von Neuem an: Es zählte von zehn herunter und schließlich entschwand sein Geist und dann

sein Körper. Die Stühle, die Säule und der Turm lösten sich auf.

Die Stimmen vor der Haustür wurden lauter, drohender. Ein Polizist klopfte stürmisch auf das harte Eichenholz. Doch dahinter blieb es still. Ein Schlosser wurde herbestellt, der das Schloss dieser schweren Tür aufbrechen sollte. Aber er stellte fest, dass sie von Innen noch von mehreren Riegeln zugehalten wurde. Schließlich sprengte man die Tür auf.
Kommissar Zöllner betrat als erster das Haus und hinter ihm stürmten mehrere schwerbewaffnete Polizisten hinein.
Sie durchsuchten alle Zimmer, Schränke und Kommoden. Doch sie fanden keinen einzigen Anhaltspunkt wo Ernest Leitner abgeblieben war.
Irma Seiler beschrieb beim Verhör Stühle, die sich in Luft aufgelöst hätten. Von einer Folie die gefüllt war mit Seelen und Geist von den Menschen die als vermisst gemeldet wurden. Aber es klang alles so verwirrt und unwahrscheinlich dass ihr Niemand glaubte.
Also schwieg sie.

Danksagung

Ein großer Dank gebührt meiner Tochter, Eva Körmer, die mich bei der Herstellung dieses Buches tatkräftig unterstützte.

Namen und Schauplätze der Protagonisten sind frei erfunden.